HEYNE<

Das Buch

Geraldine Bansa ist eine von vielen jungen Schauspielerinnen, die sich Hoffnung auf die ganz große Karriere machen. Die kleinen Rollen, die sie spielen darf, verdankt sie nur ihrer Affäre mit dem arroganten, aber aufstrebenden Regisseur Sebastian Klose. Doch auch er nimmt die unauffällige, uncharmante Geraldine nicht ernst. Trotzdem darf sie bei dessen ehrgeizigstem Projekt – einer opulenten Verfilmung des griechischen Amphitryon-Themas an Originalschauplätzen – wieder mitspielen. Und dann geschieht das Wunder: Gerade als das Projekt an den Eitelkeiten im Filmteam zu scheitern droht, wird Geraldine von einem geheimnisvollen jungen Griechen geküsst, und aus der hässlichen Raupe wird ein wunderschöner Schmetterling. Geraldine blüht auf, sprüht mit einem Mal vor Charme und Einfallsreichtum und rettet als Hauptdarstellerin den Film. Über Nacht wird sie zum Star, wird gelobt und geliebt. Geraldine ahnt, dass dieses Glück nur geliehen ist, und in ihren Tagträumen sieht sie immer wieder den schönen jungen Griechen. Doch in ihrem Herzen weiß sie, dass nur der Glaube an sich selbst Berge versetzen kann.

»Fesselnd.« *Berliner Zeitung*
»Deutschlands Auflagenkönigin.« *Bunte*

Die Autorin

Utta Danella ist in Berlin aufgewachsen. Sie begann ihre schriftstellerische Laufbahn mit Arbeiten für Presse und Radio. 1956 veröffentlichte sie ihren ersten Roman "Alle Sterne vom Himmel", dem viele weitere Bestseller folgten. Heute liegt ein umfangreiches Romanwerk der beliebten Autorin vor. Fast alle ihre Titel sind im Wilhelm Heyne Verlag erschienen. Utta Danella lebt in München und auf Sylt.

Außerdem bei Heyne lieferbar: *Der blaue Vogel – Die andere Eva*

UTTA DANELLA

DER KUSS DES APOLLO

Roman

WILHELM HEYNE VERLAG
MÜNCHEN

Verlagsgruppe Random House FSC-DEU-0100
Das für dieses Buch verwendete
FSC-zertifizierte Papier *München Super* liefert
Mochenwangen.

Vollständige Taschenbucherstausgabe 09/2007
Copyright © 2006 by Utta Danella
Copyright © 2006 by Wilhelm Heyne Verlag, München,
in der Verlagsgruppe Random House GmbH
Printed in Germany 2007
Umschlaggestaltung: Hauptmann und Kompanie Werbeagentur,
München-Zürich, unter Verwendung eines Fotos von
© Rosanne Olson, getty images
Satz: Leingärtner, Nabburg
Druck und Bindung: GGP Media GmbH, Pößneck
ISBN: 978-3-453-40499-1

www.heyne.de

Die Sache mit dem Geld

Irgendwoher wird das Geld schon kommen.

Eine Weile blieb der Satz im Raum stehen, klang seltsam. Jana, die damit beschäftigt war, die Weingläser aus dem Schrank zu nehmen, warf einen Blick auf ihren Mann, der am Fenster stand und in den Garten hinaussah, wo die Herbstblätter von den Bäumen sanken.

Sie konnte ihm von hinten ansehen, wie schlecht gelaunt er war, außerdem hörte man es seiner Stimme an.

»Das ist ja ein schreckliches Wort«, sagte sie.

»Was?«, knurrte er.

»Irgendwoher.« Sie sprach das Wort gedehnt aus und versuchte das R dramatisch zu rollen, was ihr nicht so gut gelang wie ihm mit seiner baltischen Herkunft.

Er drehte sich um.

»So! Das Wort gefällt dir nicht. Was würdest du denn sagen?«

»Geld kommt nicht von irgendwoher oder von irgendwo, man muss es beschaffen.«

»Darum geht es ja. Wie immer.«

Er sah ihr zu, wie sie die hellen Gläser neben die Gedecke stellte und dann die rötlich getönten Rotweingläser aus dem Schrank nahm und leicht versetzt hinter die Weißweingläser auf dem Tisch platzierte. Sie hatte eine Vorliebe für hübsche Gläser.

»Ich habe dich gar nicht gefragt«, sagte er, um bessere Stimmung bemüht, »was du gekocht hast.«

»Das wirst du dann schon sehen. Außerdem weiß ich ja, was Will gern isst.«

»Wie er immer sagt, am liebsten das, was du gekocht hast.«

»So ist es. Und deinem Genie wird es sowieso egal sein, was es isst.«

»Ich habe nie behauptet, dass er ein Genie ist. Ein begabter Junge, das ist meine Meinung. Leider hat er seinen letzten Film in den Sand gesetzt.«

»Was dich nicht daran hindern kann, Geld für ihn aufzutreiben. Irgendwoher.«

»Verdammt, hör auf mit dem Irgendwoher. Ich möchte diesen Film gern produzieren. Wir werden Will den verrückten Plan erläutern. Ob er mir finanziell beispringen wird, das ist die Frage.«

»Du kannst dieses Projekt jedenfalls nicht finanzieren. Und Fördermittel wirst du dafür nicht bekommen. Richtig?«

»Gewiss nicht. Und ich gebe zu …« Dr. Herbert Frobenius nahm sich eine Olive aus der Schale und steckte sie in den Mund.

»Dass dir die Geschichte anfangs recht gut gefallen hat …«

»Stimmt. Der Stoff und was Sebastian daraus machen will. Mittlerweile habe ich allerhand Bedenken.«

»Das gehört zu deinem Job als Produzent. Anfangs Begeisterung, dann Bedenken.«

»Immerhin habe ich in diesem Jahr zwei gute Filme abgeliefert.«

»Nicht von Sebastian. Und außerdem vom Fernsehen finanziert.«

»Ich habe genug von dem Fernsehmist. Ich möchte wieder mal einen richtigen Film machen.«

Jana seufzte. »Das wünsche ich mir auch. Aber deutsche Filme sind ein Risiko und selten ein Erfolg. Auch hierzulande beherrschen die Amerikaner den Markt. Und mit den alten Griechen wirst du kaum Gewinn erwirtschaften.«

»Du bringst mich in die richtige Stimmung.«

Jana lachte, trat zu ihrem Mann und legte ihm den Arm um die Schulter.

»Warten wir ab, und essen wir erst mal. Ich habe ein Tässchen Hühnerbrühe, eine kleine Scheibe Lachs für jeden und dann ein Viertel Ente pro Person, weil ich eben weiß, was Will am liebsten mag.«

Er legte beide Arme um seine Frau und küsste sie auf die Wange.

»Das gab es auch, die Ente, meine ich, als Will das letzte Mal hier war.«

»Das ist über ein Jahr her und war zu deinem Geburtstag. Wenn er wirklich das am liebsten isst, was ich koche, dann hat er lange darauf warten müssen.«

»Seine Frau mag ja nicht kochen.«

»Tja, das bedauert er immer. Dafür ist sie eine erfolgreiche Anwältin. Alles kann der Mensch nicht haben.«

»Du hast dir wieder einmal viel Arbeit gemacht.«

»Kaum der Rede wert. Mir macht das Kochen ja Spaß. Außerdem hat Evi mir geholfen. Und sie freut sich besonders, dass wir für Will gekocht haben.«

»Gutes Trinkgeld?«

»Das ist es nicht allein. Er gefällt ihr. Sie sagt, es ist doch prima, wenn ein Mann so reich ist und trotzdem so viel lachen kann.«

»Gar nicht so dumm. Siehst du, das könnte man in einem Film unterbringen. Wo gibt es das denn? Ein Mann ist vielfacher Millionär, macht auch kein Hehl daraus, freut sich über das Geld und lacht dazu noch.«

»Und wer schreibt dir so ein Drehbuch?«

»Keiner«, erwiderte Dr. Frobenius grimmig.

»Außerdem weiß ich, was dich ärgert.«

»Dass das dämliche Frauenzimmer dabei ist.«

»Womit wir beim Thema wären. Das Genie hat dich angerufen und gefragt, ob er sie mitbringen darf. Bitte, warum hast du nicht Nein gesagt?«

»Das ist meine Dämlichkeit. Wenn jemand anruft und fragt, ob er diesen oder jenen mitbringen darf, ist es schwierig, einfach abzulehnen.«

»Wenn ich am Telefon gewesen wäre, hätte ich es getan.«

»Du machst es dir leicht. Wie hättest du es denn formuliert?«

»Du denkst doch nicht, dass mir das schwergefallen wäre? Ich hätte gesagt, ich will mit meinem Freund ein Gespräch über die Finanzierung dieses Films führen, und Sie als Drehbuchautor und Regisseur müssen dabei sein, um alles zu erklären. Vom Fernsehen können wir für dieses Projekt nichts erwarten. Aber Ihre Freundin können wir bei diesem Gespräch nicht brauchen.«

»Ja, du hast recht. Vom Fernsehen können wir nichts erwarten.«

»Warum eigentlich nicht? Du hast es gar nicht versucht. Irgendwie könnten die doch auch wieder einmal zur Bildung der Menschheit beitragen. Jeden Abend, den Gott werden lässt, erleben wir Schwachsinn auf dem Bildschirm. Sind die Menschen wirklich so blöd, wie die meinen? Die alten Griechen sind doch immer noch aktuell. Ich habe erst neulich eine Dokumentation über Schliemanns Ausgrabungen gesehen. Im Fernsehen. Fand ich ungemein spannend.«

»Ja, eine Dokumentation. Keinen Spielfilm.«

»Überleg doch mal, wie viele Filme und Theaterstücke es über Odysseus und Orest und Elektra gegeben hat. Die Amerikaner waren da ganz groß. Wie hieß damals das Stück? *Mourning Becomes Electra*, nicht? *Trauer muss Elektra tragen.* Und dann, das war doch ganz toll: *Der Trojanische Krieg findet nicht statt*, so ähnlich hieß das doch? Das war Giraudoux.«

»Das ist eine ganze Weile her.«

»Damals gab es eben noch gutes Theater, nicht so ein selbstverliebtes Regietheater wie heute. Und Richard Strauss, er hat auch eine *Elektra* geschrieben, die gehört bis heute in jedes bessere Repertoire. Und *Iphigenie* ...«

»Bitte, fang nicht noch mit Goethe an.«

»Gut, reden wir von Kleist. Diese Amphitryon-Geschichte ist nun mal ein dolles Ding. Ich hoffe nur, dein Genie will seine Freundin nicht die Alkmene spielen lassen.«

»Sie ist nicht seine Freundin.«

»Was denn dann?«

»Oder gerade doch. Sie ist jedenfalls nicht seine Geliebte.«

»Ja, was denn dann?«

»Sagen wir mal, sie war es.«

»Wenn ich mir die bescheidene Frage erlauben darf, wer oder was ist sie nun?«

»Ein grässliches Frauenzimmer.«

»Du nennst sie ein grässliches Frauenzimmer, ein dämliches Frauenzimmer, was findet er eigentlich an ihr?«

»Sie ist weder hübsch noch klug, schon gar nicht begabt, sie ist ...«

»Halt, halt, du sollst sie mir nicht beschreiben. Sie ist heute Abend unser Gast, und ich will mir selbst ein Urteil bilden. Was ist sie für ihn?«

»Ich glaube er hat ein schlechtes Gewissen. Anfangs war es wohl eine Affäre. Seine erste Anstellung als Dramaturg, ihr erstes Engagement als Schauspielerin, irgendwo in der Provinz. Er hat sie verlassen ...«

»Ich weiß. Ist er jetzt wieder mit ihr zusammen? Sind die beiden ein Paar?«

»Keineswegs. Ich kenne seine derzeitige Freundin, sehr attraktiv, sehr erfolgreich. Sie ist Sängerin hier an der Deutschen Oper. Sie singt zwar noch nicht die Elektra, um bei deinem Beispiel zu bleiben, aber die Musette.«

»Auch keine leichte Partie. Also, wie verhält es sich mit der Frau, die Eisenstein heute mitbringt?«

»Du sollst ihn nicht immerzu veralbern. Erst Genie, jetzt auch noch Eisenstein.«

»Ist eben der berühmteste Regisseur, der mir auf die Schnelle einfällt. Also, was bindet Sebastian Klose an diese Frau?«

»Wie gesagt, vermutlich sein schlechtes Gewissen. Sie hat ihn geliebt, er hat sie verlassen, sie war sehr jung damals, hatte gerade die Schauspielschule besucht und kam beim Publikum überhaupt nicht an. Er nennt sie unbegabt. Unter uns natürlich nur.«

»Darum beschäftigt er sie um jeden Preis. Sehr logisch.«

»Sie hatte lange kein Engagement mehr, es ging ihr gesundheitlich nicht gut.«

»Eine Abtreibung«, sagte Jana. Es war keine Frage.

»Wie kommst du darauf?«

»Wenn er ein schlechtes Gewissen hat, liegt die Vermutung nahe.«

»Davon hat er nie gesprochen.«

»Wie sollte er. Vielleicht hat er es erst erfahren, nachdem er sie verlassen hatte. Sie war krank, vielleicht auch sehr unglücklich, und nun hat er ständig das Bedürfnis, ihr zu helfen.«

»Seit er Filme macht und für das Fernsehen arbeitet, hat er es immer verstanden, ihr einen Job zu verschaffen, aber nur kleine Rollen, mehr ist nie drin.«

»Und jetzt will er sie eben auch in diesem Film unterbringen. Falls er denn je gedreht wird. Und darum schleppt er sie heute Abend an. Was soll sich denn Will dabei denken?«

»Du bringst mich wirklich in die richtige Stimmung«, wiederholte er.

»Ist gut, Liebling, ich bin ja schon still. Erst werden wir schön essen, und Will wird uns zum Lachen bringen, das kann er ja gut. Iss noch eine Olive, ich bringe dir gleich einen Drink. Was möchtest du?«

»Will mag keinen Champagner und keinen Campari. Am liebsten trinkt er nach guter amerikanischer Sitte einen trockenen Martini. Wie damals, als wir uns kennen gelernt haben. Nur nehmen wir jetzt Wodka statt Gin.«

»Aye, aye, Sir, wird sofort serviert. Und wenn ich Evis Lachen richtig deute, dann steht das Taxi mit Will schon vor der Tür.«

Gäste im Hause Frobenius

Sebastian Klose war deutlich anzumerken, dass er am liebsten gleich von seinen Plänen, seinem Stoff und seinen Ideen gesprochen hätte, aber über ein paar Ansätze kam er nicht hinaus, das wusste Jana geschickt zu steuern.

Wilhelm Loske war die wichtigste Person an diesem Abend, auf ihn und seine Bereitschaft, Geld in das Filmprojekt zu stecken, kam es an. Aber er wollte erst einmal seine Freude über das Wiedersehen äußern, dann erzählte er mit viel Witz von seiner letzten Amerikareise, und schließlich war das Essen Thema Nummer eins.

Jana hatte sich die Tischordnung genau überlegt. Will saß an der Stirnseite des Tisches. Sie saß rechts neben ihm, und rechts neben sich hatte sie Sebastian seinen Platz angewiesen. Ihr gegenüber saß die Frau, die Sebastian mitgebracht hatte, sodass sie Gelegenheit hatte, sie zu betrachten. Links von ihr hatte sie ihren Mann platziert. Das Beste von allem aber war, dass Evi am anderen Tischende saß. Alle Teller, alle Schüsseln standen griffbereit in ihrer Nähe, auch die Flaschen. Sie konnte genau sehen, was jeder auf dem Teller hatte, und so konnte sie servieren und nachservieren, wie es ihr nötig erschien.

Als sie fragte: »Noch einen Knödel, Herr Loske?«, seufzte er.

»Das kannst du gar nicht verantworten, Evi. Keine Frau wird mich mehr anschauen, wenn ich immer dicker werde.«

»Sie sind überhaupt nicht dick, Herr Loske. Sie haben eine prima Figur. Welche Frau will denn ein Gerippe im im …«

»Im Bett haben, willst du sagen.«

Evi kicherte. »Im Arm haben, wollte ich sagen.«

»Na gut, dann nehme ich noch einen Knödel. Es ist ja nur, weil die Soße so gut ist. Ach, und diese Ente, einzigartig.«

Er machte die Augen weit auf und blickte an die Decke.

»Bekomme ich nirgends in dieser Vollendung.«

»Wo versuchst du es denn?«, fragte Jana und nickte Evi zu, worauf diese noch ein Stück knusprige Entenbrust folgen ließ.

Da eine Ente für fünf Personen zu knapp bemessen gewesen wäre, beziehungsweise für sechs Personen, denn Evi musste schließlich auch essen, hatte Jana zwei Enten gebraten, und es war nicht einzusehen, warum ein kläglicher Rest übrig bleiben sollte.

Dieser Meinung schien auch Evi zu sein. Sie ließ ein Entenbein folgen und legte dann, ungefragt, dem Künstler auch noch ein beachtliches Stück auf den Teller. Zwar redete Sebastian nicht so viel über das, was er aß, aber zu schmecken schien es ihm auch.

Dann ging Evi mit der Platte zu der Frau, die Jana gegenüber saß. Die Frau schüttelte den Kopf, aber Evi bat beharrlich: »Bitte, gnädige Frau, noch ein kleines Stück«, und das wurde sie dann auch los.

»Ich versuche es hier und da immer wieder«, antwortete Will auf Janas Frage, »in guten, vornehmen Restaurants, in bürgerlichen, in ländlichen Lokalen, entweder ist der Vogel nicht richtig ausgebraten, das Fett sitzt noch unter der Haut, sodass die gar nicht richtig knusprig sein kann, oder kross, wie das heute heißt, das Fleisch löst sich nicht vom Knochen, wie hier zum Beispiel«, wobei er geschickt das Entenbein entblößte und den Knochen befriedigt auf den daneben stehenden Teller legte. »Die Soße ist zu fett oder mit einer Mehlschwitze vermurkst, die Knödel, wenn es überhaupt welche gibt, sind zu hart oder zu weich, das

Rotkraut wird auf dem Teller serviert und verhunzt mir die Soße.«

Evi nickte zu jedem Wort, Herbert Frobenius grinste, und Sebastian sagte: »Ich habe noch nie erlebt, dass man so viel über Essen reden kann.«

»Ich denke, Sie schreiben Drehbücher«, sagte Will.

»Doch nicht über Essen.« Sebastian blickte ihn verwirrt an.

»Versuchen Sie es doch mal. So wie wir hier sitzen, mit Appetit essen und darüber auch noch reden, das wäre eine hübsche Szene.«

»Ein komischer Film müsste das sein«, murmelte Sebastian.

»Ja, genau. Komisch und unterhaltsam. Ich weiß, ich weiß, Unterhaltung ist immer noch ein Schimpfwort. Es gibt so genannte E-Musik und U-Musik. E-Literatur und U-Literatur. Kategorisch getrennt. Eine deutsche Besonderheit. Das Publikum und die Leser sollen sich gefälligst langweilen und sich nicht unterhalten fühlen.« Will nahm sich einen kleinen Löffel von dem Rotkraut, das sich in einer kleinen Schüssel neben seinem Teller befand. Das war eine Spezialität von Jana: lieber eine Schüssel zu viel auf dem Tisch als eine zu wenig.

Sie sagte: »Wenn du bestellst, musst du verlangen, dass man dir das Kraut und die Soße jeweils in einem Schüsselchen extra serviert. Dann kannst du mischen, wie du willst, und hast nicht von vornherein eine unüberschaubare Pampe auf dem Teller.«

Hier nun lachte Herbert. Sie aßen gut; und wie immer, wenn Will bei ihnen am Tisch saß, war es unterhaltsam. Er schickte einen liebevollen Blick über den Tisch zu seiner Frau. Sie spürte das und lächelte ihm zu.

»Kann ich ja mal versuchen«, sagte Will. »Aber heutzutage ist dieser Tellerservice überall in Mode. Spart wohl Personal.«

Jana war versucht zu fragen: Und wie serviert deine Frau das Essen? Aber das wäre boshaft gewesen, sie wusste, dass Elfriede Loske nicht gern kochte, am liebsten gar nicht. Ente gab es bei ihr jedenfalls nie.

»Ich kann dir einen Rat geben«, sagte Jana. »Du bist doch gern auf Sylt.«

»Sehr gern, das wisst ihr ja. Anfang September habe ich mir eine Woche gegönnt. Ehe ich nach Amerika musste. Da drüben kann man das Essen komplett vergessen.«

»Es gibt in Keitum ein Lokal, das heißt Karsten Wulff. Kennst du das?«

»Nee, kenne ich nicht.«

»Dort bestellst du dir das nächste Mal Ente. Sie ist kross gebraten, der Knödel kommt extra, das Rotkraut und die Soße auch.«

»Darf nicht wahr sein.«

Jana blickte befriedigt in die Runde, alle waren sie nun satt und machten zufriedene Gesichter.

Und was war mit dem Gesicht, das ihr gegenüber saß?

Jana lächelte. »Ich hoffe, Geri, es hat Ihnen auch geschmeckt.«

Die Frau lächelte zurück.

»Es war sehr gut«, sagte sie leise.

Ihre Stimme klang heiser, wie verraucht. Und sehr ansehnlich war sie wirklich nicht. Das Haar fiel ihr lang und strähnig auf die Schultern, das Gesicht war zu stark geschminkt, wirkte verlebt, ihre Haltung war schlecht.

Aber die Augen! Ihre Augen waren schön, das entdeckte Jana jetzt, denn bisher hatte diese Geri sie kaum angesehen. Sie schien zu spüren, dass sie nicht willkommen war.

Ihre Augen waren groß, wirkten dunkel, obwohl sie graugrün waren, sie standen ziemlich weit auseinander; ein Zeichen von mangelnder Intelligenz, wie Jana wusste.

Diese Weisheit hatte sie von ihrem Hausarzt. Der machte immer solche Beobachtungen und beurteilte die Menschen danach.

»Entschuldigen Sie, dass ich Sie einfach Geri nenne. Aber so nennt Herr Klose Sie, nicht wahr?«

Sebastian hatte sich nicht die Mühe gemacht, seine Begleiterin richtig vorzustellen, er hatte nur gesagt: »Das ist Geri.«

Mit heiserer Stimme antwortete sie nun: »Mein Name ist vielleicht etwas umständlich. Ich heiße Geraldine.«

»Habe ich damals gleich gesagt, dass das unpraktisch ist«, mischte sich Sebastian ein. »Als wir zusammen am Theater waren, habe ich ihr sofort einen neuen Namen verpasst. Geralda Bansa. Kommt besser an.«

Jana empfand plötzlich Widerwillen gegen das Genie. Was maßte der sich eigentlich an?

Doch ehe ihr eine passende Antwort einfiel, ergriff Will das Wort und bewies wieder einmal, wie klug und gebildet er war.

»Geraldine«, sagte er, und es klang zärtlich, wie er den Namen aussprach. »Na, da hatte Ihre Mutter doch eine ganz bestimmte Person im Sinn, als sie Ihnen diesen Namen gab, Geraldine.«

»Meine Mutter nicht. Mein Vater. Er ist Schauspieler. Genauso erfolglos wie ich. Und er bewundert Charlie Chaplin.«

»Wer nicht«, sagte Will. »Er war einmalig. Geraldine heißt eine seiner Töchter. Erinnert ihr euch an *Dr. Schiwago,* die Verfilmung von Pasternaks Roman? Da hat sie mitgespielt.«

Daraufhin entstand ein Schweigen am Tisch. Herbert nickte Jana zu, also erinnerte er sich an den Film. Jana dachte nach, das war in den Fünfziger- oder Sechzigerjahren gewesen, sie war mit ihrer Mutter in Hamburg in dem Film gewesen, ein Breitwandfilm, das Meer aus gelben Blumen fiel ihr plötzlich ein. Lara hieß die eine der Frauen im Film, den Namen der Schauspielerin hatte sie vergessen. Geraldine

Chaplin gab ihre Kontrahentin. Auf Anhieb hätte Jana es nicht mehr gewusst, das musste sie zugeben. Sie musste Herbert später unbedingt fragen, was er noch alles über diesen Film in Erinnerung hatte.

»Pasternak bekam den Nobelpreis«, erzählte Will. »Aber er durfte nicht ausreisen, um ihn entgegenzunehmen. Gott, waren das beschissene Zeiten.«

Erstaunlicherweise sagte Evi: »Ich habe den Film gesehen. Er war einfach toll.«

»Aber, Evi, dazu bist du noch viel zu jung. Und du hast den Film doch wohl kaum in der DDR gesehen.«

Darauf ging Evi nicht näher ein, sie sprach selten über ihre Jugend hinter der Mauer.

»Ich war mal zur Kur. In Bad Wörishofen, und da lief der Film in einem Kino. Er war wirklich wunderbar.«

»Du warst zur Kur, Evi?«, fragte Will.

»Es ist mir ja nicht immer so gut gegangen wie in diesem Haus. Ich habe damals als Serviererin in einer Raststätte gearbeitet. Ich hatte immer so dicke, geschwollene Beine. Damals. Heute nicht mehr.«

Sie streifte ihren Rock hoch und zeigte ihre Beine, die schlank und sogar ziemlich schön waren.

»Man war sehr freundlich zu den Flüchtlingen von drüben. Und da bekam ich eben die Kur. Im kalten Wasser waten und so. Hat mir sehr gut getan.«

Evi war Ende der Siebzigerjahre auf abenteuerliche Weise über Bulgarien in die Bundesrepublik geflohen. Aber sie sprach nicht darüber, wie es dazu gekommen war.

Jana warf einen flüchtigen Blick in die Runde. Der Regisseur machte ein ziemlich dummes Gesicht. Zu *Dr. Schiwago* fiel ihm offenbar nichts ein. Herbert nickte ihr zu. Will lächelte.

Ihr Gegenüber, Geri, Geraldine, blickte verständnislos. Sie ist eben dumm, dachte Jana.

»Zum Dessert gibt es nicht viel«, sagte sie. »Obstsalat. Oder Ananas mit Eis.«

»Ananas ohne Eis«, sagte Will.

»Gut. Und den Kaffee oder Espresso trinken wir im Gartenzimmer.«

Amphitryon, Zeus und Alkmene

Als sie im Gartenzimmer saßen, kam Will gleich zum Anlass des Abends.

»Sie wollen also einen neuen Amphitryon-Film drehen«, sagte er zu Sebastian.

»Ich will keinen neuen Amphitryon-Film drehen, ich will einen Film über den Amphitryon-Stoff machen«, sagte Sebastian bestimmt.

»Soviel ich weiß, gab es darüber schon einen Film.«

»Das ist lange her, irgendwann in den Dreißigerjahren.«

Jana und Herbert tauschten einen Blick. Sie hatten sich zur Vorbereitung auf diesen Abend das Video besorgt. Es war ein alter UFA-Film, der junge Willy Fritsch spielte mit und daneben die sehr junge, noch ganz unbekannte Käthe Gold. Der Film war bezaubernd, aber sie würden sich hüten, jetzt davon zu sprechen.

»Der Amphitryon-Stoff ist immer wieder aufgegriffen worden«, fuhr Sebastian eifrig fort. »Es ist ja auch eine ungeheure Geschichte. An die vierzig Stücke und Bücher gibt es darüber. Heißt es. Giraudoux nannte sein Stück *Amphitryon 38,* weil es angeblich die achtunddreißigste Version ist. Auch ihm ist es nicht besonders gut gelungen. Das Stück, von dem es heißt, es sei das erste, ist von Plautus. Ich habe es gelesen, es ist schrecklich, eine einzige Sauerei. Wir kennen Molière und Kleist, und beide werden dem Stoff nicht gerecht. Auch Kleist nennt es ein Lustspiel. Ich frage, was ist lustig daran? Es ist die Geschichte eines Betruges, und auch wenn ein Gott der Betrüger ist, kann ich es nicht lustig finden. Trotz des ganzen Drumherums, der Streit, die Schlägereien, die Verwirrung aller Beteiligten, zum Lachen ist das alles nicht. Jedenfalls nicht für mich.

Geri und ich, wir haben es damals anders gesehen und darüber gesprochen. Darum habe ich Geri mitgebracht, als meine Zeugin gewissermaßen.«

Alle schwiegen und blickten Geraldine an, aber die schwieg auch. Evi, die den Kaffee serviert hatte und nun mit der Cognacflasche die Runde machte, blickte verständnislos von einem zum anderen.

»Ich habe auch Kirschwasser. Und eine alte Pflaume …« Sie stockte. »Vieille Prune, meine ich.« Mit solchen Wörtern tat sie sich immer noch etwas schwer. »Und Marillengeist«, fügte sie hinzu.

»Dann für mich eine Marille«, bat Will. »Ich hoffe, sie kommt aus Österreich.«

»Wenn wir hier auch in Berlin sind«, sagte Herbert Frobenius heiter, »wissen wir doch, was sich gehört. Marille nur aus Österreich.«

Jana blickte hinaus in den Garten. Es war inzwischen dunkel, nur die Laterne, die an der Hausecke hing und ein wenig im Wind schaukelte, warf flüchtiges Licht auf die Bäume. Der Wind hatte auf West gedreht, es würde vermutlich morgen regnen. Sie hatte ein Gespür für Wetter, sie stammte von der Insel Sylt und erkannte jede Windrichtung und was daraus folgen würde, sogar hier in Dahlem.

Sie ließ sich einen Cognac von Evi einschenken und beschloss, etwas Tempo in das Gespräch zu bringen.

»Wenn ich das richtig verstanden habe, wart ihr beide«, Blick zu Geraldine, Blick zu Sebastian, »damals zusammen am Theater, und wenn ich es weiter richtig verstanden habe, spielten sie an diesem Theater den *Amphitryon*. Den von Kleist?«

Sebastian nickte. »Natürlich hatte ich das Stück früher mal gelesen, es hatte mich nicht weiter beeindruckt, aber auf der Bühne ärgerte es mich.«

»Und Sie haben die Alkmene gespielt, Geraldine?«

»Gott bewahre«, sagte sie mit heiserer Stimme. »Nicht mal die Charis. Ich war eine von den Mägden, die im Hof herumsaßen. Vier waren wir im Ganzen, das Ensemble war klein. Auch wenn man für richtige Rollen engagiert war, musste man Statisterie machen, das ging gar nicht anders.«

Immerhin, dachte Jana, so viel auf einmal hat sie bisher nicht gesprochen.

»Und die Aufführung gefiel euch nicht.«

»Die Aufführung war mittelmäßig, klar«, sagte Sebastian. »Aber es ist vor allem das Stück, das mir nicht gefällt. Wenn Kleist sich schon darüber hermacht und es Molière nachschreibt, dann hätte er sich etwas Neues und vor allem Besseres dazu einfallen lassen können. Wenn Zeus vom Olymp herabsteigt, um wieder einmal eine Erdenfrau zu vernaschen, diesmal nicht als Schwan oder als Stier oder in welchen Verkleidungen er sich die Frauen sonst noch nimmt, die ihm gefallen, warum kommt er zu der Frau in der Gestalt ihres Mannes? Warum sieht er aus wie Amphitryon, warum benimmt er sich wie Amphitryon, warum redet er wie Amphitryon, obwohl er nicht Amphitryon ist? Das nenne ich eben Betrug. Wenn er dann wenigstens stillschweigend wieder verschwinden würde, wenn er seine Liebesnacht mit Alkmene aus ihrem Gedächtnis löschen würde, mit einem Kuss oder wie auch immer, schließlich ist er ja ein Gott, dann hätte man das noch verzeihen können. Aber nein. Er muss unbedingt in der Figur des Amphitryon auftreten. Und das klappt auf der Bühne sowieso nicht.«

»Das kann ja auch nicht klappen«, sagte Frobenius. »Man müsste dazu ein Zwillingspaar im Ensemble haben. Es klappt auch an großen Bühnen nicht. Darum hat ein Film seine

Reize, weil da beide Rollen vom selben Mann gespielt werden können.«

»Hm, das ist wahr, ich bin da ganz Ihrer Meinung, Herr Klose«, sagte Will. »Warum lässt Kleist ihn nicht einfach stillschweigend verschwinden? Und Alkmene könnte es vergessen haben, wenn ihr Mann dann wirklich vom Schlachtfeld nach Hause kommt.«

»Das kann ich euch genau erklären«, sagte Jana. »Weil dann der große Knall ausfallen würde samt der Wolke, in der Zeus auf den Olymp verschwindet.«

Evi, die wie angenagelt mit der Cognacflasche hinter Jana stand, sagte traurig: »Ich kenne die Geschichte nicht. Wir haben das in der Schule nicht gelernt. Aber ich bin ja auch nur in eine einfache Schule gegangen.«

Jana lachte, drehte sich um und nahm ihr die Flasche aus der Hand.

»Bestimmt habt ihr das in der DDR nicht in der Schule gelernt, und ich bezweifle, ob es heute in unseren Schulen auf dem Lehrplan steht. Setz dich, Evi. Ich erzähle dir die Geschichte kurz.«

Frobenius nickte. Jana war wie immer die Klügste. So kam man ganz klar auf den Stoff, ohne sich noch länger damit aufzuhalten, was die verschiedenen Dichter falsch gemacht hatten. »Das ist griechische Mythologie«, erklärte Jana. »Und die ist bei den alten Griechen mit der Historie vermischt. Möglicherweise hat es einen Amphitryon gegeben, er war König von Theben, Herrscher von Theben, vielleicht auch nur der Feldherr, der in den Krieg zog, in einen der vielen Kriege, die sie ununterbrochen führten, und in diesem, um den es hier geht, war er der Sieger. In den Lexika jedenfalls steht sein Name. Das ist wie mit dem Trojanischen Krieg. Wir wissen, dass er stattgefunden hat, das beweisen die Ausgrabungen. Aber er hat bestimmt nicht auf die Weise angefangen, wie Homer es beschreibt, genau wie sich die lange

Heimreise des Odysseus nicht so abgespielt hat, wie er es erzählt.«

Jana unterbrach sich, trank von ihrem Cognac. Das war das Verteufelte mit diesen griechischen Sagen, man geriet immer von einem ins andere. »Also, die Sache war so, Amphitryon war ein Feldherr, der in den Krieg gezogen war, und zu Hause im Palast in Theben wartete seine Frau Alkmene, umgeben von ihrem Hofstaat. Sie liebten sich und führten eine glückliche Ehe.«

Frobenius nickte seiner Frau zu. Das genügte. Es gab verschiedene Versionen über diesen Krieg, es gab sogar genaue Angaben, gegen wen er ihn führte, auch dazu gab es widersprüchliche Meinungen, und ob und wie diese Ehe zwischen Alkmene und Amphitryon zustande gekommen war, dazu gab es auch verschiedene Aussagen, so war das nun mal bei den alten Griechen.

Nischt Jenaues weeß man nich sagen die Berliner in solchen Fällen. Frobenius unterdrückte ein Lächeln.

»Alkmene muss eine sehr schöne Frau gewesen sein«, fuhr Jana fort, »sie war Zeus, dem Gott der Götter, aufgefallen, und weil er Gefallen daran fand, seine Frau Hera zu betrügen, war es diesmal Alkmene, die er besitzen wollte.«

Evi kicherte. »Das ist wie bei den Menschen auch.«

»Muss wohl so sein.« Jana warf ihrem Mann einen Blick zu. Jetzt grinste er unverhohlen.

Er hatte sie auch betrogen, das wusste sie. Vielleicht nicht so oft wie Zeus seine Hera. Genau wusste sie es nur von einem Mal, und sie hatte großzügig darüber hinweggesehen. Sein Beruf brachte ihn mit attraktiven Frauen zusammen und natürlich auch mit solchen, die sich von dem Verhältnis mit einem Produzenten Protektion erhofften.

»In diesem Fall«, fuhr sie fort, »tut Zeus das, was Herr Klose einen Betrug nennt. Er nähert sich Alkmene in der Gestalt ihres Mannes, verbringt die Nacht mit ihr und …«

»Und diese Alkmene hat das nicht gemerkt?«

»Nein.«

»Eigentlich sind es drei Nächte«, flocht Sebastian ein, »denn Zeus veranlasst Helios, den Sonnenwagen anzuhalten, sodass die Nacht sehr lange dauert.«

Jana schüttelte den Kopf. Gar zu kompliziert durfte man es auch nicht machen.

»Unglücklicherweise kommt Amphitryon am nächsten Morgen nach gewonnener Schlacht aus dem Krieg zurück, und plötzlich gibt es am Hof zu Theben Amphitryon zwei Mal. Das ist für alle sehr verwirrend, besonders für den echten Amphitryon, und für Alkmene selbstverständlich auch, doch dann gibt sich Zeus schließlich zu erkennen und kehrt in einer Wolke auf den Olymp zurück.«

»Vielleicht sollte man hinzufügen«, sagte Will, »dass diese Nacht nicht ohne Folgen bleibt. Alkmene bringt einen Sohn zur Welt, Herakles. Und Herakles wird der größte Held aller Zeiten. Nachdem er große Taten vollbracht hat, darf er als Halbgott zu seinem Vater auf den Olymp. Alkmene allerdings erleidet das Schicksal aller Sterblichen.«

»Sie starb?«, fragte Evi fassungslos.

»Irgendwann sicher. Über ihr weiteres Leben weiß man nichts. Das war den alten Griechen nicht so wichtig.«

»Wer will noch Kaffee?«, fragte Jana nach einer Weile, als keiner ein Wort sagte. Draußen schüttelte der Wind den Ahorn im Garten. Der Regen kam vielleicht noch in dieser Nacht.

»Kleist beendet das Stück mit dem ›Ach!‹ der Alkmene. Ein schöner Schluss, das muss man zugeben. Sofern eine Schauspielerin diesen Laut aus Erkenntnis, Entsetzen und Entzücken richtig bringen kann. Die damals konnte es nicht«, sagte Sebastian.

»Und Betrug war es eben doch«, beharrte Geraldine. »Zeus oder nicht Zeus.«

»Am Schluss wussten sie ja Bescheid. Und weil es sich um Zeus handelte, gaben sich alle zufrieden. Auch Amphitryon«, sagte Will.

»Woher wollen Sie das wissen?«, widersprach Geraldine. »Vielleicht mochte er nicht mehr mit Alkmene schlafen. Vielleicht auch sie nicht mehr mit ihm, weil Zeus der bessere Liebhaber war.«

Sebastian fuhr sich mit beiden Händen durchs Haar.

»Nun macht die Sache nicht noch komplizierter, als sie es ohnehin schon ist. Dann müssten wir ja eine Fortsetzung schreiben.«

»Du musst dir schon etwas einfallen lassen, wenn du einen neuen Amphitryon-Film drehen willst«, sagte Geraldine, die nun gar nicht mehr schüchtern wirkte. Sie sagte jetzt auch: einen neuen Film, was ihn ärgerte.

Damals, als sie über den Amphitryon-Stoff endlos geredet hatten, waren sie ein Liebespaar gewesen. Geraldine war neunzehn und liebte ihn sehr. Zuvor hatte es nur ein einziges Erlebnis mit einem Mann gegeben, ein älterer Kollege ihres Vaters hatte sie verführt, als sie siebzehn war. Das hatte ihr nicht gefallen.

Aber nun war es Liebe, bei ihr mehr als bei ihm.

Er wusste jedoch noch genau, was sie damals über Amphitryon gesagt hatte.

Sie hatte gesagt: »Ich würde es spüren, wenn ein anderer in mir ist. Wenn es du nicht bist. Ich würde es spüren. Und wenn es zehnmal ein Gott wäre.«

Daran dachte er jetzt, aber das konnte man nicht aussprechen. Amphitryon und Alkmene waren gegenwärtig im Gartenzimmer des Dahlemer Hauses, das dem Filmproduzenten Dr. Herbert Frobenius und seiner Frau Jana gehörte. Draußen schüttelte der Wind inzwischen alle Bäume.

»Es wird heute Nacht regnen«, sagte Jana.

Das brachte Evi zurück in diese Welt und diese Zeit.

Sie sprang auf. »Die Gartenmöbel sind noch draußen. Ich stell sie schnell rein.« Und weg war sie.

»Haben Sie denn schon ein Drehbuch, Herr Klose?«, fragte Will.

»Davon kann noch keine Rede sein«, sagte Sebastian. »Ich habe keine Ahnung, was ich schreiben werde. Ich weiß nur, dass ich den Amphitryon machen will. Das ist wie eine fixe Idee bei mir.«

»Dann eilt es ja nicht so«, stellte Will befriedigt fest. »Mit dem Drehbuch haben Sie noch eine Weile zu tun. Wenn es fertig ist, werden wir darüber reden. Falls Sie bei dem Stoff bleiben. Sicher könnte man einiges verändern. Und vor allem müssten Sie tolle Schauspieler haben.« Er sah Frobenius an. »Das wäre dann deine Aufgabe. Nicht solche Sternchen, wie sie uns das Fernsehen heutzutage vorsetzt. Und nicht solche halbgaren Sporttypen mit einem Kräuselbart im Gesicht. Na, warten wir mal ab. Dann könnte ich ja eigentlich bald zu Bett gehen. Morgen habe ich noch zwei Termine. Wenn ich schon in Berlin bin, will ich das ausnutzen.«

»Du wohnst wieder im Kempinski?«, fragte Frobenius.

»Klar, wo sonst.«

Blieb die Frage, wo die beiden anderen wohnten. Das heißt, Frobenius wusste, dass Sebastian bei seiner Freundin, der Sängerin, wohnte.

Er hatte keinen festen Wohnsitz, mal war er in Hamburg, mal in München, am liebsten aber in Paris, wo er angeblich ein kleines Appartement besaß. Und war er wie jetzt in Berlin, kampierte er bei seiner Freundin. Frobenius fragte sich, wie lange die das noch mitmachen würde. Wo Geraldine wohnte, mochte er nicht fragen, aber sie war mit Sebastian in seinem Wagen gekommen, also würde er es wohl wissen.

Sebastians Taktgefühl war nicht so ausgeprägt, sie erfuhren es gleich darauf.

Zunächst fragte er Will höflich: »Darf ich Sie ins Hotel bringen, Herr Loske?«

»Danke, nein. Wir bestellen dann ein Taxi. In Berlin fahre ich immer Taxi. Berliner Taxifahrer sind einfach immer höchst unterhaltsam. Und wie Sie wissen, habe ich für gute Unterhaltung viel übrig.«

»Geri wohnt bei ihrem Vater. Da bringe ich sie erst mal nach Hause.«

Keiner widersprach, denn es war offensichtlich, dass Will noch eine Weile mit Jana und Frobenius allein sprechen wollte.

»Geris Vater ist zurzeit auch ohne Engagement, und da hat sich die Familie wieder zusammengefunden. Sie leben drüben, vor drei Jahren war es noch der Osten, aber jetzt ...«

»Ksch!«, machte Geraldine. Ihre Augen waren jetzt wirklich grün und funkelten vor Wut.

Jana machte ein Ende, sie stand auf.

»Ich bringe euch hinaus. Seht ihr, was habe ich gesagt, es fängt gerade an zu regnen.«

Frobenius ging mit, brachte die beiden zu ihrem Wagen, einem altersschwachen VW.

Will blieb sitzen, und als die beiden wieder ins Zimmer kamen, sagte er: »Die Kleine kann einem leidtun. Sie war sicher mal ein ganz hübsches Mädchen.«

»Sie ist nicht dumm«, sagte Jana. »Aber total verbittert. Und unglücklich.«

»Ein hoffnungsloser Fall«, sagte Frobenius. Worin er sich täuschen sollte.

Ein erster Anlauf

Herbst und Winter gingen vorbei. Sebastian ließ lange nichts von sich hören, was Frobenius aber nicht störte, hatte er doch immer genug zu tun. Noch im November beendete er die Produktion einer höchst amüsanten Kriminalgeschichte, und gleich im neuen Jahr begann die Arbeit an einem Roman, den eine junge Autorin geschrieben hatte, ein ziemlich armseliger Stoff, aber die Dame hatte eine gute Presse. Beide Filme waren Auftragsarbeiten fürs Fernsehen.

Ende Februar brachte Sebastian ein Drehbuch, das Frobenius rundweg ablehnte.

»Das ist unmöglich. Du hast den Giraudoux noch hineingewurschtelt, dazu diese flapsige Sprache, das passt einfach nicht. Freche Sprüche allein reichen nicht aus, um die Story in der Gegenwart spielen zu lassen. Es ist nun mal ein Gott, der eine Menschenfrau liebt. Ein gewisser Zauber muss schon dabei sein.«

»Gott! Wer glaubt denn heute noch so einen Blödsinn. Und freche Sprüche, da müssen Sie mal den Plautus lesen.«

»Wenn du nicht daran glaubst, dass es Zeus war, dann lass es bleiben.«

»Das werde ich auch. Warum soll ich mir wegen der alten Griechen das Hirn zermartern.«

Dann wieder Schweigen.

»Inzwischen bin ich richtig verliebt in den Stoff. Wen könnten wir denn das Drehbuch schreiben lassen?«

»Das würde er dir nie verzeihen«, sagte Jana.

Bei einem Empfang des Kultursenators trafen sie die junge Sängerin, die Frobenius flüchtig kannte.

»Ich habe auch lange nichts von ihm gehört. Zurzeit ist er in Griechenland, er macht so eine Art Inselhopping.«

»Dann hat er den Plan noch nicht aufgegeben«, sagte Jana.

»Nein. Er ist besessen von diesem Amphitryon. Das heißt, noch mehr von Zeus und der schönen Alkmene. Er sagt, der Witz bei einem Film ist es eben, dass Zeus und Amphitryon vom gleichen Mann gespielt werden können.«

»So schlau sind wir schon lange«, sagte Frobenius.

»Und er will den größten Schauspieler aller Zeiten haben. Am liebsten den Gregor, aber der hat sich ja aus dem Filmgeschäft zurückgezogen.«

»Bisschen zu alt ist er inzwischen auch«, sagte Frobenius trocken.

»So, an die Schauspieler denkt er also auch schon! Und ich dachte, er hätte die Idee begraben.«

»Hat er nicht und wird er auch nicht, so gut kenne ich ihn. Es hat ihn sehr verärgert, dass Sie sein Buch abgelehnt haben. Dann wird er sich eben einen anderen Produzenten suchen, hat er gesagt.«

»Da denkt er ähnlich wie ich. Mir erschien es auch besser, einen anderen Autor und Regisseur zu finden.«

Die Sängerin lachte. »Das kann ja spannend werden. Jetzt treibt er sich in Griechenland herum und hat überhaupt kein Geld mehr. Er hat mich schon zwei Mal angepumpt. Saß irgendwo in einer Pension herum, eine ganz bescheidene Bleibe, wie er am Telefon gesagt hat, aber er konnte nicht mal die Rechnung bezahlen.«

»Zeus wird ihm auch nicht helfen.«

»Kann man's wissen?«

Kurz darauf erreichte Frobenius ein Brief, in dem Sebastian um einen größeren Vorschuss bat. Das Buch sei jetzt fertig, oder fast fertig, er müsse nach Paris, um dort in Ruhe weiterzuarbeiten. Der Brief kam von der Insel Rhodos.

Ohne Geld komme er nicht von dort weg, schrieb er.

»Und wovon lebt er, wenn er kein Geld hat?«, sagte Frobenius kopfschüttelnd zu Jana.

»Vielleicht hat er sich eine wohlhabende Griechin angelacht, und nun braucht er das Geld, um zu flüchten.«

Zu dieser Zeit rief Will wieder einmal an, fragte unter anderem, wie es mit der Produktion des Amphitryon stehe. Er habe gerade einen unerwarteten Gewinn gemacht, einen Teil des Geldes in die Schweiz transferiert – so was sagte er ohne Hemmung –, und er wolle sich jetzt an der Produktion beteiligen. Nachdem er alle Neuigkeiten kannte, sagte er: »Ich brauche frische Luft, ich will in die Berge. Schick dem Jungen Geld, er soll schleunigst das Buch fertig schreiben, was ihm bis jetzt nicht eingefallen ist, fällt ihm sowieso nicht mehr ein. Und es wird nicht besser, wenn er so lange daran rumbastelt. Wir treffen uns – das heißt Jana, du und ich –, und zwar um Ostern herum in Bad Reichenhall. Dort soll er das Buch hinschicken. Aber kommen darf er erst, wenn es uns gefällt. Wir wohnen im Axel, wie immer. Ich werde gleich die Zimmer bestellen.«

»Und deine Frau? Kommt sie nicht mit?«

»Ich kann sie ja fragen. Aber sie will Ostern lieber an die Côte d'Azur, da gefällt es ihr besser.«

Frobenius hatte auch eine Frage auf den Lippen, aber er stellte sie nicht, das tat er erst, als er Jana von dem Gespräch erzählte.

»Ob sie einen Liebhaber hat?«

»Kann sein. Auf jeden Fall hat sie eine beste Freundin, mit der war sie schon öfter verreist.«

»Willst du damit sagen, dass sie lesbisch ist?«

»Du hast eine blühende Fantasie. Man kann doch eine Freundin haben, ohne dass es auf so eine Art abläuft. Will ist schließlich auch dein Freund, und ihr seid nicht schwul.«

»Auch wieder wahr.«

»Übrigens war sie schon einige Male in Griechenland, das hat er uns erzählt, kannst du dich erinnern? Und als ich ihn gefragt habe, warum er nicht mitgefahren ist, hat er gesagt, es ist ihm dort zu warm. Schade, dass sie nicht mitkommt, sie könnte sicher einiges von den Griechen erzählen.«

»Die Griechen von heute nützen uns nichts. Sie könnte vermutlich nichts über Zeus erzählen, und außerdem kannst du sie nicht leiden.«

»Geht so. Wir haben uns nicht viel zu sagen, die Frau Dr. Loske und ich.«

Der Ton, in dem Jana das sagte, und die Miene, die sie dazu aufsetzte, brachten ihren Mann zum Lachen.

»Ich kann dir gar nicht sagen, wie ich mich auf Reichenhall freue«, sagte er dann.

»Ich weiß«, sagte Jana und küsste ihn.

Beginn einer Freundschaft

In Bad Reichenhall, im Jahr 1946, hatten sie sich kennen gelernt, Herbert Frobenius und Wilhelm Loske.

Ein Jahr nach Kriegsende, Deutschland lag in Trümmern, doch der Kurort war unbeschädigt vom Bombenkrieg und verschont vom Terror der Roten Armee. Hier regierten die Amerikaner, und zwar mit Wohlbehagen, die Hotels und das Kurhaus standen ihnen zur Verfügung, sie bekamen gut zu essen und fuhren in großen Autos oder Jeeps durch das Tal.

Neben ihnen waren die Displaced Persons, wie das auf Amerikanisch hieß, im Ort tonangebend. Das waren Versprengte, Vertriebene, aus Lagern Befreite und Zwangsarbeiter, die zumeist aus dem Osten stammten, wohin sie auf keinen Fall zurückwollten. Bei den Amerikanern ließ es sich besser leben. Man hatte sie untergebracht, und sie erhielten ausreichend Lebensmittelkarten.

Bei der einheimischen Bevölkerung waren sie höchst unbeliebt, es gab Einbruch und Diebstahl, alle Arten von Belästigung, denn die Displaced Persons waren der Meinung, wenn sie schon von den Nazis verschleppt und zur Arbeit gezwungen worden waren, konnten sie sich jetzt an den Deutschen schadlos halten. Sie wurden schließlich von den Siegern beschützt.

Man hatte in Reichenhall zwar kein Eigentum verloren, Flüchtlinge und Ausgebombte hatte man sehr wohl aufnehmen müssen, aber auf keinen Fall wollte man nun noch von irgendwelchen Fremden bestohlen werden.

Es gab also verschiedene Gruppen im Ort; die Einheimischen, die Amerikaner, die Displaced Persons, deutsche Flüchtlinge und endlich, genau wie früher auch, Kranke oder Leidende, die kuren wollten.

Das war auch zu dieser Zeit möglich. Die Ärzte praktizierten, die Kureinrichtungen waren geöffnet, man musste nur von zu Hause ein Attest mitbringen und für Bad Reichenhall eine Aufenthaltsgenehmigung ergattern. Und dann musste man sehen, wo man unterkam. Die Kurheime gab es noch, zum Teil waren sie jedoch beschlagnahmt für amerikanische Soldaten, für Displaced Persons und auch für deutsche Verwundete.

Hervorragend wie in Friedenszeiten war das Kurorchester, es gab erstklassige Konzerte, die auch von den musikbegeisterten Amerikanern besucht wurden. Selbstverständlich interessierten sich die Amis auch für einigermaßen hübsche Mädchen. Der Weg nach Berchtesgaden war nicht weit, dort stand ihnen der Berchtesgadener Hof zur Verfügung, Hitlers einstiges Prachthotel, da gab es Theateraufführungen, man konnte essen, trinken und tanzen.

Das alles gab es für die beiden Jungen, die nach langen Umwegen hier gelandet waren, natürlich nicht. Es war schwierig genug, bis Wilhelm Loske Lebensmittelkarten bezog, denn er hatte keine Aufenthaltsgenehmigung. Er war bei seiner Tante Kitty untergekommen, die allerdings über ein paar gute Verbindungen verfügte, die sie sich im Laufe der Jahre geschaffen hatte. Als sie sich dann noch einen fröhlichen amerikanischen Sergeant zulegte, ging es ihnen recht gut. Kitty, die eigentlich Käthe hieß und sich selbst umbenannt hatte, war immer recht geschickt mit ihrem Leben umgegangen.

Herbert Frobenius hingegen war der einsamste Mensch auf der Welt, auch der hungrigste, bis zu dem Tag, an dem er Wilhelm Loske traf.

Er saß auf dem erhöhten Ufer über der Saalach, blickte in das schnell dahinrauschende Wasser und dachte, ob es nicht besser wäre, sich da hineinfallen zu lassen. Er hatte kein Dach über dem Kopf, die amerikanische Militärpolizei hatte ihn schon mal in der Nacht aufgegriffen, als er auf einer Parkbank schlief, und für ein paar Tage eingesperrt. Nachts ging er zum Schlafen tief in die Wälder, noch war es Sommer, aber er schlief trotzdem nicht, gequält von den Gedanken an das vergangene Leben, zutiefst traurig, dass er seine Mutter verloren hatte. Er war am Ende.

Er hatte einen weiten Weg hinter sich, aus Danzig kommend, war er nun auf endlosen Irrwegen im südlichen Bayern gelandet, wo kein Mensch etwas von ihm wissen wollte. Seine Mutter hatte ihn auf die Reise geschickt, um sein Leben zu retten. Er war siebzehn, als er loszog, ohne zu wissen, wohin. Er sollte den Russen entkommen, die schon begannen, Danzig zu beschießen, man würde ihn in eine Uniform stecken, an ein Flakgeschütz setzen. Du musst fort, weit fort, hatte sie gesagt.

Angekommen war er nirgends.

Bis zu diesem Tag im Juli 1946.

Will kam auf dem Uferweg herangeschlendert, er führte den Hund seiner Tante spazieren, und der Hund, ein brauner Setter, entdeckte die Gestalt hinter den Büschen, lief hin und beschnupperte sie.

»Na, du«, sagte Herbert und streckte dem Hund die Hand hin.

Will, schon damals einer, der es genau wissen wollte, schob die Büsche auseinander, blickte auf die magere, ausgemergelte Gestalt und fragte: »Wo kommst du denn her?«

»Aus Reval«, kam es mürrisch.

»Aus was sagste da? Willst du mich veräppeln? Das ist doch in Russland.«

Herbert ersparte sich die Antwort. Russland war es nicht und war es eben doch. Unnötig, das so einem doofen Bayern zu erklären. Er streichelte den Hundekopf.

Aber Will war nicht doof und ein Bayer sowieso nicht.

»Warte mal, das ist doch, das ist doch Lettland, nicht?«

»Estland«, kam ein kurzer Bescheid. Aufgesehen hatte der Junge noch nicht.

»Du bist doch nicht heute aus Reval gekommen. Ist doch ein ziemlich weiter Weg.«

Nun blickte Herbert doch zu dem Fremden auf.

»Ich bin schon lange unterwegs«, sagte er müde.

Aber Will hatte schon erkannt, was mit dem anderen los war. Er zog ein Candy aus der Hosentasche, dank dem Sergeant hatte er jetzt so was.

»Hier, iss das mal!«

Herbert blickte schief auf das bunt eingewickelte Ding.

»Was soll das denn sein?«

»Was Süßes. So was Amerikanisches.«

»Mag ich nicht.«

»Kartoffelsuppe wär dir lieber, was?«

Bei dem Wort Kartoffelsuppe schluckte Herbert. Seine Hand lag auf dem Hundekopf.

Das gab den Ausschlag. Einer, von dem Rasso sich anfassen ließ, weckte Wills Interesse.

»Wenn du mir das erklärst mit Reval, dann kannste mitkommen. Meine Tante hat eine sehr gute Kartoffelsuppe, mit Speck drin. Haben wir heute zu Mittag gegessen, ist aber noch genug da. Und Cheese haben wir auch, das ist so amerikanischer Käse in einem Glas.«

Herbert schluckte wieder. »Aber …«, begann er.

»Mach schon. Ist nicht weit.«

Herbert erhob sich mühsam, er war ganz steif vom langen Sitzen, sein Magen schien nur noch aus einem eisigen Klumpen zu bestehen.

So begann eine lebenslange Freundschaft.

Manchmal in all den Jahren, wenn sie bei einem guten Essen saßen, wie im Herbst bei Janas Ente, sprachen sie von diesem Tag, und Will sagte: »Mitreden kann ich eigentlich nicht. Wirklich gehungert hab ich nie, zu Hause schon gar nicht, bei Tante Kitty auch nicht, na und später, da musste ich bloß noch auf meine Figur Acht geben.«

Wilhelm Loske kam aus Schlesien. Seine Mutter und er hatten in Breslau gelebt. Sein Vater war gefallen.

Im Januar 1945 waren die Russen schon sehr nahe, auch wenn der Wehrmachtsbericht es nach wie vor verschwieg. Doch Wills Mutter, eine gescheite und resolute Frau, hörte BBC und wusste Bescheid.

»Es wird Zeit, dass du hier verschwindest«, sagte sie.

»Und du?«

»Ich bleibe auch nicht und warte, bis die Russen mich massakrieren. Erst mal fahre ich zu Onkel Franz nach Dresden. Da kommen die Russen bestimmt nicht hin, das werden die Amerikaner und die Engländer nicht zulassen. Aber du musst weg. Hanke hat gesagt, dass er Breslau bis zum letzten Stein verteidigen wird.« Hanke war der Gauleiter. »Dann wird kein Mann, ob alt oder jung, die Stadt verlassen können. Du bist ein Hitlerjunge, sie werden dich einsetzen und umbringen, genau wie deinen Vater.«

»Und wo soll ich hin?«

»Das habe ich mir schon überlegt. Du musst versuchen, dass du zu Kitty nach Bad Reichenhall kommst.«

Da hatte er gelacht. »Und wie soll ich da hinkommen?«

»Das habe ich mir auch überlegt. Ich werde mir von Runge eine Art Fahrerlaubnis beschaffen, irgendeinen amtlich aussehenden Schein mit vielen Stempeln, das gibt es, und Runge kann das, da wird drinstehen, dass du zu deiner kranken Tante musst, die deine Hilfe braucht.«

Runge war der Ortsgruppenleiter, und zu ihm unterhielt Hanna Loske, aus zeitbedingten Gründen, ein freundschaftliches Verhältnis. Oft kam er zu ihr, um BBC zu hören, zu Hause konnte er das nicht. Nazi war er schon lange nicht mehr, und am liebsten wäre er auch auf und davon gegangen.

»Nach Bad Reichenhall«, sagte Will kopfschüttelnd. »Ist ja wirklich der nächste Weg.«

Vor drei Jahren hatten sie Kitty besucht, und es hatte ihnen in dem Ort unter dem Predigtstuhl gut gefallen. »Züge fahren noch. Es liegt an deiner Geschicklichkeit, wie du durchkommst. Am liebsten würde ich dich als Mädchen verkleiden.«

Da hatte Will wieder gelacht. Er war sechzehn, sein Bart spross schon ansehnlich, den Stimmbruch hatte er lange hinter sich.

»Und warum willst du nicht mitkommen, Mami?«

»Ich will versuchen, wenigstens ein paar Koffer und Mäntel und so was wegzuschaffen. Runge hat noch einen Wagen, er wird mich fahren. Nicht direkt nach Dresden, sondern nach Bad Schandau, das ist im Elbsandsteingebirge. Dort liegt sein Neffe im Lazarett, den kann er besuchen. Möglicherweise kommt er gar nicht zurück.«

»Der traut sich allerhand.«

Sie konnte mit ihrem Sohn ganz offen sprechen, denn richtige Nazis waren sie in dieser Familie nie gewesen, und seit dem Tod ihres Mannes, der gleich im Sommer 1941 in Russland gefallen war, war Hanna Loske von Hass gegen das Regime erfüllt. Das hatte sie vor ihrem Sohn nie verborgen, er verstand das gut, weil er seinen Vater geliebt hatte.

»Ich kann dich doch nicht im Stich lassen, Mami«, sagte er.

»Quatsch. Du lässt mich nicht im Stich. Ich kann mir selbst helfen. Und du sollst überleben, darauf kommt es mir an. Wenn du hierbleibst, bist du verloren. Eines Tages treffen wir uns bei Kitty.«

Kitty war Hannas jüngere Schwester. Um dem Arbeitsdienst zu entkommen, hatte sie eine Schwesternausbildung absolviert und später dann in der Universitätsklinik gearbeitet, sie war bei Ärzten und Patienten beliebt und angesehen. Dann jedoch bekam sie eine schwere Bronchitis, es begann mit Husten, wurde immer schlimmer, das Herz war angegriffen, und eine ewig hustende Schwester konnte man in der Klinik nicht brauchen.

Der Chefarzt verordnete ihr eine vierwöchige Kur in Bad Reichenhall.

Wilhelm Loske aber bekam vom Ortsgruppenleiter Runge einen prachtvoll gestempelten Passierschein, der ihn als Sanitätsgehilfen mit besonderen Aufgaben auswies, und damit gelangte er ziemlich mühelos zu Tante Kitty nach Reichenhall. Die Züge fuhren noch recht zuverlässig, manchmal beschossen Amerikaner oder Engländer die Züge im Tiefflug, doch dank den großartigen Papieren vom Parteigenossen Runge konnte Will zuletzt sogar mit einem Militärtransport mitfahren, sodass er bereits nach drei Tagen in Bad Reichenhall eintraf.

Kitty war informiert, denn ihre Schwester hatte ihr längst mitgeteilt, wie sie sich das alles vorstellte.

Kitty sagte nur: »Warum ist sie denn nicht mitgekommen? Breslau ist sowieso verloren. Und ob sie noch ein paar Fetzen rettet, ist inzwischen auch egal.«

Kitty war genauso tüchtig wie ihre Schwester. Betten, auch Kleidungsstücke und ausreichenden Vorrat an Lebensmitteln hatte sie zu organisieren gewusst.

Sie, die damals, hustend und nach Atem ringend, in das Kurbad gekommen war, hatte man dort nämlich nicht nur geheilt, man hatte sie gleich behalten. Ein junger Arzt, der hier praktizierte, hatte sich besonders eifrig mit ihr beschäftigt, denn Kitty, damals dreiundzwanzig, war ein hübsches Mädchen und dank ihrer medizinischen Vorbildung eine verständige Patientin, die wirklich alles tat, um möglichst bald gesund zu werden.

Während ihres Aufenthalts in Bad Reichenhall begann der Krieg, was für alle in diesem Kurheim ein Schock war. Die Ärzte und Patienten hatten Hitler geglaubt, dass er nie und nimmer einen Krieg haben wollte. Man war ihm hier sehr nahe, zum Obersalzberg war es nur ein Katzensprung.

Der junge Doktor und auch der leitende Arzt des Kurheims schlugen Kitty vor, sie solle am besten noch eine Weile bei ihnen bleiben, möglicherweise gäbe es jetzt Schwierigkeiten mit der Reise, außerdem wäre es sehr bedauerlich, wenn Kittys Heilungsprozess gefährdet würde. Außerdem hatte sich zwischen Kitty und dem jungen Doktor etwas entwickelt, zwar noch keine richtige Affäre, aber immerhin das Vorspiel dazu.

Kitty sagte, sie wolle gern bleiben, nur müsse man ihr eine Arbeit geben, damit sie Geld verdiene.

Kitty lernte schnell. Binnen eines halben Jahres war sie eine brauchbare Kraft in dem Kurheim geworden, und die inzwischen zur Wirklichkeit gewordene Liebesgeschichte machte ihr den Aufenthalt in Bad Reichenhall höchst angenehm. Nach Beginn des Russlandkriegs wurde der junge Arzt eingezogen, doch bevor er gehen musste, wurde noch geheiratet. Und es erging ihr wie so vielen Frauen in dieser Zeit, eines Tages war er verschwunden, ob tot oder gefangen, sie wusste es nicht. Anfangs hatten sie sich geschrieben, einmal kam er sogar auf Urlaub, aber weil er jung war, wurde er meist in Notlazaretten dicht hinter der Front eingesetzt, und Urlaub gab es bald gar keinen mehr.

Dass sie sich nun mit einem Amerikaner eingelassen hatte, hatte mit Liebe nichts zu tun, es war Berechnung. Und sie tat es nicht zuletzt wegen ihres Neffen. Will hatte keine Aufenthaltsgenehmigung, und er bekam keine Lebensmittelkarten. Außerdem hoffte sie ja, dass ihre Schwester eines Tages käme.

Sie erklärte es Will ziemlich kühl.

»Ich habe keinen Krieg angefangen. Und dass die Amerikaner sich mit den Russen verbündet haben, ist eine Gemeinheit. Was geht sie ein Krieg in Europa überhaupt an? Aber sie haben sich das letzte Mal schon eingemischt, 1917, weißt du, das Kriegführen muss ihnen riesigen Spaß machen. Und nun haben sie den Russen auch noch halb Deutschland in den Rachen geschmissen. Dafür lasse ich mich jetzt amerikanisch ernähren. Und dich auch.«

Will hatte nichts dagegen einzuwenden, er sagte nur: »Und wenn dein Mann doch noch zurückkommt?«

»Dann werde ich es ihm mit diesen Worten erklären.«

Der Amerikaner war ein netter blonder Junge aus Arkansas, gut gelaunt und echt verliebt in Kitty. Er tat für sie, was er konnte, und für Will ebenso. Und als dann noch Herbert Frobenius zur Familie stieß, konnten sie alle froh sein, ihn zu haben.

Herbert kam wirklich aus dem Baltikum, aus diesem Land großer deutscher Geschichte, von Ordensrittern aufgebaut und kultiviert, das aber seit Peter dem Großen zu Russland gehörte.

Geboren war er in Reval, dort hatte er die ersten elf Jahre seines Lebens verbracht. Also war er alt genug, um unter dem Verlust der Heimat zu leiden, alt genug auch, um das Leid seiner Mutter mitzuempfinden. Sie stammte aus altem baltischem Adel, war in diesem Sinn erzogen; von Hitlers Gnaden nun in einem polnischen Dorf angesiedelt zu werden, lehnte sie ab. Sie wollte, dass ihr Sohn weiterhin ein Gymnasium besuchte, um später studieren zu können. Sie entschied sich für Danzig, das nach dem Ersten Weltkrieg ein Freistaat geworden war, geschützt und verwaltet vom Völkerbund in Genf. Es war eine alte Stadt mit großer Tradition, in der sie meinte leben zu können. Dort wohnte auch der Anwalt der Familie, der Reval bereits Ende der Zwanzigerjahre verlassen hatte, er verwaltete den Rest ihres Vermögens. Das Schloss nahe der Ostsee hatte ihr Vater längst verkauft, auch das Stadthaus in Reval, in dem sie zuletzt gewohnt hatte, gehörte ihr nicht mehr.

Sie war sehr einsam, sehr unglücklich. Ihre Mutter war gestorben, als sie vier Jahre alt war, erzogen wurde sie von einer französischen Gouvernante, betreut von estnischem Personal. Ihr ältester Bruder wurde von den Bolschewisten ermordet, der andere Bruder verschwand über das Meer nach Schweden.

Verbittert von dieser Zeit, die eine alte bedeutende Geschichte zerstört hatte, erschoss sich ihr Vater. Ihre Verlassenheit war einer der Gründe, aus denen sie eine verhängnisvolle Ehe eingegangen war, eine Ehe, zu der ihr Vater nie seine Einwilligung gegeben hätte.

Fjodor Frobenius war Russe, stammte jedoch von einer deutschen Familie ab, die in Moskau eine Schokoladenfabrik besessen hatte, enteignet von den Bolschewisten. Er kam als Hauslehrer zu ihnen nach Reval. Schon als Kind hatte sie ihn bewundert, als heranwachsendes Mädchen schwärmte sie für ihn. Er war groß und kräftig, hatte ein ausgeprägtes Gesicht mit schweren dunklen Brauen und dichtes dunkles Haar. Es begann mit einer großen Leidenschaft, die sie, jung, wie sie war, für Liebe hielt.

Fjodor Frobenius jedoch wurde zum überzeugten Stalinisten, und er verlangte von seiner Frau, dass sie mit ihm nach Moskau umzog. Das brachte nach stürmischen Jahren voller Streit die Trennung. Sie lebte allein mit ihrem Sohn Herbert in Danzig, sie hatte eine hübsche Wohnung, er ging in die Schule, er war gut gekleidet, und sie versuchte den Lebensstandard ihrer Jugendjahre aufrechtzuerhalten.

Tatsache war, dass sie kein Geld mehr hatte, der Rest des einstmals transferierten Vermögens war während des Krieges verloren gegangen.

Gesundheitlich ging es ihr nicht gut, sie hatte ein Herzleiden und litt unter Atemnot.

Dass alles bald zu Ende sein würde, wusste sie. Die Russen rückten näher, und Danzig würde von den Nazis verteidigt werden.

Herbert hatte ein Notabitur gemacht, und seine Mutter verlangte von ihm, dass er die Stadt verließ, gen Westen floh, um den Sowjets zu entkommen.

Sie haben uns alles genommen, sie haben meine ganze Familie umgebracht, ich will, dass du am Leben bleibst.

So ihre Worte, immer wieder.

Es war eine ähnliche Situation, wie Wilhelm Loske sie mit seiner Mutter in Breslau erlebt hatte. Als sie später darüber redeten, festigte diese Übereinstimmung ihres Schicksals ihre Freundschaft für alle Zeit.

Auch Herbert wollte, dass seine Mutter mit ihm flüchtete, und sie stimmte zu. Eines Morgens jedoch fand er sie tot in ihrem Bett, und der Arzt, der sie behandelt hatte, erklärte, ihr Herz habe versagt.

Erst später, als er langsam zur Besinnung kam, erkannte Herbert, dass sie nachgeholfen hatte. Schlaftabletten hatte sie schon immer genommen, diesmal wohl eine große Dosis. Noch einmal wollte sie nicht ins Ungewisse flüchten, doch den Abschied wollte sie ihm leicht machen. Der Arzt, der das alles verstanden hatte, sprach nicht davon.

Sie war sechsunddreißig Jahre alt, als sie starb.

Herberts Irrfahrt durch Deutschland, sein Aufenthalt in der sowjetischen Zone, unnötig, das alles näher zu beschreiben.

Hanna Loske jedoch erreichte nach großen Umwegen ihre Schwester Kitty in Bad Reichenhall. Erstaunlicherweise kam sie aus Salzburg. Sie war nach der Bombennacht im Februar 1945 von Dresden nach Prag geflohen, und als die Russen kamen und die Verfolgung der Deutschen begann, irrte sie von dort aus durch Böhmen und landete schließlich im Sudetenland in einem alten, halb verfallenen Bauernhaus. Hier traf sie einen Österreicher, einen desertierten Offizier, der sich versteckt hielt. Als die schlimmste Verfolgung vorbei war, konnte er sich sogar frei bewegen. Er sprach perfekt Tschechisch.

Er wurde später Wills Stiefvater, mit dem er sich gut verstand. So war es verständlich, dass Evi sich darüber entzückte, wenn Will fröhlich war und lachte. Sein Schicksal war im Vergleich zu dem seines Freundes Herbert weitaus glücklicher gewesen.

Das Drehbuch

Verständlich, dass Bad Reichenhall im Leben der Freunde einen besonderen Platz einnahm. Dann und wann, ob es einen Anlass gab oder nicht, trafen sie sich in dem Kurort zu einem kurzen oder längeren Aufenthalt.

Will war erfolgreich im internationalen Finanzgeschäft, das Fundament war eine Banklehre. Herbert hatte studiert, später als Journalist gearbeitet und war dann per Zufall zum Film gekommen. Es war eine im Filmgeschäft höchst einflussreiche Frau, die er als junger Reporter kennen lernte. Er war von seiner Zeitung beauftragt, ein Interview mit ihr zu führen. Das war noch in München gewesen. Diese Frau war imponierend, nicht nur wegen ihres Erfolges, vor allem ihr Auftreten und ihr Charme nahmen ihn gefangen. Es wurde die erste große Liebe in Herberts Leben.

Er lernte von ihr, in dieser und jener Beziehung. Damals, als Fernsehen noch keine Rolle spielte, waren Filmproduzenten und Filmverleiher wichtige Leute, es gab einige bedeutende Namen in dieser Branche, und Herbert Frobenius lernte sie alle kennen. Er war beeindruckt, fasziniert, und ehe er es sich richtig überlegt hatte, wechselte er von der Redaktion der Zeitung in das Besetzungsbüro einer großen Filmproduktion, zunächst in München, später bekam er ein eigenes Ressort im geteilten Berlin.

Für Theater und Film hatte er sich immer interessiert, keine Aufführung hatte er versäumt, weder in den Münchener Kammerspielen noch im Residenztheater, noch in den kleinen, nach dem Krieg in allen Stadtteilen entstandenen

Boulevardtheatern. Auch war er ein begeisterter Opernbesu-
cher geworden, nicht zuletzt durch seine bedeutende Freundin. Von ihr hatte er gelernt, nicht nur zu sehen und zu
hören, sondern auch zu urteilen.

In Berlin traf er dann mit dem damals erfolgreichsten Filmproduzenten zusammen, lernte weiter und kam schließlich
Ende der Siebzigerjahre auf die »irre Idee«, wie er es selbst
nannte, sich als Produzent selbständig zu machen. Obwohl
nun, nicht zuletzt im Schatten des Fernsehens, das Filmgeschäft rückläufig war. Andererseits gab es durch das Fernsehen Aufträge und Verdienst, man musste sich eben gut in
beiden Geschäftsfeldern bewegen können.

Sein Freund Wilhelm Loske, inzwischen ein reicher Mann
geworden, versorgte ihn mit einem gewissen Anfangskapital,
nach dem Herbert nicht gefragt hatte, das ihm quasi aufge-
drängt worden war. Und Jana, mit der er inzwischen verheiratet war, stand ihm zur Seite, hatte keine Angst vor mageren
Jahren, sondern ermutigte ihn, das Wagnis einzugehen. Er
hatte sie auf Sylt kennen gelernt, als er dort Ferien machte.
Zum zweiten Mal bewies er eine glückliche Hand bei der
Wahl einer Partnerin.

Wie von Will gewünscht, trafen sie sich in der Osterwo-
che wieder einmal in Bad Reichenhall, und Herbert brachte
das Drehbuch mit, das Sebastian ihm pünktlich geschickt
hatte.

Am ersten Abend saßen sie bei Werner in der Bar des
Hotels Axelmannstein, das sie nach dem Krieg nur von außen
hatten bewundern können. Die Herren tranken wie gewohnt Martini, Jana ein Glas Champagner. Sie sprachen von
Amphitryon.

»Er macht es ziemlich kompliziert«, sagte Dr. Frobenius.

»Er will das Ganze in einem Amphitheater spielen lassen,
als moderne Inszenierung, die dann unversehens in dem
alten griechischen Mythos landet.«

Will, erst vor einer Stunde eingetroffen, war von der langen Fahrt etwas müde. Er war diesmal mit dem Auto aus Düsseldorf gekommen, seinem Hund zuliebe, den er nicht so lange allein lassen wollte. Seine Frau war, wie erwartet, an die Côte d'Azur gereist. Zwar hatten sie daheim in Meerbusch ein Hausmädchen, allerdings hielt das nicht viel vom Spazierengehen.

Will sagte: »Später. Lass uns erst den Abend genießen. Wir werden essen und dann einen Abendspaziergang durch den Ort machen und Tante Kitty einen kleinen Besuch abstatten. Morgen gehen wir hinauf nach Nonn und essen Forelle, und dann, nach einem kleinen Schläfchen, werde ich das Drehbuch lesen. Und dann reden wir darüber. Glücklicherweise liegt auf den Bergen noch reichlich Schnee, darauf habe ich mich am meisten gefreut.« Kitty, nun sechsundsiebzig, hatte sich in der Reichenhaller Luft gut gehalten, lebte nach wie vor in ihrer hübschen Wohnung am Park und freute sich jedes Mal, wenn die beiden Jungs, wie sie sie nannte, sie besuchten. Hanna, Wills Mutter, war vor sieben Jahren gestorben.

Sie kamen nicht dazu, lange über das Drehbuch zu reden, denn schon am Gründonnerstag reiste Sebastian Klose an, begierig darauf zu erfahren, was Produzent und potentieller Finanzier zu seinem Drehbuch sagten.

Herbert hatte inzwischen Gespräche mit dem Bayerischen Rundfunk geführt, der ein gewisses Interesse an dem Projekt signalisierte.

Griechenland sei in, hatte der Redakteur vom Bayerischen Rundfunk erklärt. Er fahre jedes Jahr, seine Frau wolle partout dorthin. Ihm schmecke zwar das Essen nicht, das sei in Italien besser. Aber die Landschaft, das Meer fände er großartig. Voriges Jahr sei er auf den Kykladen, auf Santorin gewesen.

Als Sebastian das hörte, war er sofort im Bilde.

Er hatte offensichtlich viel auf seiner Reise gelernt. Er berichtete ausführlich über die Kykladen, dass es ungefähr fünfzig Inseln seien, große, mittlere und kleine, und keineswegs alle bewohnt.

»Überall begegnet man der griechischen Mythologie, es geht gar nicht anders.« Die anderen mochten seine Art zu erzählen. Heiter und nicht ohne Humor berichtete er von den Inseln, den antiken Tempelanlagen, den Museen und der faszinierenden Landschaft. Davon, dass er die meiste Zeit mittellos gewesen war, sprach er nicht. Jana imponierte das.

Sebastian war am Nachmittag gekommen, von Paris nach München geflogen, von dort nach Salzburg und mit einem Taxi herüber nach Bad Reichenhall. Er hätte müde sein müssen, war es aber nicht. Es war schon spät, sie waren die letzten Gäste bei Werner in der Hotelbar. Sebastian musste jetzt endlich erzählen, was ihm noch zu Amphitryon eingefallen war.

»Wir stecken Amphitryon in eine fesche Uniform – er ist ein General. Nicht deutsch, nicht amerikanisch, nicht russisch, einfach eine legere, elegante Uniform. Wir wissen nicht, wie ein Thebaner, der in den Krieg gezogen ist, gekleidet war. Und Alkmene bekommt auch kein umständliches Gewand, sondern ein hübsches leichtes Sommerkleid. Am Schluss natürlich, als sie nach der Liebesnacht mit Zeus aus dem Haus kommt, trägt sie ein kurzes Nachthemdchen.«

»Das beruhigt mich«, sagte Will. »Ich dachte schon, sie kommt nackt aus dem Haus.«

»Das wäre auch eine Möglichkeit«, sagte Sebastian ganz ernsthaft.

»Nicht gerade nackt aus dem Haus, aber aus dem Bett. Das wären dann noch Innenaufnahmen. Aus dem Haus nicht, dort lungert nämlich das Personal des Palastes herum.«

»Und von dem, was sie im Bett treiben, sieht man gar nichts?«

Herbert lachte. »Will, ich bitte dich. Wir drehen doch keinen modernen Sexfilm, sondern ein griechisches Drama.«

»Von Drama kann keine Rede sein. Es ist eine Liebesgeschichte. Mit zwei Männern, die ein Mann sind. Sein sollen. Man müsste zeigen, wie der echte Amphitryon sich im Bett aufführt, sagen wir mal, ehe er in den Krieg zieht. Und ob es Zeus anders macht.«

Sebastian hatte ein nachdenkliches Gesicht bekommen. Und Herbert sagte: »Schluss jetzt. Womöglich fängst du noch an, ein neues Drehbuch zu schreiben.«

»Auf jeden Fall müssen wir eine Szene auf Delos drehen«, sagte Sebastian nach einer Weile der Überlegung und zündete sich die sechste Zigarette an, seit sie an der Bar saßen. Die anderen sahen ihn missbilligend an. Will hatte nie geraucht, Jana ganz gern und Frobenius sehr viel. Er hatte es sich mühsam abgewöhnt, und Jana rauchte ihm zuliebe auch nicht mehr. Jetzt blickte sie nachdenklich auf Oskar, der lang ausgestreckt auf dem grünen Teppich lag und fest schlief.

Oskar war Wills Hund, ein dunkler Gordonsetter, er war dieser Rasse treu geblieben.

»Delos, was soll das denn nun wieder heißen?«, fragte Frobenius.

»Delos ist die berühmteste Insel der Kykladen«, erzählte Sebastian. »Hier wurden Apollo und Artemis geboren, beide Kinder des Zeus. Nicht von Hera, seiner Gattin, selbstverständlich nicht, sondern von einer Dame namens Leto. Die ihrerseits von Hera auf die Insel verbannt wurde, wo sie dann die beiden Kinder gebar. Artemis, Göttin der Jagd, der Natur, Beschützerin der Tiere. Und Apollo, na, das wisst ihr ja, Gott der Musik und der Dichtkunst, der Kunst überhaupt, der Medizin, im Guten wie im Bösen, und der schönste aller Götter.«

»Was heißt denn das nun wieder, Medizin im Guten wie im Bösen?«, fragte Jana müde.

»Er kann heilen und verderben, er kann Wahnsinn verursachen. Delos war eine Kultstätte der alten Griechen und ist es heute noch. Auf der Insel darf niemand geboren werden und niemand sterben, sie wird von steinernen Löwen bewacht. Hier steht auch das Amphitheater, in dem ich den Film beginnen lassen möchte. Die Insel ist unbewohnt. Allerdings dürfen Touristen an bestimmten Tagen und zu bestimmten Stunden Delos besuchen. Von Mykonos aus zum Beispiel, das liegt am nächsten. Dort ist ein fürchterlicher Rummel, eine Amüsierinsel, voll von Fremden, jede Menge Kneipen. Außerdem ein beliebter Treffpunkt für Schwule.«

»Das würde Apollo kaum gefallen«, sagte Will und kicherte albern.

»Wollen wir nicht schlafen gehen?«, fragte Jana, die Augen immer noch auf den schlafenden Hund gerichtet.

»In Griechenland wollen Sie drehen?« Frobenius war entsetzt. »Was soll das denn noch kosten?«

»Außenaufnahmen von den Inseln müssen sein, das Meer, die Küsten, die Berge. Und das Amphitheater von Delos, das ganz bestimmt. Jedenfalls als Beginn. Komparsen bekommen wir vor Ort, das wird nicht teuer.«

»Fragt sich nur, ob Sie auf Delos filmen dürfen, wenn das eine so geheiligte Städte ist«, sagte Will.

»Ich habe schon eine Anfrage bei der griechischen Botschaft in Paris laufen«, erklärte Sebastian kühl.

Alle sahen ihn verblüfft an. Es schien ihm ernst mit seinem Plan zu sein.

»Für die weiteren Aufnahmen«, fuhr er fort, »können wir das Amphitheater hier nachbauen. In Babelsberg. Oder noch besser bei der Bavaria in München, die können das gut. Die haben mir auch ganz fabelhaft die Brücke von Avignon aufgebaut.«

Werner blickte von einem zum anderen, dann auf die leeren Gläser.

»Noch eine Runde?«, fragte er freundlich.

»Gut«, sagte Frobenius. »Einen kleinen Nightcap.«

»Für mich nicht«, sagte Jana. »Es ist bereits Karfreitag, den sollte man nicht gerade besoffen beginnen.«

»Ich mache mit Oskar noch einen kleinen Spaziergang«, sagte Will. »Ein Glas trinke ich noch, dann gehen wir hinaus. Komm, steh auf, Oskar. Eine wunderbare klare Nacht draußen, wir schauen auf die weißen Berge, es wird ganz still sein, kein Mensch auf den Straßen, das haben wir gern.«

Der Hund war aufgestanden, streckte sich, die Beine weit gereckt.

»Es ist Karfreitag, da hat Jana recht. Den kann man sehr gut mitten in der Nacht beginnen und dabei auf die Berge blicken. Morgen wird gefastet. Oder sagen wir mal, wenig gegessen. Meine Mutter hat am Karfreitag immer Eier in Dillsoße gemacht. Gibt es hier sicher nicht.«

»Wenn Sie es wünschen«, sagte Werner, »bekommen Sie es bestimmt.«

»Vielleicht bekomme ich sie bei Tante Kitty«, überlegte Will. »Kann ich ja mal nachfragen.«

»Jetzt?«, sagte Jana und gähnte.

»Morgen Vormittag. Sonntag gehe ich mit Tante Kitty in die Kirche, und dann laden wir sie ganz groß zum Essen ein. Also dann, Genossen. Schlaft gut in dieser traurigen Nacht.«

Er trank sein Glas aus, schnalzte mit der Zunge und verließ mit Oskar die Halle. Der Nachtportier stand schon an der Tür bereit.

Auch Herbert machte sich daran aufzubrechen.

Er leerte sein Glas und sagte: »Danke, Werner. Es ist spät geworden. Es wird Zeit, dass Sie auch nach Hause kommen. Falls Sie unser Gelaber einigermaßen mitbekommen haben, wissen Sie jetzt, dass wir einen Film über die alten Griechen machen wollen. Amphitryon. Vielleicht. Sehr vielleicht. Komm, Jana.«

Er fasste Janas Hand und steuerte mit ihr zum Lift. Das schlesische Wort Gelaber hatte er von Will gelernt. Damals schon.

Sebastian blickte ihm verdutzt nach.

»Haben Sie das gehört, Werner? Vielleicht hat er gesagt. Nachdem ich mich jetzt jahrelang mit dem Stoff herumschlage. Und mein neues Drehbuch … Geben Sie mir noch einen Whisky. Bitte. Dann sind Sie mich gleich los.«

Er zündete sich noch eine Zigarette an und blickte zur großen Tür der Halle, die nach draußen führte.

»Wie lange geht Herr Loske denn üblicherweise mit dem Hund spazieren?«

»Das weiß man nicht. Gestern war er eine halbe Stunde unterwegs. Vorgestern fast eine Stunde. Da war es allerdings nicht so spät wie heute.«

Sebastian nahm einen Schluck von seinem Whisky.

»Toller Mann, was? Muss doch ziemlich kalt draußen sein, so mitten in der Nacht. Und ich habe nicht gesehen, dass er einen Mantel angezogen hat.«

»Es ist sicher kälter als in Griechenland.«

»Um diese Jahreszeit kann es dort auch recht ungemütlich sein. Und bedenken Sie, die haben keine Heizung.«

»In Griechenland gibt es keine Heizung?«

»In Athen sicher schon. Aber nicht auf den Kykladen. Na also dann, gute Nacht. Fröhliche Ostern darf man ja noch nicht sagen in dieser traurigen Nacht.«

»Gute Nacht, Herr Klose. Schlafen Sie trotzdem gut.«

Eine Entscheidung wird vertagt

Am Karfreitag war es trüb. Das sei ein passendes Wetter für diesen Tag, meinte Will, als er nach dem Frühstück bei Jana und Herbert anrief, die sich genau wie er ihr Frühstück auf dem Zimmer servieren ließen. Er mache jetzt einen langen Spaziergang mit dem Hund, später werde er Tante Kitty besuchen.

Nachdem Sebastian auf Nachfrage erklärte, dass er noch eine Weile im Bett bleiben wolle und sich dann mit dem Drehbuch befassen müsse, als Folge ihres gestrigen Gesprächs, fuhren Jana und Herbert nach Salzburg hinüber. Gegen Mittag fing es zu regnen an, sie kehrten im K. und K. ein, und Herbert sagte: »Nun ist Will wohl vollends zufrieden mit dem Wetter.«

Als sie abends zusammen in der Halle saßen, erfuhren sie dann, dass sie am nächsten Nachmittag bei Kitty eingeladen waren, sie hatte Kuchen gebacken.

»Da muss ich ja nicht mitgehen«, sagte Sebastian. »Morgen fahre ich nach Berlin zu meiner Isolde.«

»Heißt sie denn Isolde?«, fragte Herbert.

»Nein. Ich nenne sie nur so. Die Isolde ist ihre Traumpartie. Wird sie nie singen.«

»Warum nicht?«

»Sie hat nicht das Volumen dazu.«

»Sie ist ja noch jung«, sagte Jana. »Das kann sich noch entwickeln. Die Isolde singt man nicht mit fünfundzwanzig.«

»Sie ist siebenundzwanzig«, stellte Sebastian richtig. »Und singt noch nicht einmal die Mimi.«

Jana und Herbert tauschten wieder einmal einen Blick des Einverständnisses. Offenbar wirkte Sebastian nicht sehr fördernd auf die jungen Künstlerinnen, mit denen er umging.

»Wenn es noch etwas zu besprechen gibt, dann bleibt nur der heutige Abend«, sagte Sebastian.

»Heute reden wir nicht über Amphitryon«, bestimmte Will. »Wir haben ja das Drehbuch. Und zunächst reden wir mal über die Finanzierung.«

»Dazu braucht ihr mich ja nicht«, sagte Sebastian lässig. »Nur über die Besetzung hätte ich gern noch gesprochen.« Und da keiner eine Frage stellte, fuhr er fort: »Ich hätte gern den Burckhardt als Amphitryon. Und die Conradi als Alkmene.«

»Um Gottes willen«, entfuhr es Herbert. »Die ist schwierig. Und sehr launisch.«

»Ich weiß, ich habe schon mit ihr geredet. Aber ich werde mit ihr fertig. Und sie ist so schön.«

»Schön, gewiss. Eine coole Schönheit.«

»Ist ja nicht gesagt, dass die Alkmene viel Temperament haben muss, oder? Sie wird von den Männern ja nur benutzt, um es mal ebenso cool auszudrücken.«

»Das ist nicht gut ausgedrückt. Ihr Mann liebt sie ja wohl. Und Zeus, na ja, der meint es doch ernst mit seiner …«

Jana stockte. War Liebe hier das richtige Wort?

Sebastian hatte das genau verstanden.

»Ja, mit was? Wie nennt man das? Liebe bestimmt nicht. Begehren, Anmaßung, Betrug.«

Eingebrannt hatte sich ihm, was Geri gesagt hatte, als sie den Kleist in ihrem Stadttheater aufführten. »Es ist Betrug«, hatte sie gesagt. »Er missbraucht sie, scheinbar als ihr Gatte noch dazu, um seinen Göttersohn zu zeugen. Mich empört das.«

Herbert stoppte den Dialog, denn er sah, dass Will gelangweilt war. Wenn das so weiterging, würde er sich an der Finanzierung nicht beteiligen.

»Für heute beenden wir das Thema. Burckhardt, gut, der ist ein passender Typ für die Rolle. Für beide Rollen, wenn man so will. Und die Schwierigkeit haben wir im Film ja nicht, dass wir zwei Männer brauchen, die sich möglichst ähnlich sein müssen. Und die Conradi, das gebe ich nur noch zu bedenken, ist mittlerweile sehr durch das Fernsehen ... na ja, sagen wir mal: verbraten. Man hat sie in den vergangenen Jahren sehr oft gesehen.«

»In guten Rollen«, beharrte Sebastian.

»Zugegeben. In guten Rollen.«

Eine Weile schwiegen sie, nun ernstlich ermüdet von dem Thema.

»Wie kommen Sie morgen nach Berlin?«, fragte Jana höflich.

»Nach München mit dem Zug. Und von dort habe ich ein Ticket für einen Flieger. Ich sage dann heute schon Addio, weil ich morgen sehr früh aufstehen muss. Morgen geben sie den *Parsifal,* da singt sie ein Blumenmädchen. Das Ganze dauert nicht zu lange, sodass wir danach noch essen gehen können.«

Jana überlegte, ob eine Verabredung bestand oder ob er sich das erst heute ausgedacht hatte, weil er genug von dem Gerede hatte. Andererseits behauptete er, ein Ticket zu haben.

Sie stellte keine Frage. Egal, wohin er fuhr oder flog, entschieden war gar nichts. Und wann dieser Film gedreht wurde, falls überhaupt, das stand noch in den Sternen.

Am nächsten Tag sprachen sie bei Kaffee und Kuchen dann doch wieder über Amphitryon. Will hatte es wohl bei seinem Besuch erwähnt, und es zeigte sich, dass Tante Kitty dazu auch eine Meinung hatte.

Sie hatte in den Dreißigerjahren den Film gesehen, sie wusste noch, dass Willy Fritsch die Doppelrolle gespielt hatte und die junge Käthe Gold ihre erste Filmrolle.

»Eine bezaubernde Frau«, sagte Kitty. »Sie hat nur selten gefilmt, sie hat bei Gründgens Theater gespielt, die besten Rollen überhaupt. Das Gretchen vor allem. Ich höre ihre Stimme noch, sie hatte ein ganz eigenartiges Timbre. ›Ach neige, du Schmerzensreiche, dein Antlitz meiner Not …‹ Einmalig.«

»Willst du damit sagen, du warst in Berlin im Theater?«, fragte Will.

»Hanna und ich waren mal ein paar Tage in Berlin, das war, kurz bevor ich krank wurde. Mama hatte dort eine Freundin aus ihrer Jugendzeit, bei der konnten wir wohnen. Wir gingen jeden Abend ins Theater. Mamas Freundin hatte nämlich ein Kartenbüro. Vorverkauf für alle Theater, das gab es damals in Berlin.«

Eine Weile erzählte sie, was sie alles während der Woche in Berlin gesehen hatte.

»Das habe ich in Reichenhall am meisten vermisst, dass wir hier kein richtiges Theater hatten. Immer wieder gute Gastspiele, das schon. Später bin ich dann oft nach Salzburg gefahren. In die Oper am liebsten während der Festspiele. Ach, der Karajan!«

Eine Weile schwärmte sie von Karajan, was sie alles bei ihm gesehen und gehört hatte.

»Als er starb, habe ich mich gefragt, warum ich noch lebe.«

Niemand lachte. Will nahm ihre Hand und küsste sie.

»So leicht war es aber nicht, in Salzburg Karten zu bekommen«, sagte Jana.

Kitty lächelte. »Man muss eben Beziehungen haben. Und einmal«, sagte sie zu Will gewandt, »hast du mich doch mitgenommen. Wir waren in *Don Carlos*. Weißt du nicht mehr?«

»Natürlich weiß ich es noch. War eine tolle Aufführung.«

Worin die Beziehungen bestanden, wussten sie. Wills Stiefvater hatte in der Verwaltung des Festspielhauses gearbeitet.

Kittys Mann, der junge Arzt, war nach vier Jahren nach Hause zurückgekehrt, eigentlich nur um zu sterben. Die Hölle der russischen Kriegsgefangenschaft hatte ihn zerstört.

Kitty pflegte ihn noch drei Jahre, dann erlosch er, stumm und taub gegen die Welt um sich herum. Ein Opfer des Krieges, und sie gewissermaßen auch. Sie hatte nie wieder geheiratet. Sie arbeitete in einem Sanatorium, hatte später ein jahrelanges Verhältnis mit einem Apotheker, das aber seine Schwierigkeiten hatte, der Mann war verheiratet.

Während Tante Kitty von ihrer Berliner Theaterwoche erzählte, war Will etwas eingefallen. Davon musste er jetzt seinen Freunden und Kitty berichten.

»In Breslau, da habe ich euren *Amphitryon* gesehen. Den von Kleist natürlich.«

»Jetzt wird's interessant«, sagte Frobenius. »Und wie war da dein Eindruck?«

»Bisschen seltsam fand ich es schon. Ich war so fünfzehn oder sechzehn etwa. Störend fand ich das ganze Drumherum, wenn ich so darüber nachdenke. Es waren irgendwie alberne Szenen, mit diesem Hermes ... So hieß er doch, der Gefolgsmann von Zeus, nicht? Und sein Gelaber mit der Jungfer, der Alkmene. Der musste ja auch in einer anderen Aufmachung auftreten, als ... als ... Wie heißt der Feldwebel von Amphitryon?«

»Feldwebel ist gut«, sagte Frobenius und lachte. »Der heißt bei Kleist Sosias. Na ja, so eine Art Adjutant ist er ja, und er kommt nach Hause, um den Sieg seines Herrn zu melden, und findet sich selbst da vor.«

»Deswegen habe ich mir ja später den Film angesehen. Ihr habt schon recht, wenn Amphitryon und Zeus von einem Schauspieler gespielt werden, ist das wirklich einfacher. Obwohl ich nicht einsehe, dass die beiden Männer im Aussehen identisch sein müssen.«

»Wieso bitte nicht?«, fragte Will.

»Zeus ist schließlich ein Gott. Es müsste ihm doch ein Leichtes sein, in Alkmenes Augen so auszusehen wie ihr Mann. Darauf kommt es doch nur an. Für das Publikum, das im Theater sitzt, kann er ja ruhig anders aussehen. Das Wunder der Verwandlung ist eigentlich nur für Alkmenes Augen bestimmt.«

»Da hast du recht«, sagte Herbert beeindruckt. »Auf die Idee bin ich noch gar nicht gekommen.«

»Noch einen kleinen Cognac?«, fragte Kitty.

»Für mich gern«, sagte Jana. »Ich habe zwei Stück Kuchen gegessen, das ist mir lange nicht mehr passiert.«

»Ach, überhaupt diese Götter«, sagte Kitty, während sie die Gläser füllte. »Die sind ja alle ziemlich üble Burschen. Denkt nur mal an unseren Wotan!«

»Wie kommst du denn auf den?«, fragte Will amüsiert.

»Der ist doch von der gleichen Art. Er hat seine Fricka auch ständig betrogen. Die Walküren sind ja wohl alle von ihm gezeugt. Na, und die Wälsungen? Wie sind die denn zustande gekommen?«

»Dank Wagner wissen wir wenigstens etwas darüber. Sonst ist es um die germanische Überlieferung, gemessen an der griechischen, ja eher bescheiden bestellt. Da müsste man mal nachforschen«, sagte Jana.

Herbert hob abwehrend die Hände. »Bitte nicht. Mir genügen die alten Griechen.«

»Und wisst ihr, was mich am meisten an all diesen Geschichten ärgert?«, sagte Kitty, die Cognacflasche in der Hand. »Dass wir Frauen in all diesen alten Geschichten immer die Dummen sind. Wir werden gebraucht und missbraucht, die Männer gehen krähend ihrer Wege. Von Emanzipation hatten die früher keine Ahnung.«

Die drei anderen lachten, Kitty blickte sie triumphierend an. Doch Jana sagte: »Wenn wir denn bei Kleist bleiben, wie ist denn das mit Penthesilea. War die emanzipiert genug?«

Höchst zufrieden und satt bis obenhin, spazierten sie kurz darauf ins Hotel zurück, mit einem kleinen Umweg dem Hund zuliebe.

In bestem Einvernehmen und mit guter Laune verbrachten sie den Rest des Osterurlaubs. Im Stillen waren sie ganz froh, dass Sebastian nicht mehr dabei war, von dem Film mochten sie nicht ständig reden. Ob und wie und wann er gedreht werden sollte, blieb ungeklärt.

Doch er wurde gedreht. Es verging mehr als ein Jahr bis zur ersten Klappe. Zunächst wurden einige Aufnahmen mit der von Sebastian gewünschten Besetzung in den Studios der Bavaria gedreht.

Frobenius hatte einen Kooperationsvertrag mit einer griechischen Produktionsfirma geschlossen, das erleichterte die Aufnahmen auf der Insel Delos.

Sie wohnten zunächst auf Mykonos, wo es genau so zuging, wie Sebastian es beschrieben hatte. Sie siedelten nach Naxos über, dort fühlten sie sich wohler, die Unterbringung war komfortabler, nur dauerte die Überfahrt nach Delos länger.

Aber die Dreharbeiten verliefen sehr unbefriedigend.

Das Lachen des Zeus

Die Stimmung am Set war verheerend. Das lag auch an den beiden Hauptdarstellern, Susanne Conradi und Walter Burckhardt. Sie konnten einander nicht ausstehen. Sie waren Profis, beide berühmt genug, um den anderen gelten zu lassen, aber es gab keine Harmonie zwischen ihnen. Sie hatten vor vielen Jahren, als sie noch am Anfang ihrer Karriere standen, einen Film zusammen gedreht, der ein Flop geworden war, und das hatten beide nicht vergessen, jeder gab dem anderen die Schuld daran.

Die Conradi war höchst erfolgreich im Fernsehen, hatte allerdings auch Rollen übernommen, die ihr nicht lagen, besser gesagt, in die sie nicht hineinpasste. Ab und zu musste sie unfreundliche Kritiken einstecken. Und beliebt war sie bei ihren Kollegen sowieso nicht.

Burckhardt hatte selten gefilmt, hauptsächlich Theater gespielt, in den letzten Jahren an den besten Bühnen, von Romeo über den Ferdinand bis zum Faust reichte sein Repertoire, mit modernen Stücken tat er sich schwer. Er hielt die Conradi für unfähig, auf der Bühne zu stehen, was er zwar nicht aussprach – immerhin war er ein höflicher Mann –, aber dann und wann ließ er es durchblicken. Sie nannte ihn ungeniert einen abgetakelten Komödianten, und bereits im ersten Interview, das sie vor Beginn der Dreharbeiten gab, hatte sie rüde erklärt, er sei eigentlich zu alt für die Rolle des Amphitryon.

Was Unsinn war, weil sie gerade einmal fünf Jahre jünger als er war. Genau genommen war sie zu alt für die Alkmene.

Es gab bissige Bemerkungen, gehässige Blicke und oft Streit zwischen den beiden, was für alle Beteiligten manchmal amüsant, oft aber störend war. Schlechte Laune überträgt sich, pflanzt sich fort. An einem glutheißen Tag auf der Insel Delos eskalierte die Situation.

Sebastian war dem nicht gewachsen, er verlor die Nerven, er brüllte, um es dann wieder mit gutem Zureden zu versuchen.

Naumann, der Aufnahmeleiter, hatte schon mehrmals mit Frobenius telefoniert, bat ihn, zu kommen und Ordnung in das Team zu bringen. Aber Herbert Frobenius war gerade mit der Planung eines Dreiteilers beschäftigt, die Verhandlungen konnten jeden Tag zum Abschluss kommen, wegfahren konnte er jetzt nicht.

»Das war überhaupt eine blödsinnige Idee mit diesem Delos«, sagte er am Telefon gereizt.

»Genau das meint Frau Conradi auch. Sie hätten ein wunderschönes Amphitheater bei der Bavaria aufgebaut, da hätten sie denselben Quatsch auch machen können. Wenn Klose partout Bilder von der Insel, vom Meer und von der Landschaft haben wolle, könne er das genauso ohne die Schauspieler machen. Die Alkmene sei sowieso keine Rolle für sie, einfach zum Kotzen, so schimpft und meckert sie den ganzen Tag.«

An diesem Tag war es wieder so weit, sie schrie herum, und die Herren von der griechischen Produktionsfirma bedachten sie mit missbilligenden Blicken, obwohl sie kein Deutsch verstanden.

Glücklicherweise verstanden sie auch nicht, was folgte.

»Ich weiß überhaupt nicht, was wir auf dieser Scheißinsel machen. Amphitryon war Feldherr von Theben. Wo ist denn hier Theben? Der ganze Quatsch stimmt vorn und hinten nicht. Sie hätten sich besser informieren sollen, Herr Klose, ehe Sie sich an diesen Stoff wagten.«

Sebastian schrie genervt zurück: »Der größte Fehler war, dass ich Sie für diese Rolle haben wollte, Miss Conradi! Die Alkmene ist keine Rolle für Sie, das hätte ich wissen müssen. Da fehlte es mir an der richtigen Information.«

»Da sind wir ausnahmsweise einmal einer Meinung. Ich will nicht mehr. Ich fliege morgen zurück nach Deutschland, dann können Sie sich Ihre Alkmene an den Arsch kleben.«

»Kinder, Kinder«, versuchte Burckhardt zu vermitteln, »benehmt euch doch. Was sollen denn die Kollegen von euch denken.«

»Ach, halt die Schnauze!«, schrie die Conradi nun ihn an. »Macht es dir vielleicht Spaß, hier in der Hitze herumzuhängen?«

Heiß war es wirklich, die Schminke lief ihnen über das Gesicht, die Maskenbildnerin musste ständig nachbessern.

»Du hast recht«, sagte Burckhardt friedlich, »es ist ziemlich warm.« Und dann fing er an zu singen, die altbekannte Weise von Cole Porter: »*It's too damn hot, too damn hot.*«

Das machte die Conradi noch wütender.

»Jetzt hängen wir schon den dritten Tag auf dieser blöden Insel herum, und die berühmte Anfangsszene von Herrn Klose ist immer noch nicht im Kasten. Denkst du, ich will hier überwintern?«

»Im Winter ist es sicher kühler«, sagte Burckhardt. »Und dass wir die Szene noch nicht im Kasten haben, ist deine Schuld, meine Liebe.«

Sie fauchte ihn wütend an, setzte zu einer Entgegnung an, Burckhardt wandte sich jedoch um, verließ die Mitte des Amphitheaters und setzte sich an den Rand, wo – mehr oder weniger verdattert – das übrige Ensemble saß.

Sie hatten nur vier Schauspieler aus München mitgebracht, zwei Männer, einen für den Sosias, den anderen, um einen Feldherrn für Amphitryon zu mimen.

Und zwei Frauen, eine für die Rolle der Charis, die andere sollte die Dienerin der Alkmene spielen.

Die andere war Geraldine.

Sebastian hatte es auch diesmal fertiggebracht, sie in einer kleinen Rolle zu besetzen, und zweifellos war sie hier fehl am Platz, sie hätte diese zwei oder drei kleinen Auftritte auch in München im Studio spielen können.

Alle, die sonst noch dort saßen, als Soldaten für die Armee oder als Diener im Palast, waren einheimische Komparsen.

Genau genommen hatte die Conradi recht. Schauspieler wurden für diese Aufnahmen nicht gebraucht. Sebastian hatte Aufnahmen von der Insel, auch vom Helikopter aus gedrehte, er hatte Bilder von den Propyläen, die zu den Apollotempeln führten, er hatte den Artemistempel, die zwei steinernen Löwen, das Amphitheater und was auf der Insel sonst noch sehenswert war.

Dass er hier in diesem Amphitheater die erste Szene des Films spielen lassen wollte, war seiner Besessenheit geschuldet.

Zum Ersten war er von der Insel, die auch heute noch eine Kultstätte war, fasziniert. Kein Urlaubergetümmel wie auf den anderen Inseln, man kam nur per Schiff hierher, man durfte die noch heute weihevoll wirkenden Stätten besichtigen, und dann musste man die Insel wieder verlassen. Das imponierte ihm, und er fand, dass es keinen für einen Film besser geeigneten Platz gab, der so von der griechischen Mythologie inspiriert war.

Da war zum Zweiten das Amphitheater, das ihm nicht aus dem Sinn gegangen war, seit er es gesehen hatte. Dort und sonst nirgends sollte die erste Szene gedreht werden.

Seiner Besessenheit war auch geschuldet, dass er einen neuen Anfang für seinen Film haben wollte. Es sollte auf jeden Fall anders beginnen als bei Plautus oder Kleist.

Er hatte das seinen Schauspielern schon in München mit großer Ausführlichkeit erklärt.

»Das alte Theben gibt es nicht mehr. Eine Stadt können wir nicht gebrauchen. Einen Juxbetrieb auch nicht. Hier herrscht eine gewisse Feierlichkeit. Und Ruhe, man kommt zur Besinnung.«

Die Conradi und Burckhardt hatten sich das geduldig angehört. Anfangs.

»Amphitryon ist nicht da, er führt Krieg, warum, wieso, spielt für uns keine Rolle. Und das Wesen, das sich in seiner Gestalt Alkmene nähert und sie für diese eine lange Nacht liebt, ist Zeus. Ich möchte aber, dass in der ersten Szene der echte Amphitryon auftritt. Er nimmt Abschied von Alkmene, um ins Feld zu ziehen. Ich möchte, dass er es ist und erst viel später Zeus in der Gestalt des Amphitryon zu Alkmene kommt. Tage später, Wochen später, der Krieg, in den Amphitryon gezogen ist, wird kaum in zwei Tagen beendet sein.«

»Das haben wir ja alles kapiert«, hatte die Conradi gesagt. »Es soll kein Abklatsch von Kleist werden, okay, damit sind wir einverstanden. Aber warum muss der Anfang so kompliziert sein?«

Den Beginn des Films sah nun so aus: Ein Mann und eine Frau, ein Paar also, besichtigen Delos, vage ist eine Gruppe von Touristen angedeutet, dann sind sie allein, wirken ein wenig gelangweilt und ermüdet. Sie trägt weiße Hosen und ein T-Shirt, er Jeans und ein Polohemd. Dann stehen sie vor dem Amphitheater, die Frau breitet die Arme aus und ruft: Was für eine Bühne! Wie herrlich muss es gewesen sein, hier Theater zu spielen.

Sie steigt hinab, geht in die Mitte der Bühne, ruft nach ihm, aber er schüttelt nur den Kopf.

Doch plötzlich ist die Frau verändert, sie trägt ein langes weißes Gewand (vom leichten Sommerkleid war Sebastian abgekommen), sie hat die Haare hochgesteckt, streckt dem Mann die Hand entgegen, und wie in Trance steigt er zu ihr hinunter, nun trägt er die Uniform, von der Sebastian gesprochen hatte, eine elegante Uniform von hellem Grau, auf der Schulter Achselstücke, an der Brust Orden, auf diese Weise wieder ganz modern.

Modern auch der Dialog, die Sprache ganz einfach, sie sind Alkmene und Amphitryon, sie nehmen Abschied, er zieht in den Krieg.

Er sagt: Ich komme wieder, wenn ich gesiegt habe.

Sie sagt: Bleib heil.

Er küsst sie, hält sie im Arm, dann ziehen auch schon die Soldaten heran, umringen sie, ein Offizier tritt auf, ähnlich gekleidet, Befehle, Bewegung, die Truppe zieht ab. Alkmene bleibt mit ihren Mägden allein, sie winkt, sie ist traurig, hat Tränen in den Augen.

So stellte sich Sebastian den Anfang des Films vor, und damit hatte er den Widerspruch seiner Schauspieler herausgefordert.

»Das ist doch einfach läppisch«, hatte Burckhardt gesagt. »Keine großen Worte, na schön. Aber Krieg war ja sicher auch damals nicht so nebensächlich. Ein Satz von ihm, ein Satz von ihr, da kann sie ja gleich sagen, pass auf dich auf.«

»Das soll sie eben nicht sagen. Sie sagt, bleib heil.«

»Das ist genauso dämlich«, darauf die Conradi. »Das ist kein guter Anfang für einen Film. Erst latschen wir herum wie Touristen, dann palavern wir, und plötzlich ist alles verändert. Ich weiß schon, was Sie meinen, Herr Klose. Die andere Kleidung soll es bringen. Aber das können wir im Studio viel besser umsetzen.«

»Diese Szene können wir auch in München drehen«, maulte Burckhardt. »Und einen neuen Text brauchen wir auch.«

»Den Text mache ich«, schrie Sebastian. »Und diese Szene muss einfach in diesem Amphitheater spielen. Hier kann die Kamera den Himmel über Delos einfangen, kann in die Ferne schwenken.«

Und darauf dann der große Ausbruch der Conradi. Ihre Ankündigung, dass sie die Rolle hinschmeißen und mit dem nächsten Flieger nach Deutschland verschwinden würde.

Sebastian hielt ihr Vertragsbruch vor, sie schrien sich gegenseitig an, waren schließlich ganz allein in diesem hochgelobten Amphitheater und merkten nicht, dass sie jetzt wirklich hervorragendes Theater machten.

Der Kameramann und sein Team hatten sich an ein schattiges Plätzchen zurückgezogen. Bronski war klar, dass dies länger dauern würde und vermutlich an Arbeit an diesem Tag nicht mehr zu denken war. Er setzte sich und zündete sich eine Zigarette an, obwohl das hier streng verboten war. Burckhardt saß auf dem Boden wie die anderen auch, er nickte Geraldine freundlich zu und sagte: »Beim Theater würde man sagen, je mehr Krach bei den Proben, umso besser die Vorstellung. Stimmt auch nicht immer.«

Dann lächelte er dem hübschen jungen Griechen zu, der neben Geraldine saß.

»Ein Glück, dass er nicht versteht, was hier für Worte fallen.«

»Ich verstehe sehr gut«, sagte der junge Mann.

»Sie sprechen Deutsch? Das ist aber peinlich für uns. Haben Sie in Deutschland gearbeitet? Als Gastarbeiter?«

Burckhardt stockte und betrachtete den Griechen genauer. Er sah intelligent aus, hatte einen überlegenen Ausdruck im Gesicht.

Der konnte auch in Deutschland studiert haben, dachte Burckhardt. Wie überheblich, ihn gleich als Gastarbeiter einzustufen. Wie vermessen man doch mitunter war.

Aber warum saß der hier unter den Komparsen? Er konnte auch …

»Sie sind Schauspieler?«, fragte er in verbindlichem Ton.

Der Grieche hob die Hand ein wenig und zeigte zur Bühne hinab: »Diese Frau ist für die Rolle der Alkmene nicht geeignet.«

Also doch ein Schauspieler. Er kannte das Stück, er wusste, was da vor sich ging.

Burckhardt setzte an, um sich mit dem vermeintlichen Kollegen ernsthaft zu unterhalten, da sah er die schwarze Wolke, die über den Himmel zog und das Amphitheater verdunkelte, und dann zeigten sich um den Saum der schwarzen Wolke goldene Ränder.

Kam da ein Gewitter? Auch Geraldine blickte erschrocken zum Himmel hinauf, und nun ertönte ein lautes Lachen. Es schien von oben zu kommen. Er sah den jungen Griechen an. Der lächelte, blickte aber nicht nach oben, sondern hinab auf die verdunkelte Bühne.

»Ein Gewitter zieht auf.« Burckhardt war verwirrt. »Es hat gedonnert.«

»Es klang, als hätte jemand laut gelacht«, sagte Geraldine.

»Das Lachen des Zeus«, sagte der Grieche, und nun stand Spott in seinen Augen. »Er wollte sich wohl mal ansehen, was hier unten geschieht.«

Burckhardt versuchte es nun auch mit Gelächter. Es klang ein wenig kläglich.

»Eine gute Idee«, sagte er. »Sollten wir diesem Klose mal erklären, wäre doch auch eine hübsche Szene für den Anfang.«

Die Wolke war verschwunden, der Himmel wieder blau, ohne das geringste Wölkchen weit und breit. Die beiden da unten waren verstummt, standen da und starrten nach oben.

Burckhardt hatte sich gefasst. Er war das erste Mal in seinem Leben in Griechenland, vielleicht gab es hier solche

Wettererscheinungen. Bei dieser Hitze schien ihm alles möglich zu sein.

»Na denn, ich werde mal hören, was die beiden vereinbart haben. Ob Susanne dabei bleibt, den Kram hinzuschmeißen.«

»Sie passt nicht für die Alkmene«, sagte der Grieche.

Er sah Geraldine an, die zwischen ihm und Burckhardt saß.

»Du wirst die Alkmene spielen. Du bist schön. Und du hast die Melodie für die Sprache.«

Geraldine blickte ihn fassungslos an, öffnete den Mund vor Staunen.

Burckhardt blickte auf die beiden, dann lächelte er verständnisvoll. Während sie sich da unten krachten, hatte hier offenbar eine Liebesgeschichte angefangen. Wenigstens ein Lichtblick an diesem unerfreulichen Tag. Dieser junge Grieche war wirklich sehenswert.

Zum ersten Mal sah er Geraldine genauer an, die er bisher kaum beachtet hatte, ein Gruß, ein kleines Lächeln.

Wahrhaftig, sie war wirklich schön.

»Na, dann wünsche ich noch viel Spaß«, sagte er und stand auf.

Der Grieche erhob sich auch, nahm Geraldines Hand, umfasste ihren Arm und zog sie hoch, dicht an sich heran. Er neigte den Kopf zu ihrem Gesicht und küsste sie auf den Mund.

Dann legte er Geraldines Hand in Burckhardts Hand.

»Nimm sie gleich mit. Sie wird die Alkmene spielen. Und Sie werden ein guter Amphitryon sein. Und ein sehr guter Zeus.«

Er legte seine Hand leicht auf Burckhardts Schulter, lächelte, wandte sich um, ging fort, an den anderen Komparsen vorbei, die kein Wort von dem, was hier geredet worden war, verstanden hatten.

Burckhardt blickte ihm irritiert nach.

Dann sah er Geraldine an, die genauso irritiert zu sein schien. Doch auf einmal lächelte sie.

Wie schön sie war! Wo war er nur mit seinen Augen gewesen, dass er diese Frau nie beachtet hatte? Sie sollte eine verflossene Freundin von Klose sein, erzählte man sich.

Er hielt immer noch Geraldines Hand.

»Seit wann kennen Sie diesen jungen Mann?«

»Ich habe ihn heute zum ersten Mal gesehen«, sagte Geraldine wie im Traum. Ihre Augen waren weit geöffnet, ihr Mund hatte einen sehnsüchtigen Bogen, ihr dunkles Haar schimmerte seidig, lockte sich auf ihren Schultern.

Nun lächelte sie.

»Dann werden wir es Sebastian sagen. Gehen wir hinunter.«

»Was wollen Sie ihm sagen?«

»Dass ich die Alkmene spiele. Wir werden diese Szene gleich probieren. Mit einem anderen Text.«

»Mit einem anderen Text? Was für ein Text?«, fragte Burckhardt dumm.

»Ich weiß ihn schon.«

»Das kann ja heiter werden«, murmelte er. Der nächste Krach stand bevor.

Es gab keinen Krach. Geraldine beherrschte die Situation auf einzigartige Weise.

»Wie ich höre, Frau Conradi, wollen Sie die Rolle abgeben. Das ist verständlich. Sie liegt Ihnen nicht. Ich werde die Alkmene spielen.«

»Na, erlaube mal«, begann Sebastian, verstummte aber, als er Geraldines veränderten Ausdruck sah.

»Der ganze Anfang wird gestrichen«, sprach Geraldine weiter. »Nur die Abschiedsworte von Alkmene und Amphitryon. Sie weint nicht, sie ist nicht traurig. Sie sagt nur: Du wirst siegen. Er sagt: Ich werde siegen oder sterben. Und sie sagt: Dein Tod wäre auch mein Tod. Doch du siegst. Dann küssen sie sich. Und darauf folgt der Abmarsch der Soldaten.

Herr Burckhardt weiß Bescheid. Das haben wir gleich im Kasten.«

Sebastian blickte auf Burckhardts Hand, die immer noch Geraldines Hand festhielt. Der Zorn kehrte zurück. »Seid ihr verrückt? Habt ihr das gerade ausgekungelt? Ich führe hier Regie.«

»Das sollst du ja.« Und mit einem Lächeln zu Susanne Conradi: »Würden Sie mir Ihr Kleid geben, Frau Conradi?«

Burckhardt ließ Geraldines Hand los.

So, nun ging das Geschrei von neuem los.

Keineswegs. Susanne Conradi lächelte und sagte: »Ich ziehe es gleich aus. Die Garderobiere hat ein zweites Kleid in Reserve, das sieht genauso aus. Es ist immer besser, man hat ein Doppel. Man kann einen Fleck im Kleid haben, nicht? Es kann verschwitzt sein. Wie dieses hier.«

Burckhardt schnappte nach Luft. Er lockerte den Kragen seiner Uniform, obwohl der gar nicht eng war.

War das noch Susanne? Waren denn plötzlich alle verhext? Alle waren sie herbeigeeilt, der Kameramann, sein Team, die Maskenbildnerin, die Garderobiere.

»Ich bin gleich umgezogen«, sagte Geraldine. »Dann können wir drehen.«

»Aber du musst noch geschminkt werden. Ich verstehe überhaupt nicht, was hier vor sich geht«, rief Sebastian und fuhr sich mit beiden Händen durchs Haar. »Du kannst doch nicht von einer Minute auf die andere die Rolle übernehmen. Und wir haben doch schon eine Menge Aufnahmen in München gedreht.«

»Die werden wir neu drehen«, sagte Geraldine liebenswürdig.

Sie blickte Naumann an, der nun auch bei ihnen stand. »Herr Naumann wird so freundlich sein und Herrn Dr. Frobenius noch heute Abend verständigen.« Dann mit einem Lächeln zu Sebastian: »Geschminkt bin ich schon, das siehst du ja.«

»Ja, sicher. Du siehst fabelhaft aus.«

Dann galt ihr Lächeln Susanne Conradi.

»Vielen Dank für Ihr Verständnis und Ihre Hilfe, Frau Conradi.«

»O bitte«, sagte die, nicht minder irritiert als alle, die um sie herumstanden.

Und dann wieder sah Geraldine ihren Partner an.

»Der Text ist klar. Drei Sätze im Ganzen, das genügt.«

»Und der Kuss«, sagte Burckhardt, nun höchst angeregt. »Der Abschiedskuss, der ist wichtig.«

»Das ist er.« Geraldine, schon im Gehen, die Garderobiere hielt das Ersatzkleid über dem Arm, blieb stehen und legte den Kopf zurück.

»Mir ist noch etwas eingefallen. Es kommt noch ein Satz dazu. Eine von den Agraffen, da an der Schulter des Kleides, löst Alkmene und steckt sie Amphitryon in die Brusttasche, hier, direkt unter den Orden.« Sie tippte auf Burckhardts Brust. »Damit du immer an mich denkst, bis du mir diesen Schmuck zurückbringst.«

Alle schwiegen verblüfft. Doch dann lachte Sebastian laut. »Da bist du ja wieder bei deinem Thema. Du willst auf jeden Fall die beiden Männer unterscheiden. Zeus hat den Schmuck nicht in der Brusttasche. Das war's doch, was du immer gemeint hast. So wird Alkmene wissen, dass es nicht Amphitryon ist, der mit ihr schläft. Aber nimm bitte zur Kenntnis, dass das nicht geht. Der Witz bei der ganzen Geschichte ist ja, dass sie es nicht weiß.«

Was hatte sie damals gesagt? Ich würde es spüren, wenn ein anderer in mir ist, und wenn es zehnmal ein Gott ist.

Daran musste er denken. Im Übrigen schien er sich mit der veränderten Situation, dem neuen Text, der neuen Alkmene abgefunden zu haben.

Karel Bronski, der Kameramann, schüttelte den Kopf.

»Es kommt mir so vor, als wärt ihr alle verrückt geworden.«

Die Maskenbildnerin starrte in den Himmel.

»Da war so eine komische Wolke«, sagte sie.

Burckhardt lachte, ganz gelöst. »Wir wissen auch, wer das war. Es war Zeus, und er hat über uns gelacht. Das war deutlich zu hören.«

Alle sahen ihn verblüfft an, aber niemand lachte. So etwas wie Beklommenheit machte sich breit.

Geraldine ließ das blaue Kleid, das sie trug, einfach fallen und stieg in das weiße Gewand mit den Agraffen auf den Schultern. Es passte wie angegossen.

Die Maskenbildnerin zückte den Puderpinsel, doch in Geraldines Gesicht war kein Schweiß, es war glatt, ihre Augen strahlten, und sie schien mit jeder Minute schöner zu werden.

Auch Kamm und Bürste ließ die Maskenbildnerin sinken. Geraldines braunes Haar war dunkler geworden, fast schwarz, die Sonne sprühte rote Lichter darin, es lag schimmernd auf ihren Schultern.

Sebastian fehlten die Worte. Susanne Conradi schwieg, jeder Ärger war aus ihrem Gesicht verschwunden.

»Jetzt«, sagte Geraldine und fasste wieder Burckhardts Hand. Sie gingen auf die Bühne, probierten zweimal. Als sie eine der Agraffen löste, zeigte sich, dass das ärmellose Kleid von ihnen gehalten wurde, der Stoff rutschte herab und glitt über ihre Schulter bis zur Brust.

Mit behutsamen Händen hielt Burckhardt den Stoff, hob ihn sacht wieder hoch, und als sie die Szene drehten, beugte er sich, auch wenn das nicht abgesprochen war, und küsste Alkmenes nackte Schulter.

Überhaupt der Kuss. Kein Theaterkuss, kein Filmkuss. Burckhardt küsste sie wirklich, lang, ausdauernd. Dann bog Alkmene den Kopf zurück, sie war nicht traurig, sie weinte nicht, sie lächelte.

Karel Bronski fuhr mit der Kamera nahe heran, machte eine Großaufnahme von Geraldines Gesicht.

Dieses Gesicht würde man später auf allen Plakaten sehen, die den Film ankündigten.

Sebastian sagte kaum etwas, ein Regisseur wurde nicht gebraucht, es ging alles wie von selbst.

Doch der lange Kuss ärgerte ihn.

Spät am Abend saßen Geraldine und Sebastian allein im Innenhof des Chateau Zevgoli, in dem sie wohnten. Er legte die Arme um sie, wollte sie küssen. Sie wies ihn ab.

»Ich kann das alles nicht verstehen. Was ist bloß los mit dir? Du bist so anders.«

Sie bog den Kopf zurück und blickte in den Sternenhimmel.

»Schläfst du heute mit mir?«

»Nein.«

»Aber du liebst mich doch.«

»Nein.«

»Hast du dich in Burckhardt verknallt?«

Sie lachte leise. »Nein.«

»Du sagst nur noch Nein. Um Himmels willen, Geri, was ist los mit dir?«

»Mich hat Apollo geküsst. Und nun geh ich schlafen. Gute Nacht.«

Sie stand auf und ging ins Haus. Sebastian starrte ihr sprachlos nach.

An diesem Tag begann die atemberaubende Karriere der Geraldine Bansa.

La Divina

Zunächst gab es verständlicherweise Ärger, diesmal mit Frobenius, der noch am Abend dieses denkwürdigen Tages von Naumann verständigt wurde.

»Ich begreife das nicht«, sagte Frobenius. »Ihr benehmt euch wie die Irren. Ich hätte nie erlauben dürfen, dass in Griechenland gedreht wird. Ihr könnt doch nicht von heute auf morgen alles über den Haufen werfen.«

»Das können wir«, erwiderte Naumann friedlich. »Es ist ja bloß eine Szene geworden, die Einleitung – der Spaziergang des heutigen Paares – ist gestrichen. Amphitryon nimmt Abschied von Alkmene, das ist alles. Eine gelungene Einstellung. Aufnahmen von der Insel hat Klose ja genug.«

»So! Ist ja fabelhaft. Und Sie wollen mir im Ernst verkaufen, dass diese Geri jetzt die Alkmene spielt.«

»So ist es«, sagte Naumann im Gegensatz zu Frobenius in ruhigem Ton.

»Wer führt denn eigentlich Regie? Ich werde überhaupt nicht mehr gefragt. Und Sie machen das einfach mit. Ihr müsst doch alle übergeschnappt sein. Hat die Conradi ihr nicht die Augen ausgekratzt?«

»Keineswegs. Die Frauen sind sehr freundlich miteinander umgegangen.«

»Miteinander umgegangen«, wiederholte Frobenius gereizt. »Wie reden Sie denn eigentlich?«

»Ich kann es nicht anders ausdrücken«, sagte Naumann. »Wir sind alle sehr freundlich miteinander umgegangen. Kein lautes Wort, kein Streit. Das erste Mal, seit wird hier

sind, dass es so gelaufen ist. Geraldine war wunderbar. Burckhardt war großartig. Das ging alles wie von selbst.«

»Ging wie von selbst, aha«, wiederholte Frobenius die
Worte, die Naumann so ruhig und friedfertig aussprach.
»Und was geschieht mit den Innenaufnahmen, die wir in
München schon gedreht haben?«

»Die müssen wir noch mal drehen.«

»Ist ja prima. Kann gar nicht genug kosten. Und was sagt
Burckhardt dazu?«

»Ihm gefällt seine neue Partnerin. Er hat sie sehr ausführlich geküsst. Er wird ein sehr leidenschaftlicher Zeus sein, das
weiß ich jetzt schon.«

»Das wissen Sie jetzt schon«, sagte Frobenius und merkte
nicht, dass er bereits zum dritten Mal die Worte seines Auf-
nahmeleiters wie ein Papagei nachplapperte.

»Ich freue mich auf die Arbeit mit der neuen Alkmene«,
sagte Naumann nun auch noch.

Frobenius schwieg. Er wischte sich mit einem Tuch über
die Stirn. Er schwitzte plötzlich, obwohl es an diesem Tag in
Berlin regnete.

»Bronski sagt das auch«, fügte Naumann hinzu. »Sie hat
ein traumhaft schönes Gesicht, findet er. Und ein wunderba-
res Timbre.«

»Ist es möglich, dass euch die Sonne das Hirn verbrannt
hat? Sie haben mir gestern berichtet, es sei sehr heiß.«

Nun lachte Naumann von der Insel Naxos her.

»Das stimmt. Ziemlich heiß. Bis auf die Wolke.«

»Wolke? Was für eine Wolke?«

»Heute zog eine große dunkle Wolke über den Himmel.
Das ist vielleicht der Grund. Wir stehen alle unter einer Art
Schock.«

»Das kommt mir auch so vor«, beendete Frobenius
das Gespräch, ohne sich näher nach der Wolke zu erkundigen.

Er überlegte, ob er Jana anrufen sollte, um ihr den ganzen Blödsinn zu berichten. Sie befand sich zurzeit mit den Söhnen auf Sylt. Aber warum sollte er sie aufregen.

Er musste das erst einmal selbst sehen und hören.

Er ging ins Vorzimmer und beauftragte seine Sekretärin, ihm für den nächsten Tag einen Flug nach München zu buchen. Egal, wann. Er wollte vor der übergeschnappten Filmcrew eintreffen.

Wie immer, wenn sich Frobenius in München aufhielt, wohnte er bei Charlotte Gadomsky. La Divina, so hatte man in der Branche die Chefin der Diova-Film genannt, ein Ausdruck, gemischt aus Anerkennung, Bewunderung und ein wenig Spott, denn sie herrschte gleich einer Göttin über Produzenten, Regisseure, Schauspieler und alle anderen, die mit der Herstellung von Filmen zu tun hatten. Nein, sie herrschte nicht nur, sie kümmerte sich auch um die Menschen, mit denen sie arbeitete. Wer von ihr fallen gelassen wurde, der hatte es verdient.

Für Frobenius war sie nicht nur die erste große Liebe seines Lebens gewesen, durch sie hatte sich sein Leben grundlegend verändert, vom Journalismus kam er zum Film. Dass er so dumm war, eine eigene Produktionsfirma zu gründen, dafür konnte sie nichts. Aber wer hätte damals geahnt, mit welcher Radikalität das Fernsehen die Produktion von Filmen beeinflussen würde, wie ausgeliefert der Produzent dem Fernsehen war und damit dem erbärmlichen Niedergang von Geschmack und Niveau.

Das war natürlich wieder das erste Thema, mit dem er La Divina plagte, als er abends im milden Abendlicht dieses Augusttages bei ihr auf der Terrasse saß, vor sich eine weite sattgrüne Rasenfläche, die von hohen Bäumen begrenzt wurde.

James servierte die Vorspeisen.

»Lass es gut sein, Herbert«, sagte Charlotte Gadomsky. »Ich weiß es. Mich interessieren die Fernsehprogramme nicht.

Ich habe Videos von den besten Filmen, deutsche, amerikanische, französische. Wenn ich mich vor den Kasten setze, sehe ich mir an, was mir beliebt.«

»Du hast leicht reden.«

»Das ist der Vorteil des Ruhestands.«

Sie war nun eine alte Dame mit silberweißem Haar und einem immer noch schönen Gesicht. Sie hatte sich schon Ende der Siebzigerjahre aus dem Geschäft zurückgezogen. Ihr Mann, der den kaufmännischen Bereich von Produktion und Verleih geleitet hatte, war gestorben. Sie bewohnte ein prachtvolles Haus in Grünwald mit großem Garten und Pool, sie hatte zwei Hunde und nicht zuletzt einen erstklassigen Butler, den sie sich aus England mitgebracht hatte. Es gab bei ihr vorzüglich zu essen, mehrere Gänge, doch immer nur kleine Portionen, man konnte sich gut dabei unterhalten. Frobenius musste an das Essen im vorletzten Jahr denken, als sie bei der Ente von diesem Film gesprochen hatten. Besser gesagt, nach der Ente.

Klose mokierte sich damals darüber, dass man so ausführlich über das Essen sprach, und Will Loske meinte, einen Film über gutes Essen und was man dabei empfand, sollte man ruhig einmal drehen, das sei gute Unterhaltung.

Er erzählte es, und Charlotte Gadomsky, die Will natürlich kannte, nickte.

»Wäre mal was anderes als Mord und Totschlag und die scheußlichen Szenen aus der Pathologie, die jetzt in Mode sind. Trotzdem hat Will an jenem Abend dem Amphitryon-Projekt zugestimmt.«

»Er wusste gut Bescheid über die Story. Er fand die Idee großartig. Ich übrigens auch. Ich ahnte ja nicht, wie sich das entwickeln würde. Klose jedenfalls war ganz besessen von diesem Stoff.«

»Er hat oft ausgefallene Ideen. Ich erinnere mich an seinen Provence-Film. Der war nicht schlecht, aber zu abgehoben.

Auch zu meiner Zeit, ganz ohne Fernsehen, musste man den Geschmack eines breiten Publikums treffen. Man kann keine Filme für eine Elite machen. Das haben sich die Franzosen eine Zeit lang erlaubt. Das wurde hoch gelobt, aber schlecht verkauft.«

James servierte das Dessert.

»Wie geht es Jana?«, fragte Charlotte höflich.

»Sie ist mit den Jungs auf Sylt.«

»Wie alt sind die beiden jetzt eigentlich?«

»Alexander ist vierundzwanzig, er studiert in Oxford. Jörg ist neunzehn und wird so Gott will nächstes Jahr sein Abitur machen. Einmal ist er schon sitzen geblieben. Er hasst die Schule.«

»Kommt öfter vor. Was will er denn werden?«

Frobenius seufzte. »Schauspieler.«

»Wozu braucht er dann das Abitur? Schick ihn lieber auf eine gute Schauspielschule. Hier in München haben wir eine. So, und nun erzähl mal, was mit deinen Griechen los ist. Du hast dich am Telefon ziemlich verzweifelt angehört.«

»Ich kann nur berichten, was Naumann mir mitgeteilt hat. Da herrscht das reine Chaos.«

Charlotte hörte schweigend zu. Dabei streichelte sie den Kopf des Hundes, der auf ihrem Knie lag. Es war ein schwarzer Mischling, mittelgroß, schlank und langbeinig. Der andere Hund, ein hellbraun gestreifter Mischling, saß auf den Stufen der Terrasse und blickte aufmerksam in den dunkelnden Garten hinaus. Beide Hunde stammten aus dem Tierheim, sie waren gut erzogen, folgsam und klug. Charlotte holte sich ihre Hunde immer aus dem Tierheim, und sie verstand es binnen vier, höchstens sechs Wochen, aus einem ausgestoßenen, heimatlosen Niemand ein vernünftiges Mitglied des Haushalts zu machen.

Am meisten interessierte sie der Austausch der Hauptdarstellerin. »Ich will nicht behaupten, dass so etwas früher nie vorgekommen ist. Es kann sich um Krankheit handeln, um einen Unfall. Oder dass man feststellt, die engagierte Schauspielerin ist total unbegabt. Aber das weiß man eigentlich vorher. Und Susanne Conradi ist immerhin jemand. Ich kann mir nicht vorstellen, dass sie die Rolle so ohne weiteres an eine ganz unbekannte Kollegin abgetreten hat.«

»Der Tausch ist ganz friedlich und freundlich vor sich gegangen, behauptet Naumann. Allerdings war die Conradi sowieso nicht sehr glücklich mit der Rolle, sie hat pausenlos gemeckert.«

»Trotzdem ist es unwahrscheinlich. Und diese Neue? Du kennst sie?«

»Sie ist eine Null. Unbegabt und erfolglos, sieht nach nichts aus. War früher mal mit Klose liiert.«

»Aha.«

»Nichts aha. Das ist lange vorbei. Es war überhaupt überflüssig, dass sie auf dieser Reise dabei war. Wir haben immerhin schon eine Menge hier gedreht. Das können wir jetzt alles wegschmeißen.«

»Du äußerst dich nicht gerade sehr freundlich über diese ... Wie heißt sie?«

»Klose nennt sie Geri. Eigentlich heißt sie Geraldine.«

»Geraldine. Eine Tochter Chaplins.«

»Konnte ich mir denken, dass du das weißt. Will wusste es erstaunlicherweise auch.«

Er erzählte kurz, was sich an jenem Abend, als sie über das Projekt sprachen, zugetragen hatte. »Sie sieht nach nichts aus«, wiederholte er. »Klose hat wohl Schuldgefühle, und er gibt ihr immer mal kleine Rollen. Falls er damit durchkommt. Nicht jeder Produzent ist so dusselig wie ich. Und nun behauptet Naumann, sie sei wunderschön. Auch Bronski soll von ihr begeistert sein.«

»Bronski ist ein Meister seines Fachs. Wenn er sie gut findet, dann ist sie gut.«

»Und Burckhardt ist auch von ihr begeistert. Außerdem wurde das Buch geändert. Der ganze Anfang, mit dem Klose es so wichtig hatte, ist gestrichen. Es bleibt nur eine Szene übrig, und die soll großartig sein. Was soll man dazu sagen?«

Charlotte lächelte sanft.

»Noch ein Glas Wein?«, fragte sie. »Oder möchtest du lieber Kaffee?«

»Weder noch. Ich bin ratlos. Was soll ich denn jetzt tun?«

»Du siehst dir erst mal an, was sie gemacht haben. Und wenn alle so begeistert sind von dieser Geraldine, gefällt sie dir jetzt vielleicht auch.«

»Ausgeschlossen.«

»Weißt du, es ist manchmal so, dass eine Frau sich verändert, sich entwickelt, zu einer Persönlichkeit wird, die man nie in ihr vermutet hat. Und bei einer Schauspielerin kann es das erst recht geben. Ich habe das auch erlebt. Ein Mädchen mit zwanzig ist eine Null, wie du das nennst, und mit dreißig ist es eine interessante Frau. Denke an Marlene Dietrich. Die war ein durchschnittlicher Pummel, und wie ist sie dann geworden, was ist aus ihr geworden.«

»Der Vergleich stimmt überhaupt nicht. Die Dietrich war im *Blauen Engel* wenigstens schon ganz hübsch. Und vor allen Dingen, sie war präsent. Außerdem ist Klose kein Sternberg.«

»Ich finde das faszinierend. Ich hoffe, du nimmst mich mit, wenn du dir die Aufnahmen ansiehst.«

»Bei der Bavaria werden sie begeistert sein, dich zu sehen. Und was heißt Aufnahmen. Es handelt sich ja nur noch um eine einzige Szene. Und wenn ich sie dann nicht alle hinauswerfe, können wir den ganzen Blödsinn noch mal von vorn anfangen. Und ich werde dir etwas sagen – ich denke nicht daran. Ich habe genug von Amphitryon. Total genug.«

»Jetzt rufst du erst mal Jana an, damit sie weiß, wo du steckst.«

»Dann muss ich ihr den ganzen Quatsch erzählen«, sagte er missgestimmt.

»Wieso denn? Du bist bei mir, weil ich morgen Geburtstag habe.«

Frobenius schlug sich mit der Hand vor die Stirn.

»Verdammt!«, sagte er. »Ich habe deinen Geburtstag noch nie vergessen.«

»Aber diesmal hast du. Hättest du. Beinahe. Du stehst eben auch unter Schock. Wie dein Herr Naumann es nennt.«

»Muss wohl so sein. Verzeih mir!«

»Was gibt es da zu verzeihen. Du bist da. Und morgen werden wir gemütlich Geburtstag feiern. Ich habe nur zwei Leute, die du auch kennst, eingeladen. Da können wir noch mal über alles reden. Falls du willst. Falls nicht, werden wir uns auch so unterhalten. Auf jeden Fall wirst du in nächster Zeit deine Nerven brauchen.«

Die Agraffe

So war es auch. Zunächst machte die Bavaria Theater, wollte die Conradi wegen Vertragsbruchs verklagen. Auch für Klose sollte die Angelegenheit nicht ohne Folgen bleiben.

Das duldete Frobenius wiederum nicht. Er sei der Produzent, die Bavaria nur beteiligt.

Klose ließ sich zunächst überhaupt nicht blicken. Er wollte den ganzen Anfang zusammenstellen, also die Aufnahmen von der Insel, die er ja reichlich hatte, und mitten hinein die inzwischen schon berühmte Abschiedsszene, über die sich Burckhardt genauso begeistert äußerte wie Bronski. Susanne Conradi war gar nicht nach München gekommen, sie war auf dem Weg nach Boston, wo sie ihren Bruder besuchen wollte. So ging sie zunächst mal allen Schwierigkeiten aus dem Weg, dem Ärger mit Produzent und Bavaria, den lästigen Fragen der Presse.

Die Bavaria war genauso wenig wie Frobenius willens, die Rolle der Alkmene der unbekannten Geraldine Bansa zu überlassen.

Doch alle Bedenken, aller Ärger verschwanden, lösten sich auf, als Klose seine Aufnahmen vom Beginn des Films vorführte. Das Meer, die Berge, der endlos blaue Himmel, die Bilder von der Insel und dann, von allen Seiten eingefangen, das Amphitheater.

Nur flüchtige Aufnahmen von den Statisten – das Personal, die Soldaten, die Offiziere –, sie gingen wie Schemen durch das Bild, doch dann traten Alkmene und Amphitryon in die Mitte des Runds, er den Arm leicht um ihre Schulter gelegt. Dann standen sie voreinander, der kurze Dialog, ihr Griff nach der Agraffe, sein Lächeln, der Kuss.

Nachdem die Experten das gesehen hatten, blieb es lange still. Geraldine und Burckhardt waren nicht geladen. Aber Charlotte Gadomsky war dabei. Sie brach das Schweigen, als das Licht wieder angegangen war, stand auf und trat zu Sebastian Klose.

»Meinen Glückwunsch, Herr Klose. Wenn es so weitergeht, wie es angefangen hat, dann …« Sie spuckte ihm über die Schulter. Plötzlich redeten alle durcheinander, und dann wurde es wieder still, alle sahen Klose an.

Bronski grinste. »Ich habe gesagt, dass es gut ist, und wenn ich das sage, stimmt es auch.«

»Diese Frau ist erstaunlich«, sagte einer der leitenden Mitarbeiter der Bavaria. »Ich habe noch nie von ihr gehört. Hat sie bisher nur Theater spielt?«

Klose nickte. »Ja. Nur Theater.«

»An welchen Bühnen? Man müsste doch von ihr gehört haben.« Sebastian setzte an zu sprechen, er wollte sagen, sie sei lange krank gewesen, habe aussetzen müssen. Doch dann entschied er sich zu schweigen. Alles, was er sagen würde, wäre Unsinn, stimmte nicht. Er verstand ja selbst nicht, wie diese Frau sich verwandelt hatte, seine arme kleine Geri, von ihm nie ernst genommen, früher mal geliebt, doch das war lange her.

»Diese Idee mit der Agraffe, das ist sehr gut«, lobte ein anderer. »Die hat Zeus dann natürlich nicht. Und damit kommt die Geschichte ins Wackeln, jedenfalls soweit es Alkmene betrifft. Ein großartiger Einfall, Herr Klose.«

Sollte er nun sagen: Mir ist das nicht eingefallen. Meiner dummen kleinen Geri ist es eingefallen.

Ihr war noch mehr dazu eingefallen.

Der erste Auftritt von Zeus.

Zeus in der Gestalt des Amphitryon, mit seinem Gesicht, seiner Haltung. Oder fast seiner Haltung. Ein kleiner Unterschied war da doch. Burckhardt machte das sehr gut.

Ein Weg, der einen Hügel herabführt, ein leerer Weg. Doch nicht, da geht jemand. Nein, nicht. Der Weg ist leer. Dann ist da plötzlich jemand, direkt vor den Säulen des Palastes.

Alkmene sitzt im Hof, umgeben von ihrem Hofstaat. Sie liest in einem Taschenbuch, dann lehnt sie sich zurück, es dämmert, es wird zu dunkel, um zu lesen. Eine der Dienerinnen fragt, ob sie Licht bringen soll.

Alkmene lehnt ab, es sei so ein schöner Abend, man könne im Dämmerlicht besser träumen. Nikolaos solle singen.

Ein hübscher junger Mensch, der auch im Hof sitzt, fängt an zu singen, begleitet sich auf der Gitarre, ein anderer spielt auf einer Klarinette.

Es ist ein melodiöser Schlager, extra für den Film geschrieben, der später ein Hit sein wird. Und sie singen nicht griechisch, sie singen englisch, es klingt ein bisschen wie Frank Sinatra.

Und mitten unter ihnen steht Zeus. Der aussieht wie Amphitryon. Doch keiner sieht ihn. Man kann ihn erst sehen, wenn er will, dass er gesehen wird.

Er betrachtet alles gelassen, lange sieht er Alkmene an, die leise die Musik mitsummt, dann hebt er die Hand, streicht sich über die Stirn, und nun ist er sichtbar.

Alkmene stößt einen lauten Ruf aus, teils Schreck, teils Freude. Sie springt auf.

Sie läuft auf ihn zu, er breitet die Arme aus, hält sie fest und küsst sie.

Atemlos fragt sie: »Wo kommst du her? So spät am Abend. Was ist geschehen?«

»Ich habe eine Schlacht gewonnen. Heute Nacht will ich bei dir sein.«

Sie lacht. »Heute Nacht? Und so ein weiter Weg. Ach, mein Geliebter!«

Die Musik ist verstummt, sie sind alle aufgestanden, lachen, reden durcheinander.

»Geht schlafen«, ruft Zeus ihnen zu. Dann hebt er den Arm himmelwärts. Helios muss den Sonnenwagen anhalten, die Nacht soll sehr lang werden.

Zeus trägt die gleiche elegante Uniform wie Amphitryon, doch ohne Orden auf der Brust, ohne Achselstücke.

Sie küssen sich, sie redet aufgeregt, er lächelt.

Dann tastet sie über seine Brust.

Das ist der spannende Moment.

»Hast du meine Agraffe verloren?«

Jetzt erst sieht man, dass ihr Kleid auf der einen Schulter mit einer Sicherheitsnadel zusammengesteckt ist.

Er lässt sie los, löst geschickt die Sicherheitsnadel, die beiden Enden des Trägers fallen wieder herab. Doch er greift in die Seitentasche seines Jacketts und bringt die Agraffe zum Vorschein.

Nein, so leicht ist Zeus nicht zu erwischen.

Doch statt die Agraffe zu befestigen, löst er mit einer Hand die Agraffe auf ihrer anderen Schulter, nun fällt auch hier der Träger herab, ihre Brust ist nackt. Er hält sie umfangen, man sieht nur ihren nackten Rücken, und er lässt mit einem lässigen Schulterzucken seine Jacke heruntergleiten, darunter ist er nackt, ihre Oberkörper schmiegen sich aneinander.

Mit einer Bewegung zieht er ihr das Kleid ganz vom Körper, lässt es über den Stuhl fallen, auf dem sie zuvor lesend gesessen hat.

Dann hebt er sie auf und trägt sie in den Palast.

Die Szene ist von unbeschreiblicher Erotik.

Als das Licht im Vorführraum wieder angeht, sagt Bronski: »Man kriegt vom Zusehen einen Orgasmus.«

Ausgerechnet er sagt das, der das alles mit seiner Kamera aufgenommen hat.

Alle anderen schweigen wieder einmal. Sebastian Klose steigt mit jedem Moment in der Achtung der Experten.

Doch die Agraffe soll eine noch größere Rolle spielen.

Es wird wieder Tag, sehr früher Morgen, es ist sehr hell, strahlende Sonne, ein geradezu grelles Licht.

Helios, der Sonnengott, hat einiges nachzuholen.

Alkmene kommt aus dem Palast, sie ist noch ganz benommen nach dieser langen Nacht, streicht sich das in Unordnung geratene Haar aus dem Gesicht. Sie hat nur ein Badetuch um sich geschlungen. Sie schaut sich um, keiner ist da. Schlafen sie denn noch bei dieser Helligkeit?

Sie hebt ihr zusammengeknülltes Kleid auf, betrachtet es, lässt es wieder fallen, setzt sich, legt den Kopf zurück und schließt die Augen, sie ist noch so müde.

Doch dann fährt sie auf, sie hat ein Geräusch gehört wie von einem Motor.

Und da sieht der Zuschauer es auch schon. Auf dem Weg, der von dem Hügel herabführt, kommt ein Jeep angefahren: Amphitryon am Steuer.

Das Geräusch verstummt, sie schließt die Augen wieder. Dann steht sie auf, reckt sich und streckt sich, sie hört Schritte und zieht sich eilends das weiße Kleid über, dessen Träger herabhängen. Doch da ist ja noch die Sicherheitsnadel, sie steckt einen der Träger zusammen, wendet sich zum Haus, und plötzlich steht Amphitryon am Rande des Hofes.

»Alkmene!«, ruft er.

Sie wirft ihm einen kurzen Blick zu, lächelt abwesend, sagt: »Du bist schon aufgestanden.«

Das versteht er natürlich nicht. Er hat Erstaunen erwartet, einen Ruf der Freude und die Frage: Wo kommst du denn her?

Er geht rasch auf sie zu, nimmt sie in die Arme, will sie küssen, sie wendet das Gesicht zur Seite. Sie hat nun erst einmal genug von Küssen und Umarmungen. Das ist ganz verständlich. Irgendwann muss das Leben wieder normal werden.

»Ich habe mir Sorgen gemacht«, sagt er, sie immer noch festhaltend.

»Diese endlose Dunkelheit. Ich habe eine Schlacht gewonnen.«

»Ja, ich weiß«, sagt sie gleichgültig.

»Und dann wurde es dunkel. Und es blieb dunkel. Es wurde einfach nicht hell. Ich bin die ganze Nacht gefahren, weil ich Angst um dich hatte.«

Nun wird sie aufmerksam. Mit den Händen wehrt sie ihn ab.

»Was soll das heißen? Du bist die ganze Nacht gefahren. Und wieso ist es dunkel. Es ist doch ganz hell.«

»Ja, jetzt ist es hell. Ganz plötzlich wurde es hell. Aber zuvor blieb es einfach dunkel. Es war richtig unheimlich.«

Doch nun hat sie, die Hände abwehrend gegen seine Brust gestemmt, er trägt diesmal keine Orden, etwas gespürt.

»Was ist das?«, flüstert sie.

»Deine Agraffe. Ich bringe sie dir zurück. Wie ich sehe, fehlt nun die andere auch.«

Alkmene erstarrt. Sie kann nicht begreifen, was das bedeutet. Und für sie wird es plötzlich dunkel trotz der strahlenden Helligkeit dieses Morgens.

Was geschieht mit ihr?

Amphitryon zieht die Agraffe aus der Brusttasche, und dann macht er sich daran, die Sicherheitsnadel zu lösen, er ist ungeschickt, er sticht sich in den Finger, es blutet, Fingerspitzen bluten immer heftig, ein Blutfleck erscheint auf ihrem Kleid.

»Oh, das tut mir Leid«, sagt er, lässt die Sicherheitsnadel zu Boden fallen, will die Agraffe befestigen, doch sie stößt ihn heftig zurück, wendet sich zum Haus, läuft zur Tür und reißt sich dabei das weiße Kleid vom Leib, wirft es hin, ein Schrei kommt über ihre Lippen, diesmal ist sie ganz nackt. Dann erscheint Zeus in der Tür, er ist schon angezogen, ist genauso gekleidet wie Amphitryon.

Und er ist überrascht. Denn das hat er nicht geplant.

Er blickt hinauf in die strahlende Sonne, das kann nur er, er schüttelt den Kopf.

»Die Nacht war zu lang«, sagt er.

Das scheint Helios zu ärgern, sogleich verdunkelt sich die Sonne, die Helligkeit vergeht, es ist ganz normales Tageslicht, weniger als das, es wird dämmerig, eine frühe Morgendämmerung, ganz normal.

Dann bückt sich Zeus, hebt das Badetuch auf und hüllt Alkmene darin ein.

Amphitryon steht nun auch starr. Er kann nicht begreifen, was er sieht.

Wer ist dieser Mann?

Sieht er, dass der Fremde genauso aussieht wie er selbst? Weiß man denn eigentlich, wie man aussieht?

Zeus blickt Alkmene an, dann streicht er leicht mit der Hand über ihre Augen.

»Vergiss es«, sagt er.

Dann geht er über den Hof, besser gesagt, er schreitet, er ist wieder er selbst.

Er hebt die Agraffe auf, geht zu Amphitryon, legt ihm die Hand auf die Schulter und steckt ihm die Agraffe wieder in die Brusttasche. Aus seiner Jackentasche nimmt er die zweite und steckt sie in Amphitryons Jackentasche, dann nimmt er die dritte, betrachtet sie, lächelt, und dann ist sie verschwunden. Nicht mehr vorhanden. Und dann ist auch er fort. Nur einmal noch wird der Weg zum Hügel gezeigt, dort sieht man ihn kurz, er geht langsam, verschwindet, es ist wohl der Weg zum Olymp.

Alkmene schaut um sich, wie erwachend, schlingt das Badetuch fester um ihren Körper.

»Ich wollte gerade duschen«, sagt sie kindlich.

»Das ist eine gute Idee«, sagt Amphitryon. Tritt neben sie.

»Das mach ich auch.«

»Wo kommst du eigentlich her?«, fragt sie.

Und lässt sich von ihm küssen.

Ende.

Sebastian Klose hat also wirklich einen ganz neuen Amphitryon geschaffen. Es gab keine Ähnlichkeit mit Kleist, geschweige denn mit Plautus. Zeus verschwand nicht in einer Donnerwolke zum Olymp, es war auch nicht die Rede von Herakles, den Alkmene gebären würde.

Und das Wichtigste von allem, kein Diener, kein Soldat hatte den zweiten Amphitryon gesehen, es gab kein Staunen, kein Geschwätz, keinen Klatsch. Und somit war es nun wirklich kein Lustspiel, sondern eine ernste, herzanrührende Liebesgeschichte zwischen einem Gott und einer Menschenfrau. Die Frau würde es nicht mehr wissen, Amphitryon nie erfahren. Das Amphitheater, das Klose so wichtig gewesen war, kam gar nicht mehr vor, nur eben gerade in der Anfangsszene, später war es dann der Säulenpalast in Theben, nicht der weite Raum eines Amphitheaters. Was in der langen Nacht in den Räumen des Palastes geschah, braucht hier nicht weiter erzählt zu werden.

Sebastian Klose hatte einen großartigen Film gemacht, darüber waren sich alle einig.

Oder hatte ihn Geraldine gemacht?

Oder am Ende doch Apollo?

Daran dachte keiner, davon sprach man nicht. Nur Geraldine wusste es. Sie war überzeugt, dass es Apollo war, der sie an jenem Tag geküsst hatte. Sie hatte es einmal erwähnt, an dem Abend, an jenem Tag, an dem alles begann.

Und sehr viel später erst würde sie ihn noch einmal aussprechen, diesen einen Satz: Mich hat Apollo geküsst.

Dreharbeiten in München

Walter Burckhardt war immer der Erste am Set. Verständlicherweise, denn im Laufe der Dreharbeiten hatte er sich in Geraldine verliebt. Er war glücklich verheiratet und hatte seine Frau selten betrogen, schon gar nicht mit einer Kollegin. Er trennte immer ganz genau Spiel und Wirklichkeit, kontrollierte seine Gefühle sehr bewusst, er war nicht leichtfertig, sondern ein Mann von ruhiger, besonnener Art.

Aber diesmal hatte ihn die Liebe, die Leidenschaft zu dieser Frau geradezu überwältigt. Es begann eigentlich, so rechtfertigte er es vor sich selbst, als dieser junge Grieche so freundlich, so eindringlich von Geraldine gesprochen hatte. Da sah er sie das erste Mal, vorher hatte er sie kaum wahrgenommen. Doch den Griechen, ein Kollege, wie er vermutete, sahen sie nie wieder. Und Geraldine blieb dabei, dass sie ihn nie zuvor gesehen noch mit ihm gesprochen hätte.

Während der Arbeit in den Studios der Bavaria steigerte sich Burckhardts Liebe, zumal sich zeigte, dass Geraldine nicht nur schön, sondern auch klug war. Sie mischte sich immer wieder in die Regiearbeit ein, was Sebastian Klose zwar verärgerte, aber letzten Endes von ihm akzeptiert wurde.

So sagte sie zum Beispiel: »Eine tolle Liebesnacht, na schön. Ob sie nun besonders lang ist oder nicht. Was Alkmene offenbar gar nicht bemerkt. Aber sie können ja nicht immer nur das eine tun. Vögeln oder wie man das nennt, es gibt ja allerhand ordinäre Ausdrücke heutzutage.«

»Woher willst du die denn kennen?«, konterte Sebastian.

»Na, woher schon? Aus dem Fernsehen natürlich. Das bildet ungemein. Wenn zwei sich lieben, reden sie doch miteinander, sprechen über sich und ihre Liebe, träumen, schmieden Pläne, stehen mal auf, essen was, trinken was. Das ist doch langweilig, wenn nur das eine geschieht.«

»Mit einem Gott ist das anders«, widersprach Sebastian. »Er hat eben nur das eine vor und sonst gar nichts. Worüber soll er sich denn mit einer Menschenfrau unterhalten? Über sein Leben auf dem Olymp? Über den Krieg, aus dem er nicht kommt? Und was heißt Träume oder Pläne. Die gibt es für ihn nicht. Er geht, wie er gekommen ist.«

»Darum ist es langweilig, sag ich ja. Liebesszenen mit den beiden haben wir reichlich. Wir drehen hier doch keinen Porno.«

Das Team amüsierte sich. Diese Unterbrechungen, meist von Geraldine verursacht, kannten sie nun schon.

Und Geraldine gereizt: »Ich finde das nicht komisch. Sondern einfach langweilig. Zeus ist ein Betrüger, das hat inzwischen jeder kapiert.«

Und Sebastian: »Deine Abneigung gegen den Gott hast du nie verhehlt. Das kenne ich von früher. Ich möchte nur mal wissen, warum du dann die Liebesszenen so überzeugend spielst.«

»Ich bin schließlich Schauspielerin. Außerdem«, und nun lächelte sie Burckhardt zu, der sich auf Sebastians Regiestuhl gesetzt hatte, »habe ich einen sehr guten Partner. Der viel von Liebe versteht.«

Burckhardt lehnte sich zurück, lächelte nicht und erntete, wie erwartet, einen bösen Blick von Sebastian.

Das Team blickte vom einen zum anderen. Denn dass Sebastian Klose sich sehr heftig um Geraldine bemühte, war ihnen nicht entgangen. Und dass sie manchmal mit Burckhardt abends zum Essen ging, dass er ihre Hand hielt, wann

immer es möglich war, und dass die Liebesszenen wirklich
hinreißend waren, auch nicht.

»Können wir jetzt weitermachen?«, fragte Sebastian zornig.

»Nein«, entgegnete Geraldine kühl. »Wir müssen erst überlegen, wie wir die Story etwas anreichern.«

»Willst du das Drehbuch wieder einmal umschreiben?
Denken wir an Kleist. Lag er mit seiner Handlung, die nur
vor dem Palast spielt, doch nicht so falsch. Da geht es ziemlich rüde zu. Wie bei Plautus schon. Da ist Sosias, der Adjutant oder Diener von Amphitryon, der ahnungslos vom
Schlachtfeld nach Hause kommt und nur an eine Bratwurst
denkt, weil er Hunger hat. Und wer befindet sich vor dem
Haus? Hermes, der Götterbote, in der Gestalt des Sosias.«

Geraldine ungeduldig: »Das wissen wir alles. Du brauchst
uns den Kleist nicht zu erzählen.«

»Jedenfalls bezieht Sosias Prügel von dem Götterboten.
Und Charis, Sosias Frau, ist auch auf den Schwindel reinge-
fallen, ohne jedoch Liebe dafür zu empfangen. Das muss sich
jetzt der echte Sosias vorwerfen lassen. Also es gibt Handlung genug, es wird nicht langweilig. Und es gibt schöne,
lange Gespräche zwischen Alkmene und Zeus. Von einem
Porno kann bei Kleist keine Rede sein.«

Hier mischte Burckhardt sich ein. »Bei uns auch nicht.
Natürlich kommt es Zeus nur darauf an, die schöne Alkmene für diese eine Nacht zu besitzen. Dafür wählt er den
Betrug. Insofern hat Geraldine schon recht. Es ist eigentlich
eines Gottes nicht würdig.«

»Und was hätte er sonst machen sollen?«, fragte Sebastian.
»Wenn er das nun mal kann, in der Gestalt eines anderen aufzutreten, alle zu täuschen, auch die Frau, die er haben will, ja,
dann macht er es eben so.«

»Aber es kommt ihm nur auf das eine an. Und nicht auf
ein geistreiches Gespräch. Geraldine, habe ich recht?«

»Ja, du hast recht.«

Sie lächelte Burckhardt wieder an.

Und er wünschte alle zum Teufel, er wollte mit ihr allein sein, ihr endlich sagen, was er für sie empfand. Denn außer den leidenschaftlichen Liebesszenen vor der Kamera hatte es nach Drehschluss noch nicht einen Kuss zwischen ihnen gegeben.

»Und was fällt dir noch ein, Geraldine?«, fragte Burckhardt, sein Ton war liebevoll, geradezu zärtlich. Sebastian runzelte die Stirn. Karel Bronski, der nicht mehr hinter, sondern unter seiner Kamera saß, grinste. Er hatte längst erkannt, was sich da entwickelt hatte.

Es stellte sich heraus, dass Geraldine schon etwas eingefallen war.

»Wir sind im Schlafzimmer. Also im Gemach der Alkmene, wir haben das breite Lager, und was auf ihm geschieht, nun schon ausführlich. Und wenn wir keine perversen Szenen drehen wollen, haben wir wahrlich genug von dem lieben- den Gott und der doofen Alkmene.«

»Du spinnst ja«, warf Sebastian ein. »Perverse Szenen, davon kann doch keine Rede sein.«

»Eben. Und was machen wir, um etwas Schwung in die Geschichte zu bringen?«

Sebastian runzelte wieder die Stirn. Diese seine Geraldine benahm sich unmöglich. Sie machte ihn vor dem ganzen Team lächerlich.

»Und was denkst du?«, fragte Burckhardt, in genau dem gleichen liebevollen Ton. Er sah sie an. Wie schön sie war. Wie oft hatte er sie nun schon im Arm gehalten. Begieriger als Zeus konnte er auch nicht sein, begierig, sie endlich zu besitzen.

Besitzen, das dachte er wirklich. Das entsprach nicht sei- nem Wesen, das hatte er noch nie von einer Frau gedacht.

Und er war eifersüchtig auf Klose. War sie noch seine Geliebte?

»Nun, ich stelle mir das so vor«, erläuterte Geraldine gelassen. »Und das hat Sebastian ganz richtig angedeutet. Vor
dem Palast kann ja allerhand los sein. Diese besondere Nacht
sollte alle berühren. Ich sitze ja im Palasthof, als Zeus kommt,
ich lese, Nikolaos singt, meine Dienerinnen sind auch da.
Warum nicht Charis, wir haben sie ja sowieso in der Geschichte drin, ein paar junge Männer sind auch da, der Sänger,
die Klarinette, die Gitarre. Nicht jedem wird die Ehre zuteil,
mit Amphitryon in den Krieg zu ziehen, das ist nur etwas für
bessere Leute. Also kurz und gut, machen wir doch vor dem
Palast im Park, in den Anlagen Musik, Stimmung und eben
Liebe. Die anderen, die zuvor mit Alkmene dort saßen, treffen
sich, küssen sich, schmusen, liegen im Gras. Auch die Musik
spielt wieder. Ein bisschen Erotik vielleicht doch, warum sollen sich nur Zeus und Alkmene in dieser Nacht lieben? Auch
die anderen, die in diesem Palast wohnen, können ja von dem
Zauber dieser Nacht etwas abbekommen.«

Darauf blieb es erst einmal still.

Dann sagte Sebastian, und es klang resigniert: »Du schreibst
wieder einmal ein neues Drehbuch. Wie lange sollen wir
eigentlich noch an diesem Film drehen? Die Presse lacht
schon über uns.«

Bronski sagte: »Eine großartige Idee. Da bekommen wir
ein wenig mehr Bewegung ins Geschehen. Immer bloß im
Schlafzimmer mit dem Liebespaar, das ist zu wenig.«

Er lächelte Geraldine zu.

Sebastian war verstimmt, es war seltsam, alle am Set mochten seine Geri.

Frobenius, der sich wieder einmal in München aufhielt,
sagte am Abend zu Charlotte Gadomsky: »Diese Frau ist mir
einfach unheimlich. Wo nimmt sie die Ideen her? Eine un-
bedarfte kleine Person, eine erfolglose Schauspielerin, mittelmäßig aussehend ...«

Charlotte unterbrach ihn.

»Du redest immer dasselbe, mein Lieber. Erfolglos wird sie nach diesem Film nicht mehr sein. Und sie sieht wunderschön aus.«

»Jetzt schon. Wie kann sich ein Mensch in so kurzer Zeit verändern.«

»Ich finde es wunderbar, dass ein Mensch sich verändern kann. Oder sagen wir, sich entwickeln kann. Irgendwie muss Klose das geschafft haben. Es ist halt doch eine lang währende Liebe.«

»Ich habe nicht den Eindruck, dass es zwischen den beiden noch etwas gibt.«

»Es muss etwas da sein.«

Es war etwas da, bei ihm. Sebastian bemühte sich täglich, Geraldine wiederzugewinnen, auch wenn er sich manchmal über sie ärgerte. Aber das ganze Team stand hinter ihr. Und die Atmosphäre am Set war so friedlich, wie er es selten erlebt hatte. Es schien, dass allen die Arbeit Spaß machte, und er gewann mehr und mehr den Eindruck, dass sie alle gespannt auf Geraldines Vorschläge warteten.

Als endlich die letzte Klappe gefallen war, wollte er Geraldine in die Arme nehmen, aber er kam zu spät. Burckhardt hielt sie umarmt, er küsste sie, ganz privat und sehr ausführlich.

Später am Abend, sie hatten in der Kantine noch gefeiert, sie waren so guter Laune, wie es selten vorkam, der letzte Lichtassistent war dabei, sie aßen, sie tranken, sie waren einfach alle glücklich.

Geraldine saß neben Burckhardt, ihre Schulter an seiner Schulter.

»Wo wollen wir hinfahren?«, fragte er. »Wir bleiben nicht in München.«

»Ich müsste zu meinem Vater nach Berlin. Ich habe ihn lange nicht gesehen.«

»Ich fahre gern mit dir nach Berlin. Aber sollten wir uns nicht etwas erholen? Es war eine lange Arbeit. Eine andere

Umgebung täte uns gut. Aber sag nicht, dass du nach Griechenland willst.«

Sie lachte leise.

»Ich war noch nie in Venedig«, sagte sie kindlich.

»Das ist eine großartige Idee. Und die richtige Zeit. Die
Saison ist vorbei. Wir werden ziemlich allein über den Mar-
kusplatz schlendern. Ich kenne mich in Venedig gut aus.
Wenn es regnet, könnte es Hochwasser geben. Dann reisen
wir weiter nach Florenz. Kennst du auch nicht?«

»Nein. Ich kenne nichts von der Welt. Nicht das, was die
meisten Leute heutzutage kennen.«

Er legte seine Hand unter ihr Kinn, bog ihren Kopf zu sich
und küsste sie.

Er dachte nicht an seine Frau. Mit ihr hatte er die Hochzeitsreise nach Florenz gemacht, sie wollte partout in die Uf-
fizien. Er dachte nicht an seine Kinder, ein Junge von drei-
zehn, ein Mädchen von siebzehn.

Er war verhext. Dabei hatte Apollo nur die Hand auf seine
Schulter gelegt. Aber daran dachte er sowieso nicht.

Sebastian Klose, der ihnen gegenübersaß, kniff die Augen
zusammen.

Diesen albernen Flirt werde ich euch versalzen, dachte er.
Geri gehört mir. Der alte Trottel soll die Finger von ihr lassen. Er ist immerhin fast fünfzig.

Ab morgen würde es nur noch Geri für ihn geben. So wie
früher. Und wenn der Film geschnitten war, würde er mit ihr
verreisen.

Doch bereits drei Tage später schipperten Geraldine und
Walter Burckhardt auf dem Canal Grande.

Der Vater

Vier Wochen nach Ende der Dreharbeiten kehrte Geraldine zu ihrem Vater nach Berlin zurück.

Sie hatte Venedig und Florenz kennen gelernt, auch Verona wegen Romeo und Julia, sie war geliebt worden und hatte diese Liebe erwidert, zunächst etwas scheu, aber die Leidenschaft, mit der Burckhardt, ein reifer, erfahrener Mann, sie umarmte, war ganz anders, war viel mehr, als Sebastian ihr damals hatte geben können.

»Kein Gott könnte je mit einer Frau so glücklich sein wie ich mit dir«, sagte er einmal.

»Darum warst du auch so gut in deiner Rolle«, erwiderte sie. »Dir wird jeder den Zeus glauben.«

Doch während sie es aussprach, dachte sie nicht an Zeus und nicht an Burckhardt, sondern an den jungen Griechen, der sie sanft an seinem Körper gehalten und dann geküsst hatte. Sie würde nicht mehr davon sprechen, doch sie wusste, dass es Apollo gewesen war. Wie hätte sich sonst alles so wundersam ihren Wünschen fügen können?

Es waren schöne Wochen mit Burckhardt, aber es war keineswegs so, dass die Liebe sie überwältigte. Sie konnte sie genießen, ohne sich selbst zu verlieren.

Nachdem Sebastian sie verlassen hatte, hatte es viele Jahre lang keinen Mann für sie gegeben. Keine Abtreibung, keine Krankheit, es war eine tiefe Depression, sie fing an zu trinken, nur Erfolg im Beruf hätte ihr helfen können, doch der wollte sich nicht einstellen. Sie urteilte erbarmungslos über sich selbst: unbegabt, farblos, langweilig und hässlich obendrein.

Sie lebte in den folgenden Jahren wieder bei ihrem Vater, den glücklicherweise seine Frau verlassen hatte.

Mehr oder weniger, man sah sich gelegentlich, ging höflich miteinander um, aber der ewige Streit, der diese Ehe begleitet hatte, war beendet.

Möglicherweise war diese unglückselige Ehe ihrer Eltern einer der Gründe, weshalb es Geraldine an Selbstbewusstsein, an Mut und Kraft mangelte.

Der einzige Mensch, den sie in ihrem Leben geliebt hatte, bevor es Sebastian gab, war ihr Vater. Sie war Schauspielerin geworden, weil er es wollte. Von ihm hatte sie alles gelernt, was zu diesem Beruf gehörte: richtig atmen, das Zwerchfell stützen, gute Artikulation und natürlich alle großen Rollen, die sie später spielen sollte. Mit vierzehn konnte sie Schillers Jungfrau und Goethes Gretchen auswendig, genau wie Shakespeares Julia und Hauptmanns Rautendelein. Sie besuchte zwar für ein Jahr eine Schauspielschule, aber viel konnte man ihr dort nicht mehr beibringen.

Ihr Vater, aufgewachsen in Berlin, kannte das großartige Theater der Vorkriegsjahre, er saß bei Gründgens und bei Hilpert, zwar immer auf den billigsten Plätzen, aber er kannte jeden Schauspieler, und er seinerseits konnte mit vierzehn den Romeo, den Tell und den Egmont auswendig.

Seine Mutter Dorothea war ebenfalls eine leidenschaftliche Theatergängerin. Sie begrüßte seinen Wunsch, Schauspieler zu werden. Sein Vater hatte Bedenken. Doch der verlor 1943 sein Leben in Stalingrad. Im Jahr darauf schlossen die Theater auf Befehl von Goebbels, und Thomas Bantzer musste als Flakhelfer das Dritte Reich verteidigen.

Er befand sich im Osten von Brandenburg, als die Russen vorrückten, und versteckte sich sehr geschickt in einer Ruine. Und von hier aus machte er sich später, wieder sehr geschickt, auf den Weg nach Berlin, nur kurze Strecken, nur in der Nacht.

In gewisser Weise ähnelte sein Schicksal dem von Will Loske und dem von Dr. Frobenius. Aber das konnte er nicht wissen. Er erfuhr es später, als er dank der Berühmtheit seiner Tochter mit den Herren zusammenkam.

Er fand seine Mutter lebend vor, und sie weinte vor Glück, dass er gesund heimgekommen war.

Das Haus, in dem sie wohnten, war zwar beschädigt, aber es stand noch, sie hatten Ausgebombte aufnehmen müssen, bewohnten zusammen ein Zimmer, aber das war unwichtig. Sie lebten, der Krieg war zu Ende. Und die Russen waren da.

Nach der ersten Welle der Gewalt sorgten sie für Ordnung in der Stadt, und dann erweckten sie die Kunst zu neuem Leben. Theater, Film, Oper; »Artista« hieß das Zauberwort, mit dem man bei den Russen landen konnte.

Das kapierte Thomas sehr schnell. In die Schule wollte er sowieso nicht mehr gehen, er wollte Schauspieler werden, und zwar so schnell wie möglich. Das würde seiner Mutter und ihm das Leben erleichtern, denn Künstler bekamen bei den Russen die besten Lebensmittelkarten.

Durch seine zahlreichen Theaterbesuche kannte er viele Schauspieler – er hatte sich so oft wie möglich Autogramme geholt und immer mit leuchtenden Augen erklärt, dass er bald mit ihnen auf der Bühne stehen wollte –, manche erinnerten sich an ihn; seine Begeisterung, seine Bewunderung waren ihnen im Gedächtnis geblieben. Einer gab ihm kostenlos Schauspielunterricht, ein anderer Klavierunterricht. Den hatte ihm seine Mutter schon gegeben, sie spielte sehr gut, doch er hatte nur widerwillig geübt.

Jetzt erfuhr er, ein gerettetes Klavier sei ein Vermögen wert. Obwohl es in dem einzigen Zimmer, in dem sie jetzt wohnten, etwas eng wurde durch das Klavier.

»Merk dir, Thomas, für dein Leben: Etwas so Wertvolles wie ein Klavier darf man nicht verkaufen, nicht auf dem schwarzen Markt verhökern, nicht verraten. Ein leerer Magen lässt sich ertragen, ein Leben ohne Musik nicht«, gab ihm einer seiner Lehrer mit auf den Weg. Nun lernte er ordentlich Klavier spielen, lernte sprechen und auch singen, und dann nahm man ihn mit ins Theater, er wurde zunächst einmal Statist.

Als dann die Amerikaner in Berlin einzogen, bewährte sich Thomas als geschickter Schwarzmarktbesucher. Sein Schauspieltalent erprobte er zunächst an den Amis. Er war ein hübscher Junge, hatte Charme, etwas Englisch hatte er in der Schule gelernt, und das verwandelte sich schnell in ein passables Amerikanisch, er hatte nun mal ein musikalisches Ohr.

So gewann er auch im Westteil der Stadt ein paar gute Freunde, lernte in Windeseile die amerikanischen Songs und erklärte: »*Later, I'm going to Hollywood.*« Darüber lachten sie dann. Er bekam die kostbaren Zigaretten, hier und da klaute er welche, wenn es gelang, eine Stange. Die verkaufte er wiederum auf dem schwarzen Markt, er und seine Mutter lebten davon nicht schlecht.

Schon 1946 bekam er kleine Rollen, 47 und 48 erst recht, die DEFA war schon gegründet, er durfte Probeaufnahmen machen. Und dann kam es zur Blockade. Die Amerikaner schufen die Luftbrücke. Es gab zwar noch keine Mauer, aber die Stadt war trotzdem geteilt. Nicht für ihn. Er bewegte sich ungeniert in Berlin, bemühte sich auch im westlichen Teil um ein Engagement, so bei Barlog am Schlossparktheater in Steglitz, doch es fehlte ihm noch an Erfahrung, außerdem lebten seine Freunde, die ihn ausbildeten und förderten, eben im Osten. Er lernte ständig von ihnen, half beim Schminken und Ankleiden, stand in den Kulissen, hörte zu und passte auf.

Und er bekam jetzt respektable Rollen, fand Anerkennung, der Traum vom Romeo lebte wieder auf. Einer der älteren Kollegen nahm ihn beiseite: »Du wirst ihn spielen, aber nicht hier. Schau dich doch um, Schauspieler gibt es mehr als genug. Das ist in allen großen Theaterstädten jetzt so.

Ich habe neulich Post von Ferry bekommen, Ferry Mohring, den kennst du doch auch noch, der lebt jetzt in München. Viele sind nach München geflüchtet. Da wimmelt es geradezu von Schauspielern, die Arbeit suchen, schreibt er. Außerdem – wie willst du hinkommen? Man muss fliegen. Wo nimmst du das Geld her?«

»Es gibt doch den Interzonenpass.«

»Und deine Mutter lässt du hier allein?«

»Darüber habe ich auch schon nachgedacht«, sagte Thomas.

»Ich würde dir raten, in die Provinz zu gehen. Da bekommst du Rollen, da sammelst du Erfahrungen, und wenn du genug gelernt hast – und man wieder normal in den Westen reisen kann, dann kannst du immer noch nach München gehen.«

»Ich fände Düsseldorf auch gut«, sagte Thomas.

»Aha. Dir spukt Gründgens im Kopf herum. Der hat das richtig gemacht. Obwohl man ihm hier ja goldene Brücken gebaut hat. Aber bei den Kommunisten wollte er nun mal nicht bleiben.« Es herrschte ein lockerer Ton beim Theater. Wer ein richtiger Kommunist war, das wusste man, mit dem sprach man nicht viel.

Man schrieb das Jahr 1951. Die Blockade war vergessen. Der Westen entwickelte sich mit Riesengeschwindigkeit, die neue Währung, die D-Mark, der Grund für die Blockade, brachte Aufbau und Wohlstand, was man von der Ostwährung nicht sagen konnte.

Und so stellten sich die meisten Menschen nur eine Frage: Wie komme ich in den Westen?

Viele versuchten es, und vielen gelang es. Noch wurde nicht geschossen wie später an der Mauer. Noch gab es Berlin, zwar nun deutlich geteilt, aber eben doch verbunden.

Die S-Bahn fuhr von Ost nach West, auch von West nach Ost, manche benutzten sie zu einem Besuch bei Verwandten und Freunden und kehrten zurück zur eigenen Familie, die man nicht im Stich lassen wollte.

Aber viele kamen nicht zurück. Immer mehr Menschen flohen, und immer größer wurde der Ärger der Genossen, und immer näher rückte der Zeitpunkt, an dem sie handeln würden. Das war zu ahnen.

1953, als in Berlin die russischen Panzer auffuhren, war Thomas nicht mehr in der Stadt. Er hatte ein Engagement, zwar im Osten, aber das beste, was man sich wünschen konnte.

Er war in Meiningen, im Schlossparktheater des Großherzogs, und hier lebte man ziemlich unbehelligt vom kommunistischen Terror.

Das Schlossparktheater war Teil einer großen Vergangenheit. Und ein erstklassiges Theater.

Zu verdanken hatte Thomas das Engagement wieder einmal seinem Freund und Gönner, dem alten Schauspieler, der ihn unterrichtet hatte.

»Ich weiß, du willst in den Westen«, hatte der gesagt, »aber erst kommt es darauf an, dass du dir ein Repertoire erarbeitest, dass du alles spielen kannst, was du willst. Als ich so jung war wie du, war ich in Meiningen engagiert. Eines der besten Theater, die es je gegeben hat, auch wenn es in einer kleinen Stadt ist. Dort gibt es noch Tradition. Ich habe dich empfohlen. Es wird klappen.«

Es war die schönste Zeit im Leben von Geraldines Vater.

Doch Thomas Bantzer hatte sich mit dem Kommunismus nicht arrangieren wollen, der Traum vom Westen blieb, so wohl er sich auch in Meiningen fühlte und so wunderbar die Rollen, die er spielte, auch waren. Das Gefühl, dass sich die Schlinge immer enger um das Volk legte, teilte er mit vielen anderen, immer mehr flüchteten unter den gefährlichsten Umständen.

Auch in Meiningen wusste man das.

Seine Mutter hatte ihn öfter besucht, ihn auf der Bühne bewundert, sie hatten ständig Kontakt. Über das Büro der Intendanz konnte er sie manchmal auch telefonisch sprechen. Sie rief von ihrem Arzt aus an, mit dem sie gut befreundet war.

Ein privates Telefon hatte keiner von beiden, das war im Arbeiter- und Bauernstaat nicht vorgesehen.

An einem Nachmittag im August war er in seiner Garderobe. Sie hatten zwar Sommerpause, doch er wollte ein Rollenbuch holen, um zu lernen. Da kam die Sekretärin des Intendanten und sagte nervös: »Los, komm. Deine Mutter ist am Telefon. Sie hat heute schon dreimal angerufen. Sie ist ganz aufgeregt. Sie muss dich unbedingt sprechen.«

»Um Gottes willen! Sie ist doch nicht krank.«

Wenn sie schon zum vierten Mal anrief, konnte es nur bedeuten, dass sie sich ständig bei ihrem Arzt aufhielt.

Die Sekretärin überblickte vorsichtig den Gang, schloss dann die Tür zum Allerheiligsten.

»Mami! Was ist los? Was fehlt dir?«

»Mir fehlt nichts.« Sie sprach sehr leise. Die Angst, dass jemand mithören konnte, hatte man immer.

»Es passiert etwas. Die Stadt ist voller Gerüchte.«

»Was für Gerüchte?«

»Sprich doch leise. Irgendwas ist los. Es wird an der Bernauer Straße gearbeitet. Und draußen auch.«

»Wo draußen?«

»Draußen eben. Im Grunewald. Genaues weiß ich auch nicht. Aber man lässt niemanden durch.«

»Durch? Was heißt durch?«

»Frag doch nicht so doof. Durch heißt raus. Man lässt keinen raus. Irgendwo soll man schon geschossen haben.«

»Und was bedeutet das alles?«

»Es bedeutet, dass wir endgültig eingesperrt werden. Das bedeutet es. Und das vermuten wir schon lange. Berlin ist nun mal das Tor in den Westen. Und jeden Tag sind es mehr geworden.«

»Jetzt sprichst du aber laut. Gib mir doch mal den Doktor.«

Nun kam ein Lachen über die Leitung. »Der ist schon weg.«

»Der ist weg?«

»Seit gestern. Hat alles stehen und liegen lassen.«

»Wer ist denn bei dir?«

»Schwester Gertrud. Sie weiß Bescheid. Und sie wird mich nicht verpfeifen. Du kennst sie doch.«

»Und was soll ich tun?«

»Das weiß ich nicht, mein Junge. Vielleicht ist alles nur übertrieben. So eine Art Hysterie. Gertrud winkt mir zu, dass ich Schluss machen soll. Sie fährt jetzt gleich zu ihrem Bruder nach Schöneberg, und dort bleibt sie, um abzuwarten. Hör dich doch mal um, ob du in Meiningen was erfahren kannst. Oder nein, halt lieber die Klappe. Es kann gefährlich werden. Auf Wiedersehen, auf Wiedersehen, mein Junge. Alles Gute.« Nun klang es noch wie ein Schluchzer, dann hatte sie eingehängt.

Die Klappe halten konnte er nicht, denn die Sekretärin hatte das Gespräch mitgehört.

Sie war eine ältere Dame, und dass sie keine Kommunistin war, ganz im Gegenteil sogar, das wusste Thomas.

Also erzählte er, was seine Mutter gesagt hatte.

Sie nickte. »Ich warte schon längst darauf, dass etwas passiert. Wir erfahren das ja nicht. Aber in meinem Radio kann ich die Westsender gut hören. Und dort verkünden sie täglich die Zahlen.«

»Was für Zahlen?«

»Die Zahl der Menschen, die in den Westen fliehen. Es werden täglich mehr. Ulbricht muss da etwas unternehmen, das ist klar.«

Eine Weile blickten sie sich schweigend an.

»Und was sollen wir tun?«, fragte Thomas.

»Ich kann nichts tun. In meinem Alter wechselt man nicht mehr die Kulissen. Ich habe eine hübsche Wohnung hier, mein Sohn konnte studieren, weil er in die Partei eingetreten ist. Besser ist besser, nicht wahr? Meine Tochter lebt in Hamburg, das weißt du ja. Vielleicht darf ich sie mal besuchen.« Und nach einer kleinen, wohlüberlegten Pause fuhr sie fort: »Du könntest auch in die Partei eintreten, Thomas. Und du bist recht erfolgreich, dir tut keiner was.«

Sie saß hinter dem Schreibtisch, er beugte sich hinab und küsste sie auf die Wange. »Ich danke dir. Weißt du, was mich am meisten aufregt? Mami hat jetzt keinen Arzt mehr.«

Sie lachte. »Ein paar Ärzte werden schon übrig bleiben.«

Von Meiningen aus war der Weg durch die Wälder hinüber nach Hessen nicht weit. Von einer Anhöhe aus konnten sie bei schönem Wetter die im Sonnenlicht glänzenden Fenster einer Kirche sehen. Manchmal standen sie da, er und diejenigen seiner Kollegen, mit denen man darüber sprechen konnte, und sie waren sich einig, dass es nur wie ein kleiner Ausflug sein würde. In den ersehnten Westen.

Man spielte mit dem Gedanken, mehr oder weniger ernst gemeint, es ging ihnen ja nicht schlecht.

»Man weiß ja nicht, wie es uns dort ergehen würde«, hatte einer der Kollegen einmal gesagt. »Ob wir da drüben ein Engagement bekämen. Die werden kaum auf uns warten. Uns geht es hier doch ganz gut.«

»Gewiss. Wir haben zu essen und zu trinken, wir haben ein Dach über dem Kopf, und Arbeit haben wir auch. Weißt du, wovon ich träume? Freiheit. Das ist es. Freiheit wünsche ich mir«, hatte Thomas erwidert.

In dieser Nacht im August 1961 wagte Thomas Bantzer die Flucht in die Freiheit, schlich sich durch den Thüringer Wald über die unsichtbare Grenze.

Er tat es halb unbewusst, und es ging ganz leicht, keiner hielt ihn auf. Ihn und Tilla. Der Anruf seiner Mutter war der Auslöser gewesen. Aber auch ein jahrelanger Traum.

Am nächsten Tag wurde in Berlin die Mauer gebaut.

Der einzige Fehler bestand darin, dass er Tilla mitnahm, die junge Frau, besser gesagt, das junge Mädchen, das er kurz zuvor geheiratet hatte.

Er war vierunddreißig, Tilla gerade achtzehn. Er hatte sich in sie verliebt, denn sie war ein süßes kleines Ding, Tänzerin am Theater, nicht sehr begabt, über die zweite Reihe im Corps war sie nie hinausgekommen.

Sie verzieh ihm die Flucht nie. Und das sorgte in steigendem Maße für Streit in dieser Ehe.

Sie bekam im Westen nie wieder ein Engagement. Und auch für ihn wurde es schwer. Zuerst gingen sie nach München, doch dort war es aussichtslos für ihn. Dann bekam er für zwei Jahre ein Engagement in Coburg, es gefiel ihm ganz gut.

Quälend war, dass er lange keine Verbindung zu seiner Mutter hatte. Telefonieren ging nicht, und seine Briefe blieben unbeantwortet. Sie war nun hinter der Mauer.

Er wollte zurück nach Berlin.

»Und was machst du da? Du sitzt vor der Mauer, deine Mutter hinter der Mauer. Fliegen musst du auch. Wie bezahlst du das? Und eines Tages schnappen sich die Russen ganz Berlin, und dann kannst du dir vorstellen, was mit dir geschieht«, so Tilla.

Später ging er mit einer Truppe auf Tournee, sie spielten ganz ordentliches Theater, einige bekannte Schauspieler vom Film waren dabei, aber für ihn gab es kaum Hauptrollen. Sie reiste mit der Truppe, half bei der Ausstattung, beim Aufbau. Nicht immer war es ein Theater, in dem sie gastierten, manchmal nur ein halbdunkler Saal, in dem erst eine Art Bühne geschaffen werden musste. Manchmal bekam Tilla einen kleinen Auftritt, brachte knicksend ein Tablett oder spielte eine ungezogene Tochter, die gleich im ersten Akt türenschlagend verschwand. Im zweiten Akt kam sie wieder, war inzwischen durch Heirat eine reiche Amerikanerin geworden, die in ihrer Kleinstadt nun einen voluminösen Part zu spielen hatte. Und den spielte natürlich nicht mehr Tilla, sondern der Star der Truppe. Thomas gab in diesem Stück ihren Liebhaber von damals, den Grund, warum sich das Mädchen mit der Familie verkracht hatte. Er war nun auch zwanzig Jahre älter, ein braver kleiner Angestellter in einer bescheidenen Firma. Die Heimkehrerin erkannte ihn gar nicht wieder.

Später, als Thomas *Besuch der alten Dame* kennen lernte, das Stück von Dürrenmatt, entdeckte er, dass ihrem Autor etwas Ähnliches eingefallen war. Nur war es nicht so bösartig, der Autor auch nicht so berühmt, aber sie tingelten damit ganz erfolgreich durch die Lande, denn die Hauptdarstellerin war eine ehemals berühmte Filmschauspielerin, die lange keine Rolle bekommen hatte.

Als sie mit diesem Stück in Lindau gastierten, verließ Tilla ihren Mann. Sie hatte einen charmanten Urlauber kennen gelernt, der sie in seinem Boot spazieren fuhr, mit ihr schwimmen ging, abends mit ihr an der Bar saß und sie nachts mit in sein Hotel nahm. Er war zwölf Jahre jünger als Thomas.

Aber das dauerte natürlich nicht lange. Als die Truppe in Ulm gastierte, kam sie wieder, sie wusste nicht, wovon sie leben sollte.

Eine Zeit lang vertrugen sie sich. Er hatte ihr verziehen, sie versuchte sich wieder bei der Truppe nützlich zu machen. Sie erinnerten sich an das, was sie früher Liebe genannt hatten.

Dann wurde sie schwanger, und das verdarb ihr für lange Zeit die gute Laune. Unlustig, widerwillig bekam sie das Kind, er jedoch freute sich über seine kleine Tochter, die er

Geraldine nannte. Und die bestimmt einmal eine gute Schauspielerin werden würde, davon war er überzeugt. Nachdem
die Truppe sich aufgelöst hatte, ging es ihnen sehr schlecht,
dann bekam er ein Engagement in Hannover, er konnte für
einen erkrankten Kollegen einspringen. Hier spielte er zum
ersten und letzten Mal in seinem Leben den Faust. Die Hoffnung, dass man ihn ganz übernehmen würde, sei es auch nur
für bescheidenere Rollen, erfüllte sich nicht.

Später erzählte er seiner Tochter: »Ich war wohl nicht besonders gut. Sprachlich war ich auch verschlampt, das kam
durch die Tingelei. Und irgendwie schreckte ich vor der
Rolle zurück. Ich hatte den Faust schließlich bei Gründgens
am Staatstheater in Berlin gesehen.«

In Hannover fasste er dann den Entschluss, nach Berlin zu
fliegen. »Ich muss meine Mutter wiedersehen. Sie ist jetzt
Rentnerin und darf uns besuchen. Sie ist alt und einsam, ich
muss sie endlich wiedersehen.«

Tilla widersprach nicht. Sie war zermürbt, unglücklich, sie
liebte weder Mann noch Kind, aber sie wusste nicht, wohin
mit sich.

Das Geld für den Flug hatte er eisern gespart, und in Berlin reichte es noch für eine billige Pension in der Kantstraße.
Und dann machte er sich auf die Suche nach einem Engagement.

Doch Dorothea Bantzer war weder alt noch einsam. Ganz
im Gegenteil.

Sie trug ein hübsches graues Kostüm, sie hatte noch immer
schlanke, gut geformte Beine, beim Friseur war sie auch
gewesen und kam sehr blond und sehr ansehnlich in die
Kantstraße. Alt sah sie gar nicht aus, keineswegs wie eine
arme unterdrückte DDR-Bürgerin.

Einen guten Job hatte sie auch gehabt, sie war Gardero-
benfrau beim Berliner Ensemble gewesen, schwärmte wie

früher begeistert vom Theater und erzählte von erfolgreichen Aufführungen.

»Schauspielerin wollte ich gar nicht werden, das stand nie zur Debatte. Mein Vater hätte mich wohl verprügelt. Du bist es nun, Thomas. Schade, dass du nicht in Meiningen geblieben bist, dann hätte ich dich noch in vielen schönen Rollen sehen können.«

Das hatte er sich in den letzten Jahren auch manchmal gedacht. Aber er sagte mit ein wenig Trotz in der Stimme: »Ich wollte in Freiheit leben.«

»Na ja, sicher, das ist ja gut und schön. Aber in einem Engagement bist du auch nicht frei. Du hast einen Intendanten, der über das Programm bestimmt, du hast einen Regisseur, der vielleicht das anordnet, was dir keineswegs passt.«

»Euren Ulbricht kann ich nun mal nicht ausstehen«, fügte er hinzu.

»Er ist nicht mein Ulbricht«, wehrte sich Dorothea. »Ich mag ihn auch nicht. Ich kenne eigentlich niemanden, der ihn leiden kann.«

»Auch am Theater nicht?«

»Das ist kein Thema«, antwortete sie kühl.

Einsam war sie nicht. Sie hatte, und das war die Überraschung, einen Lebensgefährten.

Es war der Obmann der Logenschließer, sie war seit Jahren mit ihm befreundet, sie schienen sich gut zu verstehen.

»Er ist Witwer, aber an Heirat denken wir nicht. Es ist so«, sie lachte ein wenig verlegen, »man wird anspruchsvoll, wenn man gewohnt ist, allein zu leben. Man fühlt sich freier, um noch einmal von Freiheit zu sprechen. Man hat sein eigenes Bad und sein eigenes Klo. Man kocht, wann man will und was man will, und wenn man nicht will, dann eben nicht. Ich fühle mich wohl in der Wohnung in der Schumannstraße, du kennst sie ja. Keine Einquartierung mehr wie nach dem

Krieg. Das Theater hat mir dazu verholfen, dass ich sie behalten konnte.«

»Wie sieht es in der Wohnung jetzt aus?«, fragte Thomas.

»Du würdest sie nicht wiedererkennen. Ich habe sie ganz neu eingerichtet. Mit Stoffen und Requisiten von der Bühne. Die Theater werden gut versorgt, an denen wird nicht gespart. Und dein Klavier ist auch noch da.«

»Und dein … dein Freund? Lebt der auch allein?«

»Sein Sohn lebt bei ihm. Der studiert Medizin. Das heißt, er ist schon fast fertig, er arbeitet an der Charité. Das ist sehr praktisch, man hat immer einen Arzt zur Hand. Wir verstehen uns gut.«

»Aha«, machte Thomas dumm.

»Er hat noch eine Tochter, die ist verheiratet und hat schon zwei Kinder. Sie leben in Potsdam. Mit ihr verstehe ich mich auch gut.«

Dann mit einem Blick auf Geraldine: »Ein Kind hast du ja nun auch. Niedlich, die Kleene.«

Großmütterliche Gefühle schien sie nicht zu haben, die neue Familie stand ihr offenbar näher.

Sie war freundlich, aber reserviert zu Tilla, die wegen der schlechten Stimmung, in der sie sich meist befand, viel von ihrem Liebreiz eingebüßt hatte. Und gekleidet war sie außerordentlich schlampig. Dass das im Westen jetzt Mode war, konnte Dorothea nicht wissen. Immerhin benahm sich Tilla recht gut bei diesem ersten Treffen mit ihrer Schwiegermutter, sie war sogar ein wenig schüchtern. Was verständlich war. Alt und einsam hatte Thomas gesagt, eine armselige Frau hatten sie erwartet, eine selbstbewusste, elegant gekleidete Dame saß ihr gegenüber.

Die billige Pension in der Kantstraße missfiel Dorothea.

»Hier könnt ihr nicht bleiben, das ist doch fürchterlich«, sagte sie und sah sich mit strafender Miene in dem kleinen, schlecht möblierten Zimmer um.

Thomas stieg das Blut in den Kopf, dies war der Moment, wo der Abstand zu seiner Mutter begann.

»Selbstverständlich nicht«, sagte er. »Wir sind ja noch nicht lange da. Ich muss erst ein Engagement haben.«

»Ich würde dir zum Schillertheater raten. Barlog ist ein guter Mann. Wir«, und das klang nun geradezu überheblich, »haben mehr Theater als Westberlin. Und bessere dazu. Warum bist du nicht in München geblieben?«

»Vielleicht kehren wir dorthin zurück«, und jetzt klang Ärger in seiner Stimme mit. Eigentlich hätte er sagen müssen: Ich wollte dich wiedersehen, Mama.

Er hätte sie gern in ein Lokal zum Essen eingeladen oder wenigstens in ein Café. Nicht weit entfernt um die Ecke war die Bar vom Kempinski, stattdessen saßen sie in dem kleinen miesen Zimmer.

Aber er hatte kein Geld mehr. Er wusste schon jetzt nicht, wovon er die Miete für die nächste Woche bezahlen sollte.

Er war erleichtert, als seine Mutter ging.

Geraldine, drei Jahre alt, die neben ihm auf dem schäbigen Sofa saß und die ganze Zeit keinen Laut von sich gegeben hatte, schob ihre kleine Hand in seine Hand. Sie spürte seinen Kummer. Er hielt die Hand des Kindes fest, Tränen würgten ihn im Hals.

»Deiner Mutter geht es ja offenbar recht gut. Vielleicht solltest du mit ihr wieder in den Osten gehen«, giftete Tilla. »Mit der so genannten Freiheit kannst du ja nicht viel anfangen.« Er stand auf, verließ das Zimmer, verließ das Haus, ging mit raschen Schritten stadtauswärts, lief nur so vor sich hin und weinte.

Ein festes Engagement bekam er lange nicht, dann aber eine recht gute Rolle an einem der Boulevardtheater am Kurfürstendamm. Das lief ziemlich lange, fand den Beifall der Presse und des Publikums. Und das verschaffte ihm den Kontakt zum Fernsehen, allerdings erst Mitte der Siebzigerjahre. Er sah immer noch sehr gut aus, besonders nachdem sich seine Verdrossenheit gelegt hatte. Und, das darf nicht verschwiegen werden, nachdem er Tilla los war.

Berlin bekam ihr gut. Sie strolchte in der Stadt umher, saß oft in der Bar des Kempinski oder bei einem Italiener, machte die Bekanntschaften verschiedener Männer, ließ sich ausführen und folgte ihnen auch in eine Wohnung, in ein Hotel, in ein Bett.

Sie überlegte genau, mit wem sie sich einließ, nahm gern Geschenke entgegen, jedoch kein Geld. So dumm war sie nicht, dass sie die Grenze nicht kannte, die sie von diesem oder jenem Leben trennte.

Was sie aber dann dazu brachte, Thomas zu verlassen, war nicht ein Mann, sondern eine Frau.

Es war an einem Nachmittag im November 1974, es regnete, sie saß bei Kranzler am Kurfürstendamm und trank Kaffee. Kuchen konnte sie sich nicht leisten. Sie sah wieder hübsch aus, kleidete sich besser dank den verschiedenen Bekanntschaften, die sie gemacht hatte. Unter anderem hatte es den Besitzer einer Boutique am Kurfürstendamm gegeben, der sie mit schicker Garderobe ausgestattet hatte. Denn wie gesagt, Geld nahm sie nicht. Mit ihm verbrachte sie gelegentlich die Nächte in einem kleinen Hotel in der Kurfürstenstraße, denn er war verheiratet, erklärte jedoch, dass er sich von seiner Frau scheiden lassen wollte.

Das war Tilla nicht weiter wichtig. Verheiratet war sie auch, und auf eine neue Ehe legte sie keinen Wert. Und besonders groß war ihre Zuneigung zu diesem Mann auch nicht. Und diese Art von Freiheit, die sie lebte, gefiel ihr recht gut.

Ein zweiter Verehrer war der Besitzer eines kleinen Restaurants, der sie zum Essen einlud und ihr öfter eine Flasche Wein mitgab, die sie dann wiederum ihrem Mann mitbrachte.

Noch lebten sie ja zusammen. Thomas wusste, dass sie ihn betrog, und es war ihm gleichgültig. Er hatte inzwischen neue Kollegen kennen gelernt und Freunde gewonnen. Einer davon würde ihn später beim Fernsehen, das inzwischen eine große Rolle spielte, empfehlen.

Sie hatten inzwischen eine Wohnung am Wittenbergplatz. Das war eigentlich zu viel gesagt, es waren zwei Zimmer in einer großen Wohnung, die von der Besitzerin vermietet wurden. Außer ihnen wohnten noch drei andere Parteien darin. Das, was seine Mutter bei ihrem ersten Besuch gepriesen hatte, ein eigenes Bad, ein eigenes Klo, geschweige denn eine eigene Küche, hatten sie hier nicht.

Dorothea Bantzer kam gelegentlich zu Besuch, blickte abschätzig auf die bescheidene Behausung und war nach wie vor höchst zufrieden mit ihrem Leben. Ihre Schwiegertochter traf sie niemals an. Sie fragte nicht nach ihr. Zufrieden war sie auch, als Thomas das Engagement hatte, und erst recht, als er seine erste Rolle in einem Fernsehspiel bekam.

Richtige Fernsehspiele gab es zu jener Zeit noch, eine Handlung mit guten Schauspielern, nicht wie später viel Brutalität und die so genannten Seifenopern.

Einen eigenen Fernsehapparat hatte Thomas nicht, aber sie durften bei der Besitzerin der Wohnung, die sich mit Geraldine angefreundet hatte, im Wohnzimmer sitzen und das Fersehspiel ansehen. Thomas hatte nur eine kleine Rolle, doch sie war wichtig, und er machte seine Sache gut und sah hervorragend aus. Es war immerhin ein Anfang, er war nun beim Sender Freies Berlin in der Kartei, und ab und zu bekam er Arbeit.

Ulbricht gab es nicht mehr, im Osten regierte ein gewisser Honecker.

»Gefällt der dir besser?«, fragte Thomas seine Mutter.

»Auch nicht besonders. Man muss eben abwarten, wie er sich macht.«

Im Westen, in Bonn, hieß der Bundeskanzler Willy Brandt, und es gab jetzt etwas bessere Beziehungen zwischen Ost und West, Besuche und Gespräche fanden statt.

»Es gab da so ein geheimes Zauberwort«, erzählte Thomas seiner Tochter zwanzig Jahre später, »das hieß Wiedervereinigung. Im Westen sprach man es aus, im Radio, im Fernsehen hörte man es. Im Osten existierte das Wort nicht. Und jetzt sitzen wir hier in einem vereinigten Deutschland. Ich kann es immer noch nicht fassen. Es war das größte Erlebnis meines Lebens.«

»Größer als der Krieg?«, fragte Geraldine.

»Ja. Ich habe nicht daran geglaubt. Und wenn man davon träumte, dann wusste man bestimmt, dass man es nicht erleben würde.«

Man schrieb das Jahr 1994, und sie saßen, und das war vielleicht ein noch größeres Erlebnis, in der Wohnung in der Schumannstraße, in der Thomas aufgewachsen war.

Und genau zwanzig Jahre war es her, dass Tilla ihren Mann verlassen hatte, oder besser gesagt, sich nach und nach von ihm trennte, was beiden gut bekam.

An diesem Novembernachmittag also lernte Tilla eine Dame kennen, die sich im Café Kranzler zu ihr an den Tisch setzte.

»Ein heißer Kaffee wird gut tun«, sagte die Fremde. »Sie gestatten, dass ich mich einfach zu Ihnen setze. Ziemlich voll hier.«

Der Kaffee wurde bestellt, der Kuchen ausgesucht.

»Sie essen keinen Kuchen?«, wurde Tilla gefragt. Die Fremde wollte sich offenbar unterhalten.

»Nein. Besser nicht.«

»Wieso besser nicht? Sie sind doch gertenschlank.«

»Nicht wegen meiner Figur. Ich muss sparen.«

»Aha.«

»Woher wollen Sie wissen, dass ich schlank bin? Ich sitze hier bequem in einem Sessel, die untere Hälfte von mir können Sie gar nicht sehen«, sagte Tilla herausfordernd und etwas irritiert von dem intensiven Blick, mit dem sie betrachtet wurde.

»Nun, Sie sind ungefähr eine Viertelstunde lang vor mir hergegangen, hübsch langsam, haben Schaufenster beguckt, mit dem Schirm gespielt, dann verschwanden Sie hier und gingen hinauf in den ersten Stock.«

»Und?«, fragte Tilla.

»Der Regen nahm zu, ich kehrte um, entschloss mich Kaffee zu trinken und ein Stück Kuchen zu essen. Und siehe da. Sie saßen allein an diesem Tisch. *Voilà, c'est tout.*«

Eine Weile schwieg Tilla und wusste nicht, was sie davon halten sollte.

»Das verstehe ich nicht«, murmelte sie schließlich.

»Was ist daran so schwer zu verstehen? Wenn man jemanden sieht, der einem gefällt, warum sollte man nicht versuchen, den Betreffenden kennen zu lernen?«

Die Fremde drückte sich sehr gewählt aus, sie sprach nicht berlinerisch, hatte überhaupt keinen Dialekt.

»Sie wollen sagen, ich gefalle Ihnen? Das habe ich lange nicht mehr gehört.«

»Ich glaube, ich kann Ihnen auch sagen, warum.«

Tillas Mund öffnete sich wieder vor Staunen. Doch sie stellte keine Frage.

Antwort bekam sie sowieso.

»Es liegt daran, dass Sie mit missmutiger Miene durch die Gegend laufen. Sie ziehen die Lippen nach unten, obwohl Sie einen ganz hübschen Mund haben, wie ich jetzt sehe. Ihr Blick war finster, jetzt sehen Sie mich an, etwas verwundert könnte man sagen, aber nicht mehr finster. Und wenn Sie mal lächeln würden, fände ich das gut.«

Tilla lächelte nicht nur, sie lachte sogar kurz.

»Sie sind aber komisch. Machen Sie das immer so, dass Sie fremde Leute einfach …«

»Beobachten, wollen Sie sagen. Ja, das tue ich. Immer und überall. Ansehen, nachschauen, beobachten, und falls es mir gefällt, ein Gespräch versuchen. Es ist mein Beruf.«

»Ach!«, machte Tilla erstaunt.

Die Dame hatte ihren Kuchen verspeist, trank den letzten Schluck Kaffee und wartete auf die Frage, die eigentlich kommen musste. Es kam keine Frage. Tilla war nun verwirrt, sogar ein wenig verängstigt, kein Lächeln lag mehr auf ihrem Gesicht.

Ihr Gegenüber lächelte.

»Jetzt sehen Sie aus wie ein Kind, das sich fürchtet«, sagte die Dame. »Warum?«

»Man weiß ja nicht …«, stammelte Tilla, »heutzutage … man hört immer so komische Sachen … und ich …« Sie verstummte.

»Was für komische Sachen denn?«

»Na ja, ich meine, Spionage und so.« Jetzt flüsterte Tilla.

Die Dame lachte. »Wir sind hier nicht im Osten. Man kann allerdings auch auf dieser Seite Leute als Spione anwerben. Aber, entschuldigen Sie, dafür sind Sie zu dumm.«

Das war deutlich. Nun hatte es Tilla die Sprache verschlagen.

»Das war unhöflich, nicht wahr? Man könnte besser sagen: Sie sind zu harmlos. Ich glaube, ich trinke noch einen Cognac. Mögen Sie auch?«

Tilla schüttelte den Kopf, die Dame winkte der Bedienung und bestellte trotzdem zwei Cognac.

»Ich heiße Tanja Ewers«, sagte sie dann. »Und ich bin Fotografin.«

»Ach so«, machte Tilla und errötete unwillkürlich.

»Wenn Sie Illustrierte oder Frauenzeitschriften läsen, würden Sie meinen Namen kennen. Ich fotografiere Schauspieler, Sänger, Filmstars und solche, die sich dafür halten, außerdem mache ich Modeaufnahmen. Da arbeite ich viel mit hübschen Mädchen. Oder jedenfalls sehen sie hübsch aus, wenn ich sie fotografiert habe. Und deshalb beobachte ich Menschen, vor allem Frauen. Und Sie sind mir aufgefallen. Schlank, gut gewachsen, ein lockerer beschwingter Gang und dazu die miese Miene. Tragen Sie die immer vor sich her oder nur heute?«

»Ich glaube, immer«, erwiderte Tilla, nun ohne Scheu, da das Rätsel gelöst war.

»Und warum?«

»Uns geht es nicht besonders gut.«

»Wer ist uns?«

»Mein … mein Mann. Und meine Tochter.«

»Jetzt kommen wir der Sache schon näher. Sie haben einen Mann und eine Tochter. Wie alt ist die Tochter?«

»Neun.«

Was Tanja Ewers jetzt dachte, sprach sie nicht aus.

Sie dachte, einem neunjährigen kleinen Mädchen müsste man eigentlich manchmal ein fröhliches Gesicht zeigen.

Stattdessen fragte sie: »Haben Sie einen Beruf?«

Tilla schüttelte den Kopf.

»Arbeiten Sie gar nichts?«

Tilla schüttelte wieder den Kopf, doch dann brach es aus ihr heraus.

»Ich hatte einen Beruf. Aber das ist lange her.«

»Und was war das für ein Beruf?«

»Ich war Tänzerin.«

»Sieh an, das passt ganz gut. Erzählen Sie mir davon, aber schön der Reihe nach.«

Das war Tilla noch nie passiert, dass sich jemand für sie interessierte, etwas über ihr Leben wissen wollte.

Und sie erzählte dieser Tanja alles über ihr Leben, nicht so schön der Reihe nach, eher etwas wirr, aber immerhin hatte die Fotografin Tanja Ewers danach ein recht genaues Bild von dem, was Tilla in ihrem Leben widerfahren war. Mitten im Krieg geboren, der Vater schon gefallen, die Mutter auf der Flucht aus Ostpreußen von Russen vergewaltigt, an den Folgen der Vergewaltigung starb sie, was Tilla nicht wissen konnte, dazu war sie zu klein gewesen. Das erfuhr sie von ihrer Tante, die überlebt hatte, in deren Obhut sie nach Gera kam, später nach Meiningen, wo sie, ohne gefragt zu werden, in die Ballettschule gesteckt wurde. Dadurch bekam man zu essen, und das Kind war untergebracht.

So erzählte es Tilla nicht, doch Tanja Ewers übersetzte es sich so, denn die Tante verschwand mit einem Mann gen Westen und überließ das Kind seinem Schicksal und der Ballettschule.

»Und? Warst du eine gute Tänzerin?«

Nun schwindelte Tilla allerdings. Es fiel ihr gar nicht auf, dass die fremde Frau sie auf einmal duzte.

»Doch. Ich hätte bald ein Solo bekommen.«

Dann die Liebe, die Flucht, das ungewisse Leben, das Kind. Und nun die bescheidenen Verhältnissen in zwei Zimmern in einem fremden Haushalt und meist allein in dieser zwar geteilten, aber großen, erbarmungslosen Stadt.

»Wie heißt du denn?«

»Tilla Bantzer. Eigentlich heiße ich Mathilde. Aber ich wurde immer nur Tilla genannt.«

»Und du bist nie auf die Idee gekommen, dir Arbeit zu suchen?«

»Was für eine Arbeit denn? Ich kann doch nichts. Tanzen kann ich nicht mehr, das ist vorbei. Wenn man nicht ständig trainiert, geht das nicht mehr.«

»Und sonst kannst du gar nichts?«

»Gar nichts«, sagte Tilla, es klang geradezu befriedigt.

Sie saßen ziemlich lange bei Kranzler.

Immerhin änderte sich Tillas Leben von diesem Tag an.

Tanja Ewers verdiente recht gut mit ihren Fotos. Sie war eine erstklassige Künstlerin, ihre Bilder waren meist viel schöner als in Wirklichkeit. Doch sie machte auch ganz lebensechte Bilder, und was sie jetzt plante, war ein Buch, das sie selbst herausgeben wollte, mit dem Titel *Die Frau unserer Zeit*. Sie wollte nicht nur schöne geschminkte Künstlerinnen porträtieren, sondern Frauen des Alltags, arbeitende Frauen, von der Chefetage bis zum Kiosk an der Straßenecke. Deshalb lief sie ständig mit suchenden Augen durch die Straßen.

Das alles erfuhr Tilla nicht an diesem ersten Tag, aber so nach und nach wurde sie in diesen Plan eingeweiht.

Tanja Ewers besaß ein riesiges Atelier mit Dunkelkammer und Werkstatt im Obergeschoss eines Hauses am Lehniner Platz. Das Atelier lernte Tilla schon drei Tage später kennen, nachdem sie zu einem Besuch aufgefordert worden war. Zunächst tat sie nichts anderes, als zuzuschauen, denn Tanja hatte mehrere Modelle da, mit denen sie arbeitete. Zwei Assistenten hatte sie auch, es ging lebhaft zu, die Modelle mussten sich umziehen und ausziehen, auch Nacktaufnahmen wurden gemacht, was Tilla stumm staunend erlebte. Es ging dabei ganz sachlich zu, ob eine Frau etwas anhatte oder nicht, machte nicht den geringsten Unterschied.

Nach Feierabend, saßen sie alle friedlich beisammen, tranken Bier und sprachen über die nächsten Pläne.

Tilla erfuhr, dass Tanja geschieden war und zwei Söhne hatte, die in Salem erzogen wurden. Auch davon hörte Tilla das erste Mal. Als sie ging, sagte Tanja: »Übermorgen kommst du wieder, da mache ich mal ein paar Schüsse von dir.«

Sie lachte, als sie Tillas angstvolles Gesicht sah.

Sie griff hinter einen Vorhang, holte ein langes, kornblumenblaues Gewand hervor.

»Das wirst du anziehen. Pietro wird dich zurechtmachen, das kann er gut. Kein Friseur bitte, wir machen das ganz natürlich.«

Thomas zuckte nur die Schultern, als Tilla ihm davon erzählte. Ihre Seitensprünge gehörten längst zum Alltag. Nun also lesbisch. Doch davon konnte keine Rede sein. Es blieb immer bei sachlicher Arbeit und bei ihren abendlichen Gesprächen bei Bier oder Wein. Manchmal war das Atelier voll von Leuten, Kollegen und Freunden von Tanja, es wurde geredet, gefachsimpelt und viel gelacht.

Irgendwann warf Tanja alle hinaus.

»Ich muss in die Dunkelkammer.«

Für Tilla war es ein neuer Abschnitt ihres Lebens. Nach und nach gewöhnte sie sich daran, Handlangerdienste zu verrichten, kleine Aufgaben zu übernehmen, aufzubauen, abzuräumen, Kaffee zu kochen, auch gelegentlich einkaufen zu gehen.

Eines Tages drückte ihr Tanja einen Hundertmarkschein in die Hand.

»Aber nein! Wozu denn?«, wehrte sie ab.

»Du hilfst mir doch, oder nicht? Alle, die hier arbeiten, werden von mir bezahlt. Wenn du nicht mehr kommen willst, brauchst du es nur zu sagen.«

Tanjas direkte Art verblüffte Tilla immer wieder, und gleichzeitig imponierte sie ihr. Und sie wollte gern kommen, in dieses Haus, in dieses Atelier, zu dieser erstaunlichen Frau, die klug und erfolgreich war und außerdem eine Menge Geld verdiente. Tillas missmutige Miene verlor sich allmählich, sie hatte eine Aufgabe, hatte ein Ziel, wenn sie die Wohnung am Wittenberger Platz verließ und in die U-Bahn zum Lehniner Platz stieg.

Einmal erwähnte sie das auf ihre ungeschickte Weise Tanja gegenüber.

»Was heißt, du hast etwas zu tun? Arbeiten kann man das nicht gerade nennen, was du hier machst. Du lungerst herum, siehst zu, hörst zu und holst mal frische Brötchen. Du hast schließlich Mann und Kind, gibt es in deinem Haushalt denn gar nichts zu tun?« Solche Fragen brachten Tilla in Verlegenheit.

Es war Thomas, der sich um Geraldine kümmerte. Er brachte sie zur Schule und holte sie wieder ab, falls er keine Proben hatte. Er kaufte in der Lebensmittelabteilung im KaDeWe für sie ein, und wenn er Geld hatte, ging er mit Geraldine zum Italiener, denn Spaghetti aß sie am liebsten.

Tanja sagte:»Ich möchte deinen Mann und deine Tochter kennen lernen.«

Und wenn Tanja etwas wollte, dann geschah es auch.

Sie bestimmte dafür einen Sonntag.

Es war sehr warm und sonnig an diesem Tag. Auf dem Kurfürstendamm waren alle Plätze vor den Cafés und Restaurants besetzt, und soweit die Westberliner ans Wasser konnten, waren sie zum Schwimmen gegangen.

Das war das Erste, was Tanja das Mädchen fragte.

»Kannst du schwimmen?«

Geraldine antwortete:»Ja. Ich schwimme sehr gern. Wir waren gestern am Wannsee, mein Papi und ich.«

Sie drückte sich klar und deutlich aus, das hatte sie schon gelernt. Sie war nicht befangen der fremden Dame gegenüber, das konnte gar nicht geschehen, wenn man Tanjas Gesicht, ihre Augen sah, ihre Stimme hörte.

Thomas war ohne Zögern dieser Einladung gefolgt. Er hatte schon so viel von dieser seltsamen Frau gehört, dass er neugierig geworden war. Denn er musste zugeben, dass der Umgang mit der Fotografin Tillas Stimmung deutlich verbessert hatte: Die missmutige Miene war verschwunden. Und Tilla erzählte oft ganz begeistert von dem, was sie im Atelier erlebt hatte, warf immer öfter mit Fachausdrücken um sich.

Es wurde ein langer Nachmittag, erst gab es Kaffee und Kuchen, später ließ Tanja aus einer Kneipe in der Nähe Abendessen heraufbringen.

Sie sah mit Vergnügen, wie es dem kleinen Mädchen schmeckte, erwiderte den staunenden oder erfreuten Blick des Kindes, sie lächelte, und Geraldine lächelte auch.

Was Tanja an diesem Tag dachte und ganz entgegen ihrer direkten Art nicht aussprach: Diese Tilla ist eine dumme Pute. Ein charmanter Mann, ein hübsches Kind, warum kann sie damit nichts anfangen? Charmant war Thomas immer gewesen, und er sah auch noch sehr gut aus. Er erzählte ein wenig von früher, von Meiningen, von Coburg und von der Reise mit der Truppe.

Es blieb das einzige Treffen. Doch Thomas war befriedigt, dass er die Fotografin nun kannte, und noch befriedigter, dass Tilla beschäftigt war und der ewige Streit ein Ende gefunden hatte. Noch besser, jedenfalls soweit es Tilla betraf, wurde es im folgenden Winter. Es war kalt, es war glatt auf den Straßen. Tanja, wie immer in Eile, rutschte aus, fiel hin und brach sich das Fußgelenk. Das bedeutete einige Wochen Gips. Nun wurde Tilla wirklich unentbehrlich. Essen und Getränke mussten organisiert werden, die Assistenten brauchten dies und das, die Modelle mussten mit Kleidern und Schminke versorgt werden. Tilla wurde zu einer echten Hilfe. Und sie wurde für ihre Arbeit bezahlt. Sie hatte keinen Beruf, aber sie gehörte zum Stab, wie Tanja es nannte. Das blieb auch so, nachdem Tanjas Fuß geheilt war. Denn verstärkt konzentrierte sich Tanja nun auf die Arbeit an ihrem Buch *Frauen unserer Zeit*, mit dem sie später berühmt wurde. Reisen gehörten dazu, schließlich übersiedelte Tanja Evers sogar nach München, weil die ewige Fliegerei, wie sie es nannte, ihr auf die Nerven ging. Auch ihre Söhne studierten inzwischen in München.

So kam es zur endgültigen Trennung von Thomas und Tilla, denn Tilla zog mit nach München. Es war eine freundschaftliche Trennung, sie blieben in Verbindung, telefonierten, gratulierten sich zum Geburtstag. Alles in allem war das Verhältnis zwischen ihnen nie so angenehm gewesen. Geraldine vermisste die Mutter nicht, denn viel hatte sie ihr nie bedeutet.

Die Zeit danach

»Du warst also in Italien«, sagte Thomas, als seine Tochter wieder in Berlin gelandet war.

»Ja. In Venedig, in Florenz und in Verona. Ich habe dir nicht geschrieben, entschuldige. Aber die Reise sollte geheim bleiben. Und woher weißt du es?«

»Sebastian Klose war hier, und er war sehr empört darüber.«

Geraldine lachte. »Der hat es nötig.«

Thomas zögerte, dann sagte er: »Ich dachte, du hättest dich mit ihm versöhnt.«

»Wieso versöhnt? Wir hatten keinen Streit. Er hat mich verlassen, hat mir ab und zu eine kleine Rolle verschafft, und sonst ist das erledigt.«

»Erledigt, so. Und jetzt liebst du Walter Burckhardt.«

»Das hat er dir also auch erzählt. Ich war mit Burckhardt auf dieser Reise zusammen, und es war sehr nett, und jetzt ist auch das erledigt.«

Thomas betrachtete seine Tochter mit Staunen. Sie war verändert. Nicht so glamourös wie auf den Fotos in Zeitungen und Illustrierten, sie sah fast aus wie früher. Oder besser gesagt wie ganz früher, ehe das Desaster mit Sebastian sie so verstört hatte.

Nach Ende der Dreharbeiten war viel in den Zeitungen geschrieben worden, Bilder waren erschienen, Berichte über den Film, von Frobenius und der Bavaria entsprechend plaziert. Interviews hatte es gegeben, sogar mit Susanne Conradi, die aus Amerika zurückgekehrt, in aller Gelassenheit erklärt hatte, dass die Rolle der Alkmene ihr nicht gelegen habe und dass sie sehr froh darüber gewesen sei, eine so erfolgreiche Ablösung in ihrer Freundin Geraldine gefunden zu haben.

Burckhardt hatte die Zeitung mit dem Interview in Florenz gekauft, und er wäre bald vor Lachen in den Arno gefallen, als er Geraldine den Absatz vorlas.

»Es ist ein Wunder geschehen auf diesem Delos«, sagte er. »Da hat Klose wohl wirklich den richtigen Riecher gehabt.«

Geraldine lächelte und schwieg. Sie würde die leichtsinnige Bemerkung von jenem Abend auf Naxos nicht wiederholen. Sie selbst hatte auch noch ein Interview geben müssen. Sie würde wieder nach Griechenland fahren, hatte sie gesagt, es gebe da noch vieles, was sie gern sehen wolle, der Aufenthalt sei kurz gewesen, und während der Dreharbeiten blieb keine Gelegenheit, das Land und seine Geschichte näher kennen zu lernen.

Sie drückte sich so geschickt aus, wie sie es jetzt immer tat, gewandt und flüssig, als sei sie seit eh und je gewohnt, mit der Presse umzugehen.

Walter Burckhardt war bei diesem Interview nicht dabei, die Reporter erfuhren nur, dass er zur Kur nach Abano gereist sei. Anfang Dezember habe er Proben in den Münchener Kammerspielen.

Natürlich hätte es geschehen können, dass dem Liebespaar in Venedig oder Florenz ein Reporter über den Weg gelaufen wäre, aber es war November, die Saison war längst zu Ende. Und dann hatte ausgerechnet Sebastian ihrem Vater erzählt, dass sie mit Burckhardt in Italien gewesen war.

»Er hat größten Wert darauf gelegt, dass niemand davon erfährt«, sagte Geraldine. »Und dann erzählt er es dir. Wenn du es nun weitererzählt hättest?«

»Er hat mich darum gebeten, es nicht zu tun. Wie gesagt, er war empört, er war wütend; ich würde sagen, er war enorm eifersüchtig.«

Geraldine lachte kurz. »Das fällt ihm reichlich spät ein. Wer behauptet denn, dass ich in den vergangenen acht Jahren keinen Liebhaber hatte? Er jedenfalls hat mehrmals die Frauen an seiner Seite gewechselt.«

»Du und Walter Burckardt. Ist es nun ...« Thomas scheute vor dem Wort Liebe zurück.

»Wir haben zusammen sehr gut gearbeitet. Er ist ein großartiger Schauspieler.«

»Das weiß ich. Und nun also ...« Er wusste auch diesmal nicht, wie er es nennen sollte.

»Wir hatten wunderbare Liebesszenen in diesem Film. Wir sind uns sehr nahe gekommen, mehr als der Film verlangte. Es war eigentlich ganz selbstverständlich, das nun auch privat zu erleben. Er hat sich in mich verliebt, und ich habe seine Gefühle erwidert.«

»Eben hast du gesagt, es sei erledigt.«

»Das Wort gefällt dir nicht. Er hat Frau und Kinder. Was erwartest du von mir? Eine endlose Affäre mit einem verheirateten Mann? Wir haben beschlossen, es mit dieser Reise zu beenden.«

»Und wollte er das auch?«

»Nein. Er wollte es nicht. Aber er musste einsehen, dass ich es wollte. Wir haben uns in Freundschaft getrennt, außerdem hat er jetzt sowieso Proben in München. Mich hat einmal ein Mann verlassen, das wird nicht wieder geschehen. Ich bestimme, wann es vorbei ist.«

Sie saß in dem hellgrünen Samtsessel, die Beine hingen über die Lehne, sie trug einen schwarzen Hausanzug, ihr Haar war etwas kürzer und hatte eine rotbraune Tönung. Sie sah sehr hübsch aus und war völlig gelassen.

Der hellgrüne Samtsessel gehört zu der neuen Einrichtung, von der Dorothea vor Jahren gesprochen hatte, als sie sich zum ersten Mal nach dem Mauerbau in der Pension getroffen hatten.

Sie hatte die Öffnung der Grenze noch erlebt, doch es hatte ihr nichts mehr bedeutet. Sie war sehr krank und starb schon im Dezember 1989. Zuletzt war sie sehr allein gewesen, denn ihr Freund lebte bereits seit fünf Jahren nicht mehr.

Damals, im November 1989, hatte sie zu Thomas gesagt: »Du kommst jetzt zu mir. Wir gehören wieder zusammen. Hätten wir nie gedacht, dass dies einmal geschieht. Du? Ich nicht.«

Thomas hatte zunächst gezögert, denn Geraldine wohnte bei ihm und war wie er ohne Engagement.

Die alte Wohnung in der Schumannstraße, in der er aufgewachsen war, hatte sich wirklich verändert, sie war zwar etwas kitschig, aber auch ziemlich kuschelig geworden.

Vor allem freute er sich über die vielen Bücher, die Dorothea im Laufe der Jahre gesammelt hatte. Bücher aus den Zwanziger- und Dreißigerjahren, die er mit Vergnügen las. Alles, was Thomas Mann je geschrieben hatte, war vorhanden. Ihm verdankte er seinen Namen, denn Dorothea hatte am liebsten die Bücher von Thomas Mann gelesen. Alle Klassiker waren da, Goethe, Schiller, Lessing, Kleist, und Thomas konnte sich daran erinnern, wie er als Junge alles verschlungen hatte, was die großen Dichter geschrieben hatten. Auch von den Nazis verbotene und verbrannte Autoren waren dabei; Tucholsky, Remarque, Feuchtwanger. Dorothea hatte kein Buch hergegeben; die Ideologie der Nazis hatte ihr nie etwas bedeutet. Bert Brecht gab es in jeder Fassung, schließlich hatte sie ja am Berliner Ensemble gearbeitet.

Den größten Spaß jedoch hatte Thomas an der Küche. Seine Mutter war eine gute Köchin gewesen, er hatte das

Kochen von ihr gelernt und tat es für sein Leben gern. Dank Geraldines Gage musste er nicht mehr sparen, er hatte ein paar neue Geräte angeschafft, und gleich am Tag nach ihrer Rückkehr, fragte er: »Was willst du heute essen?«

Geraldine sagte: »Also keine Pasta, die habe ich jetzt genug gehabt. Wie wär's denn ganz einfach mit Buletten?«

»Du bist sehr bescheiden. Aber mit Gemüse. Bei mir gibt es immer Gemüse oder Salat dazu.«

»Artischocken esse ich besonders gern.«

»Gut, die gibt es als Vorspeise. Und zu den Buletten mache ich Rosenkohl. Einverstanden?«

»Wunderbar.«

»Und Sonntag mache ich Fasan mit Kartoffelpüree und Weinkraut. Kannst du dich daran erinnern, dass du das als Kind mal gegessen hast?«

Sie zögerte. »Nein, eigentlich nicht. Haben wir das gegessen?«

»Haben wir eben nicht. Wir konnten uns das gar nicht leisten. Aber ich habe es als Kind besonders gern gegessen. Mit dir war ich manchmal Spaghetti essen, das war dein Leibgericht.«

»Daran erinnere ich mich sehr gut.«

Thomas Bantzer war jetzt sechsundsechzig. Er hatte graues Haar, Falten, die ihn interessant machten, und große ausdrucksstarke Augen. Er sah immer noch sehr gut aus, und sein Typ war gefragt. Öfter bekam er jetzt ansehnliche Rollen im Fernsehen. Und dass er der Vater jener Geraldine Bansa war, deren Bild man viel in den Zeitschriften gesehen hatte und die eine herausragende Rolle in diesem seltsamen Amphitryon-Film gespielt hatte, von dem ebenfalls viel die Rede war, wusste man nun auch.

So friedlich, wie ihr Wiedersehen in Berlin anfangs aussah, blieb es nicht.

Bereits am nächsten Tag tauchte Sebastian Klose auf.

»So, du bist also wieder da. Eine Hochzeitsreise nach Venedig, sehr sinnig.«

»Eine Hochzeitsreise würde ich es nicht nennen.«

»Denk ja nicht, dass man nicht weiß, wo du warst und mit wem. Linda Dingsda, von diesem Käseblatt, hat euch gesehen. Sie fährt mit Vorliebe im November nach Venedig, dann sei es am Canal Grande richtig gemütlich, sagt sie. Ich habe ihr ein Exklusiv-Interview mit dir versprochen, damit sie nichts darüber schreibt.«

»Worüber?«

»Dass du mit deinem Liebhaber auf Reisen warst.«

»Und du meinst, sie würde nichts darüber schreiben, wenn ich ihr das Interview wirklich gäbe?«

»Sie hat es versprochen. Geheim bleiben wird es trotzdem nicht, auch wenn sie nicht schreibt, wird sie davon reden. Das kann dieser Person niemand verbieten. Außerdem weiß man, dass Burckhardt nicht in Abano war. Ein Reporter der Münchener *Abendzeitung* hat ihn dort gesucht. Er wollte auch ein Interview, wohl wegen der bevorstehenden Arbeit an den Kammerspielen. Aber er konnte den großen Mimen nirgends entdecken.«

»Wenn er eine Kur gemacht hat, wird er wohl nicht den ganzen Tag auf der Straße herumgelaufen sein.«

»Ein Reporter ist imstande, in den Hotels nachzufragen.«

»Vielleicht hat der große Mime ja privat gewohnt.«

»Kinder«, sagte Thomas, »lasst doch den albernen Streit.«

»Wer streitet denn?«, fragte Geraldine. »Wir unterhalten uns nur über die Presse.«

»Ich meine, ihr solltet euch vertragen, weil ihr so einen tollen Film zusammen gemacht habt.«

»Kann sein, dass es ein toller Film ist. Ob es ein guter Film ist, wird man sehen«, sagte Sebastian immer noch giftig. »Ich sitze nämlich gerade im Schnitt. Und ich werde eine Menge Material nicht verwenden. Die Szene zum Beispiel, in der du

nackt aus dem Haus läufst und zwischen den Säulen herum-
tanzt und Burckhardt dir nachkommt und dich wieder zurück in sein Bett trägt.«

»Erstens ist es Alkmenes Bett, und zweitens hat nicht Burckhardt mich getragen, sondern Zeus. Kannst du ruhig schneiden, es sollte ja kein Porno sein.«

»Und wann wird Premiere sein?«, fragte Thomas.

»Wenn es nach Frobenius geht, noch im Januar.«

»Und wo?«

»In Berlin natürlich. Aber die Bavaria möchte lieber München. Also vermutlich machen wir es hier und in München.
Wahrscheinlich an aufeinander folgenden Tagen, damit Geri
sich in beiden Städten verbeugen kann.«

Dann fragte Sebastian, ob sie mit ihm essen gehen wolle,
doch Geraldine lehnte ab. Sie sei müde und froh, wieder bei
ihrem Vater zu sein.

»Ich bekomme bei ihm besseres Essen als in jedem Restaurant.«

»Vielleicht besuchst du mich morgen mal«, schlug Sebastian vor.

»Bei deiner Freundin?«

»Ich habe jetzt eine eigene Wohnung.«

»Nicht möglich. Seit ich dich kenne, hast du immer bei
einer deiner Freundinnen gewohnt.«

»Wir haben auch schon einmal zusammengewohnt«, sagte
er, und nun klang es traurig.

»Wir hatten beide keine Wohnung, jeder nur ein möblier-
tes Zimmer.«

»Aber deins war größer, und darum war ich meist bei dir.«

Geraldine legte den Kopf zurück und blickte zur Zim-
merdecke.

»Wirklich? Daran kann ich mich gar nicht erinnern.«

Doch dann lächelte sie und sagte: »Doch, es fällt mir wieder ein. Es war eine schöne Zeit, jedenfalls anfangs.«

Er stand auf, trat hinter sie und legte die Hände auf ihre Schultern, sie trug wieder den schwarzen Hosenanzug und saß in dem grünen Sessel.

»Sollten wir nicht doch einen neuen Anfang versuchen?« Er sprach leise, und Thomas spürte, dass seine Gegenwart störend war.

Er stand auf.

»Wie wär's mit einem kleinen Whisky? Ich gehe eben in die Küche und hole etwas Eis.«

»Ich trinke ihn pur«, sagte Geraldine.

Thomas ging trotzdem hinaus, er würde eine Weile mit den Eiswürfeln herumhantieren, damit die beiden Gelegenheit hatten, allein zu sein. Aber er war sich ziemlich sicher, dass Geraldine das Verhältnis von einst nicht erneuern würde. Es würde bei »erledigt« bleiben.

Es sei denn, überlegte er, während er die Eiswürfel in eine Schale plumpsen ließ, der Film würde ein Erfolg. Dann gäbe es vielleicht eine Basis für eine alte und wieder neue Liebe.

Er wurde ein Erfolg. Für einen deutschen Film ein geradezu sensationeller Erfolg. Das lag vor allem an der Beachtung, die der Film in den Medien fand. Die Filmkritiker äußerten sich sehr ausführlich. Es ging vor allem um die moderne Darstellung des Stoffes, um die einfache Sprache, für die man sich entschieden hatte. Manche fanden das gut, eben zeitgemäß, wodurch die alte Geschichte auch bei dem Publikum Zustimmung fand, das wenig oder gar keine Ahnung vom Amphitryon-Stoff hatte.

»Das Wunder dieser Begegnung, der Zauber dieser ungewöhnlichen Liebe bleibt erhalten. Es wird nicht auf flapsige Weise gespielt und gesprochen, wie man es in diesen Tagen oft erlebt. Es ist ein moderner Ton, und er wird doch der Zeit gerecht, in der diese Sage erdacht wurde.«

So lautete das Lob eines Kritikers.

Ein anderer dagegen schrieb: »Es ist ein Verrat an dieser alten, geheimnisvollen Geschichte, die immer noch unser Herz bewegt. Man weiß, dass diese Begegnung zwischen einem Gott und einer Menschenfrau nicht geschehen sein kann. Der moderne aufgeklärte Mensch weiß es nun mal, aber er liebt es wie ein Märchen. Und ein entzaubertes Märchen ist es nun leider geworden.«

Ein anderer Kritiker ärgerte sich vor allem über den Schluss.

»Die albern modische Bemerkung des Zeus, mit der er Abschied nimmt von Alkmene, dieses lächerliche ›Vergiss es‹, das man heute überall bei den alltäglichsten Begegnungen hören kann, ist mehr als unpassend. ›Vergiss es‹, sagt der Gott und haut einfach ab. Keine Rede von Herakles, kein Begreifen von Alkmene, keine Erschütterung, sie hat es schon vergessen und geht duschen. So wie es heutzutage alltäglich geworden ist.«

Es wurden alle bekannten und weniger bekannten Versionen des Amphitryon-Stoffes bemüht und zitiert, wobei sich die meisten darin einig waren, dass es wirklich kein Stoff für ein Lustspiel sei, schon gar nicht für eine Burleske auf Kosten der Götter. Auch eine Abenteuergeschichte vergangener Zeiten dürfe man in dem Stoff nicht sehen.

Das Wort Abenteuergeschichte ärgerte nun wieder einen anderen Kritiker, der sich heftig für die Dichtung des alten Griechenlands ins Zeug legte: »Was gibt uns das Recht, überheblich zu sein? Von den alten Griechen stammt schließlich unsere Kultur.«

Das ging sehr temperamentvoll hin und her, sogar für erstaunlich lange Zeit.

Genau genommen war dieser Streit die beste Werbung für den Film. Auch wer noch nie etwas von Amphitryon gehört hatte, interessierte sich für den Film und wollte ihn sehen. Dazu kam, dass viele Leute, an Auslandsreisen gewöhnt, schon in Griechenland gewesen waren, teils um Ferien zu machen, teils um etwas über die große Vergangenheit dieses Landes zu erfahren, und die wollten sich jetzt eine eigene Meinung bilden.

Sebastian Klose wurde über Nacht berühmt. Er musste Lob und Tadel einstecken, und er stand den Medien mit Perfektion und Souveränität Rede und Antwort. Da er ein gut aussehender Mann war, steigerte das seinen Erfolg. Er bekam Angebote von vielen Seiten, doch eine Entscheidung fällen wollte er noch nicht. Weil es schwierig sei, wie er meinte, sich von den alten Griechen wieder zurück in die Gegenwart zu bewegen.

Er machte das sehr geschickt, er wurde umworben, nicht nur von Film- und Fernsehproduktionen, sondern auch von Frauen, und mit der Zeit stieg ihm der Ruhm ein wenig zu Kopf.

»Was wäre aus dem Film geworden, wenn du nicht Regie geführt hättest«, sagte hingegen Karel Bronski, als er Geraldine Anfang März besuchte.

»Vergiss es«, sagte Geraldine, »um bei unserer umstrittenen Aussage zu bleiben.«

Karel nickte. »Du hast recht. Dieser Schluss hat den meisten Aufruhr verursacht. Neulich habe ich gelesen, es sei eine geradezu ›rotzige Bemerkung‹, um diesen Film zu beenden.«

Karel war in die Schumannstraße gekommen, er wollte Geraldines Vater kennen lernen. Eine neue große Fernsehrolle war Thomas soeben angeboten worden, er war inzwischen auch in einer Talkshow zu Gast gewesen. Für den Vater der berühmten Geraldine Bansa interessierte sich das Publikum.

Geraldine hatte es bisher abgelehnt, in einer Fernsehshow aufzutreten. Sie ging überhaupt nicht gern aus dem Haus, sie lebte sehr zurückgezogen, nachdem sie geduldig alle Interviews über sich hatte ergehen lassen.

Man wolle sie jetzt in einer modernen Rolle sehen, eine Frau von heute, und das möglichst mit einem dramatischen Hintergrund. Die Bavaria und Dr. Frobenius hielten schützend die Hand über sie: Selbstverständlich würde es einen neuen Film mit ihr geben, darin war man sich einig, doch es musste sehr gründlich überlegt werden, was für ein Stoff es sein sollte.

Karel Bronski kam gerade aus Amerika, er würde seine nächste Kameraarbeit in Hollywood machen, nicht zum ersten Mal, er hatte schon öfter dort gearbeitet. Er schlug Geraldine vor, ihn zu begleiten.

»Man ist sehr interessiert an dir. Ich bin gebeten worden, dich mitzubringen. Es heißt, du bist die schönste Frau, die in den letzten zwanzig Jahren auf einer europäischen Leinwand zu sehen war.«

Geraldine lachte und sah ihren Vater an.

»Ich bin überhaupt nicht schön. Das hast du mit deiner Kamera fertiggebracht. Frag meinen Vater, er kennt mich länger. Frag ihn, ob ich jemals schön war.«

»Was heißt das schon, schön«, sagte Karel. »Es gibt jede Menge hübscher Frauen, schöner Frauen, du bist mehr, du bist begabt, und das ist mehr wert. Ich war dabei, als wir den Film drehten, und all den Ruhm, den Klose jetzt erntet, hat er dir zu verdanken.«

»Ich hoffe, du wirst das niemals irgendwo laut aussprechen.«

»Es wird davon geredet. Ich war schließlich nicht der Einzige am Set. Was wirst du als nächsten Film machen? Wieder mit Klose?«

Geraldine hob unbehaglich die Schultern.

»Ich weiß es nicht. Es sind ein paar Anfragen da.«

»Nun untertreibe nicht so albern. Ich weiß Bescheid.«

Geraldine sah wieder ihren Vater an, der sich an dem Gespräch kaum beteiligte.

»Am liebsten«, sagte sie, »am liebsten möchte ich wieder Theater spielen.«

»Theater heute! Es ist schrecklich, was die da machen, da geht es beim Film noch vernünftiger zu. Theater ist eine Katastrophe, und das Fernsehen sowieso. Man weiß, dass du Theater gespielt hast, es ist berichtet worden, wo und welch klägliche Rollen. Das ist schon lange her. Was hast du in den vergangenen Jahren getan?«

Geraldine stand verärgert auf.

»Willst du mich ausfragen?«

»Ich stelle nur die Fragen, die die Presse auch schon gestellt hat.«

Jetzt sah er Thomas an.

»Stimmt es nicht, was ich sage?«

»Doch, es stimmt, was Sie sagen, Herr Bronski«, antwortete Thomas in ruhigem Ton. »Und es ist wirklich genug darüber geschrieben worden. Man hat sich gefragt, wie man eine Frau von diesem Talent und dieser Schönheit übersehen konnte. Doch Geraldine hat einfach kein Engagement bekommen.«

»Aha. Und warum hast du keins bekommen?«

»Weil ich eben nicht begabt und nicht schön bin.«

Bronski sah sie prüfend an. Im Moment war sie wirklich nicht schön, sie sah missmutig aus, hatte die Lider über die Augen gesenkt, diese großen, graugrünen Augen, die ihn so entzückt hatten, als er die Kamera auf sie richtete. Und die plötzlich ganz dunkel werden konnten, fast schwarz.

Das überraschte ihn nicht weiter. Er wusste, dass eine Schauspielerin ganz anders aussah, wenn sie arbeitete. Und ganz anders noch, wenn sie schlecht gelaunt war. Und das war Geraldine zweifellos trotz ihres Erfolges. Er hätte den Grund gern gewusst. Wegen Burckhardt, wegen Klose? Oder ging es gar nicht um einen Mann, sondern um die Last der erfolglosen Jahre? So etwas gab es, Bronski kannte sich aus mit Schauspielern, er arbeitete seit vierzig Jahren in diesem Geschäft. Fehlte es ihr einfach an Mut zu beweisen, wie es weitergehen sollte? Fehlte es ihr an Kraft? Trank sie darum so viel?

Sie ging hinüber zu dem Eckschrank, in dem die Flaschen aufbewahrt wurden, und goss sich den vierten Whisky ein.

»Willst du auch noch?«

»Nein, danke, ich bin mit dem Wagen da.«

Ihren Vater fragte sie nicht, er machte sich nicht viel aus Whisky, er hatte ein Glas Rotwein vor sich stehen, aus dem er schon seit einer halben Stunde trank.

Und dann sprach Karel Bronski aus, was er dachte.

»Du hast vorher nicht gewusst, dass du die Hauptrolle in diesem Film spielen wirst. Und dass sie dich berühmt machen wird. Aber merke dir: Einmal ist keinmal. Ob Theater oder Film, wenn aus dir etwas werden soll, dann musst du weitermachen. Und es ist nicht gesagt, dass es jedes Mal ein Erfolg sein wird. Das weißt du, und darum zauderst du. Am liebsten würdest du dich auf längere Zeit, vielleicht für immer, bei deinem Vater verstecken. Aber das geht nicht. Man muss seine Chancen nutzen, gerade in diesem erbarmungslosen Geschäft. Habe ich recht?« Er sah Thomas an.

»Sicher«, sagte Thomas. »Und sie wird schon neuen Mut fassen. Ich versuche ja, ihr gut zuzureden. Und ich bin nicht dafür ...« Thomas sprach nun lauter, »dass sie den nächsten Film, wann immer das sein wird, mit Sebastian Klose dreht.«

»Der Meinung bin ich auch. Ich nehme an, es liegen andere Angebote vor.«

»Reichlich.«

»Ich verstehe Klose gut. Diesen Erfolg, den er jetzt hat, verdankt er der Zusammenarbeit mit Geraldine. Das weiß er ganz genau. Und es ist für ihn eine Art Selbstbestätigung, dass er sie wiederbekommt. Möglichst nicht nur als Schauspielerin.«

Geraldine stand immer noch, das halb geleerte Glas in der Hand.

Und sie hatte Lust, das Glas an die Wand zu werfen.

»Habt ihr kein anderes Thema?«, fragte sie gereizt.

»Doch. Mehrere. Aber ich muss jetzt gehen, ich habe noch eine Verabredung.«

»Man hat uns sogar einen Fernsehfilm angeboten«, sagte Thomas, »in dem wir beide auftreten könnten, als Vater und Tochter. Der Produzent war ganz begeistert von dieser Idee.«

»Eine Schnulze«, sagte Geraldine und leerte ihr Glas.

»Es wird noch daran gearbeitet. Ich werde durch meine Tochter noch berühmt.«

»Wie wäre es, wenn wir morgen Abend zusammen essen gingen?«, fragte Bronski. »Wir könnten noch einmal über Hollywood sprechen. Morgen Mittag treffe ich Dr. Frobenius, der hat auch verschiedene Pläne, die dich betreffen, er meinte, du verhieltest dich sehr ablehnend.«

»Er hat doch nun diesen Film, damit kann er für den Moment zufrieden sein. Außerdem hat er anfangs gar nichts von mir gehalten, und er war entsetzt, als er erfuhr, dass ich die Alkmene spiele und nicht Frau Conradi.«

»Das waren wir alle. Oder nicht? Stell dich nicht dümmer, als du bist. Auf Delos, das war doch eine wirklich absurde Situation.«

»Eben«, sagte Geraldine spöttisch. »Keiner hat verstanden, was da vor sich ging.«

»Du vielleicht?«

»Nein«, sagte Geraldine und lächelte. »Ich auch nicht.«

»Also, wie ist es mit morgen Abend?«

»Ich gehe nicht gern ins Restaurant.«

»Doch, mit mir gehst du. So berühmt bist du nun auch wieder nicht, dass dich jeder erkennt. Ich kenne ein hübsches kleines Lokal in der Grolmannstraße, ganz einfach, aber sehr gemütlich, und man isst dort ausgezeichnet. Ich hole euch um sieben Uhr ab.« Er blickte zu Thomas. »Einverstanden?«

Thomas nickte. »Von mir aus gern. Ich werde versuchen, Geraldine zu überreden.«

»Ansonsten gehen wir eben ohne sie.«

Er stand auf, reichte Thomas die Hand, ging dann zu Geraldine und küsste sie auf die Wange.

»Du warst wirklich schon mal schöner. Und feige bist du auch.«

Thomas brachte Bronski hinaus, sie sprachen noch ein paar Worte an der Tür. Thomas begriff sehr gut, dass Geraldine hier nicht nur Freundschaft, sondern auch Hilfe angeboten wurde.

Als er ins Wohnzimmer zurückkam, hatte sie schon wieder die Flasche in der Hand.

Er nahm sie ihr mit einer heftigen Bewegung weg, stellte sie in den Schrank zurück und schloss die Tür ab.

»Ich mache uns jetzt was zu essen. Bratkartoffeln und Sülze, die habe ich heute mitgebracht.«

»Ich habe keinen Hunger«, kam es trotzig.

»Dann siehst du mir eben beim Essen zu. Und ich möchte, dass du morgen mit mir und Bronski zum Essen gehst. In dieses hübsche kleine Lokal. Mich ärgert dein Benehmen. Und ich verstehe es nicht. Es ist wie damals, als du dich von Klose getrennt hattest und wie eine lahme Ente bei mir untergekrochen bist.«

»Und jetzt bin ich wieder eine lahme Ente. Siehst du, es wird einfach nichts aus mir.«

»Es hat sich einiges geändert, nicht wahr? Ein Erfolg ist keine Garantie für die Ewigkeit. Du hast Angst, wie es weitergeht. Bist du wieder unglücklich verliebt? Ist es diesmal Burckhardt? Oder immer noch Klose?«

»Verdammt noch mal, ich bin überhaupt nicht verliebt.«

»Vielleicht fehlt dir das. Als du aus Italien kamst, warst du besser gelaunt.«

»Wenn ich dir auf die Nerven gehe, kann ich ja ausziehen.«

»Das wäre eine Möglichkeit. Eine eigene Wohnung kannst du dir ja jetzt leisten.«

Sie sank in den Sessel, in dem sie zuvor gesessen hatte, legte Arme und Kopf auf die Lehne und fing an zu weinen, leise, wie ein unglückliches Kind.

Thomas betrachtete sie eine Weile stumm, dann ging er in die Küche und machte die Bratkartoffeln.

Dabei dachte er nach. Was würde sie allein in einer Wohnung machen? Sie würde erst recht unglücklich sein, noch mehr trinken, wieder in die bekannte Schwermut versinken. Es war schon besser, sie bliebe bei ihm.

Es war wie damals, als sie nach diesem ersten und einzigen Engagement bei ihm landete. Nur warum war es diesmal so? Damals ging es ihm auch nicht besonders gut. Und er hatte keine Wohnung, nur ein bescheidenes Zimmer zur Untermiete.

Jetzt lebten sie in der Wohnung, in der er aufgewachsen war. Drei Zimmer waren es nur. Ein Wohnzimmer, zwei Schlafzimmer. Und eine schöne, geräumige Küche, die seine Mutter modern eingerichtet hatte.

Meist nahmen sie die Mahlzeiten dort ein, an einem großen Tisch, den er immer sorgfältig deckte. Um den Haushalt kümmerte sich Geraldine überhaupt nicht. Sie konnte nicht kochen, wollte es auch nicht lernen. Manchmal spülte sie das Geschirr ab.

»Wir könnten uns ja eine Geschirrspülmaschine anschaffen«, hatte er einmal vorgeschlagen.

Und sie darauf: »Wozu? Wegen der zwei Teller?«

Kurz darauf kam sie in die Küche, aß auch artig die Sülze mit den Bratkartoffeln.

Und trank auch das Glas Bier, das er ihr anbot.

Dann gingen sie zurück ins Wohnzimmer, er stellte den Fernseher an. Sie sprachen an diesem Abend nicht mehr viel, ein paar Worte über die Sendung, die sie sahen, dann wünschte sie eine Gute Nacht und ging schlafen.

Nachtgedanken

Schlafen. Das ist auch so ein Problem. Sie kann so schwer einschlafen. Schon als Kind konnte sie immer lange nicht einschlafen, aber das war nicht quälend. Sie träumte vor sich hin, dachte sich Geschichten aus. Damit kann sie sich jetzt nicht trösten, sie grübelt, zweifelt, verzagt immer mehr, je länger die Nacht wird. Sie hat sich angewöhnt, Tabletten zu nehmen, harmlose Schlaftabletten, die oft gar nichts bewirken. Und sie hat wieder begonnen zu trinken.

Genau wie damals, als Sebastian sie verlassen hatte und das Engagement im Ruhrgebiet nicht verlängert wurde. Es gibt eine Frage, die sie ständig beschäftigt: Wie wäre es, wieder auf der Bühne zu stehen? In einer richtig großen Rolle. Sie weiß jetzt schon, dass sie vor Angst kein Wort herausbrächte. Wie eine lahme Ente sei sie bei ihm untergekrochen, hat ihr Vater es heute genannt. Und jetzt sei sie genau so wie damals. So etwas hat er noch nie gesagt.

Und Bronski nennt sie feige.

Wie recht sie haben!

Sie dreht sich im Bett um, von der rechten auf die linke Seite, und liegt lange auf dem Bauch. An Schlaf ist nicht zu denken. Am liebsten würde sie aufstehen, ins Wohnzimmer gehen, den Fernseher einschalten, das Programm ist in der Nacht meist am besten. Und noch einen Whisky trinken. Dann kann sie später schlafen. Wenn sie aufsteht, wird er es hören, wird kommen und nachschauen. Er macht sich Sorgen.

Ich kann mir eine Wohnung mieten, eine kleine Wohnung für mich allein. Dann ist er auch allein, aber ich glaube, er ist froh, dass ich da bin, lahme Ente oder nicht.

Also nehmen wir zusammen eine größere Wohnung. Was würde das ändern? Gar nichts.

Sie erinnert sich an Tillas Besuch zwischen Weihnachten und Silvester.

»Ich muss doch meine berühmte Tochter mal betrachten«, hatte sie gesagt.

Da war der Film noch nicht angelaufen, aber es hatte genügend Vorberichte gegeben, mit Bildern von der schönen Geraldine Bansa.

Das Verhältnis zwischen den dreien war entspannt, man unterhielt sich ganz zwanglos. Geraldine erzählte von den Dreharbeiten, von Griechenland, kein Wort über Burckhardt.

Das allerdings wusste Tilla.

»Ich habe gehört, du hast eine Affäre mit ihm.«

Und Geraldine, ganz gleichmütig: »Ja, ich habe auch davon gehört.«

Tilla sah sehr gut aus, sie wohnte im Hotel während ihres Besuches in Berlin, und sie erzählte von ihrem Leben, mit dem sie sehr zufrieden war.

Tanja Ewers hatte nach dem Erfolg ihres Buches ein Haus in Bogenhausen gekauft, sie hatte auch wieder ein Atelier und Mitarbeiter, doch sie arbeitete weniger als früher, sie war nun Mitte siebzig und manchmal ein wenig müde. Einer von Tanjas Söhnen lebte in München, der andere in Amerika.

Daran denkt Geraldine in diesen Nachtstunden. Tilla ist für sie eine Fremde, sie ist keine Mutter für sie, war es nie.

Sie begleiteten sie nach Tegel, nahmen freundlich Abschied, fuhren mit dem Taxi zurück in die Stadt.

»Komisch, nicht? Dass wir kein Auto haben.«

»Warum?«, fragte Thomas.

»Alle Leute haben heute ein Auto.«

»Das langt ja. Wir fahren mit dem Taxi viel angenehmer. Und billiger. Erst muss man ein Auto kaufen, dann muss es gepflegt und untergebracht werden. Dann kostet es Steuern und was weiß ich sonst noch. Ein Taxi ist viel preiswerter.«

»Ich habe nie Autofahren gelernt. Du?«

»Doch, ich habe damals in Coburg Fahrstunden genommen und auch den Führerschein gemacht. Dann tingelten wir mit der Truppe, da brauchte ich kein Auto. Und in Berlin brauche ich es schon gar nicht. Möchtest du gern ein Auto?«

»Nein, eigentlich nicht. Ich finde Taxifahren auch angenehmer.«

Der Taxifahrer, der ihr Gespräch mitbekommen hatte, sagte über die Schulter: »Det is richtig. Taxifahren is besser. Kommt wirklich billiger, wenn man zusammenrechnet, was so 'n Auto einen kostet.«

Sie kehrten zurück in die Schumannstraße, zufrieden, wieder allein zu sein.

Thomas sagte: »Es war ein Glücksfall in meinem Leben, dass sie Tanja kennen gelernt hat.«

»In ihrem Leben wohl auch«, sagte Geraldine.

»Da hast du recht.«

Silvester verbrachten sie allein, im Fernsehen gab es die *Fledermaus*, was sie bestens unterhielt.

Zwar lagen Einladungen vor, von Klose, von Frobenius und von einigen Kollegen von Thomas, die gern seine Tochter kennen lernen wollten.

Doch sie hatten beschlossen, zu Hause zu bleiben.

Der Film war noch nicht angelaufen, und die Zweifel, wie er ankommen würde, belastete sie beide.

Burckhardt fällt ihr ein, er rief an, am Nachmittag, später in der Nacht.

Er verbrachte die Feiertage mit seiner Familie am Tegernsee. Sein Stück in München lief noch, doch er war nicht sehr glücklich damit.

Er hatte sie nach München eingeladen. »Ich würde mich dir gern einmal auf der Bühne präsentieren. Obwohl, es ist eine blöde Inszenierung. Aber ich könnte dich der Intendanz vorstellen. Man ist sehr neugierig auf dich.«

»Das kannst du doch nicht im Ernst behaupten. Überall ist jetzt zu lesen, was für eine Niete ich am Theater war.«

Er rief oft an, fast jeden Tag.

Immer sagte er: Ich liebe dich.

Und einmal auch: Ich werde meiner Frau sagen, dass ich mich scheiden lassen will.

»Als Weihnachtsgeschenk?«, fragte sie kühl zurück. »Und warum willst du dich scheiden lassen? Meinetwegen?«

»Für wen sonst? Ich liebe dich.«

»Die Scheidung kannst du dir sparen. Kostet sicher viel Geld. Ich heirate dich bestimmt nicht.«

»Bin ich dir zu alt? Ist es wieder Klose?«

»Es ist weder Klose noch sonst jemand. Ich will nicht heiraten.«

Nach dem Gespräch hatte sie sich geärgert, dass sie nicht einfach geschwindelt hatte: Ja, es ist wieder Klose. Oder sonst jemand.

In den Wochen nach ihrer Reise war sie glücklich gewesen.

Glücklich, ja. Das denkt sie in dieser Nacht. Als wir zusammen waren, habe ich sehr gut geschlafen.

Sie weiß noch, wie er sie im Arm hielt, welche Worte er zu ihr sprach. Seine Zärtlichkeit, seine Leidenschaft. Seine Hände, die sie berührten, seine Augen, die sie ansahen. Der Zauber begann während des Films, er hatte sie fortgetragen nach Italien.

Daraus kann man keine Ehe machen, daraus will sie keine Ehe machen, schon gar nicht, wenn eine Scheidung die Voraussetzung ist. Sie will keine Bindung an einen Mann. Sie will überhaupt keine Bindung, doch sie kann auch keinen Entschluss fassen, was sie wirklich will.

Eine lahme Ente, die feige ist. Das denkt sie. Sie denkt immerzu dasselbe. Ich bin feige. Ich bin ein Nichts und ein Niemand. Ich kann mich selbst nicht ausstehen.

Sie hat seine Frau auf der Premierenfeier in Berlin kennen gelernt.

Sabine Burckhardt ist eine hübsche Frau.

Was ahnte sie? Was wusste sie?

Auch das spukt Geraldine im Kopf herum, mitten in der Nacht.

Natürlich weiß Sabine Burckhardt Bescheid. So dumm ist keine Frau, dass sie nicht spürt, was mit ihrem Mann geschehen ist. Und es ist beunruhigend, dass er plötzlich schweigt. Ist es ihm ernst gewesen mit der Scheidung? Oder hat er sich mit seiner Frau ausgesprochen, und haben sie sich versöhnt? Oder haben sie sich getrennt? Es verunsichert sie, dass sie gar nichts mehr von ihm hört. Während der Reise hat sie sich überhaupt keine Gedanken gemacht. Die Reise gehörte noch zu dem Film, das war es wohl.

Nun ist viel Zeit vergangen, der Film ist angelaufen, er ist erfolgreich, man erwartet von ihr, dass sie neue Pläne hat, dass sie einen Vertrag machen wird, und ihr Geschwätz, dass sie lieber Theater spielen möchte, ist kindisch. Ein Film soll es sein, wird es sein, und diesmal wird es ein Reinfall werden.

Sie wirft sich im Bett herum und stöhnt. Kann sie denn nicht an etwas anderes denken?

Bronski hat recht, sie ist feige. Sie hat Angst vor allem, was kommen wird. Am liebsten würde sie mit diesem Film im Nichts verschwinden …

Und dann ist sie mit ihren Gedanken da angelangt, wo sie fast jeden Abend landet.

Sie sieht ihn vor sich. Alles wäre gut, wenn er da wäre, wenn er sie ansähe, wie er sie an jenem Tag angesehen hat.

Du wirst die Alkmene spielen. Du bist schön, und du hast die richtige Melodie für die Sprache.

Melodie hatte er gesagt. Sie hatten zuvor kein Wort miteinander gesprochen.

Dann die Hand, sein Körper, der Kuss.

Der Kuss des Apollo.

Sie wird nie wieder davon sprechen. Man würde sie für verrückt erklären.

Vielleicht bin ich es auch. Das denkt sie noch. Dann schläft sie endlich ein.

Eine Einladung aus dem Hause Frobenius

Am nächsten Abend ging sie mit Bronski und ihrem Vater zum Essen, sie zog das schwarze Kleid mit dem asymmetrischen roten Muster an, das Burckhardt ihr auf der Merceria in Venedig gekauft hatte. »Ein schönes Kleid«, sagte Bronski. »Heute gefällst du mir wieder.«

»Gott sei Dank. Entschuldige, aber ich war gestern etwas müde.«

»Wovon? Soviel ich weiß, machst du seit einem halben Jahr Pause.«

»Gerade das macht müde.«

»Stimmt. Es macht müde und mutlos. Willst du mir einen Gefallen tun?«

»Gern, wenn ich kann.«

»Du fängst wieder an zu arbeiten.«

»Und was, bitte, so von heute auf morgen?«

»Angebote gibt es genug, das hat mir Herr Dr. Frobenius erzählt, ich habe ihn ja heute Mittag getroffen. Natürlich kannst du das nicht allein entscheiden, und gewiss nicht von heute auf morgen. Von der Bavaria liegen gute Stoffe vor. Vergiss die Alkmene. Vergiss, wie sehr sie dein Leben verändert hat.«

»Wie meinst du das?« Nun klang Angst in ihrer Stimme. Er konnte nicht ahnen, wie ungeheuerlich dieser Wandel war. Dass sie ihn selbst nicht verstand.

»Es mag für jeden Menschen einen bestimmten Punkt, eine gewisse Situation geben, die sein Leben verändert. Die eine große Entscheidung verlangt. Und viel Mut. Bei mir war es die Flucht aus Prag. Ich floh mit falschen Papieren, mit einem falschen Namen. Ich heiße nicht Bronski, ich heiße Beranèk. Ich ließ meine Mutter zurück. Meinen Vater hatten sie schon umgebracht. Wenn sie mich erwischt hätten, wäre es auch mein Tod gewesen.«

Geraldine sah ihn erstaunt an. Während der Aufnahmen hatte er so kühl und überlegen gewirkt, er verstand, jede Erregung, die es am Set gab, mit leiser Stimme zu dämpfen, blieb immer ruhig und gelassen. Und nun dieses Geständnis!

Sie schämte sich. Und Bronski hatte recht, sie hatte sich gehen lassen, war ewig schlechter Laune, und dafür gab es keinen Grund nach dem großen Erfolg, der wie ein Geschenk vom Himmel gefallen war. Man konnte wirklich sagen, dass sich ihr Leben von heute auf morgen, ja geradezu von einer Minute auf die andere, geändert hatte.

Die Erklärung, die sie dafür gefunden hatte, existierte vermutlich bloß in ihrer Fantasie. Es war besser, nicht davon zu sprechen. Nie wieder.

Geraldine empfand Dankbarkeit. Bronski war hilfreich gewesen, anfangs während des Durcheinanders in Griechenland, später bei der sehr konzentrierten Arbeit in München. Und nun konnte sie ihm dankbar sein für die Worte, die er am Tag zuvor und heute gefunden hatte.

Sie würde daran denken und aufhören herumzunölen. Aufhören, ihrem Vater auf die Nerven zu gehen. Sich wieder mit Burckhardt treffen und nicht jedes Wiedersehen ablehnen. Und auch nicht mehr so ruppig gegen Sebastian sein.

Unwillkürlich lächelte sie.

»Was denkst du?«, fragte Bronski.

»Es hat mich sehr bewegt, was du gesagt hast. Ich werde es mir merken und mich in Zukunft besser benehmen.«

»Sehr gut. Da kann ich ja beruhigt wieder nach Hollywood düsen. Du wirst demnächst eine Einladung von Dr. Frobenius bekommen. Sie auch, Herr Bantzer. Und ich möchte dich bitten, Geraldine, nicht wieder abzulehnen. Auch Frau Frobenius möchte dich gern wiedersehen. Und es wird noch jemand da sein, den du kennst.«

»Aha«, machte sie spöttisch.

Sebastian versuchte es jetzt also über Frobenius, nachdem sie sich hartnäckig weigerte, ihn zu sehen. Dabei hatte sie gerade beschlossen, sich zu bessern.

Bronski zog die Brauen hoch, blickte sie prüfend an.

»Dann wäre das Thema also erledigt, und nun wollen wir mal einen Blick in die Speisekarte werfen.«

Die Einladung aus dem Hause Frobenius traf eine Woche später ein, sie kam schriftlich, von Jana verfasst, in sehr herzlichem Ton.

»Ich glaube, du solltest dich nicht länger verweigern«, meinte Thomas.

»Wer sagt denn, dass ich das will. Wir gehen alle beide, und ich werde mit allem verfügbaren Charme meinen Freund Sebastian Klose begrüßen.«

Doch es kam ganz anders.

Unerwartete Begegnung

Eine strahlende Evi öffnete ihnen die Tür, und dann kamen auch schon Jana und Herbert Frobenius in die Diele, um sie zu begrüßen. Jana plagte immer noch ein wenig ihr schlechtes Gewissen, weil man diese Geri, die Klose mitgebracht hatte, ziemlich lieblos behandelt hatte. Konnte man ahnen, was dieses unscheinbare Mädchen für eine Karriere machen würde?

Jana war neugierig, welchen Eindruck sie heute haben würde, es waren immerhin zweieinhalb Jahre vergangen.

Frobenius hatte diese Bedenken nicht, er hatte Geraldine oft genug gesehen während der Dreharbeiten, auf der Reise zu den Premieren, bei Interviews, und dass er einmal behauptet hatte, sie sei ein grässliches Frauenzimmer, war vergessen.

Es war ein warmer Vorfrühlingstag, Geraldine trug wieder ein venezianisches Kleid, die Haare waren kürzer als im Film, sie war kaum geschminkt, aber sie sah jung aus und bildhübsch. Nicht wie damals, nein, wie im Film.

Wie war es möglich, dass Erfolg einen Menschen so verwandeln konnte?

Ihre Begrüßung klang etwas überschwänglich, was durchaus nicht Janas Art war, aber da blieb immer noch ein Rest von Unsicherheit.

Frobenius begrüßte sie ganz normal, sagte: »Wird Zeit, dass Sie uns wieder einmal besuchen, Geraldine. Evi konnte es kaum erwarten.«

»Ja«, rief Evi stürmisch. »Ich freu mich ganz schrecklich, Sie wiederzusehen, Frau Bansa. Ich meine, leibhaftig wiederzusehen. Den Film hab ich dreimal angeschaut. Er ist einfach herrlich.«

Thomas wurde mit wohlgesetzten Worten empfangen, die Blumen, die er mitgebracht hatte, waren schon bei Evi gelandet.

»Wir haben noch einen Gast heute Abend«, sagte Jana, »der sich sehr darauf freut, Sie wiederzusehen, Frau Bansa.«

»Ach ja«, machte Geraldine. Nun würde Sebastian sie also gleich in die Arme schließen und auf beide Wangen küssen, wie er es immer tat.

Doch es war nicht Sebastian, es war Will Loske, der jetzt aus dem Gartenzimmer kam.

»Na, da ist sie ja endlich, unsere schöne Geraldine. Falls Sie sich noch an mich erinnern.«

Geraldine lachte jetzt ganz unbeschwert.

»Und ob! Ich erinnere mich sehr gut an jenen Abend. Und ich weiß noch genau, was Sie gesagt haben. Zum Beispiel zur Ente. Und zu Amphitryon.«

Will küsste ihre Hand, die sie ihm reichte.

»Wunderbar!«, sagte Will. »Sie ist in Wirklichkeit noch viel hübscher als im Film. Und der ist ja ganz originell geworden. Diese Mischung aus modern und alter Sage, das war gekonnt. Offen gestanden, das hätte ich Herrn Klose nicht zugetraut.«

»Nun kommt erst mal rein«, sagte Jana. »Wir werden ein bisschen über Amphitryon reden, aber hauptsächlich über Zukunftspläne.

Herbert hat einen ganzen Sack davon. Sie werden staunen, Frau Bansa.«

»Könnten Sie nicht einfach Geraldine zu mir sagen? Oder meinetwegen auch Geri.«

»Nein, Geraldine gefällt mir besser. Dann müssen Sie aber auch Jana zu mir sagen.«

Frobenius grinste amüsiert. Fing ja gut an. Ein wenig Angst hatte er vor diesem Abend gehabt, nach all den Absagen, die er sich von diesem neuen Star eingehandelt hatte. Und nach dem, was Bronski über sie erzählt hatte.

»Es gibt übrigens keine Ente heute, es gibt den ersten Spargel«, fügte Jana hinzu.

Inzwischen hatten sich auch Thomas und Loske begrüßt; die drei Männer waren etwa gleichaltrig, ein mittelmäßiger Schauspieler, ein mittelmäßig erfolgreicher Produzent, ein höchst erfolgreicher Finanzier auf internationalem Parkett. Zweifellos sah Thomas am besten aus, schlank, mit guter Haltung und den attraktiv ergrauten Haaren. Und so viel Schauspieler war er immerhin, dass er sich gut in Szene setzen konnte.

»Ich habe Sie vor einiger Zeit im Fernsehen erlebt«, sagte Will.

»War so ein englisch aufgemachter Krimi. Da waren Sie ein Anwalt, den man hereinlegen wollte. Was aber nicht gelang. Ihr Ausdruck war großartig.«

»Womit wir schon fast beim Thema wären. Nun kommt schon. Die wichtigste Frage im Moment lautet: Champagner oder Martini?«, unterbrach Herbert.

»Martini«, wunderte Thomas sich, »das habe ich schon lange nicht mehr gehört. Ich dachte, der sei ganz aus der Mode.«

»Nicht bei uns«, sagte Loske. »Wir haben ihn nach dem Krieg kennen gelernt und sind dabei geblieben. Die Amerikaner sind zwar keine großen Feinschmecker, aber mit diesem Drink sind sie bei uns gelandet. Muss ich Ihnen nachher mal erzählen, wie wir uns kennen gelernt haben, Herbert und ich. Bei meiner Tante Kitty in Bad Reichenhall. Da komme ich gerade her, ich besuche sie jedes Jahr mindestens einmal.«

Während sie redeten, waren sie ins Gartenzimmer gegangen. Die Tür zum Garten stand offen, man sah auf dieser geschützten Südseite die ersten Narzissen, Krokusse und einen leicht grünen Schimmer auf den Büschen.

Aber das bemerkte Geraldine nicht. Sie tat einen Schritt in das Zimmer hinein, blieb stehen und machte: »Oh!«

Mitten im Zimmer, etwas verunsichert in der fremden Umgebung, saß ein Hund. Ein schöner großer Gordonsetter sah ihnen entgegen.

»Wer ist denn das?«, rief Geraldine entzückt.

»Das ist mein Freund Oskar«, sagte Will. Und blickte von dem Hund auf ihr Gesicht, in ihre leuchtenden Augen.

Oskar

»Oskar!«, wiederholte Geraldine. Sie ging langsam auf den Hund zu. »Darf ich ihn anfassen?«

»Das entscheidet er«, sagte Loske. »Er lässt sich nicht von jedem streicheln, nur von einem Menschen, der ihm sympathisch ist.«

Geraldine machte noch zwei Schritte, streckte ihre Hand aus. Der Hund blickte unbewegt zu ihr auf, und als sie ihm noch näher kam, schnupperte seine Nase an ihrer Hand.

»Zum Glück habe ich kein Parfum genommen«, sagte Geraldine, leise nun, mit viel tieferer Stimme. »Das mag er vielleicht nicht.«

Sanft strich ihre Hand über den Hundekopf, verweilte kurz, strich dann über die Ohren, und dann kauerte Geraldine sich nieder.

»Oskar«, flüsterte sie. »Darf ich dich Ossi nennen?«

Der Hund kam jetzt ganz dicht zu ihr, schloss die Augen unter der zärtlichen Hand.

»Offenbar hat er nichts dagegen«, sagte Loske. »Ossi klingt gut.«

Die vier anderen standen noch an der Tür und sahen dieser Szene zu.

»Es war der größte Wunsch meiner Kindheit«, sagte Geraldine, immer noch mit tiefer Stimme. »Mein größter Traum. Einen Hund zu haben.«

»Davon hast du nie gesprochen«, sagte Thomas.

»Wollen Sie sagen, Sie haben das nicht gewusst?«, fragte Loske.

»Nein. Ich höre es heute zum ersten Mal. Ich weiß nur, dass ich mir als Kind auch einen Hund gewünscht habe.«

»Und?«

»Wir haben immer etwas beengt gewohnt. Nicht so wie hier mit einem Garten.« Er wies mit der Hand auf die offene Gartentür. »Dann war Krieg, und danach lebten wir in nur einem Zimmer, meine Mutter und ich. Und dann fing ja meine Zeit beim Theater an. Mein Vater war gefallen. Und ich trieb mich nur im Theater, das heißt ziemlich bald hinter der Bühne, herum.«

»Das müssen Sie uns mal erzählen«, sagte Frobenius. »Jetzt könnten wir uns ja mal setzen und nach unseren Martinis schauen.«

»Ist alles bereit«, rief Evi, die nun auch hereinkam. »Darf ich sie mixen?«

»Bitte sehr«, sagte Frobenius. »Du hast das inzwischen gut gelernt. Geschüttelt und nicht gerührt, wie wir ja seit James Bond wissen.«

»Für die Damen darf es ein Glas Champagner sein«, sagte Jana. Sie trat hinter Geraldine.

»Sie könnten doch jetzt einen Hund haben«, sagte sie.

»Wir leben mitten in der Stadt«, erwiderte Geraldine und richtete sich langsam auf. »Und sehr viel Platz haben wir immer noch nicht.«

Evi kredenzte den Champagner und die Martinis.

Sie saßen auf den lose gruppierten Stühlen, dazwischen standen kleine Tische für die Gläser.

Geraldine flüsterte fragend: »Ossi?«

Und der Hund kam und setzte sich neben sie, ihre Hand strich wieder leicht über seinen Kopf.

»Hm«, machte Loske. »Mein Vorschlag wäre folgender: Wenn Sie den nächsten Film abgedreht haben, Geraldine, und sie machen es genauso gut wie das letzte Mal, bekommen Sie von mir einen Hund. Nicht diesen, auf Ossi kann ich nicht verzichten. Aber einen genauso schönen großen Hund. Und dann natürlich ein richtiges Haus mit Garten. Das können Sie sich dann spielend leisten.«

Geraldine legte den Kopf in den Nacken und lachte.

»Klingt ja wunderbar. Und wann wird das sein?«

»Demnächst«, sagte Frobenius. »Ich habe einen Vertrag von der Bavaria hier liegen. Den brauchen Sie nur zu unterzeichnen.«

Jana betrachtete das Mädchen fasziniert. Wie schön sie war! Wie jung!

Sie sah wirklich aus wie ein junges Mädchen. Als sie das erste Mal in diesem Haus war, schien sie eine missmutige Frau zu sein, nicht jung, nicht schön. Wo hatte sie nur ihre Augen gehabt? Ja, dass sie schöne Augen hatte, das dachte sie damals schon. Aber sonst ...

»Und was ist das für ein Stoff?«, fragte Geraldine.

»Ich werde Ihnen das nachher genau erzählen, nach dem Essen. Eine ganz moderne Geschichte, von hier und heute. Unser Berlin nach der Wiedervereinigung. Dieses Wort! Ich kann es immer wieder aussprechen, es hat für mich einen Zauber wie am ersten Tag.«

»Nicht für jeden Menschen, wie man weiß«, sagte Thomas.

»Es braucht Zeit, sicher. Aber wir schaffen das. Und darum drehen wir diesen Film. Ein Mädchen, das aus der DDR kommt und sich hier zunächst nicht zurechtfindet. Wie gesagt, ich erzähle es später genau. Da ist eine alte Liebe drüben und eine neue Liebe hier. Es ist eine gute Story.«

»Du hast gesagt, du erzählst es später«, warnte Jana. »Ich schau jetzt mal nach dem Spargel, der dürfte bald gar sein. Es ist noch keiner aus Beelitz, er kommt aus Frankreich. Aber er ist sehr gut.«

»Und was gibt es dazu?«, fragte Will Loske lüstern.

»Kalbsfilet«, mischte sich Evi ein. »Kartoffeln. Sauce hollandaise oder Butter, wie gewünscht. Und vorher ein Süppchen. Übrigens, ich komme auch aus der DDR und könnte einiges dazu erzählen.«

»Kannst du nicht«, widersprach Frobenius. »Du bist viel früher gekommen, du bist ein Flüchtling, keine Wiedervereinigte. Und schwer hast du es hier bei Gott nicht.«

»Seit ich in diesem Haus bin, nicht. Vorher schon.«

»Für Sie habe ich auch eine erstklassige Rolle, Herr Bantzer«, sagte Frobenius.

»Für mich?«, fragte Thomas.

»Ich mache eine Serie. Die Hauptrolle, ein Anwalt, habe ich Ihnen zugedacht.«

»Das gibt es ja schon öfter.«

»Nicht unbedingt. Es handelt sich nämlich um einen Scheidungsanwalt. Jede Folge hat eine eigene Geschichte. Es gibt Ehepaare, die sich friedlich scheiden lassen. Bei anderen gibt es Streit und Hader. Und es gibt vor allem Kinder, die unter der Scheidung leiden werden. Unser Anwalt behandelt jeden Fall sehr eindringlich. Manchmal versucht er es mit Versöhnung. Aber wenn er es für aussichtslos hält, macht er es kurz und entschieden. Der Witz dabei ist, dass er selbst recht glücklich verheiratet ist. Glücklich heißt in diesem Fall dauerhaft. Er lebt mit seiner Frau schon lange zusammen, aber es gibt wie in jeder Ehe, Ärger, Streit, Auseinandersetzungen. Schwierigkeiten eben. Was ganz normal ist. Seine Ehe, seine Familie sind in jeder Episode auch ein Thema. Wenn er abends aus der Kanzlei nach Hause kommt, dann erwartet ihn der ganz normale Familienalltag. Er streitet und versöhnt sich mit seiner Frau, und das Leben der Kinder soll auch nicht zu kurz kommen. Wo ist eigentlich Alexander?«

»Klingt ja toll«, sagte Loske.

»Wird auch toll. Wir planen zunächst zehn Folgen. Wenn es ankommt, wird mehr daraus. Stoff gibt es in Hülle und Fülle.«

»Und ich soll …«, fragte Thomas verwirrt.

»Sehr richtig. Sie werden den Anwalt spielen. Sie sind der richtige Typ dafür.«

Geraldine und ihr Vater blickten sich an.

Sie dachten beide dasselbe. Ihr Erfolg öffnete auch ihm die Tür zu neuem Erfolg.

Geraldines Hand legte sich fester um den Hundekopf.

»Da kommt er ja«, sagte Jana.

Unter der Tür, die in den Garten führte, war die große schlanke Gestalt eines Mannes aufgetaucht.

Geraldine erstarrte. Das Haar des Mannes war dunkel, seine Augen konnte sie nicht sehen.

»Guten Abend«, sagte eine klare Stimme. »Entschuldigt, dass ich so spät komme. Es ist so schön draußen.«

»Mein Sohn Alexander«, sagte Jana. »Dies ist Thomas Bant-zer, unser neuer Serienstar. Und das ist Geraldine. Das Video hast du ja gesehen. Und ich geh jetzt mal in die Küche.«

»Martini oder Champagner, was trinkst du, Alexander?«, fragte Will Loske.

»Weder noch. Am liebsten, falls es das gibt, ein Glas Bier.«

»Steht da drüben«, rief Evi. »Aber ich muss jetzt auch in die Küche. Die Kartoffeln werden sonst zu weich.«

Alexander Frobenius kam langsam auf Geraldine zu. Sie rührte sich nicht, er sah sie an, wartete, dass sie ihm die Hand reichte, aber sie hielt immer noch den Hundekopf fest umklammert.

Seine Augen waren dunkel.

Alexander

Seine Augen waren grau, sein Haar war dunkelblond.

»Ich freue mich sehr, Sie kennen zu lernen, Frau Bansa. Wie Sie gehört haben, hat mein Vater mir den Film gezeigt. Sie sind ganz wunderbar. Und nicht nur im Film, wie ich sehe.«

Nun lächelte Geraldine, ließ den Hundekopf los und reichte ihm die Hand.

Warum nur war sie so erschrocken, diesen jungen Mann zu sehen? Wie er da in der Tür stand, den hellen Himmel im Rücken, woran hatte sie das erinnert?

Thomas war aufgestanden, er und Alexander Frobenius gaben sich die Hand, sprachen ein paar Worte, Loske mischte sich ein.

Er sagte: »Es ist für mich eine höchst erfreuliche Überraschung, dich endlich einmal wiederzusehen, Alexander. Ich glaube, als ich dich das letzte Mal gesehen habe, warst du zehn Jahre alt.«

»Das stimmt nicht ganz, Will. Ich war zwölf und hatte gerade eine schwere Grippe, die sich zu einer Lungenentzündung auswuchs. Vermutlich sah ich deshalb etwas vermickert aus.«

Er ging zu dem kleinen Tisch, auf dem das Bier stand, und goss sich ein Glas ein.

»Stimmt genau«, sagte Loske. »Deine Mutter war sehr besorgt um dich. Es war im Februar, und es war noch sehr kalt. Ständig wickelte sie dir einen Schal um den Hals, was dich ärgerte, du hast ihn jedes Mal beiseite geworfen.«

»Du hast ein gutes Gedächtnis, Will. Ich weiß noch, was du mir mitgebracht hast: *Die schönsten Sagen des klassischen Altertums.*«

»Du hast auch ein gutes Gedächtnis. Du hattest mal erzählt, da warst du dann wohl zehn, dass dich diese Geschichten sehr interessierten.«

»Das Buch gibt es heute noch, ich kann es dir zeigen, es steht in Vaters Bibliothek. Ich habe immer wieder mit Begeisterung darin gelesen. Vor allem der Trojanische Krieg und die Irrfahrten des Odysseus hatten es mir angetan. Der Gedanke, wie es weitergegangen wäre, wenn Odysseus die Straße von Gibraltar entdeckt hätte, fasziniert mich immer noch.«

»Weiß man denn, ob er nicht doch hat?«, sagte Frobenius.

»Wenn er in den Atlantik geraten wäre, hätte er wohl nie den Heimweg gefunden. Es macht Spaß, in dieser Hinsicht weiterzudichten.«

»Fragt sich nur, was Homer dazu sagen würde«, sagte Loske trocken. Sie lachten, Geraldine war befangen. Sie wusste nicht viel von Troja und Odysseus. So ein Buch wollte sie auch lesen. Sofort morgen würde sie in Dorotheas Bibliothek nachschauen.

Alexander setzte sich mit seinem Bier auf einen der Stühle.

»Alkmene und Amphitryon allerdings kommen in diesem Buch nur kurz vor. Es geht eigentlich nur um Herakles, den Sohn des Zeus, den Alkmene zur Welt bringt. Und wie Hera versucht, das Kind umzubringen.« Er sah Geraldine an. »In dem Film kommt Herakles überhaupt nicht vor. Das finde ich nicht gut. Wenn ich mal eine Kritik anbringen darf.«

Herbert Frobenius nickte.

»Ich kenne Alexanders Meinung schon. Er sagt, dass wir einen Fehler gemacht haben. Ich habe ihn gemacht, Klose hat ihn gemacht. Der Hinweis auf das Kind, das Alkmene zur Welt bringen wird. Wer das sein wird, das hätte unbedingt in den Film hineingemusst.«

Ich habe ihn wohl auch gemacht, dachte Geraldine. Was wusste ich schon von griechischer Mythologie? So gut wie gar nichts.

In der Schule haben wir das nicht gelernt, jedenfalls nicht in der Schule, in der ich war. Und sehr lange bin ich ja nicht in die Schule gegangen. Ich habe kein Abitur, weil ich Schauspielerin werden sollte.

»Ich verstehe, was Sie meinen«, sagte sie. »Es ist der Schluss des Filmes. Er ist ja von vielen Kritikern sehr negativ beurteilt worden.«

»Ich finde, man hat unnötigerweise die große Bedeutung verschenkt, die in der Begegnung von Alkmene und Zeus liegt. Und es ist ein Unrecht gegen Alkmene, dass sie nicht begreifen darf, was mit ihr geschehen ist.«

Eine Weile blieb es still.

»Na ja«, sagte dann Will Loske. »Du hast ja recht. Dieses ›Vergiss es‹, das Zeus sagt, hat viel Kritik geerntet. Und das Kind hat sie ja schließlich bekommen, und sie weiß gar nicht, was für einen Helden sie geboren hat. Und sie weiß auch nicht, warum das Kind bedroht wird, dass Hera eifersüchtig ist und dass ...«

»Also jetzt hört auf«, sagte Herbert energisch. »Wir werden keine Fortsetzung drehen. Klose wollte es nun mal partout anders haben als bei Kleist. Was mich betrifft, so würde ich die alten Griechen jetzt gern zu den Akten legen.«

Alexander lachte. »Schade. Da gibt es jede Menge Stoff, du könntest hundert Filme produzieren.«

»Dieser Meinung scheint Klose auch zu sein. Wissen Sie eigentlich, Geraldine, dass er sich wieder in Griechenland aufhält?«

»Nein, weiß ich nicht. Ich habe ihn lange nicht gesehen.«

»Das ist nicht seine Schuld, wie er mir erzählt hat. Sie wollten ihn nicht sehen, Geraldine.«

Geraldine hob unbehaglich die Schultern.

»Stimmt schon. Ich hatte für eine Weile genug von ihm.« Es klang hochmütig.

Alexander, der ihr jetzt gegenübersaß, betrachtete sie eingehend.

»War die Zusammenarbeit mit ihm so strapaziös?«

Geraldine erwiderte seinen Blick.

»Das ist nicht der Grund.«

Herbert Frobenius hörte sehr wohl den Ärger in ihrer Stimme. Alexander mit seiner Fragerei, er kannte das schon. Der Junge konnte verdammt hartnäckig sein. Und sicher kannte er die ganze Geschichte von Geraldine und Klose, Jana würde sie ihm erzählt haben.

Wo blieb Jana eigentlich? Der Spargel musste doch endlich fertig sein.

Da erschien sie und öffnete die Tür zum Esszimmer.

»Darf ich bitten? Es ist angerichtet.«

Man sah Evi, die gerade die Suppentässchen verteilte.

Frobenius bot Geraldine ganz altmodisch den Arm.

»Mein Sohn studiert Geschichte, Literatur und was sonst noch dazugehört. Er hat bis jetzt in England studiert, und Shakespeare ist sein Hauptthema. Darüber will er später Bücher schreiben.«

Thomas, der neben ihnen ging, sagte: »Das ist mindestens ein so endloses Thema wie die griechische Mythologie.«

»Nur ist alles, was man wissen muss, schon zu Papier gebracht worden.«

»Das ist ein Irrtum, Vater. Es gibt nichts auf der Welt, was bis in die letzten Ecken erforscht ist. Es gibt noch unendlich viel zu entdecken und zu beschreiben.«

»Ja, vor allem, wenn man endlich erforscht hat, wer dieser Shakespeare wirklich war.«

»Nun esst erst mal«, sagte Jana, »sonst wird die Suppe kalt. Es gibt heute eine aufgeschlagene Kressesuppe.«

»Aha«, sagte Loske. »Erstes Vorzeichen von Ostern. Wisst ihr noch, als wir Ostern in Bad Reichenhall waren und Klose mit seinem komischen Skript da ankam?«

Geraldine saß rechts neben Frobenius. Thomas war der Tischnachbar von Jana. Alexander saß ihr gegenüber. Sie vermied seinen Blick. Kein Wunder, dass sie erschrocken war, als er ins Zimmer kam. Er war ein besonders gut aussehender junger Mann. Und er hatte etwas – wie sollte man es nennen? –, etwas Zwingendes im Blick. Etwas, das einen festhielt. Doch das war Unsinn. Als er ins Zimmer kam, von draußen aus dem Garten, hatte er sie noch gar nicht angesehen. Also was war es dann?

In diesem Augenblick bedauerte sie, dass Sebastian nicht da war. Er hätte eine Hilfe sein können. Hilfe? Wozu, wofür? Sie unterbrach das Gespräch, das sich noch um Reichenhall drehte.

»Ist Sebastian wirklich in Griechenland?«

»Ja«, sagte Frobenius. »Das hat er mir erzählt. Dir doch auch, Alexander?«

»Er war ja hier, als ich vor zwei Wochen ankam. Er hat ununterbrochen von Griechenland geredet. Er ist einfach noch nicht fertig damit.«

»Das gibt es«, sagte Frobenius. »Manchmal können sich Regisseure in eine Idee verrennen, ich habe das schon erlebt.«

»Na, da wird er wohl bei der schönen Helena landen«, feixte Loske.

»Oder er entdeckt, dass Odysseus doch bei den Affen durchgefahren ist.« Alexander lachte. »Das reicht für einen neuen Film.«

»Bei den Affen? Was für Affen?«, fragte Geraldine.

»Bei den Affen, die auf dem Felsen von Gibraltar leben.«

»Fragt sich nur, ob die damals schon dort gelebt haben«, meinte Frobenius und lachte auch. »Jetzt fangen wir auch schon an zu spinnen.«

Was das mit den Affen auf sich hat, weiß ich auch nicht, dachte Geraldine. Ich bin schrecklich ungebildet. Ab morgen werde ich nur noch Bücher lesen. Nie mehr einen Blick ins Fernsehen, nie mehr vor mich hin grübeln. Und mit Vater muss ich morgen über das alles sprechen. Ausführlich.

Zunächst beschäftigte sie das Essen, ausführlich. Und es wurde darüber geredet.

»Früher«, erzählte Thomas, »durfte man Spargel nicht mit dem Messer schneiden. Das hat mir jedenfalls meine Mutter beigebracht.«

»Das haben wir alle so gelernt. Aber inzwischen sind die Sitten bei Tisch etwas gelockerter«, sagte Frobenius.

»In ganz feinen Lokalen gab es früher längliche Gabeln, oder man könnte sagen, spezielle Klammern«, ergänzte Loske, »damit konnte man den Spargel aufspießen und einfach davon abbeißen. Ein besonders feines Lokal fällt mir ein, das ist der Erbprinz in Ettlingen, da wurde Spargel so serviert. Es hatte nur den Nachteil, dass man die Spargelspitzen zuerst essen musste. Und ich hebe sie mir gern als letzten Bissen auf.«

Es ist wie damals, dachte Geraldine, als ich das erste Mal hier war. Da wurde auch über das Essen geredet, über die Ente. Und Sebastian fand es albern.

Sie musste lachen.

Loske sah sie fragend an. »Finden Sie es nicht besser, Geraldine, die Spargelspitze am Schluss zu essen?«

Sie erzählte, was sie eben gedacht hatte.

»Ja, das stimmt schon«, gab Jana zu. »Wir reden beim Essen über das Essen. Es beweist, dass es gut schmeckt. Angenommen, es schmeckte nicht, würde man den Mund halten.«

»Oder meckern«, sagte Loske.

164

»In einem Restaurant vielleicht. Aber nicht, wenn man privat eingeladen ist.«

»Mein Vater kocht sehr gut«, sagte nun Geraldine.

Alle blickten Thomas an, der lächelte und sagte: »Na ja, so einigermaßen. Allzu sehr wirst du nicht verwöhnt, Geraldine. Sülze mit Bratkartoffeln. Und mal Buletten. Aber Spargel könnte ich auch.«

»Ich kann überhaupt nicht kochen«, sagte Geraldine. »Aber ich werde jetzt genau aufpassen, wie Papa es macht.«

»Sie werden jetzt einen Film drehen. Und danach kochen lernen«, sagte Frobenius.

Später, als sie wieder im Gartenzimmer saßen, berichtete er noch von den anderen Stoffen, die man Geraldine anbieten wollte.

»Es ist sehr wichtig, Geraldine, dass Sie bald wieder drehen. Zu lang darf die Pause nach einem ersten Erfolg nicht sein.«

»Das hat mir Herr Bronski auch schon erklärt. Aber ich habe natürlich ein wenig Angst, wie es diesmal gehen wird.«

»Ich werde Sie in den nächsten Tagen mit dem Drehbuchautor und dem Regisseur zusammenbringen, mit denen ich gern arbeiten würde. Außer dem Stoff, den ich vorhin erwähnte, liegt noch ein anderes Buch vor, eine heitere, ein wenig überdrehte Liebes- und Sommergeschichte. Die würde auf einer Insel spielen.«

»Auf einer Insel?«, fragte Loske. »Auf was für einer Insel?«

»Das eben ist das Problem. Der Autor will Sylt. Der Regisseur und die Bavaria Mallorca. Ist nun mal Mode.«

»Ich bin für Sylt«, sagte Loske.

»Es gibt noch ein paar andere Inseln«, mischte sich Alexander ein. »Ich halte beides nicht für gute Ideen.«

»Na, erlaube mal«, sagte Jana. »Du bist doch immer gern auf Sylt.«

»Ich halte die Stoffe nicht für gut«, sagte Alexander bestimmt.

»Weder die Wiedervereinigungsgeschichte noch die Inselsommerliebe.«

Frobenius nickte anerkennend. »Zwei prachtvolle Wörter. Ein Glück, dass du keine Drehbücher schreibst, kein
Mensch könnte das aussprechen.«

»Man muss bloß üben«, sagte Alexander ungerührt. »Und
ob ich nicht doch eines Tages Drehbücher schreiben werde,
kannst du gar nicht wissen.«

Frobenius seufzte bloß.

»Wir können einen Familienbetrieb daraus machen«,
sagte Alexander, nun direkt an Thomas gewandt. »Mein Vater
ist der Produzent, ich schreibe die Drehbücher, mein Bruder
wird Schauspieler. Ich verspreche auch, für Sie immer gute
Rollen zu schreiben, Herr Bantzer.«

»Oh, danke«, sagte Thomas.

»Für Geraldine Bansa sowieso.«

»Die Bavaria gibt das Geld«, warf Loske ein.

»Sie wird es mit Begeisterung tun, wenn sie erfährt, was
wir machen und wie wir es machen«, kam es von Alexander.

»Und was sollen das für Rollen sein, wenn es die Wiedervereinigungsgeschichte und die Inselsommerliebe nicht sein
dürfen?«

Geraldine sprach die beiden Wörter fehlerlos aus.

Loske sagte: »Bravo!«

Alexander sah ihr in die Augen, und sie erwiderte den
Blick. Sie fühlte sich erleichtert. Nicht zu verstehen, warum
sie Angst vor diesem jungen Mann gehabt hatte.

Er sagte, und er sprach langsam, eindringlich: »Ich finde,
Ihre nächste Rolle müsste eine ganz besondere sein. Eine
Frau von Bedeutung.«

»Womit wir bei George Bernard Shaw gelandet wären«,
warf Frobenius ein.

»Genau. Keine schlechte Adresse, wie wir wissen. Nehmen wir mal die *Heilige Johanna*, das Beste, was über die

Jungfrau von Orleans geschrieben wurde. Nichts gegen Schiller, seine Sprache ist wunderbar, aber Shaws Drama trifft es besser.«

»Das ist eine Rolle, die ich mir immer gewünscht habe«, seufzte Geraldine. Und als alle sie ansahen, errötete sie, und ihre Hand legte sich wieder um den Hundekopf. »Ich meine, früher, als ich noch an Theater dachte.«

»Und heute?«, fragte Alexander. »Möchten Sie nicht wieder auf einer Bühne stehen?«

»Ich wüsste nicht, was ich lieber täte. Aber ich würde sterben vor Angst. Die Kamera mag ja in mancherlei Hinsicht unbarmherzig sein, aber man ist dem Publikum nicht ausgeliefert. Was die Leute, die später den Film sehen werden, dazu sagen, kann einem während der Dreharbeiten egal sein. Wenn man auf der Bühne steht, ist man sehr allein.«

»Aber Sie haben doch früher Theater gespielt.«

»Das ist lange her. Und schon gar nicht die heilige Johanna. Geschweige denn die Jungfrau von Orleans. Ich kann sie zwar auswendig, beide Rollen kann ich, das habe ich bei meinem Vater gelernt. Aber spielen durfte ich sie nie.«

Will Loske beobachtete die beiden genau, diesen selbstbewussten jungen Mann und diese schöne junge Frau, und er erkannte sofort, dass hier ein Band geknüpft wurde. Er sah dann in Janas Gesicht, in dem ebenfalls ein Staunen stand, und dann betrachtete er seinen Freund Herbert.

Der runzelte gerade die Stirn.

»Also bitte! Geraldine hat bereits in mehreren Interviews erklärt, dass sie gern wieder Theater spielen würde. Dagegen ist ja nichts zu sagen. Nur drehen wir zunächst einen Film. Je bekannter sie durch den Film wird, vorausgesetzt, es wird wieder ein guter Film, umso leichter wird für sie der Weg zum Theater sein.«

Sein Sohn widersprach. »Das bezweifle ich. Umgekehrt wird ein Schuh draus. Ein guter und anerkannter Schauspie-

167

ler auf der Bühne zu sein, und dann meinetwegen ab und zu einen Film zu drehen. Oder mal im Fernsehen aufzutreten.«

»Du bist nicht im Bilde. Theater ist heutzutage meist eine Katastrophe. Das wird dir Herr Bantzer bestätigen. Wir haben keinen Reinhardt mehr, keinen Gründgens und keinen Hilpert. Was heute geboten wird, ist entweder überdreht oder langweilig.«

»Das kann sich ja wieder ändern. Aber bleiben wir bei deinem Film. Ihr müsst doch verstehen, du und die Bavaria, man kann nach der Alkmene nicht irgendeine belanglose Liebesgeschichte mit einer hübschen Frau machen, die in ihrer ersten großen Rolle immerhin eine historische Figur dargestellt hat. Die heilige Johanna wäre wirklich keine schlechte Wahl.«

»Über die hat es schon mehrere Filme gegeben.«

»Nun ja, Amphitryon war auch nicht eure Entdeckung.«

»Ich verstehe schon, was Alexander meint«, sagte Loske. »Der Film muss in einer bedeutenden Zeit spielen, und das muss nicht unbedingt der hundertjährige Krieg sein. Es gibt genügend Kriege und Revolutionen auf dieser Erde, gibt es und gab es, sodass man schon eine Epoche finden kann, in der eine Frau eine große und auch gefährliche Rolle spielt.«

»Es ist aber unser Ziel, Geraldine diesmal in einer modernen und nicht allzu dramatischen Rolle herauszubringen«, sagte Frobenius.

»Warum?«, fragte Alexander.

»Um ihr vielseitiges Talent zu beweisen. Darum.«

Jana stand auf und seufzte leise.

»Wie wär's denn jetzt mit Kaffee? Einen kleinen Espresso, Will?«

»Gern. Und ich sehe schon, wir werden uns die Köpfe zerbrechen, wo wir den richtigen Stoff für Geraldines zweiten Film herbekommen.«

»Das brauchen wir nicht, das macht mein Sohn schon, wie du hörst. Aber mir kommt es vor allem darauf an, dass wir möglichst bald zu einer Entscheidung kommen. Wir dürfen die Pause nicht zu lang werden lassen. Verstehst du wenigstens das, Alexander?«

»Das verstehe ich. Die heilige Johanna war ja nur als Beispiel gedacht. Aber wenn du in Deutschland bleiben willst, Vater, dann halte ich die Zeit vor der Wiedervereinigung für weitaus geeigneter. Wie war das mit dir, Evi? Du bist doch ein echter Flüchtling.«

Evi, die gerade den Kaffee servierte, nickte stumm. Sie hatte noch nie erzählt, auf welche Weise sie die Freiheit gekauft und bezahlt hatte.

Alle blickten sie erwartungsvoll an, doch sie schwieg.

»Was darf es denn sein?«, fragte sie dann. »Cognac? Marille? Oder Vieille Prune?«

Jana und Frobenius blickten sich an.

Die Geschichte ihrer Flucht aus der DDR hütete Evi wie ein Geheimnis. So heiter und gesprächig sie Evi erlebten, davon hatte sie nie erzählt.

»Sicher hast du doch auch eine Menge erlebt, Evi …«, beharrte Alexander, doch Jana unterbrach ihn.

»Ich schlage vor, wir beenden dieses Thema für heute. Herbert wird Geraldine mit dem Autor und dem Regisseur bekannt machen, sie wird die Stoffe prüfen, und auf jeden Fall sollte noch in diesem Sommer mit dem Dreh begonnen werden. In aller Interesse. Gib mir einen Cognac, Evi. Bitte.«

Frobenius verstand.

»Wir haben in den nächsten zwei, drei Wochen viel zu tun, Geraldine. Und Sie ebenso, Herr Bantzer. Sie bekommen die Drehbücher für die ersten fünf Folgen, die sind geschrieben. Wir möchten mit dieser Serie im Oktober starten.«

Es wurde spät an diesem Abend, in dieser Nacht.

Es war zwölf, als sie aufbrachen. Will, der mit dem Wagen da war, bot an, Geraldine und Thomas nach Hause zu fahren. Aber Alexander entschied: »Das übernehme ich.«

Jana machte den Mund auf, um ihm zu erklären, es sei Unsinn, mitten in der Nacht von Dahlem bis in die Stadt zu fahren.

Aber sie sprach es nicht aus. Erst vor einigen Tagen, als sie ihrem Sohn beratend zur Seite stehen wollte, hatte sie einen freundlichen Verweis einstecken müssen.

»Jana, du bist das Beste, was ich auf Erden habe. Weißt du sowieso. Aber bedenke, dass ich jetzt zwei Jahre in England gelebt und studiert habe und ganz ohne deine Ratschläge ausgekommen bin.«

Daraufhin hatte sie einen Kuss bekommen. Aber sie hatte es sich gemerkt.

Genauso wie sie an diesem Abend bemerkt hatte, dass Alexander an den beiden, an Vater und Tochter, Gefallen gefunden hatte. Und wenn er sie fahren wollte, dann tat er es. So gut kannte sie ihren mittlerweile erwachsenen Sohn.

Alexander hielt Thomas die Beifahrertür auf, dann die hintere Tür für Geraldine. Einen eigenen Wagen hatte er hier nicht, er musste Vaters Wagen aus der Garage holen. Frobenius verstand und schwieg.

Sie unterhielten sich auch während der Fahrt noch ganz gut.

»Ihr Bruder ist Schauspieler?«, fragte Thomas.

»Er will es werden. Er hat das Abitur geschmissen, und nun habe ich ihn nach England verfrachtet. Nicht um zu studieren, daran hat er kein Interesse. Aber damit er ordentlich Englisch lernt. Oxford-Englisch. Er hat hier einen amerikanischen Freund und spricht einen furchtbaren Slang. Und ich habe sehr gute Freunde in Oxford. Bei ihnen soll er für ein paar Wochen bleiben. Die haben Pferde und Hunde, ein schönes Haus und ein noch schöneres Sommerhaus in Wales. Das soll er jetzt mal kennen lernen.«

»Und dann?«

»Ich nehme an, Jörg geht dann auf eine Schauspielschule. Reinhardt natürlich. Obwohl Frau Gadomsky, die kennen Sie ja auch, Herr Bantzer, ihn gern an die Falckenberg Schule nach München holen möchte.«

. Thomas hatte wirklich auf einer Premierenfeier Charlotte Gadomsky kennen gelernt. Er kannte ihren Lebenslauf recht gut. Als er im Westen anfing, war sie noch die große Produzentin. Die er natürlich nur vom Hörensagen kannte.

»Ist er denn begabt?«

Alexander glitt leicht mit der Hand über das Steuerrad.

»Wer kann das wissen. Und wie wir ja vorhin schon gehört haben, ist Theater heute eine reichlich zweifelhafte Sache.«

»Ja, leider.«

Eine Weile später fragte Thomas: »Aber die griechischen Tragödien, die interessieren Sie doch?«

Alexander lachte leise. »Ja, sicher, aber so besessen wie Herr Klose bin ich nicht.«

Geraldine, die während der Fahrt schwieg, empfand Ärger. Sicher wusste dieser Alexander von ihr und Sebastian. Was früher einmal gewesen war. Es war vorbei. Erledigt, wie sie das nannte.

Bis sie die Schumannstraße erreichten, blieb es still im Wagen.

Als sie angekommen waren, öffnete Alexander wieder beide Türen.

Brachte sie zur Haustür.

Und sagte: »Ich würde Sie gern wiedersehen, Geraldine.«

»Ja, natürlich, warum nicht«, erwiderte Geraldine verwirrt.

»Darf ich Sie morgen abholen?«

»Morgen?«

»Es ist sehr schönes Wetter. Wir könnten im Grunewald spazieren gehen. Jetzt gehört er uns ja wieder ganz.«

Geraldine blickte Hilfe suchend ihren Vater an. Doch Thomas schwieg.

»So gegen elf Uhr. Wäre Ihnen das recht?«

»Ja, doch.«

Als sie oben in der Wohnung waren, fragte Geraldine: »Wie findste das?«

Thomas musste lachen.

»Weiß ich auch nicht. Ein sympathischer junger Mann. Wohl nicht der Typ, der Umwege geht. Außerdem sind wir ja jetzt, du und ich, mit der Familie Frobenius ziemlich eng verbandelt.«

»Verbandelt?«

»So sagt man in Österreich. Ich mit der Fernsehserie, du mit einem neuen Film. Können wir aussteigen?«

Ein jäher Trotz stieg in Geraldine hoch.

»Das wird sich zeigen«, konterte sie arrogant.

Und sie nahm sich vor, am nächsten Tag Walter Burckhardt anzurufen.

Im Grunewald

Alexander kam pünktlich um elf Uhr am nächsten Vormittag.

»Wir müssen mit der S-Bahn fahren«, verkündete er vergnügt. »Den Wagen braucht mein Vater.«

Geraldine war noch nicht fertig angezogen; mit ein wenig Angst und einer Art Widerwillen hatte sie diesem Treffen entgegengesehen. Was ging sie der Sohn von Frobenius an? Sie brauchte keinen Begleiter zum Spazierengehen. Trotz allen guten Willens war das Gefühl immer noch vorherrschend: Lasst mich doch in Ruhe!

Sie nahm eine weiße Bluse aus dem Schrank und den hellgrauen Hosenanzug, auch er stammte noch von der Reise mit Burckhardt. Sie betrachtete sich im Spiegel. Eigenartig war das schon. Sie hatte sich kein einziges Kleidungsstück gekauft, seit sie wieder in Berlin war. Sie blieb nicht einmal vor den Schaufenstern stehen.

Sie fuhr mit dem Kamm durch ihr Haar, zog die Lippen nach, geschminkt war sie überhaupt nicht. Und es war eigenartig, dass sie trotzdem gut aussah. Wenn sie an früher dachte ... Stunden hatte sie vor dem Spiegel zugebracht, und danach gefiel sie sich trotzdem nicht.

Sie blickte ihrem Spiegelbild starr in die Augen. Nichts war mehr normal in ihrem Leben.

Durch die einen Spaltbreit geöffnete Tür hörte sie Alexanders Unterhaltung mit Thomas.

»Meine Mutter hat auch einen Wagen. Aber der steht auf Sylt.«

»Auf Sylt?«, fragte Thomas. Auch er fühlte sich unbehaglich. Er hatte Geraldines abwehrendes Schweigen gespürt. »Sie haben gestern schon von Sylt gesprochen.«

»Meine Mutter ist Sylterin. Sie ist so oft wie möglich dort, und wir auch, mein Bruder und ich. Ich bin dort sogar mal für zwei Jahre in die Schule gegangen.«

»Aber Ihren Bruder haben Sie jetzt nach England verfrachtet.«

»Er musste mal raus. Und er muss lernen, sich anzupassen. Wie will er sonst als Schauspieler Erfolg haben. Wir wissen schließlich, wie schwierig das sein kann. Und Sie wissen es auch, Herr Bantzer.«

»Gewiss«, erwiderte Thomas zurückhaltend. »Bist du nicht bald fertig?«, rief er ins Nebenzimmer.

»Gleich«, kam die Antwort.

»Wenn Jörg auf der Insel ist, fährt er entweder in List mit den Fischern hinaus, oder er spielt Tennis, oder er liegt einfach am Strand herum.«

»Und der Wagen Ihrer Mutter steht ihm auch zur Verfügung.«

»Wenn er den Führerschein hat. Hat er aber noch nicht. Jana lässt den Wagen dort, weil sie es zu umständlich findet, jedes Mal den Transfer über den Hindenburgdamm zu machen.«

»Aha«, machte Thomas. Er konnte sich unter diesem Transfer nichts vorstellen.

»Sie kennen Sylt nicht?« Die Frage war gleichzeitig an Geraldine gerichtet, die das Zimmer betreten hatte.

»Nein«, sagte Thomas. »Aber ich habe viel davon gehört. Viele Leute sind ja sehr begeistert von der Insel. Soll ja ziemlich teuer sein.«

Alexander lachte. »Man sagt so. Wir wohnen bei meiner Großmama in Keitum, in einem schönen alten Friesenhaus. Kostet uns keinen Penny. Alle paar Jahre mal, wenn das

Reetdach neu gedeckt werden muss, übernehmen wir die Kosten. Und meinen neuen Schreibtisch, bisschen größer als der alte, habe ich auch selbst bezahlt. Sie kennen die Insel auch nicht, Geraldine?«

»Woher denn? Ich bin nicht viel in der Welt herumgekommen.«

»Immerhin kennen Sie jetzt Griechenland, jedenfalls ein paar der Inseln. Und den Flughafen von Athen. Richtig?«

Geraldine nickte.

»Und ein Stück von Italien.«

Darauf blieb es still.

Geraldine war nahe daran, das Zimmer wieder zu verlassen und den ungezogenen Lümmel nie mehr anzusehen.

»Hiermit lade ich Sie beide nach Sylt ein«, fuhr Alexander ungerührt fort.

»Wenn weiter keiner dort ist. Von der Familie, meine ich. Das Haus ist nicht sehr groß, aber für uns drei reicht es. Meine Großmama hat einen herrlichen Garten mit prachtvollen Rosen. Und sie kocht sehr gut. Und, Geraldine, nicht zu vergessen, sie hat einen bildschönen Hund. Mindestens so schön wie Oskar und genauso groß.«

Nun musste Geraldine doch lachen.

»Klingt sehr verlockend«, sagte sie.

Er griff nach ihrer Hand, die sie ihm nicht gegeben hatte, schwenkte sie leicht hin und her. »Heute, würde ich vorschlagen, fahren wir mal hinaus nach Nicolassee, spazieren durch den Wald runter zur Havel. Zum Baden ist es leider noch etwas kühl. Kennen Sie die Gegend?«

»Nein.«

»Ich früher auch nicht. Aber sobald die Mauer weg war, haben wir einen Ausflug unternommen. Mein Vater, mein Bruder und ich.«

»Ihre Mutter nicht?«, fragte Thomas, nun doch amüsiert über seine unbeschwerte Art zu erzählen.

»Nee, die meinte, wenn sie baden will, braucht sie die Havel nicht, das kann sie im Meer viel besser. Sie ersehen daraus, dass diese zugereisten Leute gar nicht so richtig unter dem Mauerbau gelitten haben.«

Nun lachten sie alle drei. So weit war man schon, dass man Scherze über die Mauer machen konnte.

»Wir finden sicher ein nettes Restaurant, wo wir zu Mittag essen können. Herr Bantzer, Sie brauchen heute nicht zu kochen, jedenfalls nicht für Ihre Tochter.«

Geraldine hätte am liebsten gesagt: Ich bleibe hier und Vater kocht für mich.

Die impulsive Art des jungen Mannes irritierte sie. Offenbar wurde dies ein längeres Unternehmen. Seit Sebastian war sie nie mehr mit einem jungen Mann zusammen gewesen. Und dieser hier war auch noch einige Jahre jünger als sie.

Im Augenblick empfand sie heftige Sehnsucht nach Burckhardt.

Seine ruhige, gelassene Art, mit ihr umzugehen, wie er sie ansah, wie er ihre Hand ergriff, erwärmte ihr Herz.

Hier war es ihr unangenehm. Denn Alexander griff nun wieder nach ihrer Hand, fest und bestimmt.

»Also, dann wollen wir mal. Adios, padre. Ich bringe sie heil wieder zurück.«

Thomas lächelte hilflos. Er verstand Geraldines verzweifelten Blick recht gut.

Als Alexander in der vergangenen Nacht nach Hause kam, waren Jana und sein Vater noch auf. Der Abend war kurzweilig gewesen, aber auch anstrengend, besonders der Umgang mit der veränderten Geraldine, von der zweifellos eine gewisse Abwehr ausging. Das Gespräch mit Thomas, dem man immerhin ein großzügiges Angebot gemacht hatte und der dennoch seine Zurückhaltung nicht verbergen konnte, hatte auch einen bitteren Nachgeschmack.

»Es ist seltsam mit den beiden. Man hat das Gefühl, am liebsten wäre es ihnen, wenn man sie in Ruhe ließe. Gut, dass Will hier war, das hat uns die Sache leichter gemacht«, sagte Jana.

Und dann kam Alexander mit der überraschenden Mitteilung, dass er sich mit Geraldine verabredet hatte.

Trotz der Belehrung, die Jana vor einigen Tagen hatte einstecken müssen, reagierte sie aufbrausend: »Bist du verrückt geworden? Jetzt haben wir das heute so einigermaßen hingekriegt, und du veranstaltest so einen Blödsinn.«

»Bitte, was für einen Blödsinn? Warum soll ich mit dem Mädchen nicht mal spazieren gehen?«

»Das ist kein Mädchen, sondern eine erwachsene Frau. Eine erfolgreiche dazu. Sie wird kaum Lust haben, mit dir herumzubummeln.«

»Ich will mit ihr in den Grunewald fahren oder an die Havelseen. Ich glaube, sie war in letzter Zeit kaum mal an der frischen Luft. Jedenfalls nicht seit Venedig. Und da ist die Luft lange nicht so gut wie im Grunewald.«

»Rede bloß nicht von dieser Reise. Davon wissen wir offiziell nichts.«

»Was für ein Affentheater!«

»Verdammt noch mal, Alexander!«

Frobenius stoppte Jana mit einer Handbewegung und stand auf. »Vielleicht hast du kapiert, dass es mit dieser Frau ein bisschen kompliziert ist. Mir kommt es vor allem darauf an, sie für meine Pläne, das heißt für eine neue Arbeit, zu gewinnen, denn zu lange darf man nach einem Erfolg das Publikum nicht warten lassen.«

»Das hatten wir ja heute Abend ausführlich. Und ich habe das kapiert. Und gerade darum dachte ich, es wird ihr gut tun, mal mit einem jungen Mann umzugehen, der keinen Film, keine Fernsehsendung mit ihr machen will, bloß mal ein Gespräch bieten will und vielleicht einen kleinen Flirt.

Das braucht sie doch auch. Offenbar hat sie ja doch nur mit älteren Männern Umgang. Entschuldigung.«

»Sie ist nicht der Typ für einen kleinen Flirt«, mischte sich Jana wieder ein. »Anscheinend bist du zu jung, um das zu wissen. Sie hat die Affäre mit Klose damals sehr ernst genommen und hat lange gelitten, als es vorbei war.«

»Wie wär's denn, wenn wir mal eine Runde schlafen gehen, es ist halb zwei«, sagte Alexander friedlich. »Ich werde sie weder entführen noch verführen. Nur mal spazieren gehen, über den Wald und die Bäume reden und in die Havel gucken. Ich erzähle euch dann, wie es war.«

Jetzt, in der S-Bahn, dachte Alexander an dieses Gespräch und schmunzelte vor sich hin. Ein Getue wegen diesem Klose. Eine alte Liebesgeschichte; vielleicht hatte sie es damals schwer genommen, weil sie noch sehr jung war. Jetzt hatte sie einen Film mit ihm gedreht, war über mehrere Wochen mit ihm zusammen gewesen und hatte es offenbar überlebt. Von Italien hätte er allerdings nicht sprechen sollen, das war eine Indiskretion gewesen.

Als der Platz ihr gegenüber frei wurde, setzte er sich und lächelte sie freundlich an.

»Es ist so eigenartig mit Berlin«, sagte er. »Als ich geboren wurde, gab es die Mauer schon. Ich bin in der geteilten Stadt aufgewachsen, mein Bruder natürlich auch. Und alles, was früher war, die Nazis, der Krieg, die Zerstörung der Stadt, kennen wir nur aus den Berichten der Älteren. Die Sowjets auf der einen Seite, die Amis, die Franzosen und die Briten auf der anderen Seite, dann die Blockade, die ja wirklich schlimm gewesen sein muss. Man lernt das, man bekommt es erzählt, aber ich muss gestehen, mich hat das in meiner Jugend nicht bewegt. Sie doch auch nicht, Geraldine.«

»Nein, als ich geboren wurde, gab es die Mauer auch schon. Ich habe von meinem Vater viel davon gehört. Er ist ja kurz vor dem Mauerbau in den Westen geflohen wie so viele damals. Und er bedauert es heute noch, dass er sein Engagement in Meiningen aufgegeben hat. Dort hat es ihm gefallen, DDR hin oder her. Er hat die Rollen spielen können, von denen er geträumt hat. Und was dann war ... na ja, das war nicht mehr so das Richtige.«

»Und wo sind Sie geboren, Geraldine?«

»Irgendwo unterwegs«, sagte sie leichthin. »Während einer Tournee.«

»Die verlorenen Kinder dieses Jahrhunderts«, sagte er. »Das ist seltsam, nicht? Jedenfalls in Deutschland. Ob wohl irgendjemand mal darüber schreiben wird?«

Sie warf ihm einen kurzen Blick zu, sie lächelte nicht.

»Sie, Alexander, nehme ich an.«

»Warum nicht? Doch es ist fast schwieriger, als über das Leben von Shakespeare zu schreiben.«

Später, als sie durch den Wald gingen, kamen sie wieder auf dieses Thema zurück.

»Außer Ihrem Vater«, sagte Alexander, »hat keiner von uns den Mauerbau erlebt. Die Mauer war schon da. Als wir geboren wurden, als mein Vater von München nach Berlin wechselte, als meine Mutter nach Berlin kam sowieso. Jeder wusste es, jeder sprach davon, jeder ärgerte sich mehr oder weniger, und schließlich hatten sich die Leute daran gewöhnt.«

»Ich habe meine Großmama, die Mutter meines Vaters, kennen gelernt, da war ich ungefähr drei Jahre alt. Sie lebte im Ostteil, und sie durfte uns besuchen, weil sie Rentnerin war. Ich kann nicht beschreiben, was ich empfunden habe, ich war noch zu klein. Ich kann mich nur daran erinnern, dass mein Vater sehr unglücklich war. Das habe ich mitbekommen.«

Alexander schwieg eine Weile.

Dann sagte er: »Es ist ein Buch, das geschrieben werden muss. Möglicherweise gibt es schon einige darüber. Es war eine irrsinnige Situation. Zwei Sieger, die ein Land, ein Volk teilen, eins rechts, eins links. Punkt. Und wie ich schon sagte, man hatte sich daran gewöhnt. Dann der ungeheure Jubel über die so genannten Wiedervereinigung, und heute meckert man auf beiden Seiten, die einen, weil es zu viel kostet, die anderen, weil sie zu wenig bekommen.«

»Sehen Sie, Alexander, und Sie sagen nun auch mit größter Selbstverständlichkeit, die einen und die anderen. So ist es immer noch. Und wie lange soll das noch so bleiben?«

»Man hat mich in England manchmal darauf angesprochen. Und ich muss zugeben, dass ich ziemlich flapsig geantwortet habe. Was wollt ihr eigentlich, habe ich gesagt, wir gehen doch ganz friedlich miteinander um. Was ist mit euch und Irland? Gebt die Iren doch endlich frei und lasst sie machen, was sie wollen. Und die Schotten möchten auch lieber ihren eigenen Staat gründen.«

Er blieb stehen, fasste wieder nach ihrer Hand, zog sie heran, sodass sie ihn ansehen musste.

»Lassen wir die Geschichte Geschichte sein. In zehn Jahren wird das gelaufen sein, ganz von selbst. Wir brauchen uns jetzt nicht den Kopf zu zerbrechen. Ich habe etwas ganz anderes im Sinn, und zwar deinen Film.«

»Meinen Film?« Sie war irritiert, weil er so dicht vor ihr stand, auch duzte er sie plötzlich.

»Ja, deinen Film. Diese Wiedervereinigungsgeschichte, von der mein Vater gesprochen hat, also die solltet ihr nicht in Angriff nehmen. Gerade jetzt nicht und gerade du nicht. Eine richtig schöne, eine turbulente, ein bisschen verrückte Liebesgeschichte, mit oder ohne Insel, das ist es, was du als Nächstes drehen sollst.«

»Mein letzter Film war eine Liebesgeschichte. Der Amphitryon-Stoff. Das ist doch Liebe pur.«

»Aber nun Liebe modern, nicht bei den alten Griechen.«

»So unmodern war der Film überhaupt nicht.«

»Stimmt. Die Kostüme, die Musik, die Sprache und die Nacktszenen, das war alles von heute. Aber diesmal muss es ein richtig tolles Happyend geben.«

»Das hatten wir aber auch. Alkmene und Amphitryon glücklich vereint ohne den geringsten Zweifel.«

»Verdammt, ja, stimmt. Und doch muss es diesmal ganz anders sein. Also, ich verspreche dir eins, Geraldine, ich werde genau prüfen, was vorliegt, und dann werde ich mir eine Geschichte ausdenken. Dein nächster Film muss ein Treffer sein. Du bist so hübsch, so reizend und so begabt. Wir müssen allerdings sehr sorgfältig nach deinem Partner suchen. Walter Burckhardt wird es diesmal nicht sein. Du bist ein Mädchen zum Verlieben, und wir brauchen einen Mann zum Verlieben.«

»Das ist Burckhardt doch.«

»Ja, ich weiß, du hast dich in ihn verliebt. Aber das gehörte noch zum Film. Das ist vorbei.«

Und ohne weitere Vorbereitung nahm er sie in die Arme und küsste sie. Ziemlich lang und leidenschaftlich.

Geraldine wehrte sich nicht, sie ließ sich küssen, erwiderte den Kuss jedoch nicht. Sie war nicht einmal überrascht. Sie hatte schon gestern Abend gewusst, dass es geschehen würde.

Sie blickte hinauf in die kahlen Bäume. Dann schloss sie die Augen, ihr Körper lockerte sich in seinem Arm.

Er bog sich zurück, sah sie an, bis sie die Augen öffnete.

»Vielleicht solltest du in diesem Film mein Partner sein«, sagte sie lässig.

Sehr beeindruckt schien sie nicht zu sein, das wunderte ihn.

»Du!«, sagte er heftig und fasste mit beiden Händen ihre Arme. »Nimm das bitte ernst. Ich würde gern dein Partner sein, aber ich bin kein Schauspieler und möchte auch keiner werden. Es muss ein toller Mann her, Burckhardt hin oder her. Ich werde mich sofort unter den infrage kommenden Schauspielern umschauen.«

»Und wie machst du das?«

»Du nimmst mich nicht ernst. Ich bin nicht auf dem Laufenden, was es hierzulande für Talente gibt. Mein Vater wird mir Filme und Fernsehsendungen empfehlen, und da werde ich nach einem geeigneten Partner für dich suchen.«

»Viel Spaß«, sagte sie spöttisch. »Ich kann dir schon jetzt sagen, dass es unter den jüngeren Schauspielern keinen gibt, der mir gefällt. Und zum Verlieben ist erst recht keiner dabei.«

»Wie soll ich das verstehen?« Er hielt noch immer ihre Arme fest im Griff, sein Gesicht war nahe über dem ihren.

»Irgendwie sehen die doch alle gleich aus. Sie haben keinen Pep und kein Charisma. Mir gefallen die Männer in den alten amerikanischen Filmen. Alte deutsche Filme werden ja nicht gesendet. Mein Vater nennt manchmal Namen von früher. Männer, die er bewundert hat, meist allerdings auf der Bühne. Paul Hartmann, Matthias Wiemann, Theodor Loos, René Deltgen – er weiß noch eine Menge Namen. Ich kenne sie nicht. Aber die alten amerikanischen Filme habe ich gesehen, da gibt es durchaus Männer, die ich klasse finde.«

»Zum Beispiel?«

»Gregory Peck, Cary Grant, Humphrey Bogart ...«

»Hör bloß auf! Für den schwärmt Jana seit eh und je. Diesen Casablanca-Film habe ich mir mindestens dreimal ansehen müssen. Ich habe sie schon mal gefragt, wie melancholisch ein Mensch sein muss, um von diesem Film so begeistert zu sein.«

Geraldine lachte und versuchte, ihre Arme zu befreien. Doch es gelang ihr nicht.

»Das waren eben noch richtige Männer.«

»Die gibt es schon lange nicht mehr. Und es gibt wirklich keinen jüngeren Schauspieler, der dir gefällt?«

Geraldine bog den Kopf zurück, weg von seinem Gesicht.

»Doch. Walter Burckhardt.«

»Der ist doch viel zu alt. Und er wird in deinem nächsten Film bestimmt nicht dein Partner sein.«

»Und wer bestimmt das?«

»Ich, zum Beispiel.«

»Aha. Und was sagt dein Vater dazu?«

»Ich habe mit ihm darüber nicht gesprochen. Noch nicht.«

»Dein Vater wird sich wundern, wenn du anfängst, dich in seine Arbeit einzumischen.«

»Er wird sich daran gewöhnen müssen. Jetzt bin ich da, und jetzt kenne ich dich. Und jetzt mische ich mich ein. Gefalle ich dir denn gar nicht?«

»Du gefällst mir sehr gut. Aber du bist eben kein Schauspieler.«

»Das hatten wir schon. Und noch etwas anderes habe ich mir überlegt. Du willst doch Theater spielen. Oder?«

Geraldine nickte.

»Also dann beschäftigen wir uns mal mit Shakespeare. Ich könnte mir einige Rollen vorstellen, die für dich geeignet wären.«

»Sicher. Fragt sich nur, was Regisseure heutzutage aus deinem Shakespeare machen. Mein Vater kann dir erzählen, wie die Stücke heute verunstaltet werden.«

»Hast du denn schon so eine Aufführung gesehen?«

»Nein. Ich war nicht im Theater, seit ich in Berlin bin.«

»Das ist doch kaum zu glauben.«

»Wir leben heute mit dem Fernsehen. Und da sind diese doofen Heinis zu besichtigen, von denen du mir einen aussuchen willst.«

»Du bist ganz schön kess, mein Liebling. Kennst du denn die Stücke von Shakespeare?«

»Ich kenne sie alle. Damals, in meinem ersten Engagement, haben wir *Wie es euch gefällt* gespielt. Ich war nicht mal für die Celia gut genug.«

»Und was hast du gespielt?«

»Einen Pagen.«

»Wait and see. Lass mich mal machen.«

»Die Traumrolle meines Vaters war natürlich der Hamlet. Hat er nie gespielt.«

»Also gut. Er bekommt jetzt eine schöne Serie, und ich denke, er wird das gut machen. Ich kenne die ersten beiden Folgen, gar nicht schlecht. Und was dich betrifft ...«

»Würdest du mich jetzt bitte entfesseln, Alexander? Heute werden wir keinen Film mehr drehen. Aber du wirst dich darum kümmern, was, wo und mit wem ich es mache. Das wird deinen Vater, den Produzenten Dr. Frobenius, sicher mächtig freuen.«

»Ich würde dich gern noch einmal küssen«, sagte er.

»Du hast mich bis jetzt auch nicht gefragt, ob ich das will.«

»Jetzt frage ich dich.«

Ein Lächeln erschien auf ihrem Gesicht. Doch es erlosch mit einem Schlag. Sie blickte über seine Schulter hinweg auf den schmalen Weg, der von den Havelseen herauf durch den Wald führte. Da kam ein Mann auf sie zu, langsam, mit ruhigen Schritten, er kam direkt auf sie zu, kam näher.

Sein Haar war dunkel, seine Augen waren dunkel, er war sehr schön. Geraldine starrte ihm entgeistert entgegen, sie war geradezu erstarrt, ihr Mund öffnete sich wie zu einem Schrei.

Alexander ließ sie los, drehte sich um, sah den Mann kommen, langsam, ruhig, und als er an ihnen vorbeiging, sah er sie an. Seine Lippen bogen sich zu einem leichten Lächeln. Er ging weiter, wandte sich nicht wieder um.

Alexander sah Geraldine an. Sie hatte die Hand um ihren Hals gepresst, als wolle sie diesen Schrei, der auf ihren Lippen lag, unterdrücken.

»Was ist denn?«, fragte Alexander. »Kennst du den?«

Erst sagte sie gar nichts, sah der entschwindenden Gestalt nach. Dann schrie sie, ja, sie schrie.

»Nein, nein. Ich kenne ihn nicht.«

»Warum bist du dann so erschrocken?«

»Ich bin nicht erschrocken. Nur weil … nur weil da gerade jemand kam.«

»Der sah gut aus, ganz sympathisch«, sagte Alexander gelassen. »Vor dem brauchst du doch keine Angst zu haben.«

Er würde natürlich nicht sagen: Der Mann war schön.

»Ich habe keine Angst«, sagte Geraldine und atmete tief. »Und nun kannst du mich noch einmal küssen.«

Sie gingen dann zum Bismarckturm hinauf und aßen in einem netten Restaurant. Geraldine war unkonzentriert. Sie plauderte, dann war sie wieder in sich gekehrt, über zukünftige Filmprojekte wollte sie nicht sprechen.

Ihr Blick war abweisend. Es war nicht mehr so wie bei ihrem Spaziergang durch den Wald. Sie hatte sich von ihm entfernt, Alexander war sensibel genug, um das zu spüren.

Aber er war auch fair ihr gegenüber, auf seine Weise.

Er dachte: Ich habe sie überrumpelt. Das ist eine Unverschämtheit. Ich benehme mich schlecht.

Und er dachte an Jana. Wie konnte er erzählen, wie sich das abgespielt hatte an diesem Tag.

Kurz bevor er sie am späten Nachmittag bei Thomas ablieferte, sagte er: »Es ist ja gut, wenn man jemanden hat, der sich um einen kümmert und einem auch mal einen Tritt versetzt.«

»Wie meinst du das?«, fragte Geraldine.

»Ich dachte an Jana. Zwei Jahre habe ich für mich allein gelebt. Jetzt habe ich wieder eine Mutter, die gelegentlich mit mir unzufrieden ist.«

»Ist doch ganz gut, oder?«

»Sicher. Ich gewöhne mich langsam wieder daran. Werden wir uns wiedersehen, Geraldine?«

»Warum nicht? Du wirst dich jetzt erst mal mit deinem Vater und den Drehbüchern herumschlagen, und dann wirst du mich wissen lassen, was du davon hältst.«

»Den Eindruck, dass dir das viel bedeutet, habe ich aber nicht.«

»Aber doch. Ganz bestimmt. Am meisten freuen würde es mich allerdings, irgendwo die Rosalinde zu spielen. Falls man mich lässt. Und obwohl ich vor Angst sterben würde.«

Sie wehrte sich nicht, als er sie zum Abschied küsste.

Sie erwiderte seinen Kuss sehr zärtlich und sehr hingebungsvoll.

Und während Alexander zum U-Bahnhof Friedrichstraße hinüberging, wuchs in ihm die Gewissheit, dass er sich in dieses Mädchen, in diese Frau verliebt hatte. Ganz ernsthaft. Es ging ein Zauber von ihr aus, ein … ein … er wusste nicht, wie er es formulieren sollte. So klar war er noch, dass er versuchte, es zu ergründen. Er blieb stehen, lachte vor sich hin. Was würde Jana wohl dazu sagen?

Er war niemandem Rechenschaft schuldig, auch zu Hause nicht. Aber er liebte dieses Mädchen, diese Frau.

Sie ist einmalig. Sie ist anders als alle Frauen, denen er bisher begegnet war. Und er war kein Anfänger.

Er fasste einen Entschluss: Ich muss mich um sie kümmern. Sie soll nichts tun, was ich nicht … Hier stockte er wieder.

Was ich nicht für richtig halte. Was ich nicht für sie entschieden habe.

Und als er in der U-Bahn saß, dachte er noch: Ich liebe sie. Sie gehört mir. Nur mir, sonst keinem.

Als Geraldine nach Hause kam, sagte Thomas: »Burckhardt hat angerufen. Er ist in Wien.«

Geraldine lächelte, hob beide Arme über den Kopf.

»Das hab ich mir gedacht.«

»Was hast du dir gedacht?«

»Dass er heute anrufen wird. Er ist in Wien und hat ausrichten lassen, dass ich zu ihm kommen soll?«

»Wie kommst du darauf?«

»Stimmt es denn nicht?«

»Doch. Er wohnt im Hotel Sacher, er möchte dir Wien zeigen, mit dir in die Oper gehen und zu den Lipizanern.«

»Das ist ein besonderer Tag heute.«

»Wie war es denn mit Frobenius junior?«

»Ganz nett. Er hat sich in mich verliebt, er hat mich geküsst, na, und so das Übliche.«

»Das Übliche, so. Und wie geht es weiter?«

»Ich fliege morgen. Ich möchte Wien kennen lernen, in die Oper gehen und zu den Pferden.«

Eine Weile blieb es still.

»Kannst du dich noch erinnern, was du gesagt hast, als du aus Italien kamst?«

»Ich habe dir von meinen Erlebnissen erzählt.«

»Du hast gesagt: Es ist erledigt. Und damit meintest du Walter Burckhardt.«

»Stimmt. Das habe ich gesagt.«

»Und jetzt willst du ihn wiedersehen.«

»Ich wollte schon immer mal nach Wien. Und ich möchte bei Burckhardt sein. Wenigstens für eine Weile.«

»Ich denke, du hast dich in Alexander verliebt?«

»Er sich in mich. Ich mich nicht in ihn.« Darauf lachte sie. »Der bleibt mir sowieso. Er wird sich sehr intensiv mit meinem nächsten Film beschäftigen, er wird Dr. Frobenius behilflich sein, den richtigen Stoff zu finden, er wird mich beraten und betreuen, und später werde ich etwas von Shakespeare spielen. Das will er unbedingt.«

»Du kommst mir komisch vor.«

»Wieso?«

»Man könnte meinen, du hättest zu viel getrunken.«

»Väterchen, teures, sei ganz beruhigt. Ein Glas Wein zum Essen, und das Essen war mittelmäßig, nicht so gut wie bei dir und wie bei Jana. Aber ich nehme an, dass ich in Wien gut zu essen bekomme. Und der Spaziergang hat mir Spaß gemacht, dieser Alexander ist wirklich ein netter Mensch, und er hat mich geküsst, ach, das sagte ich schon. Und er wird mich wieder küssen. Falls ich will. Aber ich möchte noch einmal von Walter geküsst werden. Ob da ein Unterschied ist. Und erstaunliche Menschen laufen im Grunewald herum.«

»Was für Menschen?«

»Ein Mensch. Ein Mann. Der gefällt mir von allen am besten. Sieh mich nicht so entsetzt an. Ich habe wirklich nichts getrunken. Aber jetzt könntest du mir einen Whisky geben. Ich werde gleich in Tegel anrufen, wann eine Maschine nach Wien geht. Und ob sie einen Platz für mich haben. Und dann werde ich im Hotel Sacher anrufen. Eine gute Adresse, nicht wahr? Und in Wien werde ich mir ein paar neue Kleider kaufen. Kostüme, Hosen, Jacken. Es wird ja Frühling. Bitte, schau mich nicht so entgeistert an. Und wenn Alexander Frobenius zehnmal in mich verliebt ist, Walter Burckhardt gefällt mir besser.«

»Und was ist das für ein Mann, der dir von allen am besten gefällt?«

»Ich habe ihn im Wald gesehen. Er ist an uns vorbeigegangen.«

»Den kennst du doch nicht.«

»Vielleicht doch.«

»Was heißt das?« Jetzt klang die Stimme von Thomas streng. »Was soll das heißen, vielleicht doch?«

»Es gibt doch einen Mann, von dem man träumt. Hast du nie von einer Frau geträumt, Vater?«

Thomas ersparte sich die Antwort.

Er ging zu dem Schrank in der Ecke, nahm die Whiskyflasche heraus, füllte zwei Gläser, auch eins für sich, ganz gegen seine Gewohnheit.

Hatte er je von einer bestimmten Frau geträumt?

Seltsam, auf diese Frage wusste er keine Antwort. Von Partnerinnen auf der Bühne? In die eine oder andere war er mal ein wenig verliebt, soweit es die Rolle verlangte. Und dann gab es Tilla in seinem Leben. Von ihr hatte er nie geträumt, nicht ehe er sie heiratete, und später erst recht nicht.

Gab es eine Frau, von der man träumen konnte?

»Was ist das für ein Mann, von dem du träumst? Und du meinst, du bist ihm begegnet?«

»Manchmal. In meinen Träumen. Und auch …« Sie schwieg, sie lächelte, hob das Glas an die Lippen und trank von dem Whisky wie von einem Zaubertrank.

Thomas suchte ihren Blick, doch sie sah an ihm vorbei, über ihn hinweg.

Zum ersten Mal bekam er Angst um sie. Sie war gar nicht da, nicht hier bei ihm in diesem Zimmer. Sie war weit weg.

»Und wer … wer ist dieser Mann, von dem du träumst?«

Sie lächelte.

»Vergiss es, Papilein. Um unseren berühmten Spruch zu zitieren. Wenn ich ihn brauche, wird er da sein. Und nun werde ich mich um das Ticket kümmern.«

Sie ging zum Telefon.

»Und was ist mit Dr. Frobenius? Er wollte dich in den nächsten Tagen mit dem Regisseur und dem Drehbuchautor bekannt machen.«

»Das eilt ja nicht. Ich bleibe nicht lange weg. Was macht Burckhardt denn in Wien?«

»Er verhandelt wegen eines Engagements.«

»Das interessiert mich sehr, siehst du. Und wenn ich wieder da bin, spreche ich mit Frobenius senior und Frobenius junior. Der kümmert sich um meine nächste Rolle. Er kann es vermutlich besser als ich.«

Am nächsten Tag flog sie nach Wien.

Der zweite Film

Als sie wiederkam, war sie verändert. Fröhlich und gelöst, erzählte sie in sehr guter Stimmung von Wien, von den Lipizanern und von der Oper, sie hatten die *Carmen* gesehen.

»Es war wunderbar. Ich gehe jetzt öfter in die Oper. Immerhin haben wir in Berlin drei Opernhäuser. Ich verstehe nicht, warum du nie auf die Idee gekommen bist, mich in die Oper einzuladen, Papi.«

Schließlich, nachdem sie lange genug von ihren Erlebnissen erzählt hatte, fragte er: »Und was ist nun mit Burckhardt?«

»Was soll sein? Was immer war. Wir lieben uns.«

Thomas dachte an das Wort erledigt, das sie im November so bestimmt ausgesprochen hatte.

Aber er wiederholte das Wort nicht. Stattdessen sagte er: »Es war schwierig, dein Verschwinden zu erklären. Frobenius wollte dich mit einigen Leuten bekannt machen. Und du warst plötzlich weg.«

»Bisher war ich immer da.«

»Aber nicht ansprechbar.« Nun klang Ärger in seiner Stimme. Denn er hatte gelogen, was ihm zuwider war. »Ich habe Frobenius zweimal getroffen, ich habe die ersten Drehbücher dieser Serie, in der ich spielen soll, gelesen. Ist wirklich ganz originell. Um zu erklären, wo du bist, musste ich schwindeln.« Er hatte behauptet, Geraldine besuche ihre Mutter in München, denn Tilla habe Geburtstag.

Mit dem Geburtstag, das stimmte sogar. Tilla hatte am 27. März Geburtstag, und wie jedes Jahr rief er sie an und gratulierte. Am 26. März war Geraldine nach Wien geflogen. Also bot es sich an, Geraldines Reise mit Tillas Geburtstag zu erklären. Dass Burckhardt in München lebte, wusste Frobenius. Wenn man vermutete, er und Geraldine hätten sich getroffen, so könnte das zufällig geschehen sein. Falls in der Klatschpresse nicht demnächst zu lesen war, dass Burckhardt und Geraldine sich in Wien getroffen hatten. Bisher war nichts dergleichen aufgetaucht. Er hütete sich davor, sich nach einem Zwischenfall mit der Presse in Wien zu erkundigen.

»Ich stehe Frobenius jederzeit zur Verfügung«, sagte Geraldine kühl. »Ich kann ja wohl mal ein paar Tage verreisen. Und jetzt ist erst mal Ostern, da hat sowieso niemand Zeit.«

»O doch, dein neuester Verehrer, Alexander Frobenius, hat angerufen und gefragt, ob wir Lust hätten, mit ihm über Ostern nach Sylt zu fahren.«

»Und was hast du geantwortet?«

»Mir passe es jetzt schlecht, ich beschäftige mich mit den Drehbüchern. Und meine Tochter besucht ihre Mutter in München, weil sie Geburtstag hat.«

Geraldine lachte. »Du bist fabelhaft. Kein Mensch wird erfahren, wo ich wirklich war. Walter hat seine Termine allein wahrgenommen, ich war entweder im Hotel oder in der Stadt spazieren, mit einer großen Sonnenbrille und einem breiten Hut. Mich hat niemand erkannt.«

»Wollen wir hoffen, dass es dabei bleibt. Und sonst?« Er schwieg, seine Miene offenbarte, wie unzufrieden er war.

Geraldine ging zu ihm, er saß im Sessel, und legte die Arme um seinen Hals.

»Papilein, es hat mir gut getan, bei Walter zu sein.«

Mehr sagte sie nicht, erzählte nur von den Läden, in denen sie eingekauft hatte, mit einem Koffer war sie abgeflogen, mit zwei Koffern war sie zurückgekehrt.

Wie wohltuend es gewesen war, von ihm im Arm gehalten zu werden.

Und sie hatten sich beide sehr vernünftig verhalten. Kein Gespräch mehr über eine Scheidung, kein Gespräch, wie es weitergehen sollte. Ab und zu würden sie sich sehen, ohne weitere Bindung und ohne Verpflichtung.

Noch etwas war geschehen, was Geraldine so froh machte: die Begegnung in der Oper.

In der Pause, sie standen im Foyer und tranken ein Glas Champagner, kam wieder dieser Mann vorbei. Dieser schöne Mann mit dunklem Haar und dunklen Augen. Er sah so aus wie der Spaziergänger im Grunewald.

Diesmal blieb sie ganz ruhig. Sie sah ihn an, er sah sie an.

Er wusste, wo er sie fand. Er würde sie nicht verlassen. Und solange es ihn gab, brauchte sie keine Angst zu haben. Sie würde schön sein, sie würde Erfolg haben, sie würde geliebt werden.

Dies war ein neues Gefühl von Sicherheit. Wo war er eigentlich bisher gewesen? Sie hatte ihn in Venedig nicht gesehen, nicht in Florenz. Oder war sie einfach zu dumm gewesen, ihn zu erkennen? Sie würde nun immer aufpassen, ob er vorüberging.

Sie küsste ihren Vater.

»Wir werden einen erstklassigen Film drehen. Und die heilige Johanna werde ich auch noch spielen. Und bestimmt die Viola oder die Rosalinde. Nicht unbedingt die Ophelia. Und für die Julia bin ich wohl zu alt.«

»So wie du aussiehst, kannst du ohne weiteres die Julia spielen. Man müsste nur einen vernünftigen Regisseur finden.«

»Ich werde mir meinen Regisseur schon zurechtbiegen. Dass er macht, was ich will.«

Sie lächelte triumphierend.

Thomas schüttelte den Kopf. Sie benahm sich merkwürdig. »Und jetzt kommen die Feiertage, da hat sowieso kein Mensch die Zeit, um mit mir ein ernstes Gespräch zu führen.«

Da sollte sie sich täuschen.

Jana und Alexander waren nach Sylt gefahren, und Herbert Frobenius hatte versprochen, dass er spätestens am Ostersonnabend nachkäme.

Doch er dachte nicht daran. Ihm eilte es wirklich mit den Plänen für den nächsten Film, er hatte alle anderen Termine verschoben. Und der Autor und der Regisseur, mit denen er im Gespräch war, wollten auch so bald wie möglich über einen Stoff einig werden, und vor allem wollten sie die schwierige Schauspielerin kennen lernen.

Außerdem wusste Dr. Frobenius etwas, was er Jana und seinem Sohn verschwiegen hatte. Er wusste, dass Geraldine und Walter Burckhardt sich in Wien getroffen hatten.

Es begann damit, dass er am Tegernsee angerufen hatte, um sich mit Burckhardt über eine mögliche Zusammenarbeit zu unterhalten. Das war ein Vorwand. Nachdem er von Geraldines Reise nach München erfahren hatte, war er neugierig geworden. Burckhardt war nicht da, aber seine Frau berichtete, dass er in Wien sei, um über ein Engagement am Burgtheater zu verhandeln.

In Wien hatte Frobenius einen Freund, einen Schriftsteller, meist sehr informiert und diskret dazu. Also, Frobenius wusste Bescheid.

Und so kam es, dass er die Ostertage nicht auf Sylt verbrachte und ausgerechnet den Ostersonnabend für ein Gespräch mit den beiden Herren und Geraldine aussuchte.

»Ja sicher, sehr gern«, sagte Geraldine. Und sie trafen sich an diesem Tag nicht in Dahlem, sondern in dem Büro der Filmproduktion Frobenius.

Geraldine sah wieder einmal wunderschön aus, sie war charmant, aufgeschlossen und lauschte gespannt den Worten des Autors Klaus Martensen und des Regisseurs Heinz Sieber.

Martensen kam gleich zum Thema. »Heinz und ich haben uns sehr gründlich mit den Stoffen beschäftigt«, sagte er. »Und wir sind der Meinung, es müsste diesmal ein ganz anderer Stoff sein, Frau Bansa. In dem Amphitryon-Film waren Sie gewissermaßen das Opfer. Oder besser gesagt, ein Objekt, mit dem man tun konnte, was man wollte. Eine Frau, der nicht einmal zugestanden wurde, zu begreifen, was da mit ihr geschehen war.«

»Es scheint«, sagte Geraldine, »der Schluss des Films ist wirklich misslungen. Dass Alkmene nicht erfahren durfte, was wirklich mit ihr passiert ist, hat vielen Kritikern missfallen.«

»Und darum machen wir jetzt das Gegenteil«, sagte Sieber. »Eine Frau, die ihr Leben selbst bestimmt. Martensen hat da einen interessanten Stoff zu bieten.«

»Da bin ich aber gespannt«, sagte Frobenius, der zum ersten Mal von einem neuen Stoff hörte.

»*Die Frau, die nicht Ja sagen konnte*, so lautete der Titel«, erzählte der Autor. »Eine erfolgreiche Frau, ich denke da an eine Werbeagentur, die mit einem Team tüchtiger Mitarbeiter den Laden schmeißt, eine Menge Geld verdient und viele Verehrer hat, aber keinen haben will.«

»Ist sie lesbisch?«, fragte Geraldine kühl.

»Oder einfach frigide?«, fragte Frobenius.

»Weder noch«, stellte der Autor klar. »Ich habe mich falsch ausgedrückt. Es ist nicht so, dass sie keinen Mann haben will, sie will nur keinen behalten. Sie nimmt sich einen Liebhaber, ganz, wie es ihr passt, für kurze oder längere Zeit, manchmal nur für eine Nacht, und dann lässt sie ihn fallen. Sie bleibt innerlich unberührt, ist zu keiner Hingabe, zu kei-

ner Liebe bereit. Nur zu ihrer Zerstreuung sind die Männer
da.«

Frobenius lachte. »Womit wir wieder in längst vergangenen Zeiten angelangt wären.«

»Wieso?«, fragte der Martensen.

»Schon mal von Semiramis gehört? Die Königin von
Assyrien. Die Legende erzählt, sie habe sich unter ihren Soldaten einen ausgesucht, einen, der ihr gefiel natürlich, sie
verbrachte die Nacht mit ihm, und am nächsten Tag ließ sie
ihn töten.«

Die beiden Herren machten verblüffte Gesichter.

»Semiramis«, sagte Martensen erstaunt. »Nein, an die habe
ich wirklich nicht gedacht. Das war doch die mit den Hän-
genden Gärten, nicht? Eins der sieben Weltwunder. Wann
war denn das ungefähr?«

»Da müsste ich erst im Lexikon nachschauen«, gab Frobenius zu. »Ein paar Jahrhunderte vor unserer Zeitrechnung
auf jeden Fall.«

Er sah Geraldine an. »Wie finden Sie das, Geraldine?«

Geraldine hob die Schultern und schwieg.

Sie hatte wieder einmal keine Ahnung, von wem die
Rede war.

Zum Glück gab es Dorotheas Bibliothek, sie würde sofort
nachschauen, wenn sie nach Hause kam.

»Na ja, so weit gehen wir nicht, dass unsere Karrierefrau
ihre Liebhaber töten lässt. Sie trennt sich stets ohne Bedauern von den Männern und hat bald den nächsten.«

»Ich nehme an, die Geschichte hat einen überraschenden
Schluss«, sagte Frobenius.

»So ist es. Sie gerät an einen Mann, der sich nicht das
Geringste aus ihr macht. Den weder ihre Schönheit, ihr
Erfolg, ihr Reichtum beeindrucken kann.«

»Und den will sie dann haben«, sagte Geraldine.

»Sie bekommt ihn aber nicht. Sie verliebt sich sehr ernsthaft in diesen Mann, sie liebt ihn jeden Tag ein bisschen mehr, doch er will nichts von ihr wissen. Das verändert ihr Wesen, auch ihr Leben, sie ist verunsichert, macht Fehler, na und so weiter.«

»Und dann kriegt sie ihn«, sagte Frobenius.

»Er kriegt sie. Nachdem sie sich lange um ihn bemüht hat. Er ist übrigens kein besonders gut aussehender Mann, kein Erfolgstyp, das schon gar nicht. Ein mittelmäßiger Schriftsteller. Oder ein Privatgelehrter, der über irgendwelchen alten Büchern brütet. Also genau wissen wir das noch nicht.«

»Und wann werdet ihr das wissen?«

»Nächste Woche. Als Drehort haben wir an Paris gedacht.«

»Warum denn das?«

»Zur Abwechslung. Die Insel vergessen wir. Paris ist immer gut. Und Sie, Frau Bansa«, er lächelte Geraldine an, »werden mit Ihrem Aussehen und Ihrem Auftreten wunderbar nach Paris passen.«

Geraldine lächelte und schwieg immer noch.

»Solange ihr den widerspenstigen Liebhaber nicht unter den Brücken schlafen lasst, finde ich die Idee nicht schlecht«, sagte Frobenius.

Paris war gut. Er hatte noch nie einen Film produziert, der in Paris spielte.

»*Die Frau, die nicht Ja sagen konnte*«, wiederholte er. »Ein guter Titel. Was sagen Sie dazu, Geraldine?«

»Doch«, sie nickte. »Ist wirklich eine andere Story. Kein Opfer mehr und kein Objekt. Sie bestimmt, mit wem und wie lange. Wie viele Liebhaber habe ich denn so im Laufe der Zeit?«

Die Herren lachten.

»So lang kann der Film ja auch nicht werden, dass wir eine endlose Reihe von Männern an den Start schicken. Andernfalls müsste man eine ganze Fernsehserie entwickeln. Es sollen ja auch nicht pausenlos Bettszenen gezeigt werden. Nur ihre coole Art, wie sie die Männer bestellt und wieder wegschickt. Und dann natürlich bei ihr das Wachsen einer großen Liebe, die kein Echo findet«, erklärte Martensen.

»Macht er das absichtlich?«

»Sie meinen, um sie zu bestrafen? Nö, er weiß gar nicht, wie sie die Männer behandelt. Er will nur einfach nicht. Vielleicht hat er noch eine alte Jugendliebe, mit der er ganz zufrieden ist. Und unsere Schöne ist ihm außerdem viel zu attraktiv.«

»Dann müsste sie aber am Ende leer ausgehen«, sagte Geraldine, die sich für den Stoff zu interessieren begann. »Er bleibt bei seiner Jugendliebe, und sie bekommt ihn nicht, und die anderen will sie nicht mehr.«

»Das geht nicht«, sagte der Regisseur. »Ein Happyend brauchen wir schon. Eine glückliche, liebende Frau.«

»Und ein gezähmter Widerspenstiger«, sagte Frobenius. »Womit wir bei Shakespeare gelandet wären.«

Martensen seufzte.

»Es ist wirklich schwer mit Ihnen, Doktor. Sie sind einfach zu gebildet. Jetzt sind Sie von Semiramis bei Shakespeare gelandet.«

Eine Stunde später verabschiedeten sich die Herren.

»Ich fahre Sie nach Hause, Geraldine«, schlug Frobenius vor.

»Nicht nötig. Ich kann mir ein Taxi nehmen. Es ist vier Uhr, vielleicht schaffen Sie es noch nach Sylt.«

»Nein, ich habe noch eine andere Verabredung. Ich treffe einen Kameramann, mit dem ich gern zusammenarbeiten möchte. Er dreht zurzeit hier in Berlin. Begabter Nachwuchs. Bronski bekommen wir diesmal nicht.«

»Schade.«

»Ich würde Sie ja gern zum Essen einladen, Geraldine. Aber die Zeit ist zu knapp.«

»Ich bekomme schon etwas zu essen.«

»Ich nehme an, Sie haben in Wien auch gut zu essen bekommen.«

Sie gingen durch das Vorzimmer, wo die Sekretärin noch an ihrem Computer saß.

»Tut mir leid, Tina«, sagte Frobenius. »Aber wir sind für heute noch nicht fertig.«

»Macht nichts.« Tina lächelte Geraldine freundlich zu. »Ich bin so happy, dass wir endlich weiterkommen. Und die Idee mit der Frau, die nicht Ja sagen kann, finde ich gut. Bis später, Herr Doktor.«

»Sie ist sehr tüchtig, nicht wahr?«, sagte Geraldine, als sie aus dem Haus traten. »Und sie kommt ohne Murren am Ostersonnabend ins Büro.«

»Das tut jeder, der eine gehobene Stellung einnimmt. Nur das Fußvolk plärrt ewig nach Freizeit. Der Job bei mir macht ihr Spaß, und ich weiß, was ich an ihr habe. So läuft das für alle Beteiligten großartig.«

Er hatte überhaupt keine Lust, nach Sylt zu fahren. An den Feiertagen wollte er allein sein und arbeiten. Der neue Film mit Geraldine war nicht das einzige Projekt. In letzter Zeit liefen die Geschäfte gut, sodass er zufrieden sein konnte. Alles in allem war der Amphitryon-Film auch für ihn ein großer Erfolg gewesen.

»Woher wissen Sie das mit Wien?«, fragte Geraldine, als sie neben ihm im Auto saß.

»Ich habe einen alten Freund in Wien. Ein Schriftsteller. Aber er hat auch schon zwei Drehbücher für mich geschrieben. Der sieht und merkt so ziemlich alles. Außerdem isst er manchmal im Sacher, da hat er Sie wohl entdeckt.«

»Mich und Burckhardt.«

»Richtig. Aber außer mir weiß es niemand. Wir sprechen auch zu niemandem davon.«

Mein Vater wird sich ärgern, dachte Geraldine. Er ist als Schwindler ertappt. Ich werde ihm verschweigen, dass Frobenius Bescheid weiß.

An der nächsten Ecke musste Frobenius halten, rotes Licht, Geraldine blickte aus dem Fenster, und plötzlich sah sie ihn. Und da er grünes Licht hatte, ging er direkt vor ihren Augen über die Straße.

Jetzt erschrak sie nicht mehr. Ein ungeheures Gefühl der Erleichterung erfüllte sie.

Sie legte den Kopf zurück an die Lehne des Sitzes. Und sie lachte. Frobenius warf ihr einen kurzen Blick von der Seite zu, dann fuhr er wieder an.

»Sie würden gern wieder mit Walter Burckhardt spielen?«

»Das muss nicht sein. Ihr Sohn wäre damit nicht einverstanden.«

»Mein Sohn?«

»Ja, er will den besten Partner für mich auswählen. Ein ganz toller Mann soll es sein. Aber der würde hier gar nicht passen.«

»Gefällt Ihnen die Story, Geraldine?«

»Ich befürchte, ich werde mich auch diesmal unbeliebt machen.«

»Wie das?«

»Weil ich so viele eigene Ideen habe. Das mit der Werbeagentur finde ich nicht gut. Wenn Paris, warum dann nicht Mode. Haute Couture. Eine erfolgreiche Modeschöpferin.«

»Es sind meist Männer, die das machen.«

»Coco Chanel«, sagte Geraldine nachdenklich. »Sie ist unsterblich. Ihre Kostüme sind immer noch hinreißend und kommen alle paar Jahre wieder in Mode. Ich weiß, Tilla, also meine Mutter, hat sich leidenschaftlich eins gewünscht. Und später dann, als sie ihr neues Leben begann, hat sie eins bekommen. Da konnte sie sich das leisten. Übrigens gibt es ja auch ein berühmtes Parfum von Coco

Chanel. Und ihre Lebensgeschichte finde ich auch sehr spannend.«

»Tja, das klingt eigentlich ganz überzeugend. Keine Werbeagentur. Eine erfolgreiche Frau der Haute Couture. Warum haben Sie vorhin nichts davon gesagt?«

»Ich kann die Herren doch nicht gleich vor den Kopf stoßen, indem ich mich immerzu einmische. Fragen Sie Klose mal, was er davon hält. Außerdem ...« Sie lächelte auf die Straße hinaus. »... ist mir das eben erst eingefallen. Und sie darf auch nicht zu viele Affären haben, das stößt nur ab. Sie ist cool, sehr zurückhaltend, scheut vor einer echten Bindung zurück. Es gibt ja Frauen, die sich nicht allzu viel aus Sex machen. Aber dann eine richtige Liebe begreifen und festhalten.«

»Hm«, machte Frobenius. Und warf ihr wieder einen kurzen Blick von der Seite zu. Diese Frau war erstaunlich. Vielleicht würde es Schwierigkeiten geben, vielleicht auch nicht. Er wollte gern wieder mit ihr arbeiten. Je besser er sie kennen lernte, desto mehr freute er sich darauf.

»Und dann wäre ich auch nicht dafür, dass wir aus dem Mann einen weltfremden Spinner machen. Er ist ein sehr selbstbewusster Mann. Es war die Rede von einem Privatgelehrten, das sagt mir gar nichts. Nehmen wir einen erfolgreichen Professor, der auch bei seinen jungen Studentinnen sehr beliebt ist. Er hat genauso viel Auswahl wie unsere kühle Schöne. Da begegnen sich zwei, die einander ebenbürtig sind. Und am Ende ist er der Stärkere. Und sie bekommt ihn natürlich. Ist ja klar. Weil sie gelernt hat, wie Liebe geht.«

Frobenius lachte. »Sie machen mir Spaß, Geraldine. Ich glaube, an Ihnen ist eine Drehbuchautorin verloren gegangen.«

»Aber das behalten Sie für sich.«

Er brachte sie zur Haustür.

»Ich freue mich auf unsere nächste Zusammenarbeit. Und Paris gefällt Ihnen auch?«

»Gefällt mir sehr. Ich war noch nie in Paris. Und das mit Wien, bitte, darüber reden wir nicht mehr. Ich sage auch meinem Vater nicht, dass Sie mich erwischt haben beziehungsweise Ihr Wiener Freund. Außerdem hat Tilla wirklich am 27. März Geburtstag.«

Nachdenklich und in bester Stimmung fuhr Frobenius zurück in sein Büro. Am Tiergarten unterbrach er die Fahrt für einen kurzen Spaziergang.

Den Regisseur und den Autor würde er sofort nach den Feiertagen wieder zu sich bitten. Und wenn man die Geschichte so schrieb, wie Geraldine es angeregt hatte, konnte der Film ein großer Erfolg werden.

Mit den ruhigen Ostertagen wurde es nichts. Bereits am Sonntag rief Martensen bei Frobenius in Dahlem an und fragte, ob man sich denn nicht am nächsten Tag nochmals treffen könnte.

»Was sagen denn die Damen dazu?«, fragte Frobenius. Er wusste, dass Martensen verheiratet war und Sieber eine Freundin hatte.

»Sie sind an unser verrücktes Leben gewöhnt«, antwortete Martensen gut gelaunt. »Sie haben heute die Ostereier bekommen und werden sich morgen gemeinsam amüsieren. Glücklicherweise verstehen sie sich gut. Dann können sie ein wenig auf uns schimpfen, und das wird sie gut unterhalten.« Martensen lachte.

»Und warum werden sie schimpfen?«

»Weil wir im Duett von der Bansa geschwärmt haben. Diese Frau ist wirklich umwerfend. Bisher kannte ich sie nur von der Leinwand. Na, und Film kann viel zaubern, das wissen wir ja. Und Bronski kann es besonders gut. Aber sie sieht tatsächlich herrlich aus. Und sie ist einfach reizend.«

»Aha«, machte Frobenius.

»Ihr eilt ja der Ruf voraus, sie sei unzugänglich, aber den Eindruck hatten wir nicht.«

»Nun, dann machen Sie sich auf einige Überraschungen gefasst. Sie hat mir gestern ihre Ideen dargelegt. So wie das Buch bisher geplant ist, findet es nicht ihre Zustimmung. Und von Klose und vor allem von Bronski weiß ich, sie führt gern auch selbst Regie. Und ihre Vorschläge sind nicht schlecht.«

»Und die lauten?«

»Sie werden es morgen erfahren.«

Er bat die Herren diesmal zu sich nach Hause, am Nachmittag des Ostermontags. Ohne Geraldine, das hatte er sofort beschlossen. Evi war entzückt. Drei Männer im Haus, sie würde alles perfekt herrichten. Kaffee oder Tee, je nach Wunsch. Ganz besonders leckere Bissen würde sie anbieten, später dann sicher Rotwein. Oder?

Frobenius nickte. Er war amüsiert. Und neugierig. Später am Abend rief er Jana in Keitum an und gab einen kurzen Bericht.

»Das kann ja heiter werden«, sagte Jana. »Soviel ich weiß, ist sie Klose mächtig auf der Nase herumgetanzt. Soll ich kommen?«

»Nein, bitte nicht. Du darfst Evi den Spaß nicht verderben. Sie will das allein machen. Und am besten erzählst du Alexander nichts davon.«

»Das wird nicht möglich sein, er steht neben mir. Und er möchte bei dem Drehbuch mitreden.«

»Und wieso?«

»Weil er offenbar auch dem Zauber von Geraldine verfallen ist.«

Jana lachte, es klang ein wenig unfroh. »Was ist bloß aus diesem Frauenzimmer geworden? Wenn ich denke, früher …«

Sie sprach nicht weiter. Doch Frobenius wusste, was sie meinte. Nicht nur, dass Geraldine so schön geworden war, auch mit ihren vielen Ideen zu ihrer Rolle und zu dem Film überraschte sie immer wieder aufs Neue.

Er musste an Charlotte Gadomsky denken. Eine Frau, eine Schauspielerin konnte sich zu ihrem Vorteil entwickeln, wenn die erste Jugend vorbei war. Aber in diesem Fall war es nicht nur das äußere Erscheinungsbild, es war auch die Art zu denken.

Wie sich am nächsten Tag herausstellte, waren auch Martensen und Sieber bei neuen Einfällen gelandet. Die Idee mit der Werbeagentur hatten sie fallen gelassen, aber die Welt der Haute Couture konnte sie auch nicht begeistern.

»Wir machen eine Chansonette aus ihr. Eine Frau, berühmt und geliebt durch die Chansons, die sie singt. Das ist ganz aus der Mode gekommen. Denken Sie an die Piaf, an die Gréco, an die Dietrich auch. Heute gibt es bloß noch Rock- und Popmusik. Das ist mal wieder etwas ganz anderes. Eine Frau, die im Rampenlicht steht, bewundert und begehrt wird, und dazu von den Männern, die sie haben wollen, gelangweilt ist. Die eine oder andere Affäre, gewiss, doch sie findet keine Erfüllung. Sie singt von der Liebe. Also will sie auch die Liebe leben. Ob Frau Bansa singen kann?«

Frobenius, nun auch von der Entwicklung der Figur gefangen, sagte: »Ich könnte mir vorstellen, dass sie das kann. Sie soll ja keine Arien singen, sondern Chansons.«

»Und wir würden vorschlagen, Doktor, wir machen eine deutsch-französische Koproduktion. Da haben wir gleich beide Nationen im Gepäck. Wir sind dann international.«

Martensens Stimme klang begeistert.

»Und wir wissen auch, wer ihr Partner sein soll. Raymond Challier. Kennen Sie den?«

»Ich habe von ihm gehört. Er ist in letzter Zeit sehr bekannt geworden.«

»Er hat erst zwei Filme abgedreht. Beide sehr erfolgreich. Ein toller Mann. Er ist kein Gabin, kein Marais, aber er ist zurzeit Frankreichs bester Schauspieler. Den müssen wir haben.«

Das wird teuer, dachte Frobenius. Und möglicherweise auch schwierig. Aber die Begeisterung der Herren wollte er nicht bremsen. Er wusste, wie wichtig Leidenschaft in diesem Metier war.

Evis Leckerbissen wurden restlos vertilgt. Sie trennten sich am späten Abend, den Kopf voller Pläne.

»Und?«, fragte Jana, als er sie anrief.

Frobenius berichtete.

»Ich werde durch Geraldine noch international berühmt. Das ist mir bis jetzt nicht gelungen. Und falls Alexander wieder neben dir steht, dann sage ihm bitte, er möge sich nicht weiter einmischen. Er kann aber, wenn er will, bei mir in die Produktion einsteigen.«

»Und Burckhardt?«

»Die Herren wollen einen Franzosen. Raymond Challier. Kennst du den?«

»Nein. Kenne ich nicht.«

»Ein Mann mit guten Erfolgen und großer Zukunft, haben sie gesagt.«

»Wie ist dir so?«, fragte Jana ahnungsvoll.

»Etwas zweierlei«, sagte Frobenius. »Aber wenn sich die Chance bietet, einen echten Star aufzubauen, will ich dabei sein.«

Die Verhandlungen mit der französischen Produktionsfirma liefen perfekt. Der Stoff fand Zustimmung, und die Idee wurde für gut befunden.

Einzig Monsieur Challier machte Schwierigkeiten. Er sah nicht ein, warum ausgerechnet eine Deutsche französische Chansons singen sollte.

Dazu wurde eine Verabredung getroffen. Geraldine Bansa und Raymond Challier sollten sich ganz unverbindlich kennen lernen.

Als Geraldine davon hörte, war sie verunsichert.

»Ich kann überhaupt kein Französisch«, sagte sie zu Thomas.

»Mach dir deswegen keine Sorgen«, sagte Thomas. »Du bekommst einen Dolmetscher, und schon ist das Problem gelöst.«

Geraldine legte den Kopf zurück. Sie saß wieder einmal in ihrem Lieblingssessel, die Beine über der Lehne.

»Du kannst doch Klavier spielen«, sagte sie. »Komm, lass uns üben.« Sie kannte Songs von Frank Sinatra, von Perry Como, die hatten sie auf Platte. Und sogar noch einige Aufnahmen von Marlene Dietrich.

»Sie war wunderbar«, schwärmte Thomas. »Meine Mutter hatte alle ihre Platten.«

»In der DDR?«

»Vorher schon. Mein Vater hat sie verehrt.«

Geraldine hörte sich das alles an, dann stand sie neben dem Klavier, Thomas versuchte, so gut er konnte, sie zu begleiten. Er spielte ohne Noten.

Geraldines Stimme war dunkel, ein wenig rauchig.

Sie sang: »Allein in einer großen Stadt, und man ist so allein. Der Mann, nach dem man Sehnsucht hat, scheint noch nicht da zu sein.«

Thomas staunte still vor sich hin. Es klang wirklich toll, wie sie das sang. Sein Spiel war natürlich mangelhaft, aber es wurde besser, je länger sie probierten.

Von der Piaf und von der Gréco hatte er keine Aufnahmen.

Die Reise nach Paris rückte näher, und Geraldine gab sich launisch: »Wie komme ich denn dazu, mich von denen begutachten zu lassen? Ich kann hier so viele Filme machen, wie ich will.«

Thomas schwieg. Er kannte ihren Hochmut und ihren Anspruch nur zu gut. Seine Dreharbeiten für die Fernsehserie hatten mittlerweile begonnen, und es lief hervorragend.

Er war gut, das Team war gut, und die neue Arbeit machte ihm Spaß.

»Du schaffst das schon«, ermutigte er sie.

Sie sagte dasselbe zu Burckhardt, als sie mit ihm telefonierte. Auch er ermutigte sie: »Du kannst es. Außerdem wird bereits darüber geschrieben. Ich habe einen Film mit Challier im Fernsehen gesehen, der Mann ist wirklich klasse.« Er stockte und fügte hinzu: »Leider. Ich hätte gern wieder mit dir gearbeitet.«

»Ich doch auch. Und ich kann kein Wort französisch. Gerade mal *s'il vous plaît* und *grazie*.«

»Es heißt *merci*, Liebling.«

Als sie die Rolltreppe am Flughafen Charles de Gaulle herabschwebte, warteten unten ein paar Journalisten und eine Fernsehkamera. Mehr nicht.

Sie war ein Niemand in Paris. Doch dieser Begegnung mit Raymond Challier sahen alle mit Neugier entgegen.

Einer der Journalisten trat auf sie zu. Er war schön, er hatte dunkles Haar und dunkle Augen. Er lächelte.

Geraldine blickte ihn stumm an. Sie hob die Hand ein wenig, wagte nicht, sie ihm entgegenzustrecken.

Doch er nahm ihre Hand, beugte sich darüber, sein Mund berührte ihren Handrücken ganz sacht.

»*Enchanté, Mademoiselle. Bienvenue à Paris.*«

Das war alles. Er wandte sich um, ging an den Journalisten vorbei und war verschwunden.

Von dieser Minute an konnte Geraldine perfekt französisch sprechen.

Auf alle Fragen wusste sie gewandt und selbstsicher zu antworten. Doch mit ihrem Lächeln und ihrer Schönheit verzauberte sie ganz Paris.

Eine Stunde später traf sie Raymond Challier und die Vertreter der französischen Produktionsfirma in der Halle des Hotels Georg V. Sie eroberte auch Challier mit den ersten Worten. Ihr Französisch war elegant, sie musste nicht überlegen, was sie sagen sollte, es ging ganz von selbst.

Nur sie wusste, wie das geschehen konnte. Es war und blieb ein Wunder. Einmal würde der Tag kommen, an dem sie darüber nachdenken musste, wie lange das gut gehen konnte.

Frobenius, der sie begleitete, kam aus dem Staunen nicht heraus.

Alexander, der als Dolmetscher mitgereist war, war überflüssig geworden.

»Ich komme mit, weil ich Geraldine beistehen will«, hatte er in Berlin gesagt.

Sie brauchte keinen Beistand, nicht von ihm, von niemandem. Das ärgerte ihn, er war eifersüchtig, als er beobachtete, wie Challier mit ihr zu flirten begann. Das ist er also, der Nachfolger von Burckhardt, dachte er wütend.

Wie ein Lauffeuer schien sich Geraldines spektakuläre Ankunft herumgesprochen zu haben. Binnen einer Stunde füllte sich das Foyer des Hotels mit Journalisten, Fotografen und Fernsehkameras. Das zog sich lange hin, doch Geraldine meisterte die Situation charmant und souverän: Sie sprach von dem Amphitryon-Film, den hier keiner kannte, erzählte von ihrem Vater, den natürlich auch keiner kannte, und immer wieder betonte sie, wie sehr sie sich auf die neue Arbeit und auf Paris freue.

Challier, der Dreharbeiten in der Normandie unterbrochen hatte, war nur nach Paris gekommen, um diese Geraldine, die man ihm aufdrängen wollte, abzulehnen. Doch davon konnte keine Rede mehr sein. Er war hingerissen von dieser Frau. Sie war ganz anders, als er sich eine Deutsche vorstellte – auch Franzosen pflegen Vorurteile. Nur mit dieser Frau wollte er arbeiten. Dabei wusste er noch nicht einmal, welch wunderbare Rolle auf ihn wartete.

Während man zu Abend speiste, trafen immer noch Journalisten ein, die erst jetzt von dem neuen Star aus Deutschland und dem begeisterten Challier gehört hatten. Man wusste, dass er schwierig sein konnte. In seinen Jahren am Theater hatte es oft Auseinandersetzungen mit seinen Partnerinnen gegeben; zum Film hatte er sich erst vor wenigen Jahren überreden lassen.

Geraldine betrachtete die Journalisten sehr genau, aber er war nicht dabei. In Zukunft würde sie immer Acht geben, ob er in ihrer Nähe war oder wie an diesem Tag direkt auf sie zuging und ihre Hand ergriff. Es war die erste Berührung seit Delos.

Dann kam ein Vertreter der französischen Produktionsfirma auf die Idee, ob Geraldine nicht ein Chanson singen könnte.

»Aber nein«, wehrte Frobenius ab, »es ist schon spät. Sie hat gegessen und getrunken. Und die Chansons müssen ja erst geschrieben werden.«

Geraldine lächelte verträumt zur Decke hinauf.

»Ich kenne nur eins«, sagte sie leichthin. »Es war früher oft im Radio zu hören. Ich kann es versuchen.«

Die Tischgesellschaft verstummte. Challier war fassungslos. Im Nebenzimmer stand ein Flügel, ein Begleiter war schnell gefunden, er nahm auf dem Klavierhocker Platz und sah sie fragend an.

»Nur ein paar Akkorde«, sagte sie und stellte sich in die Beugung des Flügels.

Und dann sang sie.

»L'amour est mort, mais mon cœur vive encore.«

Sie brachte es wunderbar, mit einer leicht kehligen Stimme, so wie sie es mit Thomas geübt hatte. Ihr Lächeln zog an allen vorüber, es wanderte in die Ferne, ins Nirgendwo, zu ihm.

Die Gäste, die noch in der Halle gesessen hatten, versammelten sich vor dem Flügel. Sie waren von Geraldines Gesang hingerissen und applaudierten, als sie geendet hatte.

Challier küsste ihre Hand.

»Wie schade, dass ich schon heute Nacht in die Normandie fahren muss. Ich freue mich auf unsere Zusammenarbeit«, sagte er.

»*Moi aussi*«, erwiderte Geraldine.

Schließlich verabschiedeten sich die französischen Partner, alle waren bester Stimmung.

Geraldine ging auf ihr Zimmer.

Frobenius stand noch eine Weile vor dem Hotel. Es war eine klare, helle Sommernacht.

Er war müde, genervt, aber auch eigentümlich beschwingt. Glücklich. So komisch es war, das grässliche Frauenzimmer, wie er sie einmal genannt hatte, brachte ihm Glück.

Es war so weit, dass er in ihr nicht mehr die Schauspielerin sah, sondern die Frau. Dass er sie begehrte.

Am nächsten Tag waren sie eingeladen, die Pathé Studios in Boulogne Billancourt zu besichtigen, denn die meisten Aufnahmen für diesen Film würden hier gedreht werden. Nachmittags würde man dann nach Berlin und nach München zurückfliegen.

»Verdammt noch mal«, schimpfte Alexander, der sich zu ihm gesellt hatte.

Frobenius schwieg.

»Es passt mir nicht, dass sie mit jedem ihrer Partner ein Verhältnis hat.«

»Es geht dich nichts an. Und zunächst kann davon ja wohl keine Rede sein.«

»Hast du nicht bemerkt, wie er sie angestarrt hat? Er hat sie mit seinen Blicken ausgezogen.«

»Sei nicht albern, Alexander.«

»Ich könnte doch noch ein paar Tage mit ihr in Paris bleiben. Ich kenne mich ganz gut aus.«

»Sie wird längere Zeit in Paris arbeiten, da hat sie Gelegenheit genug, die Stadt kennen zu lernen.«

»Doch nicht, wenn sie arbeitet. Sie könnte morgen in mein Hotel ziehen.«

Denn Alexander, der nicht eingeladen war, wohnte nicht im Georges V. Er war in einem kleinen Hotel im Arrondissement untergebracht.

»Bist du übergeschnappt? Was willst du denn von ihr?«

»Ich möchte Monsieur Challier zuvorkommen.«

Frobenius schwieg für eine Weile. Dann fragte er kühl: »Und du bildest dir ein, dass dir das gelingt?«

»Warum nicht? Ich habe sie schon geküsst. Und sie hatte nichts dagegen.«

»Ich habe bisher gedacht, du bist einigermaßen erwachsen. Was würde deine Mutter dazu sagen, wenn sie dich jetzt hören würde.«

»Jana weiß, dass ich Geraldine liebe. Erst Burckhardt, dann der hier. Ich kann das nicht ertragen.«

»Aha. Ich gehe jetzt schlafen. Du kannst sie ja morgen fragen, ob sie mit dir noch hierbleiben will. In die Studios kommt sie nicht mit, ihr Flug am Nachmittag ist gebucht. Dir würde ich empfehlen, mich in die Studios zu begleiten, schließlich willst du bei dieser Produktion mitarbeiten. Wenn du dir einbildest, du hättest Chancen bei ihr, dann blamiere dich so gut, wie du kannst. Gute Nacht.«

Und damit ging Frobenius senior ins Hotel zurück.

Frobenius junior blieb auf der Straße stehen und starrte hinauf zum abnehmenden Mond. Es war zwei Uhr nachts.

Herbert Frobenius, endlich in seinem Zimmer, müde, doch wieder aufs Neue erregt, überlegte, ob er Jana noch anrufen sollte. Aber wie konnte sie ihm helfen? Wie ihren Sohn zur Vernunft bringen?

Doch dann hatte er eine bessere Idee. Er rief Will Loske in Düsseldorf an. Glücklicherweise war er da.

Als sie am nächsten Tag am frühen Nachmittag vom Besuch der Studios ins Hotel zurückkamen, saß Will Loske mit Geraldine im Foyer.

»Nanu«, sagte Frobenius. »Wo kommst du denn her?«

»Du hast mir vor einer Woche erzählt, dass ihr in Paris sein werdet.«

»Du kommst einen Tag zu spät. Der große Bahnhof war gestern.«

»Immerhin treffe ich euch ja noch. Ich hatte gerade Besuch aus New York, und die Herren wollten nach Paris, also habe ich mich angeschlossen.«

»Wir fliegen in zwei Stunden.«

»Du vielleicht. Geraldine bleibt bei mir. Noch sind ja keine Dreharbeiten. Sie hat mir erzählt, was gestern Abend hier los war. War offenbar ganz erfolgreich.«

»Kann man sagen.«

Frobenius vermied es, seinen Sohn anzusehen. Dass der aussah wie ein begossener Pudel, war anzunehmen.

»Geraldine braucht einen ruhigen Tag«, plauderte Will.

»Heute Abend gehen wir vornehm essen. Und vorher ziehen wir ins Ritz um. Morgen werden wir durch Paris spazieren.«

Frobenius hätte am liebsten laut gelacht.

Will war wirklich eine Sondernummer. Er vermied es, zu fragen, ob er mit einer Frühmaschine geflogen war oder in der Nacht noch mit dem Auto gestartet war. Zuzutrauen war es ihm. Da kam es schon.

»Ich bin mit meinen Amerikanern gefahren, wir haben in Reims übernachtet. Freut mich, dass ich euch noch angetroffen habe. Geraldine meint, sie würde gern ein paar Tage mit mir in Paris verbringen.«

»Er hat Ossi nicht mitgebracht«, sagte Geraldine betrübt.

»Kein Problem, du kommst einfach mit nach Düsseldorf, da kannst du ihn treffen.«

Nun blickte er Alexander an, dem es anscheinend die Sprache verschlagen hatte.

»Was ist mit dir, Alexander? Musst du auch gleich zurück, oder bleibst du drei Tage mit uns in Paris?«

»Das Ritz kann ich mir nicht leisten«, erwiderte Alexander mürrisch.

»Vielleicht gibt dir dein Vater das Geld. Oder ich lade dich ein, das wäre auch eine Möglichkeit.«

»Vielen Dank«, erwiderte Alexander. »Aber das kann ich nicht annehmen.«

Es klang distanziert, ziemlich unfreundlich sogar.

»Ganz, wie du willst. Was meinst du, Geraldine?«

»Das kann er machen, wie er will«, sagte sie gleichgültig.

Sie blickte auf die Leute, die durch das Foyer gingen. War einer dabei, den sie kannte?

»Ich glaube, da kommt schon wieder Presse«, sagte sie nervös.

»Jetzt langt es fürs Erste«, entschied Will. »Wir ziehen auf der Stelle ins Ritz um.«

Frobenius grinste amüsiert.

»Wie hast du das gedeichselt?«

»Tja, wie wohl. Da ist mein Geheimnis.«

»Es ist vermutlich gar kein Geheimnis«, spottete Alexander. »Es hat mit Geld zu tun.«

»Auch. Aber nicht nur. Also entscheide dich.«

Da gab es nicht viel zu entscheiden. Alexander hatte nicht die geringste Lust, bloß hinter Will Loske herzulaufen, von Notre Dame in den Louvre, von der Bastille zum Arc de Triomphe. Was er sich vom Alleinsein mit Geraldine in Paris versprochen hatte, würde sowieso nicht möglich sein.

»Ich fliege mit Vater nach Hause. Gibt ja genug zu tun in nächster Zeit.«

Will Loske war Geraldine ein aufmerksamer Begleiter. Sie lernte die Stadt sehr gut kennen, speiste in den besten Restaurants, und er zeigte ihr auch die stillen Winkel, an denen die Touristenströme vorbeizogen.

Schnell hatten die Journalisten herausgefunden, dass sie sich noch in Paris aufhielt. Nun wollten sie wissen, wer Loske war und in welcher Beziehung er zu Geraldine stand. Aber Will wimmelte liebenswürdig und geschickt jeden Neugierigen ab. Er sprach übrigens nicht französisch mit ihnen, sondern englisch.

Das brachte einen besonders schlauen Reporter auf die Idee, dieser sehr energische Herr könne nur ein Agent aus Hollywood sein. Darauf angesprochen, lächelte Loske.

»May be so«, sagte er lässig.

In Paris, in München und in Berlin beschäftigten sich viele Köpfe mit dem Drehbuch.

Auf den Beruf, den der berühmte Mann ausübte, konnte man sich lange nicht einigen; Schriftsteller, Professor, Archäologe, ein Wissenschaftler, alles wurde angedacht. Sollte er nun lebensfremd sein oder einfach raffiniert? Ein erfahrener Liebhaber oder ein kühler Einzelgänger, dem der Beruf wichtiger war als die Liebe?

Die beste Idee kam schließlich von Thomas: Der Mann, in den sich die berühmte Chansonette verliebte, war ein ebenso berühmter Dirigent klassischer Musik. Auf beiden Seiten also Musik, so erklärte es Thomas, doch ganz verschieden. Allerdings sollten beide Meister ihrer Profession sein.

Raymond Challier war begeistert. Einen Dirigenten hatte er schon immer spielen wollen.

Der Dirigent und die Chansonette lernen sich im Bois de Boulogne kennen, während sie dort ihre Hunde spazieren führen. Keiner weiß, wer der andere ist. Die Hunde spielen zusammen, die Dame und der Herr unterhalten sich und finden Gefallen aneinander. Keiner spricht von einer Verabredung, aber da es sich so ergibt, treffen sie ein zweites und drittes Mal zusammen. Geraldine bekam für diese Szenen Ossi als Partner. Challier brachte seinen belgischen Schäferhund mit.

Die Dreharbeiten begannen im Oktober, weil man für diese Aufnahmen die letzten Sonnentage des Herbstes nutzen wollte.

Will Loske hielt sich, solange Ossi gebraucht wurde, in Paris auf. In den Drehpausen und am Abend umsorgte er Geraldine. Alexander hatte wieder keine Chance. Raymond Challier allerdings auch nicht, denn seine Frau kam täglich an den Set. Er war in dritter Ehe mit einer Amerikanerin verheiratet. Diese Frau war sehr eifersüchtig und beobachtete argwöhnisch die Partnerin ihres Mannes, sie geizte auch nicht mit gehässigen Bemerkungen. Das Team amüsierte sich über diese privaten Querelen. Challier verlor öfter die Nerven, von dieser Frau hatte er bereits genug, und er machte kein Hehl daraus. Geraldine begegnete er mit ausgesuchter Höflichkeit, er war sehr galant und sehr aufmerksam.

Nachdem sie sich einander vorgestellt haben, wird es kompliziert. Beide leben für die Musik, doch es liegt eine Welt zwischen dieser und jener Musik.

Als er nach einem längeren Gastspiel wieder in Paris dirigiert, besucht sie eines seiner Konzerte. Sie ist hingerissen, sie liebt ihn.

Er hingegen steht in dem Cabaret, in dem sie singt, in einer Loge verborgen, er wehrt sich gegen sein Gefühl.

Das Beste war, dass Thomas auch eine kleine Rolle in dem Film bekam. Er war der Inspizient in dem Cabaret, und er muss der Chansonette Lorine, die schrecklich unter Lampenfieber leidet, jedes Mal einen Klaps geben, damit sie auf die Bühne tritt.

Am Schluss kommt dann sogar noch Wagner ins Spiel, es gibt eine Premiere von *Tristan und Isolde*, und Lorine verschwindet nach dem Liebestod aus ihrer Loge und ist nicht mehr aufzufinden und erscheint auch nicht auf der Premierenfeier.

Schließlich, nachdem er sie stundenlang im nächtlichen Paris gesucht hat, findet er sie im Bois de Boulogne, das heißt sein Hund findet sie, es ist nun nicht mehr Herbst, es ist Winter, es liegt Schnee, und sie sitzt ganz zusammengesunken auf einer Bank.

Er reißt sie hoch, schüttelt sie.

»Du wirst dir den Tod holen.«

»Und wenn schon. Ich werde nie die Isolde singen.«

Er hebt sie hoch, trägt sie zu seinem Wagen und wickelt sie in eine Decke.

»Wehe, wenn du morgen heiser bist. Du hast ein neues Lied, das hat mir dein Pianist erzählt.«

»Nichts Besonderes.«

Er nimmt sie mit nach Hause, wickelt sie wieder warm ein, macht ihr einen heißen Drink, küsst sie dann endlos, mit all der lang unterdrückten Leidenschaft.

In dieser Nacht schlafen sie das erste Mal zusammen, und es wird wirklich eine tolle Liebesszene, auf die man in diesem Film lange warten musste.

Die nächste Szene dann: der Abend im Cabaret, die Premiere ihres neuen Chansons.

Der Pianist beginnt, sie schaut ins Publikum, schaut darüber hinweg, wie sie es immer tut, beginnt zu singen.

»*La rêve d'amour commence un jour.*«

Sie spürt die Unruhe im Publikum, sieht lachende Gesichter, sieht wie die Leute tuscheln, dreht sich um.

Ihr Pianist hat den Platz am Flügel geräumt, da sitzt nun der berühmte Dirigent, spielt, sieht sie lächeln. Er hat das Lied für sie komponiert.

Sie wusste es nicht. Das Publikum jedoch sieht es gedruckt in seinem Programm.

Das ist der Schluss des Films.

Alexander sprach von einer herrlichen Schnulze. Womit er nicht ganz unrecht hatte. Der Film wurde ein echter Kassenschlager. Geraldine Bansa und Raymond Challier spielten großartig. Die gelungene Mischung aus Chansons und klassischer Musik aber gab dem Film das gewisse Etwas.

Dreharbeiten in Paris

Es hatte sich alles ganz anders entwickelt, als Alexander sich erhofft hatte. So wie es im Frühling im Grunewald angefangen hatte, so sollte es weitergehen.

Doch nun war er während der Dreharbeiten dem Aufnahmeleiter als Assistent zugeordnet gewesen. Es gab eine Menge Schwierigkeiten, nicht nur weil Raymond Challier Allüren hatte, sondern auch weil die Zweisprachigkeit nicht so leicht zu bewältigen war. Der Film wurde zwar in französischer Sprache gedreht, es waren jedoch auch einige deutsche Schauspieler dabei, sodass manche Szenen zweisprachig aufgenommen werden mussten. Dies bedeutete, dass alle Schauspieler sehr konzentriert agieren mussten. Geraldine bewältigte diese Aufgabe großartig, aber abends war sie oft recht erschöpft.

Das erkannte Alexander bald. Er war nicht mehr der verhinderte Liebhaber, er wurde ein Freund, ein Beschützer. Er nahm ihr ermüdende Gespräche und Stellproben ab, verteidigte ihre Argumente, denn die hatte sie genauso wie beim Amphitryon-Film. Mal passte ihr dies nicht, mal jenes, sie bestand auf der Änderung einer Szene, der Umstellung eines Dialogs, und ihr perfektes Französisch ermöglichte es ihr, sich durchzusetzen. Gut waren ihre Vorschläge meist.

Ein Beispiel sei hier genannt: Sie ist zum ersten Mal in einem Konzert, das er dirigiert, denn sie weiß nun, wer er ist. Sie sitzt am Rand der dritten Reihe. Als er aufs Pult kommt, erkennt er sie, und das Drehbuch verlangt, dass er lächelt, sich leicht in ihre Richtung verneigt. Nein, so Geraldine, er bemerkt mich, aber kein Blick, kein Lächeln offenbart es dem Publikum, und Raymond ist ein so guter Schauspieler, dass es keiner Gebärde, keiner Bewegung bedarf. Der Kontakt, die Begrüßung ist nur in seinen Augen zu erkennen.

Das überzeugte Challier sofort. Und weil er ein guter Schauspieler war, gelang die Szene hervorragend.

Ihr Zusammenspiel war vollendet, auch der Regisseur, der manchmal anderer Meinung war, musste es anerkennen. Challiers Frau beobachtete dies mit Widerwillen, Alexander mit wachsender Begeisterung.

Es ging ihm nicht mehr darum, Geraldine zu erobern. Er nannte es nicht mehr Liebe, obwohl es nun wirklich Liebe war. Aber was viel wichtiger war: Sie brauchte ihn. Und er war für sie da.

Nur etwas irritierte ihn: Geraldines wachsende Unruhe. Sie sah sich ständig um, blickte jedem Mann, der in ihre Nähe kam, nach, jedem Reporter, jedem Mitarbeiter im Studio, jedem Statisten. Wenn es ein gut aussehender, dunkelhaariger Mann war, schreckte sie geradezu auf.

»Wen suchst du eigentlich?«, fragte er sie schließlich.

»Suchen? Wieso, was meinst du? Wen soll ich suchen?«

»Es kommt mir so vor, als wartest du auf jemanden.«

So aufmerksam, so einfühlsam war er nun.

Geraldine hätte die Frage leicht beantworten können. Denn seit der Ankunft auf dem Flugplatz hatte sie ihn nicht mehr gesehen, und das verunsicherte sie. Hatte er sie vergessen, war er aus ihrem Leben verschwunden? Sie nannte sich selbst töricht, albern. Hatte sie ihn vielleicht während der Studioaufnahmen zu Amphitryon gesehen? Also. Warum dann hier? Schließlich hatte er sie in Paris empfangen und ihr die Fähigkeit, Französisch zu sprechen, geschenkt. Sie brauchte ihn wirklich nicht, solange alles nach Wunsch lief.

Doch in ihr gärte die Angst, dass er sie verlassen hatte. Dass sie ihn nie wiedersehen würde. Wozu brauche ich ihn denn

noch, beruhigte sie sich dann. Er hatte doch alles Erdenkli-
che für sie getan, und nun musste sie lernen, allein zu laufen.
Und sie konnte es.

Sie war dankbar für Alexanders Fürsorge, seine Zärtlichkeit, sie ließ sich küssen, küsste ihn auch und lehnte sich nach
der Arbeit entspannt in seinen Arm.

Will Loske, der während des Winters auf Stippvisite nach
Paris kam und mittags in der Kantine bei ihnen saß, sah, wie
lustlos sie auf dem Teller herumstocherte. Es ging laut und
lebhaft zu, alle redeten durcheinander.

Will hörte schweigend zu. Sein Französisch war mangelhaft, er sprach meist englisch, was allerdings Challiers Frau
entzückte, die den Gesprächen auch nicht immer folgen
konnte. Sie beklagte sich bei Will, dass ihr Mann nicht dazu
zu bewegen war, Probeaufnahmen in Hollywood zu machen. Challier fand das höchst überflüssig. Es gab Filme von
ihm, die konnten die Amerikaner sich anschauen, außerdem
wollte er sowieso nicht nach Hollywood. Er sprach bereits
davon, dass er einen zweiten Film mit Geraldine machen
wollte, Exposés, auch ganze Drehbücher, landeten nicht nur
bei den Produktionfirmen, auch bei ihm. Ein Stoff begeisterte ihn. Das Leben Napoleons. Er fing immer wieder davon an, Hollywood konnte ihm gestohlen bleiben, Napoleon war die richtige Rolle für ihn.

Nur welche Rolle Geraldine spielen sollte, darüber war er
sich noch nicht im Klaren. Joséphine, Marie-Louise? Oder
Desirée für den jungen Napoleon? Oder diese polnische
Gräfin, die ihm einen Sohn gebar, wie hieß sie doch gleich?

»Maria Walewska«, sagte Alexander, was ihm ein beifälli-
ges Nicken von Challier einbrachte.

»Es war eine kurze, aber große Liebe«, erzählte Challier
weiter. »Als er gegen Russland marschierte, kam er durch
Polen, und da begann es. Man weiß wenig darüber. Es heißt,
sie habe ihn auf Elba besucht.«

220

Geraldine schwieg, sie wusste wieder einmal nicht, von wem die Rede war.

Challier sah Geraldine an, eindringlich wie immer.

»Eine wunderbare Liebesgeschichte für uns beide«, sagte er. »Napoleon am Ende seines Ruhms, oder jedenfalls auf dem Weg zu diesem Ende, und seine letzte große Liebe. Eine schöne Rolle für dich, ma chère.«

»Das sollten Sie sich gut überlegen, Challier«, sagte ein Mitarbeiter der Produktionsfirma, der mit ihnen am Tisch saß. »Es gibt bereits eine Verfilmung mit Greta Garbo. Ich glaube, das sollte man Madame Bansa ersparen.«

Am Abend dieses Tages speisten Geraldine, Loske und Alexander im Tour d'argent.

Und da konnte Will sich die Bemerkung, dass Alexander sich besser darum kümmern sollte, was Geraldine zu essen bekam, nicht verkneifen.

»Ich habe das heute Mittag in eurer Kantine beobachtet. Sie hat kaum was gegessen. War auch nicht besonders, zugegeben. Aber sie ist viel zu dünn. Sie hat Löcher in den Backen. Siehst du das nicht, Alexander? Aber sie hat zwei Cognac getrunken. Einer hätte genügt.«

Geraldine errötete. »Mir war nicht besonders gut«, murmelte sie. »Du trinkst zu viel und isst zu wenig«, sagte Will ungerührt. »Und da Alexander nun mal für dich zuständig ist, hat er sich darum zu kümmern.«

»Hier glauben sowieso alle, ich sei ihr Liebhaber«, sagte Alexander und grinste. »Wir küssen uns und sehen uns liebevoll in die Augen. Das ist ganz hilfreich. Erstens hält es Challier im Zaum, und zweitens beruhigt es Madame Challier.«

»Und das ist alles?«, fragte Loske. »Ich dachte, du liebst sie wirklich.«

»Ich liebe sie. Aber sie liebt mich nicht. Ihr Herz gehört nach wie vor Walter Burckhardt.«

»Quatsch«, fuhr ihn Geraldine zornig an. »Was weißt denn du von meinem Herzen?«

»Und warum schaust du dich dann immer so sehnsüchtig um?«, fragte er, und nun klang es traurig.

»Ich schau mich nicht nach Walter um«, sagte sie abweisend. »Was sollte der hier auch verloren haben?«

»Nach wem siehst du dich sonst um?«

»Das geht dich gar nichts an. Außerdem bildest du dir das ein.« Aus lauter Verlegenheit redete sie weiter. »Siehst du, da kommen zwei Leute ins Lokal, und da schau ich hin. Ich kenne sie nicht, und sie kennen mich nicht. Man guckt eben mal so.«

»Schon gut«, knurrte Alexander.

Und Will sagte: »Sie kennen dich sehr wohl. Der Herr hat gegrüßt, und nun kommen sie auf unseren Tisch zu.«

»Du machst mich ganz verrückt mit deinem Gerede, Alexander. Natürlich, das ist ja Marcel. Er spielt den Beleuchter im Cabaret.«

Begrüßung, Handkuss für Geraldine, dann stellte er seine Frau vor. Ein paar freundliche Worte hin und her, das übernahm Geraldine mit ihrem perfekten Französisch.

Als sie wieder allein waren, sagte Will: »Zurück zum Thema. Wir essen jetzt vier Gänge, Geraldine. Du musst unbedingt ein paar Pfund zunehmen.«

Nun lachte sie. »Zu Befehl.«

Als der Film abgedreht war, schien sie wirklich nur noch aus Haut und Knochen zu bestehen. Thomas machte sich auch Sorgen um sie, doch er war mit seinen Dreharbeiten beschäftigt und hatte wenig Zeit.

Leider musste sie gleich wieder ins Studio, diesmal für eine Folge von Thomas Bantzers Serie, die inzwischen sehr erfolgreich lief und verlängert worden war. Der Vertrag mit ihr war schon vor Monaten unterschrieben worden, und den galt es nun zu erfüllen.

Sie spielte eine etwas hysterische junge Frau, die sich partout scheiden lassen will, weil sie sich von ihrem Mann vernachlässigt fühlt und sich einbildet, er betrüge sie. Sie hat ein einjähriges Kind und ist der Meinung, ihr Mann müsse sich hauptsächlich mit ihr und dem Baby beschäftigen, anstatt nur für seine Arbeit da zu sein.

Sie hat ihren Mann bereits verlassen und ist mit dem Kind bei ihrem Vater eingezogen, der davon gar nicht begeistert ist. Er ist seit zehn Jahren Witwer und hat vor einiger Zeit eine Frau kennen gelernt, mit der er gern zusammenleben möchte. Doch die lehnt angesichts seiner veränderten Lebensumstände ab.

Der Vater meldet sich dann eines Tages bei dem Anwalt und schildert die Situation. Der Schwiegersohn schreibt an seiner Habilitationsschrift, hat dazu eine kompetente Mitarbeiterin, mit der er keineswegs ein Verhältnis hat, die Dame ist anderweitig liiert, aber es gibt viel Arbeit, und deshalb bleibt wenig Zeit für die Frau, die sich nun scheiden lassen will.

Natürlich gibt es keine Scheidung, die junge Frau kehrt mit dem Kind zu ihrem Mann zurück und bemüht sich, verständnisvoll zu sein, nachdem ihr Vater und der Anwalt sie darüber aufgeklärt haben, wie viel Arbeit ihr Mann leisten muss, bis er endlich Dozent und möglicherweise Professor werden kann.

Eine blöde Rolle, fand Geraldine. Aber da sie gerade so dünn und nervös war, passte sie gut ins Bild.

Frobenius hatte bereits einen neuen Vertrag auf dem Schreibtisch liegen, doch er entschied: »Sie braucht Ruhe, Erholung und viel Schlaf. Sonst klappt sie uns demnächst zusammen.«

Von Thomas wusste er, dass Geraldine wenig schlief, meist nachts wieder aufstand, ein paar Whiskys trank. Das machte nun wiederum Thomas nervös, er hatte Frobenius, mit dem er mittlerweile gut befreundet war, sein Herz ausgeschüttet.

Frobenius kam zuerst Will Loske in den Sinn, doch der war in den Staaten unterwegs.

»Ich nehme sie mit nach Sylt«, schlug Alexander vor.

Jana mischte sich ein. »Ich denke, sie braucht Ruhe und viel Schlaf. Da kann sie keinen verliebten Gockel an ihrer Seite gebrauchen.«

»Vielen Dank, Jana. Ich bin wirklich neugierig, wann du dich daran gewöhnen wirst, dass ich erwachsen bin. Geraldine ist keineswegs in mich verliebt, sie hat es nur genossen, dass ich mich in Paris um sie gekümmert habe. Außerdem würde ich mich sowieso nicht trauen, in Omas Haus eine Affäre anzufangen.«

»Das würde ich dir auch nicht raten.«

Alexander seufzte. »Am liebsten wäre es ihr wohl, wenn sie Burckhardt an ihrer Seite hätte, um bei dieser Formulierung zu bleiben.«

»Der dreht wieder mal einen Film«, sagte Frobenius. »Und ratet mal mit wem? Mit der Conradi. Da wird er anschließend auch Urlaub auf Sylt nötig haben.«

»Das fehlte mir noch«, sagte Alexander.

»Er hat schließlich den Tegernsee«, sagte Jana friedlich. »Also gut, ich werde mit Mama telefonieren, und du fährst mit Geraldine zu ihr. Dort bekommt sie wenigstens anständig zu essen.«

»Und ein Hund ist auch da«, fügte Frobenius hinzu.

Eifersucht

Sie hatte überhaupt keine Lust. Sie wollte mit Thomas allein sein. Sie war erschöpft und wünschte sich Ruhe und ein wenig Liebe. Die Liebe ihres Vaters.

Doch jetzt musste sie entdecken, dass seine Liebe nicht mehr ihr allein galt. Nach langer Pause gab es eine Frau in seinem Leben, eine Verbindung, die sich ganz leicht ergeben hatte. Es war die Kollegin, die in der Serie seine Frau spielte.

Sie hieß Leonie Winnberg, war eine hübsche, sehr charmante Frau, eine gute Schauspielerin, und im Laufe der monatelangen Zusammenarbeit hatte sich eine Bindung entwickelt, die für alle Mitwirkenden kein Geheimnis mehr war, nur für Geraldine war sie neu.

Sie empfand Eifersucht. Sie hatte sich darauf gefreut, ungestört mit ihm leben zu können. Doch nun kam es vor, dass er abends ausging, bis er sogar einmal über Nacht wegblieb. Das war schon öfter vorgekommen, nur hatte sie es nicht miterlebt.

Es war ihm richtiggehend peinlich, er hob am nächsten Tag zu einer langatmigen Erklärung an.

»Leonie hatte noch Gäste gestern Abend, und es ist spät geworden und da …«

Geraldine unterbrach ihn ungeduldig. »Du bist mir keine Rechenschaft schuldig. Ich freue mich, wenn ihr euch gut versteht.«

»Ich möchte es dir erklären, wenn du es mir gestattest. Es hat sehr lange keine Frau in meinem Leben gegeben, das weißt du gut genug. Ich hatte nicht damit gerechnet, dass ich

225

so … so ein Gefühl noch einmal erlebe. Es ist in gewisser Weise seltsam, dass der berufliche Erfolg, den ich mehr oder weniger dir zu verdanken habe, mir auch privat einen neuen … nein, ich wollte sagen, eine veränderte Situation beschert hat. Und ich …«

Nun lachte Geraldine.

»Mach es nicht so kompliziert, Papi. Du hast dich verliebt, und wie du richtig sagst, ist dir das lange nicht passiert. Punkt. Ich habe Leonie während der Dreharbeiten ja kennen gelernt, und ich kann dich verstehen. Und wenn du gelegentlich bei ihr übernachten willst, sei es dir von Herzen gegönnt. Wo wohnt sie denn?«

»Sie hat ein hübsches Haus in Zehlendorf. Sie wohnt da mit ihrem Sohn, doch der studiert zurzeit in Harvard.«

»Aha«, machte Geraldine. »Ganz praktisch. Einen Ehemann gibt es demnach nicht.«

»Sie ist geschieden.«

»Und du wirst dich auch scheiden lassen?«

»Unsinn. Davon kann keine Rede sein. Sie lebt mit ihrem Sohn zusammen. Und ich lebe mit meiner Tochter zusammen, so lange jedenfalls, bis sie einmal heiraten wird.«

»Mach dir keine falschen Hoffnungen, darauf kannst du lange warten.«

»Auf jeden Fall werden wir uns, sobald ich aus Mallorca zurück bin, nach einer anderen Bleibe umsehen. Diese Wohnung in allen Ehren. Wenn man bedenkt, dass ich hier aufgewachsen bin, kommt es mir geradezu ungeheuerlich vor. Was ist alles passiert! Der Krieg, die Bomben, die Mauer – und doch bin ich immer noch beziehungsweise wieder hier. Wir verdienen jetzt beide gut, wir können uns nun wirklich eine größere Wohnung leisten. Oder sogar ein kleines Haus mit Garten und Hund. Herr Loske hat uns das schon vor einiger Zeit empfohlen, falls du dich daran erinnerst.«

Geraldine betrachtete ihren Vater leicht amüsiert. Er redete viel, er redete lange, von einem Haus, von der Lage, dass er sich danach umsehen werde, und vielleicht würde er Frobenius oder Loske um Hilfe bitten, weil er selbst keine Erfahrung hatte. Er war sichtlich erleichtert, dass Geraldine nun über die Veränderung in seinem Leben Bescheid wusste.

Doch das spielte sie ihm vor. Sie war eifersüchtig, sie war traurig, sie würde ihn verlieren, sie hatte ihn schon verloren. Später, als sie im Bett lag und wieder nicht schlafen konnte, versuchte sie, gerecht zu sein. Tilla hatte ihn nicht glücklich gemacht, schließlich hatte sie die Familie verlassen, und das war noch das Beste, was sie je getan hatte. Und hatte es wirklich in all den Jahren in seinem Leben keine Frau gegeben?

Eine Weile dachte sie darüber nach. Vielleicht mal eine Kollegin oder ein flüchtiges Abenteuer? Als sie noch ein Kind war und nichts davon gemerkt hatte? Oder er es geschickt vor ihr verborgen hatte? Dann war sie in ihrem ersten Engagement, dem einzigen, wenn man es genau nahm, ihre Liebesgeschichte mit Sebastian. Und danach …

Sie stöhnte, vergrub das Gesicht im Kissen. Was hatte sie ihm alles aufgebürdet! Ihre Verzweiflung, ihre Depression, ihr Selbstmitleid. Jahrelang.

Sie behauptete, ihn zu lieben, doch sie hatte ihn gequält und unglücklich gemacht, und er hatte es klaglos ertragen.

Sie stand auf und griff nach der Flasche. Sie nahm den Whisky jetzt immer mit in ihr Zimmer, weil er hörte, wenn sie nachts aufstand.

Einen kleinen Schluck nur würde sie trinken, ein halbes Glas, mehr nicht. Er sollte glücklich sein mit dieser Frau, er sollte sie lieben, und sie sollte ihn lieben.

Doch sie war wütend gewesen, als sie davon erfahren hatte. Sie würde allein sein. Kein Burckhardt, kein Challier, und was sollte sie eigentlich mit Alexander, den hatte sie ausführlich genossen. Sie trank den Whisky und beschloss, nach Sylt zu fahren.

Die nächste Folge der Serie sollte auf Mallorca gedreht werden. Das ganze Team freute sich sehr auf die Dreharbeiten.

Außerdem war die Story wirklich originell.

Der Anwalt hatte wieder einmal eine Ehe gerettet, die ziemlich am Ende war. Der Mann hat seine Frau betrogen, dazu plagen ihn geschäftliche Sorgen. Sie hat sich auch einen anderen angelacht, einen jüngeren Mann, und nun will sie eine teure Scheidung. Der Fall scheint hoffnungslos. Doch dann gehen seine Geschäfte wieder besser, und er ist bereit zu zahlen, was sie verlangt. Der Anwalt arrangiert ein Treffen mit der Frau und lässt sie, recht geschickt verpackt, wissen, dass ihr Liebhaber noch eine Freundin hat und dass er eigentlich nur auf ihr Geld aus ist.

Versöhnung, keine Scheidung, Happyend. Sie kaufen ein Haus auf Mallorca, wo sie sich in einigen Jahren zur Ruhe setzen wollen. Aus Dankbarkeit laden sie den Anwalt und seine Frau, die sie noch nicht kennen, für einen Urlaub auf die Insel ein. Und hier passiert etwas sehr Komisches: Der Anwalt und seine Frau verkrachen sich, weil sie mit einem jungen Spanier geflirtet hat und dazu erklärt, sie fühle sich seit langem von ihrem Mann vernachlässigt.

Woraufhin er sich mit einer charmanten jungen Dame aus Dresden anfreundet, die ein wenig sächselt, aber höchst attraktiv ist.

Das wiedervereinigte Paar beobachtet das zunächst mit Amüsement, aber als der Ton schärfer wird und die Frau des Anwalts ihrerseits von Scheidung spricht, werden die Gastgeber energisch und eindeutig dazu.

Es war genau genommen eine Story mit vertauschten Rollen. Thomas und Leonie freuten sich. Diesmal ging es anders herum, es machte beiden Spaß, das zu spielen.

Geraldine kannte das Drehbuch. Ihr war klar, dass es für Thomas und Leonie ein Erfolg sein würde. Und es würde sie vermutlich noch fester aneinander binden.

Geraldine goss sich einen zweiten Whisky ein, saß zusammengekauert auf dem Bettrand.

Und sie redete sich selbst gut zu. Es war doch schön, dass er endlich eine Frau hatte, die er liebte. Und die ihn liebte. Sie gönnte es ihm ja.

Eine Frau zu haben, mit der er sich verstand, war auf jeden Fall besser als der Umgang mit einer schlecht gelaunten Tochter. Das hatte er sein halbes Leben lang gehabt.

Solange er da war, beherrschte sie sich vorbildlich. Doch nachdem er das Flugzeug nach Mallorca bestiegen hatte, gab sie sich hemmungslos ihrem Kummer hin. Sie verließ die Wohnung nicht mehr, mochte nichts essen, starrte ins Fernsehen, fing an, ein Buch zu lesen, um es nach einer Weile beiseitezulegen.

Im Büro sagte Alexander zu seinem Vater: »Ich kann Geraldine nicht erreichen. Ich gehe nachher mal bei ihr vorbei. Es wird Zeit mit unserem Urlaub.«

Frobenius sparte sich die Antwort. Er glaubte nicht, dass es mit diesem gemeinsamen Urlaub klappen würde.

Erst am Abend zuvor hatten sie davon gesprochen, und Jana hatte gemeint: »Ihr Vater ist jetzt weg, da kommt sie sich bestimmt sehr verlassen vor. Es wird Zeit, dass wir nach Sylt fahren. Ich denke, am besten wird es sein, wir fliegen.«

Vater und Sohn tauschten einen Blick und schwiegen.

Jana, die den Blickwechsel bemerkt hatte, fuhr gereizt fort: »Ich weiß genau, was du denkst, Alexander. Ich will ja auch nicht bleiben, ich will euch bloß hinbringen, sehen, wie alles klappt. Mutter ist schließlich auch nicht mehr die Jüngste. Ich denke, Geraldine bekommt am besten das Zimmer rechts oben, mit Blick auf den Garten. Da hat sie ein eigenes Bad. Du kannst das Zimmer unten mit dem Ausgang in den Garten nehmen und dann ...«

Sie verstummte. Und als die Männer immer noch schwiegen, sagte sie: »Ruf sie doch gleich mal an. Ob sie überhaupt noch mit dir verreisen will. Vielleicht hat sie nach Paris jetzt eine Weile genug von dir.«

»Ich habe heute schon zweimal versucht, sie anzurufen. Wie ich sie kenne, geht sie gar nicht ans Telefon. Es geht ja nicht nur darum, dass Bantzer weg ist, sie weiß auch von ihm und Frau Winnberg.«

»Wieso weiß sie das?«

»Bantzer hat mir das erzählt«, sagte Frobenius. »Ich hab die Crew ja nach Tegel begleitet, und da sprach er davon. Irgendwie ist es ihm unangenehm.«

»Eine schwierige Familie«, sagte Jana darauf und seufzte hörbar.

Und nun am nächsten Abend, so gegen sieben, klingelte Alexander in der Schumannstraße.

Geraldine öffnete sofort die Tür, sie lächelte und sagte: »Wie schön, dass du mich besuchen kommst.«

»Ich wollte mal sehen, wie es dir geht. Du lässt ja gar nichts von dir hören. Wir wollten doch verreisen, und ich denke ...«

Er stockte, als er ins Wohnzimmer kam. In einem der grünen Sessel saß Sebastian Klose.

»Aha«, sagte Sebastian. »Noch einer, der sich um dich kümmert. Aber das tut er ja ständig, wie ich gehört habe.«

Diesen Gast hatte Alexander nicht erwartet. Es irritierte ihn, dass Geraldine nur einen Morgenrock trug. Dass sie den ganzen Tag lang nichts anderes angehabt hatte, konnte er nicht wissen.

»Lange nicht gesehen«, sagte Alexander zu Sebastian.

»Das letzte Mal haben wir uns gesehen, als Sie gerade aus England zurückgekommen sind«, erwiderte Sebastian. »Und jetzt waren Sie mit Geri in Paris. Was ihr da auf die Beine gestellt habt, soll ja erstklassig sein. Ich habe Verschiedenes darüber in der Presse gelesen. Und Challier soll von Geri ganz begeistert sein.«

»Stand das auch in der Zeitung?«, fragte Alexander reserviert. »Als wenn wir das nicht schon wüssten.«

»Es stand in *Le Monde,* und in einer Filmzeitung habe ich es auch gelesen. Challier ist ja zurzeit in Hollywood.« Er sah Geraldine an. »Da wird er dich wohl hinüberholen. Dabei hoffe ich, wir machen wieder einen Film zusammen.«

»Willst du dich nicht setzen?«, fragte Geraldine Alexander. »Einen Drink? Sebastian ist gerade erst gekommen, ich habe ihm noch gar nichts angeboten. Whisky? Oder lieber Cognac?«

»Ich bin gekommen, um dich zu fragen, ob wir nicht zusammen essen gehen wollen«, sagte Alexander, immer noch im gleichen Ton, mit steifer Miene.

»Das wollte ich sie auch fragen«, sagte Sebastian und reckte sich behaglich in dem grünen Sessel. »Einen Whisky, gern.«

»Du auch, Alexander?«, fragte Geraldine.

»Danke, nein. Ich mache mir nichts aus Whisky, das weißt du ja.« Das war pädagogisch gemeint, denn er wusste, dass Geraldine zu oft und zu viel Whisky trank.

»Und dabei warst du so lange in England«, sagte Geraldine.

»Vermutlich gerade darum«, erwiderte Alexander. »Hast du ein Bier im Haus?«

»Da muss ich erst mal in den Kühlschrank schauen. Seit Vater weg ist, war ich noch nicht wieder einkaufen.«

»Das habe ich mir gedacht«, sagte Alexander. »Darum werden wir essen gehen.«

»Gehen wir doch zusammen«, schlug Sebastian vor.

Alexander folgte Geraldine, die in Richtung Küche verschwand, mit Blicken. Sie sah elend aus, war noch dünner
geworden. Und gar nicht hübsch. Die Geschichte mit ihrem
Vater musste ihr sehr zusetzen. Sie hatte nicht gegessen, sie
trank Whisky, sie war unglücklich, das spürte er trotz ihres
Lächelns.

»Wie meinen Sie das?«, fragte er kühl.

»Sie wollen mit ihr essen gehen, ich will mit ihr essen
gehen, also gehen wir doch zusammen. Und dabei kann ich
ihr von meiner nächsten Filmidee erzählen. Sie sind doch
Fachmann, also wäre es ganz gut, wenn Sie sich das anhören
würden.«

Er spürte die Abwehr, die ihm entgegenschlug, und er
übersetzte es mit Eifersucht.

Hatte sie ein Verhältnis mit dem jungen Frobenius? Und
nicht mit Challier, von dem immer die Rede gewesen war?
Im Augenblick empfand Sebastian Klose auch Eifersucht, sie
schnürte ihm die Kehle zu.

Geri gehört mir, mir ganz allein, dachte er. Erst dieser
Burckhardt und jetzt dieser alberne Kerl hier. Challier, das
hätte er noch akzeptiert, das würde vorbeigehen. Aber der
hier! Die Männer schwiegen, als Geraldine mit einer Flasche
Bier aus der Küche zurückkam.

»Es ist die letzte«, sagte sie. »Morgen werde ich mal einkaufen gehen.« Sie sah Alexander an. »Vielleicht verstehst
du das. Seit Thomas fort ist, habe ich das Haus nicht verlassen.«

»Das habe ich mir gedacht«, sagte Alexander ruhig. »Und
darum bin ich hier. Du wirst nicht einkaufen, du wirst
Ferien machen. Wirst dich erholen, viel schlafen, viel spazieren gehen und gut essen. Wir fahren übermorgen nach
Sylt.«

Sebastian lachte.

»Das kann doch nicht Ihr Ernst sein, Herr Frobenius. Was soll sie denn bei diesen Angebern auf Sylt. Die Reichen und die Schönen, nicht wahr, so heißt es doch immer.«

»Weiß ich nicht. Die Leute auf Sylt sind nicht schöner und reicher als anderswo. Meist laufen sie in Hosen und Pullovern herum. Und möglicherweise hat der eine oder andere genug Geld, um sich eine Seezunge leisten zu können. Es gibt aber auch, beispielsweise bei Blum, leckere Fischbrötchen zu kaufen. Oder bei Gosch. Und da die guten Absatz finden, ernähren sich auf der Insel auch Leute, die nicht besonders reich sind.«

»Ein schöner Satz«, lobte Sebastian. »Bekomme ich direkt Lust, auch mal hinzufahren.«

»Soll das heißen, Sie waren noch nicht auf Sylt, Herr Klose?«

»Stellen Sie sich vor, war ich nicht. Dafür kenne ich Sardinien, Korsika, Ischia, Capri und jede Menge griechische Inseln.«

»Genügt ja. Lassen Sie es mit Sylt lieber bleiben. Ich bin jedenfalls am liebsten dort, und ich hoffe, es wird Geraldine auch gefallen.«

Alexander sprach nicht von seiner Großmutter, nicht von dem Haus in Keitum, das seine zweite Heimat war.

»Na, ich sehe schon, das gehört offenbar zu den Dreharbeiten. Mit Burckhardt war es eine Hochzeitsreise nach Venedig, diesmal kommt Sylt dran. Wohin wirst du denn mit mir fahren, Geri, wenn wir unseren nächsten Film abgedreht haben?«

»Du warst ja schon mit mir auf Hochzeitsreise«, sagte Geraldine locker. »Ganz ohne Film. Außerdem ist jetzt mal Challier dran.«

»Ich dachte, das hattet ihr schon.«

Alexander zog verärgert die Brauen hoch. Dieses Gespräch gefiel ihm nicht. Und er wollte Klose möglichst schnell loswerden.

Geraldine blickte von einem zum anderen, sie wäre am liebsten beide losgeworden.

Sie trank ihren Whisky aus und sagte: »Also dann werde ich mich mal anziehen.«

»Wird auch höchste Zeit. Ich habe für uns einen Tisch bestellt.« Was nicht stimmte, er sagte es nur, um voranzukommen.

Sebastian fragte: »Wo?«

Und Alexander antwortete: »Wird nicht verraten. Ist mein geheimes Speziallokal.«

Sebastian lachte wieder.

»Ich sehe schon, Sie wollen mich loswerden, Herr Frobenius. Also dann gehe ich. Geri, ich erzähl dir in den nächsten Tagen mal von meinen Plänen.«

Geraldine verließ ohne ein weiteres Wort den Raum. Sollten sich die zwei doch anblödeln.

Sebastian sah ihr nach, machte auf einmal eine ernste Miene.

»Sie braucht dringend Erholung«, sagte Alexander, nur um nicht stumm mit dem Eindringling herumzusitzen.

»Ja, sie sieht wirklich schlecht aus. Und sie ist furchtbar dünn geworden.«

Alexander ersparte sich eine Antwort. Am liebsten hätte er gesagt: Verschwinden Sie, Herr Klose.

Denn auf ein Abendessen zu dritt hatte er keine Lust, die Stimmung war unfreundlich. Aber sang- und klanglos das Feld zu räumen, danach stand ihm nicht der Sinn.

Geraldine stand in ihrem Schlafzimmer und blickte hinaus auf die öde Schumannstraße. Was ihr jetzt im Kopf herumging, machte sie ganz traurig.

Die Erkenntnis, wie einsam sie war.

Angenommen, sie hätte ganz lässig sagen können: Nett, dass ihr gekommen seid, doch es tut mir Leid, ich habe heute

Abend schon etwas vor, ich bin verabredet. Mit … mit …
egal mit wem, das ging die beiden gar nichts an.

Tatsache war, dass sie gar nicht verabredet sein konnte. In
diesem riesigen Berlin kannte sie keinen Menschen, gab es
niemanden, mit dem sie sich hätte zum Abendessen treffen
können.

Dabei kannte sie inzwischen eine Menge Leute vom Film
und vom Fernsehen, Kollegen, Kameraleute, ja, das war's.
Bronski fiel ihr ein. Mit ihm könnte sie sich treffen. Wenn sie
zurückginge ins Wohnzimmer und einfach sagte: Tut mir
Leid, ich bin heute Abend mit Bronski verabredet. Aber sie
wusste gar nicht, wo er war. Wenn er in Berlin wäre, hätte er
sich ja vielleicht mal gemeldet. Die beiden in ihrem Wohnzimmer, die wussten es sicher. Also konnte sie sich nur bla-
mieren.

Kein Freund, keine Freundin, keine Bekannten. Sie starrte
hinaus auf die Straße, Tränen stiegen ihr in die Augen. Und
ihren Vater hatte sie nun auch verloren.

Und er?

Er war auch nicht mehr da. Sie hatte ihn lange nicht gesehen. Würde ihn möglicherweise nie wieder sehen. Darum
sah sie so hässlich aus, sie brauchte nur in den Spiegel zu
blicken. Sie musste sich zurechtmachen, wenn sie ausgehen
wollte, egal mit wem.

Aber sie wollte gar nicht ausgehen. Die sollten beide verschwinden, sie blieb am liebsten allein zu Hause. Und das
würde sie ihnen jetzt klarmachen.

Sie tupfte die Tränen aus den Augenwinkeln, kämmte ihr
Haar, griff nach dem Lippenstift, das wenigstens konnte sie
noch für ihr Aussehen tun. Hätte sie längst tun können. Sie
ging über den Flur zum Wohnzimmer, dort stand Sebastian
bereits in der Tür.

»Also, ich gehe jetzt. Wenn ihr nicht mit mir essen gehen
wollt, überlasse ich dich deinem Alexander.«

»Danke, für dein Verständnis«, sie sprach, als stände sie auf einer Bühne. »Wir werden auch nicht ausgehen, wir bleiben hier.«

»Ach so, na ja, dann wünsche ich viel Vergnügen.« Er nahm ihre Hand, die sie ihm reichte, erwiderte ihr Lächeln nicht, sagte »Bye, bye« in Alexanders Richtung und verließ die Wohnung.

Alexander wartete, bis Sebastians Schritte auf der Treppe verklungen waren, dann trat er zu Geraldine.

»Dem hast du's aber gegeben. Jetzt weiß er Bescheid, dass wir schon längst ... na ja, er weiß es jedenfalls besser als ich. Du hast geweint?«

Er legte beide Hände um ihre Arme, zog sie an sich, genau wie er es getan hatte, als sie im Grunewald spazieren gingen.

Als er ihr entgegenkam.

Geraldine blickte gebannt über Alexanders Schulter an die Wand. Eigentlich müsste sie ihn jetzt dort sehen. Er müsste aus der Wand heraustreten.

Sie schloss die Augen, senkte das Gesicht. Sie war auf dem besten Weg, verrückt zu werden.

»Was hast du?«, fragte Alexander. »Du weinst ja schon wieder.«

»Nein, ich weine nicht. Ich bin bloß ... weißt du, ich bin so allein. Wenn Vater nicht da ist ... Ich benehme mich blödsinnig, ich weiß. Verzeih mir!«

»Schon gut.« Er küsste sie sanft auf die Wange. »Sag mir bitte, was du willst. Soll ich auch verschwinden? Willst du mit mir ins Bett gehen? Soll ich versuchen, Burckhardt zu erreichen?«

Nun lachte sie.

»Vergiss es! Lass uns essen gehen, ich habe Hunger. Seit Vater fort ist, habe ich so gut wie nichts gegessen.«

»Man merkt es«, sagte er, ließ seine Hände von ihren Armen über ihren Rücken gleiten. »Was glaubst du, würde

Will Loske sagen, wenn er dich sähe? Und mit mir würde er auch schimpfen. Übermorgen reisen wir. Willst du fliegen? Mit dem Auto fahren? Oder mit der Bahn?«

»Mit der Bahn? Mit einem Zug? Das wäre herrlich. Ich bin noch nie in meinem Leben mit dem Zug gefahren.«

»Das gibt es ja nicht.«

»Wir waren doch eingemauert in Berlin. Und nach Griechenland sind wir schließlich auch geflogen. Und nach Paris.«

»Und damals das Engagement im Ruhrgebiet?«

»Da stand die Mauer noch. Da bin ich auch geflogen.«

»Na, ist ja prima. Fahren wir mit der Bahn. Das tue ich sowieso sehr gern. Von Berlin nach Hamburg, das ist eine schöne Fahrt, und dann von Hamburg durch Dithmarschen und Nordfriesland, ich kann dir alles zeigen und erklären. Ich kenne dort jeden Ort, jeden Kilometer. Etwa eine Stunde nach Hamburg kommen wir über den Nord-Ostsee-Kanal. Das weißt du aber?«

»Nein, weiß ich nicht.«

Er hielt sie immer noch im Arm, küsste sie nun leicht auf den Mund. Und dann küsste er die letzte Träne weg, die auf ihrer Wange lag.

Sein Herz war erfüllt von Zärtlichkeit. Von Zärtlichkeit und Liebe. Möglicherweise war sie in dieser melancholischen Stimmung leicht zu erobern. Aber das wollte er gar nicht. Sein Gefühl hatte sich gewandelt. Das zum Beispiel hatte Jana nicht begriffen. Es hatte schon in Paris angefangen. Nicht mehr: Ich will sie haben. Sondern: Sie soll bei mir sein und bei mir bleiben.

»Und später fahren wir über die Eider. Dann sind wir in Nordfriesland. Der Zug hält in Husum, dort gibt es einen Hafen. Weißt du, an wen man denkt, wenn von Husum die Rede ist?«

Sie schüttelte den Kopf.

»Theodor Storm. Seine graue Stadt am Meer, das ist Husum. Kennst du seine Novellen?«

Sie schüttelte wieder den Kopf.

»Die wirst du lesen. Nicht alle, einige. Bei meiner Oma stehen sie im Regal. *Der Schimmelreiter* ist die größte und berühmteste.«

»Doch«, rief sie eifrig. »Das habe ich schon gehört. Davon hat Vater mal erzählt. Es muss irgendwann verfilmt worden sein.«

»Es hat schon mehrere Verfilmungen gegeben, aber ich kann mir denken, welche dein Vater meint. Das muss ein ganz toller Film gewesen sein, so in den Dreißigerjahren etwa. Ich werde meinen Vater fragen, ob es ein Video davon gibt, und das werde ich uns besorgen. Ach, Liebling«, er schloss sie fester in die Arme. »Ich werde so froh sein, wenn du in Keitum bist. Du wirst jeden Tag ordentlich essen. Du wirst sehen, meine Oma kocht hervorragend. Und es gibt einige sehr gute Lokale für die Reichen und die Schönen, wie der Herr Regisseur es nannte.«

»Und ein Hund ist da?«

»Mit dem gehen wir spazieren. Da müssen wir uns an-strengen. Er ist ein großer Hund und kann sehr schnell laufen.«

»Und wir fahren wirklich mit dem Zug?«

»Aber ja. Und jetzt zieh dir schnell was an. Wir gehen essen.«

»Ich muss mich noch etwas zurechtmachen.«

»Wozu denn? Ich kenne dich schließlich ungeschminkt.«

»Nicht, wenn du mit mir ausgehst. Außerdem sind wir nicht allein im Restaurant. Die anderen Gäste sollen nicht denken, warum geht der nette junge Mann mit so einer Vogelscheuche vor die Tür.«

Er lachte, hob sie hoch und wirbelte sie herum.

»Du bist wirklich ein Fliegengewicht. Das kann nicht so bleiben. Außerdem ist es hier ein wenig eng für solche Übungen.«

»Wir werden eine neue Wohnung beziehen oder ein Haus kaufen. Und am liebsten möchte ich einen Garten haben.«

»Den hast du jetzt erst mal in Keitum. Einen Garten voller Rosen.«

Rosen

Die Rosen blühten nicht nur im Garten von Alexanders Großmama, sie blühten auf der ganzen Insel, in den Straßen der Dörfer, auf der Heide, auf den Wegen gen Osten zum Watt und gen Westen zum Meer.

Geraldine hatte nie geahnt, dass so viele Rosen auf einmal blühen konnten. Allerdings waren sie zu einer glücklichen Zeit auf die Insel gekommen, Anfang Juni. Da bedurfte es keiner pflegenden Hand, die Rosen blühten von selbst.

Geraldine gab sich Alexander gegenüber zurückhaltend.

Sie hatte noch nie eine Urlaubsreise gemacht, und so vertraut ihr Alexander inzwischen auch war, durch die gemeinsame Arbeit, durch seine Fürsorge, war sie doch weit davon entfernt, sich in ihn zu verlieben. Freundschaft war es geworden, und es bangte ihr davor, dass er mehr von ihr erwartete.

Ganz begeistert war sie von der Fahrt mit dem Zug.

»Wir sind eben Mauerkinder«, kommentierte Alexander ihre kindliche Freude an der Fahrt.

Er kannte die Strecke wirklich gut und konnte ihr alles zeigen und erklären. Es war nicht nur die Brücke über den Nord-Ostsee-Kanal, es waren die Kühe, die Schafe und vor allem die Pferde auf den Weiden, die sie entzückten. »So viele Tiere, so schöne Tiere. Gibt es die auf der Insel auch?«

»Selbstverständlich. Die Pferde kannst du streicheln, und die Kühe auch. Bei Schafen ist das schwieriger, die hopsen weg.«

»Ich möchte am liebsten reiten lernen«, sagte sie auf einmal.

»Langsam, langsam. Das kann ich nicht verantworten. Während mein Vater an deinem nächsten Film bastelt, fällst du vom Pferd und brichst dir die Knochen. Jetzt bekommst du erst mal einen Hund, und die Pferde besuchen wir im Grünhof. Das ist ein Reitstall in Keitum. Ein Schulfreund von mir hat dort sein Pferd stehen. Vielleicht darfst du dich mal draufsetzen.«

»Ein Schulfreund?«, fragte sie erstaunt. »Ich denke, du bist in Berlin in die Schule gegangen?«

»Meistens. Zwei Jahre lang auch auf der Insel. Jana hat immer sehr gestört, dass wir eingemauert waren. Also verfrachtete sie meinen Bruder und mich auf die Insel. Sie war der Meinung, wir müssten wenigstens ein Gefühl für Freiheit und Weite bekommen.«

»Und wie seid ihr da hingekommen?«

»Mit dem Auto. Man konnte schon durch die Zone fahren, immer schön langsam, um nicht aufzufallen.«

In Niebüll zeigte er ihr die wartende Autoschlange.

»Darum lässt Jana den Wagen auf der Insel, da spart sie sich die Verladung und die Warterei.«

Als sie über den Hindenburgdamm fuhren, lieferte er gleich den Bericht dazu, dass der Damm 1927 eröffnet wurde und dass seitdem der Zug und schließlich immer mehr Autos auf die Insel kamen.

»Vorher kam man nur per Schiff nach Sylt. Ich stelle mir das sehr erholsam vor. Es muss wunderbar friedlich auf der Insel gewesen sein, als noch nicht so viele Autos hier herumkurvten.«

»Aber ihr habt doch auch eins.«

»Eben.«

Ein Freund von Alexander erwartete sie mit Janas Wagen am Bahnhof von Westerland.

»Das ist Thomas«, sagte Alexander.

Geraldine reichte Thomas die Hand. Es gefiel ihr, dass es hier auch einen Thomas gab.

»Herzlich willkommen«, sagte Thomas und öffnete die Beifahrertür des Autos. Geraldine stieg ein, und Alexander verstaute ihren Koffer hinten im Wagen.

Viel hatte Geraldine nicht mitgenommen.

»Hosen, Blusen, eine warme Jacke, falls der Wind mal bläst, viel mehr brauchst du nicht.«

»Aber wenn wir mal ausgehen?«

»Reicht das auch. Außerdem gibt es jede Menge Läden in Westerland, und in Keitum besonders feine Boutiquen, da kannst du alles kaufen, was dir Spaß macht.«

Die Fahrt nach Keitum verlief sehr unterhaltsam, Thomas und Alexander hatten sich lange nicht gesehen.

»Bist du denn nun fertig mit England?«, fragte Thomas.

»Bin ich. Zurzeit beschäftigt mich mein Vater in der Firma. Dafür ist Jörg jetzt bei den Briten.«

Als sie an einer Ampel halten mussten, warf Thomas einen Blick auf Geraldine.

»Deine neue Freundin?«, fragte er lässig über die Schulter.

Er wusste also nicht, wer sie war. Das gefiel Geraldine. Alexander hatte das begriffen. Und darum hatte er wohl ihren Namen bei der Begrüßung auf dem Bahnhof nicht genannt.

Sie lächelte Thomas zu.

»Nennen wir es mal so, er ist mein neuer Freund.«

Thomas lachte amüsiert und fuhr wieder an.

Als sie sich umwandte, sah sie, dass Alexander grinste.

»Da wird Silke aber traurig sein«, sagte Thomas.

»Wir haben uns jetzt — warte mal, da muss ich rechnen, also ich würde sagen, drei Jahre nicht gesehen. Ich nehme an, sie hat sich getröstet.«

»Schließlich warst du so etwas wie ihre große Liebe.«

»Sie war achtzehn, soviel ich weiß. Da kann man sich schnell eine große Liebe einbilden.«

Achtzehn vor drei Jahren, überlegte Geraldine, dann ist sie jetzt einundzwanzig. Ich bin einunddreißig.

Wie alt Alexander war, wusste sie gar nicht. Auf jeden Fall viel jünger als sie.

Aber in ihrem seltsamen Leben spielten Zahlen dieser Art keine Rolle. Sie war ein zweites Mal auf die Welt gekommen, sie lebte ein zweites Leben, auch wenn das keiner wusste. Alexander nicht, Frobenius nicht, nicht einmal ihr Vater. Sebastian, der hätte es eigentlich wissen müssen. Aber er hatte nichts verstanden.

Alexander erkundigte sich nicht weiter nach Silke, sehr groß schien sein Interesse nicht zu sein.

Vor der Begegnung mit der Großmama hatte sie ein wenig Angst, doch das war unnötig. Inga Holm war eine große schlanke Friesin. Ihr Auftreten war selbstsicher und gelassen. Sie begrüßte Geraldine mit ruhiger Freundlichkeit, gab Alexander einen Kuss. Die Hauptrolle spielte zunächst der Hund, der die Besucher erst einmal anbellte. Dann fiel ihm ein, dass er Alexander kannte, und sein Bellen ging in Schwanzwedeln über.

Er war ein großer Leonberger, ein prachtvoller Hund, er hieß Nelson.

»Oh!«, sagte Geraldine. »Die Schlacht von Trafalgar.«

»Donnerwetter!«, kam es darauf von Alexander.

»Ganz so doof, wie du denkst, bin ich auch wieder nicht.«

Nun begann ein ungewohntes Leben für Geraldine, viel schlafen, viel essen, am Watt entlangspazieren, den nassen Sand unter den Füßen spüren, und dann ein Stück ins Meer hineinlaufen. Sie schrie entsetzt auf, als sie von der stürmischen Brandung ins Meer gezogen und umgeworfen wurde.

Alexander fing sie mit beiden Armen auf.

»Keine Bange, wenn ich bei dir bin, kann dir nichts passieren.«

Als sie wieder am Strand standen, sagte er: »Ich zeige dir jetzt, wie man mit der Brandung umgeht.«

»Das ist ein ganz anderes Meer als in Griechenland«, sagte sie.

»Das will ich meinen. Also pass auf. Du gehst ein paar Schritte ins Wasser, und wenn die erste Welle kommt, drehst du dich um, neigst dich leicht zurück und lässt die Brandung an dir abprallen. Oder noch besser, du springst in sie hinein.«

Er machte es mehrmals vor, aber so leicht war es nicht. Ein wenig Angst hatte sie auch, das Meer war so unendlich, so gewaltig.

Bei Ostwind war das Meer friedlich, man konnte schwimmen. Eine besonders gute Schwimmerin war Geraldine nicht, es hatte in ihrem Leben die Gelegenheit gefehlt zu üben. Thomas hatte ihr zwar das Schwimmen beigebracht, aber sehr oft waren sie nicht am Wannsee gewesen, und die vielen schönen Seen der Mark blieben ihnen versperrt.

Alexander schwamm weit hinaus, und immer ein kleines Stück weiter begleitete sie ihn.

Aber dann drehte der Wind auf West, die Wellen wurden groß, die Brandung heftig, an Schwimmen war nicht mehr zu denken. Doch es gab genug anderes zu tun.

Am liebsten ging sie mit Nelson, der sich schnell mit ihr angefreundet hatte, spazieren. Und da waren die Freunde von Alexander, mit denen sie oft verabredet waren, sei es im Reitstall, sei es, um in Morsum herumzuwandern, das Kliff rauf und das Kliff runter, oder um nach List an den Hafen zu fahren. Auch auf das Pferd von Alexanders Freund durfte sie sich setzen und ihre ersten Reitstunden nehmen. Es fiel ihr leichter, als in die Brandung zu springen. Am liebsten legte sie ihre Wange an den glatten Hals des Pferdes und flüsterte ihm zärtliche Worte ins Ohr.

Überhaupt war der Umgang mit den Tieren für sie das Schönste an dem ganzen Urlaub. Das Zusammensein mit Alexanders Clique machte sie immer etwas befangen, denn sie hatte nie gleichaltrige Freunde gehabt. Und mit der Zeit wussten alle, wer sie war, das verursachte einen gewissen Abstand.

Auch Silke lernte sie kennen. Sie brachte ihren neuen Freund mit, reiten konnten sie beide, und Geraldine sah ihnen sehnsüchtig nach, wenn sie vom Hof trabten.

»Denkst du, dass ich auch mal mit ihnen ausreiten kann?«, fragte sie Alexander.

»Sicher, wenn du gut genug reiten kannst. Fragt sich nur, wie lange du hierbleiben willst. Reiten lernt man nicht in acht Tagen.«

»Reitest du meinetwegen nicht mit ihnen aus?«, fragte sie.

Er legte den Arm um ihre Schultern.

»Auch. Ich kann dich ja nicht allein hier stehen lassen. Heute laufen wir mal nach Braderup und essen bei Anne Katrin eine Meeräsche. Falls sie eine im Angebot hat. Das ist der beste Fisch, zu dem ich dich hier einladen kann.«

Gut zu essen bekam Geraldine tagtäglich bei Oma Holm und in den verschiedenen Restaurants, die sie besuchten.

Manchmal stöhnte sie leise. Sie war es nicht gewohnt, so viel und so regelmäßig zu essen.

Sie waren gerade zehn Tage da, als es noch viel lebendiger wurde. Plötzlich stand Jörg, Alexanders Bruder, vor der Tür.

»Was hast du denn hier zu suchen?«, fragte Alexander.

»Ich muss doch mal nachschauen, was ihr so treibt. Jana erzählt ja die tollsten Dinge.«

»Ach nee! Was erzählt sie denn?«

»Du entführst unseren berühmtesten Star und noch dazu in unser Oma ihr klein Häuschen. Wenn du mich fragst, ist Jana recht empört.«

»Ich frage dich aber nicht.«

Jörg war ziemlich spät am Abend angekommen, sie saßen, was selten vorkam, vor dem Fernseher, es war eine Folge mit Leonie und Thomas gelaufen.

»Er hat mich schon in Paris verführt«, sagte Geraldine gelassen, »keine Neuigkeiten also. Und wenn ich richtig verstehe, kommst du aus England und nicht aus Berlin.«

»Vor kurzem ist ein Ding erfunden worden, das sich Telefon nennt. Sogar in England gibt es das.«

Er war ein bildhübscher Junge, sein strahlendes Lächeln war ansteckend.

Auch die Oma schien sich zu freuen.

»Du hast sicher Hunger?«, fragte sie.

»Und wie!«

»Du sollst anständig Englisch lernen und nicht hier bei uns Unfug treiben«, räsonierte Alexander weiter.

»Englisch kann ich besser, als du es je lernen wirst. Und für den Moment habe ich genug von England. Ich möchte Sauerfleisch und Bratkartoffeln, morgen eine Meeräsche, übermorgen Muscheln, überübermorgen einen Hummer, verstehst du. Von dem englischen Fraß habe ich für eine Weile genug, und wir reden nur noch deutsch miteinander. Darf ich deine Freundin küssen?«

»Untersteh dich!«

Aber Jörg küsste Geraldine doch, sogar sehr ausführlich. Dann setzte er sich an den Tisch und aß zwei Stunden lang. Dabei redete er ununterbrochen, erzählte, was er in London und Wales erlebt hatte, wen er kannte und wen er noch kennen lernen wollte.

»Das nächste Mal fahre ich nach Schottland, muss ein tolles Land sein.«

»Woher willst du das denn wissen?«

»Jennifer, meine neue Freundin, stammt aus Schottland. Prachtvolles Gebäude hat die.« Mit den Händen modellierte er den Busen dieser Jennifer. »Erinnert mich an Maria Stuart.«

»Warum?«, fragte Geraldine. »Du kennt doch Maria Stuart gar nicht. Und ihre Figur auch nicht.«

»Immerhin kenne ich Schiller.«

»*Eilende Wolken, Segler der Lüfte, wer mit euch wanderte, wer mit euch schiffte. Frei in den Lüften ist eure Bahn. Ich bin gefangen, ich bin in Banden, ach, ich habe keinen anderen Gesandten ...«*, deklamierte Geraldine mit Pathos. Das hatte sie schließlich bei ihrem Vater gelernt.

»Na bitte«, sagte Jörg nach einem kleinen respektvollen Schweigen. »Die kann mehr als Filme drehen. Das hättest du sicher nicht auf der Pfanne, lieber Bruder.«

»Du bist der Schauspieler in der Familie«, sagte Alexander. »Ich nehme an, du kannst mit Leicester antworten.«

»In dem Fall brauchte man die Elisabeth. Hast du Schiller im Haus, Oma?«

Es wurde ein unterhaltsamer Abend, und es war ziemlich spät, bis Jörg alles aufgegessen hatte.

»Und nun«, sagte er, »drehen wir noch eine Runde durch den Ort. Nelson guckt mich schon die ganze Zeit vorwurfsvoll an. Und morgen werden wir mal sehen, wen wir hier alles aufmischen. Was hast du denn zu bieten, Alexander?«

»Andreas mit neuer Freundin, Dirk mit seinem Pferd. Geraldine lernt gerade bei ihm reiten.«

»Ist ja super, dann reiten wir zusammen aus.«

»Langsam, langsam«, bremste Alexander. »Ich habe gesagt, sie lernt es gerade.«

»Das kann sie bald, so wie sie aussieht. Nicht, Alkmene?«

247

»Jedenfalls macht es mir Spaß«, sagte Geraldine. »Und ich möchte es gern richtig lernen. Alexander hat immer Angst, dass ich runterfalle.«

»Das gehört dazu. Wer nie von einem Pferd gefallen ist, kann nie ein richtiger Reiter werden. Wisst ihr noch, damals, als ich mir den Kopf aufgeschlagen hatte?«

»Wir wissen es sehr gut«, sagte die Oma. »Du hattest eine schwere Gehirnerschütterung und warst eine Zeit lang ziemlich daneben.«

»War ganz schön, ich brauchte nicht in die Schule zu gehen.«

»Und was hast du außer Andreas und Dirk noch zu bieten?«

»Die Rosen«, sagte Geraldine. »Ich habe noch nie so viele Rosen auf einmal gesehen.«

»Na ja, sicher. Andreas hat eine neue Freundin?«

»Was soll die dämliche Frage? Du kennst die letzte auch nicht.«

»Wer sagt das? Ich bin schließlich im März hier gewesen.«

»Wann bist du hier gewesen? Im März?«

»Ja, sicher. Das haben wir verschwiegen, Oma, nicht?«

Er lachte Geraldine strahlend an. »Die wollen immer nur, dass ich studiere. Kann ich gar nicht, ich habe nicht mal das Abitur. Mein Vater leidet darunter, und mein Herr Bruder ebenso. Dafür werde ich ein neuer Kainz.«

Alexander lachte. »In welchem Jahrhundert lebst du eigentlich?«

»In diesem und in jenem. Talente wie den Kainz gibt es immer wieder.«

»Jetzt nicht mehr.«

»*Wait and see.* Irgendwann werden sie auch wieder mit dem Blödsinn aufhören, den sie heute auf die Bretter bringen, und normales Theater spielen. Wisst ihr, was meine Lieblingsrolle wäre?«

»Vermutlich der Romeo.«

»Quatsch. Der Wallenstein.«

»Da musst du noch eine Weile warten.«

Jörg Frobenius legte den Kopf zurück, dann begann er: »*Wär's möglich? Könnt ich nicht mehr, wie ich wollte? Nicht mehr zurück, wie mir's beliebt. Ich müsste die Tat vollbringen, weil ich sie gedacht. Weil ...* Na ja, weiter weiß ich auch nicht. Oma, hast du den Wallenstein da?«

»Nein, den hat Jana nach Berlin mitgenommen.«

»Dann telefonieren wir mit Jana, sie soll uns die Bücher sofort schicken.«

»Weiß Jana denn, dass du hier bist?«, fragte Alexander streng.

»Weiß sie nicht.«

»Aha. Und weiß sie, dass du im März hier gewesen bist?«

»Meinst du, sie weiß das, Oma?«

Inga Holm lachte. »Wenn du es ihr nicht erzählt hast.«

»Hab ich oder hab ich nicht, das ist hier die Frage. Ich denke mir, ich habe es nicht erzählt.«

»Nicht Jana, nicht Vater, nicht mir«, seufzte Alexander. »Du bist eine Katastrophe.«

»Muss wohl so sein. *Zur kühnen Tat mich zog die rau gebietend Not jetzt, die Erhaltung von mir heischt.*«

»Was ist denn das nun wieder?«

»Wallenstein, du ungebildeter Bruder. Es war so: Ich hatte genug von England, und das Essen schmeckte mir auch nicht, also war ich mal eine Woche hier. Eine kleine, knappe Woche, nicht wahr, Oma?«

Jörg brachte die alte Dame zum Lachen, er hatte einen neuen Ton ins Haus gebracht.

»Was ist eigentlich mit deiner Freundin Silke, wenn du mit einer neuen Freundin hier auftauchst?«, wollte er noch wissen.

»Die hast du mir damals weggeschnappt.«

»Wenn ich mich richtig erinnere, warst du damals fünf-zehn.«

»Sechzehn mindestens.«

»Silke geht es gut. Du kannst sie morgen treffen.«

»Ob sie mich noch liebt?«

»Sie hat einen neuen Freund. Und will demnächst hei-raten.«

»Ist ja furchtbar. Nee, heiraten will ich absolut nicht. Du?«

»Gehen wir jetzt spazieren oder nicht?«, fragte Alexander.

»Klar. Schau dir bloß mal Nelson an. Er ist der reine Vor-wurf.«

Es war inzwischen elf Uhr, aber dunkel war es immer noch nicht. Das war auch etwas, was Geraldine jeden Abend staunend beobachtete. Es wurde nicht dunkel. Sterne waren kaum zu sehen.

Nelson lief mit großen Sprüngen vor ihnen her. Er war glücklich. Nächtliche Spaziergänge liebte er besonders. Er durfte noch mal in den Garten, dann war Feierabend.

»Wir könnten eigentlich noch auf einen Drink in den Salon 1900 gehen«, schlug Jörg vor.

»Können wir nicht«, widersprach Alexander. »Du hast genug getrunken und gegessen. Und Geraldine ist hier, um sich zu erholen.«

»Eigentlich sieht sie doch ganz erholt aus.«

Er griff nach Geraldines Hand.

»Liebst du meinen Bruder denn?«

»Aber sicher«, sagte Geraldine. »Wäre ich sonst mit ihm hier?«

»Immer dasselbe«, sagte Jörg und schlenkerte ihre Hand weg.

»Er nimmt mir die Mädchen, die mir gefallen, immer weg.«

»Du kannst doch gar nicht wissen, ob sie dir gefällt. Und noch weniger, ob du ihr gefällst. Ihr kennt euch erst seit drei Stunden.«

»Genügt doch für einen intelligenten Menschen.«

Eine halbe Stunde später waren sie wieder im Haus, alles war ruhig und friedlich. Frau Holm war schon schlafen gegangen. Geraldine, von den Brüdern geküsst, lachte, als sie sich das Gesicht für die Nacht einkremte. Das war wirklich eine neue Art von Leben, der Umgang mit jungen Leuten. Auch mit den Freunden von Alexander kam sie gut aus. Hier musste sie nicht Regie führen, musste sich kein Drehbuch ausdenken, alles ergab sich von selbst, eine Szene folgte der anderen, ohne dass man sie probieren musste.

Auch der Gedanke an ihren Vater, an sein neues Leben, war nicht mehr so quälend. Nur manchmal dachte sie darüber nach, wie es weitergehen sollte. Würde sie mit ihrem Vater zusammenbleiben? Vielleicht in einer größeren Wohnung? Oder in einem Haus?

Es erschien ihr in keiner Weise verlockend. Sie fürchtete sich vor einer Veränderung. Weil sich so viel verändert hatte, was sie nicht verstand. Und was ihr ständig Angst machte.

Irgendetwas würde geschehen. So wie es angefangen hatte, würde es aufhören.

Und dann?

Noch immer passte sie auf. Blickte auf, wenn jemand ins Restaurant kam. Nur machte sie es unauffälliger, damit es Alexander nicht mehr bemerkte.

Seit Paris hatte sie ihn nicht mehr gesehen. Hatte er sie vergessen?

An einem hellen Abend saß sie mit Nelson am Watt, den Arm um seinen Hals gelegt. Er saß ganz ruhig und hörte ihr zu.

»Das ist ein ganz fremdes Meer für ihn. Hierher kommt er sicher nicht. Wenn ich nach Griechenland fahren würde, meinst du, dort käme er plötzlich auf mich zu? Aber in Paris war er schließlich auch. Und in Wien. Ich weiß nicht, wie es weitergehen soll. Was aus mir werden soll. Mein Leben ist so seltsam, Nelson. Es ist, als balanciere ich auf einem dünnen Seil. Wenn es reißt, falle ich ins Bodenlose. Niemand weiß, wie das ist. Ich kann es auch nicht in Worte fassen. Ich verstehe es ja selbst nicht. Ich habe Angst, Nelson. Die Angst ist so groß wie die Wellen in diesem Meer. Sie bringen mich zu Fall. Und dann gehe ich unter. Komme nicht mehr nach oben. Niemand weiß, wie es in mir aussieht. Verstehst du es wenigstens, Nelson?«

Nelson saß still, den Kopf an ihre Schulter geschmiegt. »Du bist der einzige Freund, den ich habe. Niemand gehört zu mir. Auch mein Vater nicht mehr. Ich bin allein, Nelson. So allein wie nie zuvor.«

Als sie zurückkam, saßen Alexander und Jörg auf dem grasbewachsenen Wall vor dem Haus, obwohl die Oma das streng verboten hatte.

»Wo steckst du denn?«, so Alexander.

»Wo treibst du dich herum?«, so Jörg.

»Das seht ihr doch, ich war mit Nelson spazieren.«

Jörg seufzte. »Wir sind heute nach Archsum gelaufen und wieder zurück. Das ist doch gerademan genug geloofen.«

»Wir waren auch nur ein kleines Stück am Watt entlang. Es liegt immer noch die Sonne darauf. Das Wasser ist lila und grün und blau, ein wenig grau dazwischen. Und auch silbern. Alles durcheinander.«

»Na ja, schon, das kennen wir alles«, sagte Jörg. »Gehen wir noch was trinken?«

»Ihr sollt doch nicht auf dem Wall sitzen. Wenn eure Großmutter das sieht, wird sie schimpfen.«

»Erstens sitzen wir ganz ruhig, und zweitens ist sie nicht da.«

»Wo ist sie denn?«

»Bei ihrer Freundin Traudl. Sie muss Traudls neues Enkelkind bewundern. Und sie bringt uns Frühstückseier mit.«

Eier gab es jeden Morgen, und Geraldine seufzte manchmal, unüberhörbar natürlich. Jeden Morgen ein Ei zu essen, war sie nicht gewohnt. Aber so frisch wie von Traudls Hühnern gab es sie auf der ganzen Welt nicht mehr, das musste sie sich immer wieder anhören.

Sie hatte wirklich ein wenig zugenommen, nicht viel, denn ordentlich essen konnte sie immer noch nicht.

»Ich schlage vor, wir gehen in die Kate, essen jungen Matjes und trinken ein Bier dazu. Und wenn du ordentlich aufisst, Geraldine, spendiere ich dir einen Juvi.«

»Aber wir haben doch vorhin erst gegessen.«

»Das ist zwei Stunden her und war bloß ein Käsebrot. Und jungen Matjes muss man essen, solange es ihn gibt.«

Welch wichtige Rolle der junge Matjes spielte, hatte sie auch gelernt. Natürlich kannte sie Matjes, ihr Vater servierte ihn ab und zu, aber den richtig jungen Matjes gab es nur für kurze Zeit. Am 30. Mai verspeiste Königin Beatrix in Holland den ersten, und dann bekamen ihn auch ganz gewöhnliche Menschen. Wenn sie denn verstanden, um welche besondere Leckerei es sich handelte.

Hier auf der Insel wussten sie es. Und es gab eine besondere Variante, man aß dazu grüne Bohnen und Speckstippe.

Und was ein Juvi war, hatte Geraldine inzwischen auch gelernt. Ein Jubiläumsaquavit, den trank man zum Bier.

In der Küchenkate trafen sie Dirk und Thomas. Und Silke mit ihrem Freund, den sie stolz ihren Verlobten nannte.

Jörg umarmte sie sofort.

»Silke, du treulose Tomate, warum betrügst du mich? Du weißt doch, dass ich dich liebe.«

Ein älterer Herr saß auch am Tisch, und Geraldine bemerkte sofort den aufmerksamen Blick der hellen Augen, die sie ansahen.

»Das ist mein Vater, Frau Bansa«, sagte Silke. »Kapitän Jansen. Er wollte Sie gern kennen lernen.«

Silke war im Gegensatz zu den anderen beim Sie geblieben.

Kapitän Jansen stand auf, und als Geraldine ihm die Hand entgegenstreckte, neigte er den Kopf darüber.

»Ich habe den Amphitryon-Film gesehen. Und ich finde ihn großartig.«

»Oh, danke«, sagte Geraldine.

Silke lachte. »Mein Vater ist zwar immer in Richtung Grönland gefahren. Aber komischerweise war Griechenland sein Traumziel.«

»Nicht das Griechenland von heute, das kenne ich. Das Griechenland der Antike war es, das mich faszinierte. Es war das Lieblingsthema meines Geschichtslehrers. Er kannte den Homer so ziemlich auswendig.«

Und dann begann Kapitän Jansen ausführlich die Reise des Odysseus zu schildern.

»Mir scheint, Papa, du bist die falsche Route gefahren. Du hättest lieber die Reise von Odysseus im Programm gehabt.«

»Ich habe sie gemacht. Später mal. Zu meinem Vergnügen.«

»Mit was?«, fragte Jörg. »Mit einem Segelboot?«

»Das allerdings nicht. Mit einem gemieteten Motorboot.«

»Ein etwas größeres Boot, nehme ich an.«

»Genau.«

»Und Sie sind unbehelligt bei Scylla und Charibdis durchgekommen?«, fragte Dirk.

»Leider ja. Es ist halt eine andere Zeit.«

Geraldine hörte aufmerksam zu. Sie wusste inzwischen gut Bescheid, sie hatte gelesen, was in den zehn Jahren Troja und in den zehn Jahren danach geschehen war.

Und nun wiederholte sie, was an jenem Abend im Hause Frobenius gefragt worden war: »Und wenn er bei den Affen durchgefahren wäre?«

Kapitän Jansen wusste genau, wovon sie sprach.

»Dann hätte vermutlich er Amerika entdeckt und nicht Columbus.«

Das war eine Vorstellung, die allen Spaß machte. Sie saßen um einen großen Tisch herum, aßen den Matjes, tranken Bier und diverse Juvis und spekulierten darüber, wie es gewesen sein könnte, wenn Odysseus in Amerika gelandet wäre.

»Auf jeden Fall wäre es friedlicher zugegangen«, sagte Dirk. »Die alten Griechen mit ihren Göttern hätten die Inkas und Azteken auf jeden Fall besser behandelt als die katholischen Spanier und Portugiesen.«

»Sicher hätten sie sich auch mit Manitou vertragen«, sagte Andreas und kicherte.

»Es reicht«, sagte Alexander, »jetzt seid ihr bei Karl May gelandet.«

»Ihr seid richtig albern«, sagte Silke. »Und die arme Penelope? Wie lange hätte die denn noch warten müssen?«

»Zehn Jahre Krieg, zehn Jahre auf See. Na, ich denke, sie hätte sich dann wirklich einen anderen gesucht«, kam es von Jörg.

So alberten sie herum, Geraldine schwieg dazu, der Kapitän saß ihr gegenüber, seine hellen Augen betrachteten sie aufmerksam. So hatte sie seit langer Zeit niemand mehr angesehen.

Auch Alexander beteiligte sich kaum an dem Gerede, er sah Geraldine an, sah ihren Blickwechsel mit dem Kapitän. Er kannte Silkes Vater. Und er wusste, dass er den Frauen schon immer gefallen hatte.

Als sie sich verabschiedeten, führte Kapitän Jansen Geraldines Hand an seine Lippen.

»Sie sind eine schöne Frau, Alkmene«, sagte er.

Jörg kicherte den ganzen Heimweg lang.

»So ein alter Schwerenöter. Allerhand von diesem Opa.«

»Er gefällt mir sehr gut«, sagte Geraldine leise.

»Du willst damit doch nicht sagen, dass er dir besser gefällt als ich?«, fragte Jörg beleidigt.

»Das ist ein großer Unterschied.«

»Was heißt denn das? Was für ein Unterschied. Er ist ein alter Mann.«

»Das ist er nicht. Er ist sehr lebendig. Er ist ein interessanter Mann.«

»Ein bitte was?«

»Allein die Art, wie er mich ansieht«, sagte sie verträumt vor sich hin. Ihre Finger glitten dabei über Nelsons Kopf.

»Wie er dich ansieht! Also, das versteh ich nicht.«

»Verstehst du wirklich nicht«, mischte sich Alexander in das Gespräch. »Er hat Augen wie Odysseus.«

»Jetzt spinnst du auch noch.«

»Na gut, sagen wir Augen wie ein Kapitän, der über das Meer blickt, weit in die Ferne. Über den Horizont hinaus. Das ist es, was einer Frau an einem Mann gefällt.«

»Jetzt weiß ich wirklich nicht mehr, was ich sagen soll.«

»Dann halt die Klappe. Ein wenig mehr von Frauen verstehe ich inzwischen schon. Mehr als du auf jeden Fall. Odysseus, der Suchende, der Verlorene, der Verführte und der dennoch Starke, der alle überwindet.«

Sie waren beim Haus Holm angelangt.

Frau Holm war noch wach.

»Wo treibt ihr euch so lange herum?«

»Wir waren Matjes essen«, berichtete Jörg, »haben uns einen angetütert, und Geraldine hat sich verliebt.«

»Doch sicher nicht in dich.«

»Das ist ja mein Elend. Morgen reise ich ab.«

Diesmal war es Alexander, der nicht schlafen konnte. Er ging später hinaus in den Garten, der abnehmende Mond stand im Osten, auch Sterne waren jetzt zu sehen. Der Wind hatte gedreht, von Süd auf West gewechselt, der nächste Tag würde windig sein.

Der erste Abend vor einem Jahr in Paris fiel ihm ein. Da stand er nachts vor dem Hotel, es war auch abnehmender Mond, und er war eifersüchtig auf Challier.

Er begriff nun, was er damals noch nicht wissen konnte – Burckhardt, Challier, sogar der Vater von Silke, das waren Männer, die Geraldine gefielen. So alt war der Kapitän auch nicht, Ende fünfzig vielleicht.

Sie ist eine Vatertochter, dachte er.

Aber sie hat Klose doch geliebt. Der hat sie enttäuscht, hat sie verlassen, hat ihr für alle Zeit die Liebe zu einem jungen Mann abgewöhnt.

Er hat etwas in ihr zerstört.

Und er kam zu einem Entschluss. Er war ein Zögerer, ein Hamlet. Er hatte nie versucht, sie wirklich zu besitzen. Er liebte sie doch. Er würde jetzt einfach in ihr Zimmer gehen.

Er hat vom ersten Augenblick an gewusst, dass er sie begehrte. Und bald darauf, dass er sie liebte. Warum war er eigentlich so feige?

Feigheit war nicht das richtige Wort. Da war irgendetwas, das ihn zögern ließ, endlich zu tun, was so einfach erschien.

Er war schließlich kein Anfänger, es hatte genügend Mädchen und Frauen in seinem Leben gegeben. Aber nun – auf einmal erschrak er. Er entdeckte etwas, was ihm bisher nicht aufgefallen war.

Seit er Geraldine kannte, hatte er keine Frau angerührt. Seit jenem Abend im Haus seines Vaters hatte er wie ein Mönch gelebt.

Was war eigentlich mit ihm los?

Was ist eigentlich mit mir los?

Er empfand plötzlich eine wilde Wut. Was taten sie eigentlich hier? Das Gequatsche seines Bruders hatte er satt, das Gelabere mit den anderen, und nun noch der Kapitän, den sie angesehen hatte, wie sie ihn nie angesehen hatte.

Heute! Diese Nacht!

Er öffnete leise die Tür zu ihrem Zimmer. Das Fenster war halb geöffnet, die Gardine wehte leicht im Wind, der vage Schein des Mondes.

Sie schlief. Lag auf der Seite, im Licht der Laterne konnte er sie sehen.

Er zögerte. Durfte er sie einfach wecken, in aller Selbstverständlichkeit in ihr Bett kriechen?

Die Oma würde schlafen. Jörg sicher auch.

Und dann fiel ihm ein, was Jana gesagt hatte. In Mutters Haus bitte nicht.

Verdammt! Sie musste ihn immer noch schulmeistern.

Und dann hörte er den leisen Atem hinter sich.

Er drehte sich erschrocken um.

Nelson! Er schlief in der Diele, er war ihm nachgekommen. Stand nun da und blickte zu ihm auf.

Er senkte abwehrend die Hand. Schloss die Tür, trat zurück.

Nelson beschützte sie. Irgendetwas oder irgendjemand beschützte sie vor ihm.

Er ging zurück, wartete, bis sich Nelson mit einem leisen Seufzer wieder auf sein Lager gelegt hatte. Und dann stand er an der Haustür, am liebsten wäre er gegangen. Irgendwohin, nur fort. Am liebsten über die ganze Insel, um nie zurückzukehren.

Schließlich ging er in sein Zimmer. In sein Bett. Allein.

Geraldine hatte nicht geschlafen. Sie hatte gehört, als er die Tür öffnete, sie ansah.

Man konnte es hören, wenn man in der Dunkelheit angesehen wurde.

Warum mache ich es ihm so schwer?, dachte sie.

Doch das tue ich gar nicht. Er kann kommen, wenn er will. Aber er kommt nicht.

Sie war lange nicht geliebt worden. Heute Abend, als der Kapitän sie ansah, hatte sie an Burckhardt gedacht. Aber der wollte nichts mehr von ihr wissen. Der dachte, sie schlief mit Challier, mit Alexander, mit sonst wem.

Ich hätte ihm einfach die Arme entgegenstrecken sollen, ihn an mich ziehen, dann läge er jetzt bei mir im Bett. Aber ich will nicht.

Warum will ich nicht?

Sie stand auf, ging zum Fenster, blickte hinaus in den schlafenden Garten. Die Straßenlaterne erlosch, nun war es ganz dunkel. Den Mond konnte sie nicht sehen, er stand schon tief über dem Watt, die Bäume versperrten ihr den Blick.

Verlassen, einsam, verloren kam sie sich vor. Die jungen Leute konnten ihr nicht helfen. Zu dem Kapitän konnte sie nicht sagen: Nimm mich mit auf dein Schiff.

Sie musste lachen. Es gab kein Schiff mehr, er fuhr schon lange nicht mehr zur See, soviel hatte sie heute Abend mitbekommen.

Und zu Hause wartete seine Frau auf ihn.

Das mit dem Kapitän konnte nichts werden. Sie blieb allein. Sie war allein. So allein wie immer. Einsam.

An Schlaf war nicht zu denken, trotz des Biers und der Juvis.

Morgen würde sie sich eine Flasche Whisky besorgen.

Und eigentlich hatte sie genug von diesem so genannten Urlaub, da konnten auch die Rosen nicht helfen.

Plötzlich hatte der Urlaub ein Ende.

Frobenius rief an und beorderte seinen Sohn nach Berlin.

»Ich brauche dich in der Firma, wir bereiten zwei neue Filme vor. Ich reise für zwei Wochen nach Kalifornien.«

»Nach Hollywood?«

»Sehr richtig. Ein paar Gespräche.«

»Kann ich nicht mitkommen?«

»Ich habe gesagt, ich brauche dich in Berlin. Du musst dich mit den Plänen und Projekten vertraut machen.«

»Pläne für Geraldine?«

»Auch. Zurzeit rennt mir Klose die Bude ein. Er will um jeden Preis wieder mit ihr arbeiten. Zugegeben, er hat einen guten Stoff angeboten.«

»Ausgerechnet Klose.«

Frobenius war versucht zu erzählen, was für einen dramatischen Auftritt sich Sebastian Klose kürzlich geleistet hatte. Ausgerechnet bei ihm im Büro.

Er habe in seinem ganzen Leben nur eine Frau wirklich geliebt, und das sei Geraldine. Er wolle sie wiederhaben. Er dulde es nicht länger, dass sie bei Alexander sei. Und er wolle mit ihr und nur mit ihr zusammenleben. Und natürlich wieder einen Film machen.

Es war eine bühnenreife Szene gewesen. Seine Sekretärin im Nebenzimmer hatte alles mitbekommen, und nachdem er fortgestürzt war, kopfschüttelnd gesagt, das könne ja heiter werden.

Als er Jana abends davon erzählte, äußerte sie sich ähnlich.

»Der ist und bleibt ein Verrückter. Du musst Alexander warnen.«

»Es kommt auf Geraldine an, nicht auf Alexander. Aber es wäre mir lieber, wenn dieser gemeinsame Aufenthalt auf Sylt ein Ende hätte. Er soll kommen, und sie kann noch eine Weile bleiben. Deine Mutter wird sich schon um sie kümmern.«

Das fand Janas Zustimmung. Und nun der Anruf.

Von Kloses Auftritt berichtete er nicht.

Doch Alexander, hellhörig geworden, fragte: »Was ist denn das für ein Stoff, den Klose für Geraldine hat?«

»Es ist vorerst nur eine Idee, es gibt noch kein Drehbuch.«

»Soll Geraldine mitkommen?«

»Ich habe mir gedacht, wir treffen uns in Hamburg. Ich habe sowieso in der Stadt zu tun. Da kann ich sie vorsichtig auf alle Pläne vorbereiten, ich gebe ihr die Treatments, die kann sie mitnehmen und lesen, wenn sie wieder in Keitum ist.«

»Ohne mich?«

»Sehr richtig, ohne dich. Du fährt gleich weiter nach Berlin. Ich werde für Geraldine ein Zimmer im Atlantic reservieren, und am nächsten Tag setze ich sie in den Zug nach Westerland.«

»Na, da wird Jörg sich aber freuen.«

»Wer?«

»Mein Herr Bruder.«

»Ist er denn bei euch?«

»Seit zwei Wochen.«

»Das ist ja allerhand. Warum wissen wir nichts davon?«

»Weil deine Schwiegermutter offenbar sehr verschwiegen ist. Jörg war im März schon bei ihr. Davon haben wir auch nichts gewusst.«

»Das ist ja allerhand«, wiederholte Frobenius. »Jana hat vorgestern mit ihr telefoniert, um zu fragen, wie es euch so geht. Kein Wort hat sie von Jörg gesagt.«

»Tja, da siehst du mal, wie Jörg es sich richtet, wenn er mag.«

»Warum ist er nicht in England?«

»Das Essen schmeckt ihm nicht.«

»Jana wird empört sein, wenn ich ihr das erzähle.«

»Hoffentlich. Aber sei beruhigt, Jörg gibt sich zwar große Mühe, aber er hat keine Chancen bei Geraldine. Genauso wenig wie ich. Sie braucht nur ein Lebewesen zu ihrem Glück, das ist Omas Hund, und vielleicht noch den Kapitän.«

»Kapitän? Was für einen Kapitän?«

»Silkes Vater. Du erinnerst dich an Silke?«

»Ja«, antwortete Frobenius, seine Stimme klang nun gereizt. »War mal eine Freundin von dir.«

»Genau. Und in Silkes Vater hat Geraldine sich verliebt, der gefällt ihr besser als ich. Und als Jörg sowieso.«

»Das kommt mir alles ziemlich verrückt vor«, beschloss Frobenius das Gespräch. »Ich erwarte euch übermorgen in Hamburg.«

Das Gespräch fand Montagvormittag statt. Alexander war allein im Haus, Geraldine und Jörg waren wieder mal im Reitstall.

Am Abend trafen sie sich mit den Freunden im Salon 1900, Jörg wollte nämlich unbedingt einmal mit Geraldine tanzen.

Alexander ging nach einer Weile hinaus, er war schlecht gelaunt und wusste nicht, wie er sich verhalten sollte. Denn der Kapitän war erstaunlicherweise auch gekommen, und wie sich zeigte, konnte er sehr gut tanzen. Geraldine verschmähte sowohl Alexander als auch Jörg, sie tanzte lieber mit dem Kapitän. Und sie trank einen Whisky nach dem anderen.

Alexander ging zur nächsten Telefonzelle. Er rief Jana an.

Sie wusste schon Bescheid und äußerte sich wortreich über das Benehmen ihres Sohnes und das Verhalten ihrer Mutter.

»Ihr seid unterwegs?«

»Im Salon 1900. Geraldine tanzt mit ihrer neuen Liebe.«

»Kann ich mir nichts darunter vorstellen. Auf jeden Fall werde ich Mutter jetzt mal anrufen und sagen, was ich von ihr halte. Sie ist ja wohl allein zu Haus?«

»Vermutlich. Und es wird ihr ziemlich egal sein, was du ihr für Vorhaltungen machst. Du machst ja auch, was du willst.«

»Kann ich nicht finden. Aber ich werde froh sein, wenn du hier bist.«

»Immerhin. Mal ein freundliches Wort für mich. Danke. Was ist mit Evi? Ist sie immer noch krank?

»Nein. Sie ist wieder da. Aber immer noch ziemlich ange-
schlagen. Und sehr unglücklich.«

»Was ist eigentlich mit ihr los?«

»Kann ich dir am Telefon nicht erzählen.«

Hamburg

Frobenius holte sie am Bahnhof in Altona ab.

Er betrachtete Geraldine prüfend.

»Viel zugenommen hat sie nicht«, sagte er. »Ich dachte, ihr habt gut zu essen bekommen.«

»Haben wir auch«, sagte Alexander. »Aber sie isst wie ein Spatz. Sie trinkt nur gern Whisky.«

»Aber nur an einem Abend«, wehrte sich Geraldine. Sie fühlte sich Frobenius gegenüber ein wenig befangen. Alexander war auf der Fahrt ziemlich schweigsam gewesen, er hatte nur kurz berichtet, dass sein Vater mehrere Stoffe hätte, die sie lesen sollte.

»Ich hoffe, du wirst sie in Ruhe lesen können. Soviel ich weiß, hat Jana angeordnet, dass Jörg sofort dahin fährt, wo er hergekommen ist.«

»Und du denkst, er wird ihr gehorchen.«

»Das denke ich allerdings. Sie kann ziemlich energisch sein. Wenn Jörg nicht pariert, wird ihm das Konto gesperrt. Und er muss sich umgehend in Berlin melden.«

Geraldine hatte gelächelt, aus dem Fenster gesehen, die Pferde, die Kühe und die Schafe betrachtet.

»Ich glaube nicht, dass du ihn vermissen wirst.«

»Hauptsache, Nelson ist da«, antwortete sie leise.

»Mich wirst du auch nicht vermissen, das weiß ich. Aber bald werden wir wieder arbeiten müssen.«

Von Sebastian Klose und dessen Plänen sprach er nicht. Er war nur enttäuscht, dass sein Vater ihn sofort nach Fuhlsbüttel fuhr.

»In einer Stunde geht dein Flieger.«

Der Flug war schon gebucht.

»Ich dachte, ich könnte endlich mal im Atlantic wohnen«, maulte Alexander. »Immer sind wir an Hamburg vorbeigefahren.«

»Vielleicht wirst du bald längere Zeit in Hamburg sein. Einer der Stoffe spielt in Hamburg.«

»Und was ist das?«

»Du wirst es lesen, liegt alles auf deinem Schreibtisch.«

»Und heute Abend wird Jana mich verhören.«

»Damit musst du rechnen.«

»Ich habe mir nichts vorzuwerfen. Wir waren alle sehr brav.«

Frobenius warf einen prüfenden Blick auf Geraldine. Sie schien gar nicht zuzuhören und mit ihren Gedanken ganz woanders zu sein. Auf einmal sagte sie: »Es gibt doch einen großen Hafen hier. Den möchte ich gern sehen. Burckhardt hat mir das erzählt. Er hat gesagt, nach München gefällt es ihm in Hamburg am besten.«

»Ich würde gern morgen mit dir an die Landungsbrücken fahren. Aber wie du siehst, schiebt mein Vater mich umgehend ab.« Alexander klang verärgert.

Frobenius schwieg dazu.

»Als wir nach Sylt gefahren sind, haben wir ein großes Wasser überquert. Das war die Alster, hast du gesagt. Die haben wir heute nicht gesehen.«

»Wir sind in Altona angekommen. Da sind wir zwar nicht weit von der Elbe entfernt, aber über die Alster kommen wir nicht. Doch die siehst du nachher, weil das Hotel Atlantic direkt an der Alster liegt.«

Auch dazu kam von Frobenius kein Kommentar.

Herbert Frobenius hatte zwar zwei Verabredungen für den kommenden Tag, doch vielleicht war es möglich, am Vormittag mit ihr an die Landungsbrücken zu fahren. Dann musste sie einen späteren Zug nach Sylt nehmen. Und obwohl sie inzwischen viel erlebt und auch gemeistert hatte, zweifelte er, ob sie allein in Altona einen Zug erreichen würde.

Was albern von ihm war, wie er sich gleich zurechtwies. Und eventuell fand er im Hotel jemanden, der sie zum Bahnhof brachte. Oder sie fuhr nicht von Altona ab, sondern nahm einen IC, der vom nahe gelegenen Hauptbahnhof abfuhr.

Er würde sich im Hotel gleich nach einem Zug erkundigen. Er sprach jedoch mit keinem Wort davon. Auf einmal fand er es einen unsinnigen Einfall, dass er Alexander veranlasst hatte, sie mit nach Hamburg zu bringen. Es wäre doch besser gewesen, sie wäre in Keitum geblieben, wo sie sich inzwischen gut auskannte und von seiner Schwiegermutter versorgt wurde.

Warum nur hatte er sich gewünscht, dass sie mitkam? Die Treatments hätte er ihr genauso gut nach Sylt schicken können. Doch gleichzeitig gab er zu, dass er sie hatte sehen wollen. Ob sie sich erholt hatte, ob sie sich wohlfühlte, und schließlich und endlich wollte er wissen, wie es zwischen ihr und Alexander stand.

Der Abschied am Flughafen fiel ziemlich kurz und schweigsam aus.

Alexander sagte nur: »Pass gut auf und fall nicht vom Pferd. Und grüß Nelson von mir.«

Geraldine lächelte abwesend. Kein Händedruck, kein Kuss.

Während sie wieder stadteinwärts fuhren, sagte Frobenius: »Sie mögen den Hund meiner Schwiegermutter, nicht wahr?«

»Ja. Und eigentlich möchte ich nur seinetwegen wieder zurück.«

»Gefällt es Ihnen bei Frau Holm nicht?«

»O doch, ja. Sie ist sehr freundlich. Aber ich …«, sie stockte.

»Was wollten Sie sagen, Geraldine?«

»Ach, ich weiß nicht, was ich sagen soll. Ich komme mir irgendwie verloren vor. Verlassen. Das liegt nicht an Frau Holm. Nicht an Sylt. Die Insel ist wunderschön. Aber ich fühle mich so einsam. Wenn Nelson nicht wäre. Und die Pferde natürlich. Aber ich kann ja noch nicht gut reiten. Und die anderen sind immer da.«

»Was meinen Sie damit, die anderen?«

»Na ja, die Freunde von Alexander. Sie sind alle sehr nett. Und sehr lustig. Aber ich gehöre nicht dazu. Sie sind immer im Reitstall. Nur mit Nelson kann ich allein sein.«

Allein am Watt sitzen, auf das Wasser blicken, den Wolken nachsehen, das Schilf rauschen hören, wenn der Wind wehte. Sie schätzte das richtig ein. Sie würde allein nichts unternehmen, in kein Lokal gehen und auch nicht mehr in den Stall, wo sie mit den Pferden nicht allein sein konnte. Eigentlich wollte sie gar keinen mehr wiedersehen. Auch den Kapitän nicht, der nicht ihr gehörte, sondern seiner Familie. Silke wollte sie nicht mehr sehen, nicht Dirk oder Andreas und wie sie alle hießen.

Und wenn sie jetzt nicht einmal mehr ihren Vater hatte … Sie spürte, wie ihr Tränen in die Augen stiegen, und grub die Nägel in ihre Handfläche. Sie würde sehen, ob sie irgendwo einen Whisky bekäme, und am liebsten wäre es ihr, wenn Frobenius auch verschwinden würde. Sofort und für immer.

»Ihr Vater ist ja wieder da, das wissen Sie, Geraldine«, sagte Frobenius, als er den Wagen in die Hotelgarage fuhr.

»Die Aufnahmen sind beendet, ich habe es in der Zeitung gelesen«, sagte sie. Doch sie verschwieg, dass sie versucht hatte, Thomas zu erreichen. Das Telefon in Berlin läutete, doch niemand hatte abgehoben.

Er war also heimgekehrt, und er wohnte bei Leonie. Er wusste, dass sie auf Sylt war, sonst wäre er wohl gekommen. Aber zweifellos war es ihm lieber, bei dieser Frau zu sein als bei seiner Tochter. Endlich wieder eine Frau, die ihm etwas bedeutete. Eine Frau, die er liebte.

War es nicht sein gutes Recht?

»Haben Sie ihn gesprochen?«, fragte sie widerwillig.

»Ja. Er war bei mir. Es war sehr anstrengend, ziemlich warm, aber die Aufnahmen seien gut geworden. Recht amüsant, wie er es nannte.«

»So. Das freut mich.«

Frobenius gab ihr wieder einen Blick von der Seite.

»Er sieht gut aus, ganz braun gebrannt. Und er machte einen zufriedenen Eindruck.«

»So«, sagte sie wieder.

»Jetzt werden Sie sich ein wenig ausruhen, und dann werden wir schön zu Abend essen. Ich nehme an, es gefällt Ihnen, wieder einmal in einem Hotel zu wohnen«, sagte er, als sie in der Halle des Atlantic standen.

Er war verunsichert, sie wirkte so scheu, geradezu verängstigt. Möglicherweise war es keine gute Idee gewesen, sie nach Hamburg zu bitten.

»Doch, das gefällt mir. Seit Paris habe ich nicht mehr in einem Hotel gewohnt.«

Er überlegte kurz. Ja, so war es wohl. Alexander hatte berichtet, sie verkrieche sich in der Wohnung ihres Vaters und gehe kaum aus dem Haus.

Der Hausdiener hatte inzwischen ihren kleinen Koffer und ihre Zimmerschlüssel in der Hand.

Sie lächelte. »Ich habe mir extra ein Kleid gekauft. In Keitum gibt es einen hübschen Laden, die Takerwai Boutique, und Alexander meinte, Sie würden sicher mit uns zum Essen ausgehen, und da brauche ich ein Kleid. Hoffentlich gefällt es Ihnen.«

»Wir werden sehen.«

»Aber er hat sicher nicht damit gerechnet, dass er nicht dabei sein wird.«

Frobenius fand es jetzt auch nicht mehr so gut. Es war schwierig, mit ihr zu reden, sie wirkte abwesend, blickte an ihm vorbei.

Und die Frage, wie es mittlerweile zwischen ihr und Alexander stand, konnte er nicht beantworten. Und darauf ansprechen konnte er sie schließlich auch nicht.

Jana war der Meinung, es hätte sich in dem Verhältnis der beiden nichts geändert. Und er hatte darauf geantwortet, woher sie das wissen wolle.

»Weil ich ihm verboten habe, in Mutters Haus den Liebhaber zu spielen.«

Darauf hatte Frobenius nur gelacht. Schließlich hatten Jana und er vor vielen Jahren auch das erste Mal im Haus ihrer Mutter zusammen geschlafen. Sie hatten sich am Strand kennen gelernt, hatten sich sehr rasch und sehr heftig verliebt, und dann hatte sie ihn einfach mitgenommen.

»Wir treffen uns in einer Stunde hier in der Halle, ja?«, sagte er. »Und wir essen im Hotel. Wir sitzen hier sehr gut, mit Blick auf die Alster, und das Essen ist hervorragend.«

Sie sah sich zufrieden in ihrem Appartement um. Ein Wohnzimmer, ein Schlafzimmer, ein großes Badezimmer. Das gefiel ihr nach dem kleinen Zimmer in Oma Holms Haus. Sie zog Hose und Bluse aus, lief eine Weile nackt durch die Räume, stellte sich dann unter die Dusche.

Und beschloss: Nun ist Schluss mit der Schumannstraße. Thomas wohnt bei seiner Leonie, und ich werde mir eine schöne große Wohnung mieten. Wenn ich doch jetzt Geld genug habe, kann ich mir eine bessere Wohnung leisten. Neue Filme waren in Aussicht, und vielleicht gelang es ihr sogar, Theater zu spielen. Was sie sich mehr als alles andere wünschte.

Eine Stunde später kam sie in die Halle. Sie war gut geschminkt und trug ihr neues Kleid, es war lichtblau und hatte einen weiten Rock.

Frobenius war schon da, er stand auf und kam ihr entgegen. »Wirklich ein schönes Kleid«, sagte er, ein wenig befangen.

Aber sie war jetzt ganz entspannt.

»Es gefällt mir gut hier«, sagte sie, lächelte und streckte ihm die Hand hin.

Er nahm die Hand, beugte sich darüber und küsste die Hand.

»Es gefällt mir gut hier«, wiederholte sie. »Und ich habe mir gerade überlegt, dass ich mir jetzt doch eine neue Wohnung suchen werde.«

»Das ist eine gute Idee. Zumal Ihnen die Chansons zusätzliche Einnahmen bescheren.«

»Die Chansons?«

»Ja. Nachdem der Film erfolgreich gelaufen ist, sind jetzt die CDs auf dem Markt, und sie kommen hervorragend an. Geraldine, ein Glas Champagner?«

»Gern.«

Kurz darauf saßen sie im Restaurant, direkt über der Alster, die noch hell in der Abendsonne glänzte.

»Das ist wunderschön hier«, sagte Geraldine. »Also, ich freue mich sehr, dass ich endlich mal in Hamburg bin. Ist doch komisch, nicht? In Paris kenne ich mich gut aus, und in Wien auch. Aber in Hamburg war ich noch nie.«

»In Wien auch?«

»Das wissen Sie doch, Herr Frobenius. Ich war mit Burckhardt in Wien. Und Venedig kenne ich auch, und Verona. Und Florenz. Ein bisschen was von der Welt habe ich nun kennen gelernt.«

»Und wie wäre es mit Amerika?«

Sie zog die Schultern hoch.

»Das heißt Hollywood, nicht wahr?«

»Es handelt sich um Challier. Er möchte gern wieder mit Ihnen arbeiten. Wir stehen in Verbindung.«

»Und was für ein Stoff?«

»Sie werden das alles nach Keitum mitnehmen. Ich habe vier Treatments hier. Sie werden sie lesen, Geraldine, und mir sagen, was Ihnen gefällt.«

»Und was gefällt Ihnen?«

»Na ja«, sagte er, »das eine oder andere geht ja. Aber wir müssen an die Erfolge, die wir hatten, anknüpfen. Das muss gut überlegt sein.«

»Griechenland. Paris. Sollte man nicht mal einen Film in Deutschland machen? Was soll ich in Hollywood? Man wird doch ziemlich schnell verheizt. Und ich glaube, dafür bin ich nicht der richtige Typ.«

Frobenius nickte. Das dachte er auch. Und er wollte sie eigentlich nicht wieder mit Challier zusammenbringen.

»Schauen Sie erst mal in die Speisekarte«, sagte er.

»Suchen Sie etwas aus. Sie kennen sich hier besser aus. Nur nicht so große Portionen.«

Sie blickte immer wieder hinaus auf die schimmernde Alster. Ein leichter Wind war aufgekommen, man sah einige Segelboote kreuzen.

»Auf diesem See kann man segeln«, stellte sie erstaunt fest.

»Es ist kein See, es ist ein Fluss. Und er ist gewissermaßen das Wahrzeichen von Hamburg.«

»Aber der Hafen?«

»Den gibt es auch. Und das ist dann die Elbe. Aber das offene Meer ist noch weit. Und nun erzählen Sie mir ein wenig von Sylt.«

Sie erzählte von der Oma, von den Pferden und am meisten von Nelson.

»Wenn ich erst eine größere Wohnung habe, möchte ich auch einen Hund haben. Aber wenn ich immer unterwegs bin …«

»Wieso sind Sie immer unterwegs?«

»Für die Filme. Wenn ich in Berlin Theater spielen könnte, wäre mein Hund nicht allein.«

»Erzählen Sie noch von dem Kapitän. Alexander hat gesagt, Sie haben sich in ihn verliebt.«

Sie lachte. »Hat er das gesagt? Das ist ein wenig übertrieben. Er gefällt mir. Und er ist ein guter Tänzer. Aber ich glaube, ich kann es nicht sehr gut.«

»Warum glauben Sie das?«

»Na ja, meine Mutter ist Tänzerin. Oder sie war es. Als ich klein war, hat sie mich manchmal an der Hand genommen, um mir etwas beizubringen, gewisse Schritte oder Stellungen. Und dann sagte sie, ich sei vollkommen unbegabt. So etwas merkt man sich.«

»Ja. Und das ist nicht sehr geschickt von einer Mutter, würde ich sagen.«

»Das ist wohl eine lange und eine üble Geschichte. Mein Vater hat selten von ihr gesprochen. Und später gar nicht mehr. Er war froh, dass er sie los war. Und ich habe sie auch nicht vermisst.« Sie stockte. Fügte dann leiser hinzu: »Ich habe immer nur meinen Vater gebraucht. Und …« Sie verstummte. Sie hatte sagen wollen: Nun habe ich ihn auch verloren.

Aber es langte mit traurigen Selbstanalysen. Frobenius war nicht Nelson. Es war eine Zumutung, wenn sie ihm pausenlos etwas vorjammerte.

»Jedenfalls konnte ich mit dem Kapitän sehr gut tanzen. Vermutlich ein wenig altmodisch, wenn man sich die Hopserei ansieht, die heute Mode ist. Aber im Club tanzen eigentlich alle Gäste so. Die Tanzfläche ist ja auch sehr klein. Der Kapitän ist Silkes Vater. Und Silke ist eine frühere Liebe von Alexander.«

Der erste Gang, Krabben mit ein wenig Salat, wurde serviert.

»Der Kapitän kennt sich in Griechenland gut aus. Wir haben von Odysseus und seinen Irrfahrten gesprochen. Und ich habe gesagt, was ich in Ihrem Haus gelernt habe. Was

272

wäre, wenn er bei den Affen durchgefahren wäre? Der Kapitän hat es sofort kapiert. Dann hätte vermutlich Odysseus Amerika entdeckt, sagte er.«

»Eine bemerkenswerte Vorstellung.«

Geraldine kämpfte sich tapfer durch die Gänge. Aber sie schaffte es selten, alles aufzuessen. Sie spürte, dass Frobenius das beobachtete.

»Ich habe nie viel gegessen«, sagte sie. »Meine Mutter hat überhaupt nicht gekocht. Mein Vater hat, wenn er die Zeit hatte, immer gern gekocht. Manchmal waren wir auch beim Italiener. Und als ich dann wieder da war ...«, sie blickte hinaus auf die dunkelnde Alster, »da habe ich mich oft dämlich benommen. Ich habe mich geweigert zu essen, auch wenn er etwas zubereitet hatte.«

Als ich wieder da war, so interpretierte es Frobenius, damit meinte sie wohl die Zeit nach der Trennung von Sebastian Klose.

Er schwieg, blickte sie an. Und seltsamerweise empfand er Mitgefühl. Sie sah gut aus. Und doch glich sie wieder ein wenig der Geraldine von jenem ersten Abend. Sie sah älter aus. Irgendwie bekümmert. Irgendwie verletzt.

Er ertappte sich dabei, dass er das Wort irgendwie benutzte. Das konnte Jana nicht ausstehen.

»Mögen Sie einen Espresso, Geraldine? Den können wir in der Halle trinken.«

Und dann geschah es.

Sie saßen im Foyer des Hotels, tranken Espresso, er fragte später nach einem Drink, und sie entschied sich für einen Whisky. Für sich bestellte er Cognac.

Er erinnerte sich daran, was Jana ihm erzählt hatte. Geraldine trinke einen Whisky nach dem anderen. Aber im Haus seiner Schwiegermutter gab es sicher keinen Whisky. Jana hatte wieder einmal übertrieben. Oder Alexander.

Sie saß mit dem Blick auf die Bar. Und dann kam ein Mann aus der Bar.

Geraldine erstarrte, presste die Hand um ihren Hals, stöhnte. Der Mann ging zur Rezeption, wandte sich um, sah sie an. Da war er.

Seit Paris hatte sie ihn nicht mehr gesehen.

»Was ist?«, fragte Frobenius.

Er folgte ihrem Blick.

»Das ist ja Harald«, sagte er, stand auf und hob die Hand.

Geraldine sah sprachlos zu ihm auf.

»Ein Kollege von Ihnen, Geraldine. Soviel ich weiß, ist er am Thalia Theater engagiert.«

Da kam dieser Harald schon auf sie zu, begrüßte Frobenius, ließ verlauten, wie sehr er sich freue, die berühmte Geraldine Bansa kennen zu lernen.

Er hatte dunkles Haar und dunkle Augen. Das war es schon. Ich bin verrückt, dachte Geraldine.

Aber ich habe ihn so lange nicht gesehen. Wie sollte er auch nach Sylt kommen. Aber in Hamburg …

Sie lächelte verzerrt. Der junge Mann setzte sich zu ihnen, erzählte von seiner Arbeit, geprobt würde noch nicht, erst im nächsten Monat würde man beginnen. Er sprach von der Rolle, die er spielen würde, nur eine kleine Rolle, wie er mit Bedauern feststellte.

»Ich bin ja noch Anfänger. Und es ist heutzutage schwierig, richtig zu landen. So ein rascher Erfolg, wie er Ihnen beschert wurde, Frau Bansa, das ist selten geworden. Es sei denn, man lässt sich im Fernsehen billig vermarkten. Aber diesen Ehrgeiz habe ich nicht.«

Geraldine lächelte vage, sprach kaum ein Wort.

Nein, im Atlantic wohne er nicht, sagte der junge Mann, das könne er sich noch nicht leisten. Aber er freue sich sehr, dass man sich getroffen habe. Er war heiter, freundlich, machte Geraldine ein Kompliment.

»Wissen Sie, was ich mir wünsche?«

Und als keine Antwort kam: »Ich wünsche mir, wir könnten einmal zusammen arbeiten.«

»Ach ja«, sagte Geraldine albern.

»Wir sind momentan mit neuen Plänen beschäftigt«, sagte Frobenius, nun auch irritiert von ihrem seltsamen Benehmen. »Frau Bansa hat einige Treatments zur Beurteilung.«

Was für ein blödsinniges Geschwafel, dachte er gleichzeitig. Doch nun lächelte Geraldine auf einmal.

»Ich werde genau aufpassen, ob eine geeignete Rolle für Sie dabei ist, Harald.«

Und im gleichen Moment ärgerte sie sich über ihre Worte. Sie tat so, als ob sie etwas zu entscheiden hätte.

Sie war verloren und verlassen.

Da ging ein fremder Mann durch den Raum, sie erblickte ihn und dachte ...

Kurz darauf waren sie wieder allein.

»Noch einen Whisky?«, fragte Frobenius.

»Nein, danke.« Und nach einem kurzen Zögern: »Einen kleinen vielleicht.«

Einen kleinen Whisky gab es nicht, aber viel war sowieso nicht in dem Glas, das der Kellner brachte.

Es war ein lähmendes Schweigen zwischen ihnen entstanden.

»Vielleicht fahren wir morgen Vormittag an die Landungsbrücken«, sagte Frobenius dann. »Sie wollten doch gern den Hafen sehen.«

»Ja, doch, gern«, erwiderte sie abwesend.

»Ich denke, wir sollten jetzt schlafen gehen«, sagte Frobenius nach einem weiteren Schweigen. »Sie sind sicher müde. Schließlich war es ein langer Tag für Sie.«

Plötzlich lachte sie.

»Ich bin ausgeruht und ausgeschlafen. Trotz Alexander und Jörg. Und tanzen waren wir nur einmal. Sonst haben wir sehr solide gelebt. Wie ich es gewohnt bin.«

Er brachte sie zur Tür ihres Appartements.

»Gute Nacht. Schlafen Sie gut, Geraldine.«

Sie hob beide Hände, spreizte die Finger.

»Lass mich nicht allein. Lass mich nicht allein«, flüsterte sie.

»Geraldine …«

»Lass mich nicht allein.«

Sie schlang die Arme um seinen Hals, drückte ihr Gesicht an seine Wange. Ihre Augen standen voller Tränen.

Frobenius nahm ihr den Schlüssel aus der Hand und schloss die Tür auf. Schob sie ins Zimmer, denn hinter ihnen kamen Leute den Gang hinunter.

»Bitte, Geraldine, beruhige dich. Ich verstehe gar nicht …«

»Nein, das kannst du nicht verstehen. Das musst du auch nicht verstehen. Aber bleib bei mir.«

Sie legte ihre Wange an seine, und dann küsste sie ihn, küsste ihn lange und leidenschaftlich.

Frobenius stieg das Blut in den Kopf, er hielt sie nun in den Armen, spürte ihren Körper, sein Körper antwortete.

Sie standen noch an der Tür, sie ging langsam rückwärts, in das Zimmer hinein, hielt ihn immer noch fest.

Schließlich gelang es ihm, sich zu befreien.

»Es war ein anstrengender Tag«, sagte er mühevoll. »Die lange Fahrt … du wirst müde sein, und …«

»Es ist keine lange Fahrt von Westerland nach Hamburg«, widersprach sie ganz sachlich. »Und ich bin nicht müde. Ich will nur nicht allein sein. Ich bin jetzt seit Monaten allein. Niemand liebt mich. Bleib bei mir.«

Was sollte er darauf erwidern? Was würde einigermaßen glaubwürdig klingen? Sie war seit Monaten allein. Niemand liebte sie. Hatte es Sinn, nach Alexander zu fragen?

Seine Hände glitten sacht über ihre Schultern. Er fand am Hals den Verschluss des Kleides, zog langsam den Reißverschluss auf, und das lichtblaue Modell glitt zu Boden.

Sie ist wirklich zu dünn, dachte er.

Er hatte noch einen Augenblick Zeit, zur Besinnung zu kommen. Langsam trat er zur Seite. Sah sie an.

»Willst du wirklich, dass ich bei dir bleibe?«

»Warum fragst du?«, erwiderte sie heftig.

Sie wandte sich um und ging in das Schlafzimmer.

Er ging langsam zur Tür und drehte den Riegel um.

Er musste bei ihr bleiben. Er wollte bei ihr bleiben. Es gab keinen Grund, an Jana zu denken. Und schon gar nicht an Alexander.

Als er in das Schlafzimmer kam, lag sie bereits im Bett. Sie streckte ihm beide Arme entgegen. Es gab überhaupt nichts mehr zu denken.

Es war eine Überwältigung, oder wenn man so wollte, eine Vergewaltigung. Eine Frau, die ihn mit leidenschaftlicher Hingabe empfing. Dass der junge Mann, der vor einer Stunde aus der Bar gekommen war, ein Mann mit dunklem Haar und dunklen Augen, der Auslöser war, konnte er nicht wissen.

Auch sie hätte es nicht erklären können.

Es wurde für beide eine gelungene Nacht. Dank Jana war er noch gut in Form.

Doch was in dieser Nacht geschah, war mit allem, was er bisher erlebt hatte, nicht zu vergleichen. Und sie benahm sich ganz anders, als er es von den meisten Frauen kannte. Es schien sie nicht zu bekümmern, ob sie das Bett beschmutzt hatten. Sie stand nicht auf und lief ins Bad, um sich zu waschen. Sie blieb dicht an ihn geschmiegt liegen, sie rührte sich lange nicht, es schien ihr nichts auszumachen, dass ihre Schenkel feucht waren.

Sie flüsterte nur einmal: »Danke.«

Sein Mund lag an ihrer Schläfe. Dann schlief sie ein, ganz sanft und ruhig.

Er schob sich langsam aus dem Bett, stand eine Weile regungslos da. Er musste in sein Zimmer gehen. Es lag zwar nebenan, doch die Verbindungstür war verschlossen.

Er zog Hose und Jackett an und schlich sich leise hinaus.

Er konnte lange nicht einschlafen. Unbegreifliches war geschehen. Aber er war bewegt, er war glücklich. Er dachte nicht an Jana. Nur einmal kurz an Alexander. Der war längst in Berlin gelandet.

Am Morgen überlegte er eine Weile, was er tun sollte. Dann nahm er das Telefon und rief bei ihr an.

Sie meldete sich sofort.

»Hast du ausgeschlafen?«, fragte er.

»Ja. Schon lange. Ich habe sehr gut geschlafen.«

»Das freut mich. Wollen wir zusammen frühstücken?«

Ein ganz normales Gespräch, doch er hatte das Gefühl, sich in einer unbegreiflichen Situation zu befinden.

»Hier bei mir im Zimmer? Ich bestelle Frühstück für zwei ...«

»Aber bitte kein Ei. Ich habe jetzt wochenlang jeden Tag ein Ei zum Frühstück essen müssen.«

Er lachte. »Falls ein Ei zum Frühstück gehört, brauchst du es ja nicht zu essen.«

Er bestellte das Frühstück und dann den Hausdiener, damit die Verbindungstür geöffnet wurde.

Sie war sehr überrascht, als er durch die Verbindungstür in ihr Zimmer kam. Sie war im Bad und kämmte ihr Haar, es schien dunkler zu sein als am Tag zuvor, es glänzte seidig.

»Ach, du wohnst gleich nebenan? Das habe ich gar nicht gewusst.«

Sie war nackt, kam ungeniert auf ihn zu, ließ sich umarmen. Er trug den Hotelbademantel, nahm ihren vom Bügel und legte ihn ihr um.

Noch immer hatte er das Gefühl, in einem Traum zu leben, aus dem er gleich erwachen würde.

Sie kam mit ihm in sein Zimmer, das Frühstück war serviert, sie betrachtete den Tisch und sagte: »Wer soll denn das alles essen?«

»Du isst ein Brötchen mit Honig oder Marmelade.«

»Aber ein Ei ist auch da.«

»Das gehört wohl zu einem ordentlichen Hotelfrühstück.«

Er redete und wusste nicht, was er redete.

»Ich esse gern ein Ei zum Frühstück, das macht mein Vater auch, ein- oder zweimal in der Woche. Nur jeden Tag, das ist mir zu viel. Aber die Eier von Oma Holm sind eben etwas ganz Besonderes.«

Sie redete ganz unbefangen, so als würde sie jeden Tag mit ihm frühstücken. Als hätte sie schon oft mit ihm geschlafen.

Sie setzte sich auf das Sofa hinter den Tisch, er schenkte ihr Kaffee ein.

»Zucker? Milch?«

»Ja, bitte.«

Langsam entspannte er sich und trank einen Schluck von seinem Kaffee, nahm sich auch ein Brötchen.

Versuchte ein normales Gespräch.

»Es hat dir bei Frau Holm gut gefallen? Wie war es denn so?«

»Hab ich doch gestern schon erzählt. Sie ist eine stolze Frau.«

»Das ist hübsch gesagt.«

»Eine stolze Frau, eine schöne Frau. Alexander hat gesagt, so sind die Nordfriesinnen meist. Jana ist doch auch eine Nordfriesin, nicht wahr?«

Sie sprach von Jana und Alexander mit großer Selbstverständlichkeit.

»Ja«, sagte er.

Sie lächelte. »Aber du musst ihr ja nicht erzählen, was letzte Nacht passiert ist.«

»Ich denke nicht daran.«

Sie biss von ihrem Brötchen ab, kaute langsam. Trank einen Schluck Kaffee.

»Du kannst nichts dafür. Es war meine Schuld. Aber ich war so einsam. Seit Burckhardt hat mich niemand geliebt. Und der will offenbar nichts mehr von mir wissen.«

»Du willst doch nicht behaupten, dass du in den letzten Wochen einsam gewesen bist.«

»Eben doch. Alles junge Leute, mit denen ich nichts anfangen kann ...«

»Möchtest du nicht wieder nach Sylt fahren?«

»Doch. Ich freue mich auf Nelson. Und ich soll ja alles lesen, was du mitgebracht hast.«

»Ich hoffe, es wird ein Stoff dabei sein, der dir gefällt.« Für ihn war es ein mühsames Gespräch.

Doch dann sagte sie lässig: »Muss ich heute schon fahren?«

»Du könntest noch bis morgen bleiben, wenn du gern willst.«

Nun lächelte sie wieder.

»Ich möchte gern noch bleiben. Und da wir so schöne Zimmer haben, direkt nebeneinander ...«

Sie dachte also an eine Fortsetzung. Es blieb nicht bei dieser einen, dieser verzauberten Nacht.

Frobenius stand auf. Er hatte lange nicht geraucht, doch jetzt verlangte es ihn nach einer Zigarette.

Sie begriff seinen suchenden Blick sofort.

»Warte, ich hab Zigaretten. Ich hole sie gleich.«

Sie sprang auf, lief in ihr Appartement.

Frobenius sah ihr nach. Und er spürte den Wunsch, ihr zu folgen und sofort wieder mit ihr ins Bett zu gehen.

Stattdessen fuhren sie eine Weile später an die Landungs-brücken, und Geraldine bekam die Elbe zu sehen.

Sie war ganz fassungslos, wie breit und groß dieser Fluss war.

»Das ist ja schon fast ein Meer.«

»Nun ja, sie ist ja auch auf dem Weg zum Meer. Aber sie ist bereits in Dresden ein prachtvoller Strom.«

»Und sie fließt in dasselbe Meer, wo ich jetzt war.«

»Sie mündet in die Nordsee.«

»Und das ist ja schon fast der Atlantik. Ich möchte noch viele Flüsse kennen lernen. Der Rhein ist auch so breit?«

»Kommt darauf an, wo du ihn siehst. Er ist schon in der Schweiz recht ansehnlich, und je weiter er kommt, umso breiter und mächtiger wird er.«

Es kam ihm vor, als ginge er mit einem Kind spazieren, dem er die Welt, oder wenigstens ein wenig Geografie, erklären musste.

»Sicher habe ich den Rhein mal gesehen. Als ich bei Will in Düsseldorf war. Und als wir im Ruhrgebiet waren. Aber Sebastian hat mir nie etwas richtig gezeigt und erklärt. Er war immer nur mit sich beschäftigt.«

Sie schwieg eine Weile und fügte dann hinzu: »Ich ja auch. Ich meine, ich war auch nur mit ihm beschäftigt.« Noch eine Pause, dann: »Es ist schrecklich, wenn man jung ist.«

Frobenius musste lachen.

»Es ist ein Zustand, der vorübergeht …«

Jetzt kam ein großer breiter Frachter, der langsam und würdevoll an ihnen vorbeiglitt.

»Wo fährt der hin?«

»Der Flagge und dem Namen nach fährt er nach Russland. Und das blaue Fähnchen am Heck ist der Abschiedsgruß für uns.«

Die Lokale an den Landungsbrücken waren dicht besetzt, es war Ferienzeit, viele Touristen waren unterwegs, und alle wollten sie an der Elbe spazieren gehen.

»Ich dachte, wir könnten hier irgendwo essen. Aber du siehst ja, alles dicht bevölkert.«

»Schon wieder essen? Wir haben doch eben erst gefrühstückt.«

»Es ist halb eins. Die meisten Menschen essen um diese Zeit. Ich bin leider um zwei Uhr verabredet. Ich könnte dich ins Hotel zurückbringen, und du bekommst dort zu essen. Unter den Arkaden kenne ich auch ein hübsches Lokal und ...«

»Herr Dr. Frobenius, machen Sie sich bitte keine Sorgen, dass ich verhungern könnte. Ich werde einen Spaziergang um die Alster machen. Oder vielleicht in der Stadt? Aber da kenne ich mich nicht aus.«

»Du findest jederzeit ein Taxi, das dich ins Hotel bringt.«

»So ist es. Langsam werde ich erwachsen. Das hat Alexander auch öfter gesagt.«

»Tut mir Leid, dass ich dich verlassen muss.«

»Aber du kommst doch wieder?«

»So gegen sechs Uhr, denke ich. Wir essen dann zu Abend, vielleicht gehen wir mal woanders hin.«

»Nein. Wir bleiben im Hotel. Ich möchte wieder auf die Alster schauen.«

Sie hatten das Ende der Landungsbrücken erreicht, hier lag ein großes Schiff, eine Gangway führte an Deck, Leute standen an der Reling.

»Das fährt nicht nach Sylt?«

»Nein, die *Prinz Hamlet* geht nach England.«

»Von hier aus? Das muss eine schöne Fahrt sein. Und du fliegst nach Amerika.«

»Ja. Leider. Sonst könnten wir noch ein paar Tage hier bleiben.«

Sie lachte leise. »Oder du begleitest mich nach Sylt. Das würde Frau Holm sicher sehr verblüffen.«

»Zweifellos.«

»Und wir müssten uns tadellos benehmen, sonst berichtet sie ihrer Tochter, was wir so treiben.«

Verblüffter als Frau Holm war er auf jeden Fall. Wie unbefangen sie über das, was geschehen war, sprach. Und heute wieder geschehen würde. Er konnte den Abend kaum erwarten.

Und er dachte gleichzeitig, wie gut es war, dass er den Redakteur, mit dem er verabredet war, in einer Stunde und nicht am Abend treffen würde, wie es zunächst geplant gewesen war. Sie würden sich bei Haerlin im Vier Jahreszeiten zum Essen treffen, und darum war es sowieso Unsinn gewesen, dass er mit ihr am Hafen essen wollte.

Aber er wusste nun, wie er es machen würde. Zusammen mit ihr in die Stadt fahren, bis zum Jungfernstieg, und ihr erklären, wie sie von dort aus zum Hotel spazieren konnte. Oder auch mit einem Alsterdampfer fahren konnte.

Langsam war er imstande, wieder einen klaren Gedanken zu fassen. Er hatte schon viel erlebt, aber das hier war Neuland für ihn.

Er legte beide Arme um sie, zog sie fest an sich. Sie sah ihn an, dann schloss sie die Augen, und er küsste sie.

Nach einer Weile bog sie den Kopf zurück, sah ihn an, schloss die Augen wieder und küsste ihn.

»Ich bin so froh, dass du da bist«, sagte sie. »Ich werde Hamburg nie vergessen.«

Ein Matrose kam die Gangway herab, Geraldine lächelte ihn an, er lächelte zurück.

»Schade, dass wir nicht mit diesem Schiff fahren können«, sagte sie. »Oder gleich mit einem Schiff nach Amerika. Früher haben das alle Leute getan. Heute müssen sie fliegen. Das ist doch langweilig. Ich möchte viel lieber mit einem großen Schiff tagelang auf dem Meer unterwegs sein.«

»Da wir gerade vom Reisen sprechen: Mein Flieger geht morgen gegen zwei Uhr. Und vorher werde ich dich in einen Zug nach Sylt setzen, in einen IC, der fährt vom Hauptbahnhof ab, da kann ich dich hinbringen. Und du wirst allein nach Westerland kommen?«

»Falls ich nicht vorher aussteige«, sie lachte übermütig. »Zum Beispiel in Husum, bei Theodor Storm. Seine Novellen kenne ich inzwischen alle. Könnten wir nicht eine verfilmen?«

»Hat es alles schon mehrmals gegeben. Vom *Schimmelreiter* gibt es zwei, davon ist die alte Verfilmung mit Matthias Wiemann ganz hervorragend.«

»Die möchte ich mal sehen.«

»Werde ich dir besorgen.«

Sie machten sich auf den Rückweg, fuhren bis zum Rathausmarkt, denn das Rathaus sollte sie auch noch kennen lernen, und dann kamen sie zum Jungfernstieg.

Er erklärte ihr den Weg zum Hotel.

»Und da unten kannst du auf einem Alsterdampfer an Bord gehen, der fährt dich direkt vor das Hotel. Wir müssten bloß schauen, wann der nächste ablegt.«

Geraldine küsste ihn leicht auf die Wange.

»Ich werde versuchen, mich wie ein großes Mädchen zu benehmen. Vielleicht kann ich sogar lesen, was auf dem Fahrplan steht.«

»Falls du warten musst, in dem Lokal da drüben bekommst du eine Kleinigkeit zu essen.«

»Wunderbar.«

»Hast du Geld dabei?«

»Ja, Papa. Ich habe Geld, um mir was zu essen und zu trinken zu kaufen. Und es reicht sicher noch für die Dampferfahrt. Da, siehst du?«

Sie öffnete das kleine Täschchen, das sie über der Schulter trug, und was er sah, waren mehrere Hunderteuroscheine.

»Schleppst du dein Geld immer so leichtsinnig mit dir herum?«

»Was soll ich damit machen? Hätte ich es im Hotelzimmer liegen lassen sollen?«

Um sechs war er wieder im Atlantic, sie saß in der Halle, sie nahmen einen Aperitif, aber heute hatte auch Frobenius keinen Appetit. Ziemlich bald gingen sie hinauf in ihre Zimmer, sie liebten sich die halbe Nacht, bis sie beide erschöpft zusammen einschliefen.

Am nächsten Tag brachte er sie zum Bahnhof, der Zug hielt nur kurz.

»Hoffentlich findest du einen Platz«, sagte er. Seine Stimme klang heiser. »Wir hätten eine Platzkarte besorgen sollen.«

Er war so verwirrt, so verstört wie selten zuvor in seinem Leben.

»Ich werde schon einen Platz finden. Und dann fahre ich wieder bei den Kühen und den Pferden und den Schafen vorbei. Und dann bin ich bei Nelson, darauf freue ich mich. Und Frau Holm darf ich von dir grüßen, nicht wahr? Und sonst, also …«, sie stockte, sie stand schon in der Zugtür, sie lächelte. »Wie das so ist, ich danke dir. Aber nun ist es erledigt.«

Rückkehr nach Sylt

Geraldine bekam einen Fensterplatz im Großraumwagen. Und sie genoss es, allein zu reisen. Sie brauchte keine Vorträge von Alexander, denn inzwischen war es kein einmaliges Erlebnis mehr, mit dem Zug zu reisen. Und es war alles so, wie sie es erwartet hatte. Sie sah die Tiere auf den Weiden. Hier und da entdeckte sie ein Fohlen, und sie streckte unwillkürlich die Hand aus, weil sie das seidige Fell der Pferde spürte, die sie bald wieder berühren würde. Sie musste nur noch darüber nachdenken, wie sie es anfangen sollte, Alexanders Freunden aus dem Weg zu gehen.

Sie erinnerte sich an alles, was sie auf der Fahrt nach Sylt gelernt hatte. Nach einer Stunde etwa kam die große Brücke, die über den Kanal führte, dann Husum, die graue Stadt am Meer, wie Theodor Storm sie genannt hatte. Und dann würde sie über den Hindenburgdamm fahren und wieder auf der Insel sein. Ein wenig bange war ihr davor, jetzt ganz allein bei Frau Holm zu wohnen. Der Gedanke, dass vielleicht Jana Frobenius auftauchen würde, war ihr besonders unangenehm.

An Herbert Frobenius dachte sie kaum, sie hatte zwei glückliche Nächte mit ihm verbracht, und das war erledigt. Selbstverständlich erledigt, konnte gar nicht anders sein. Schuld war dieser Harald. Dunkles Haar und dunkle Augen, sie hatte ihn kaum richtig gesehen. Wie albern sie sich benommen hatte.

Sie würde ihn wiedersehen. Wann und wo, das konnte sie nicht wissen. Und wenn sie ihn nie wiedersah, dann war es mit ihrer Karriere vorbei.

Daran konnte kein Frobenius, kein Alexander und nicht einmal Monsieur Challier etwas ändern.

Der Zug rollte jetzt auf Keitum zu, sie fuhren am Grünhof vorbei, dann am Keitumer Bahnhof, ein IC hielt hier natürlich nicht. Und dann Westerland, Endstation. Sie hatte nicht viel zu tragen, nur das kleine Köfferchen und die Mappe mit den Treatments.

Sie nahm sich ein Taxi und ließ sich nach Keitum fahren. Plötzlich kam sie sich richtig erwachsen vor.

Zuerst erschien Nelson und begrüßte sie stürmisch.

Sie ließ Köfferchen und Tasche fallen, setzte sich einfach auf den Boden und nahm ihn in die Arme.

Der Taxifahrer lachte. Frau Holm kam aus dem Haus und schüttelte den Kopf.

»Kommen Sie schnell herein, Sie werden ja ganz nass.«

Geraldine hatte gar nicht bemerkt, dass es angefangen hatte zu regnen.

Erklärungen waren überflüssig, Frau Holm wusste Bescheid, dass Geraldine allein kommen würde. Jana hatte angerufen.

»Hoffentlich wird es Ihnen mit mir allein nicht zu langweilig«, sagte Frau Holm und goss Tee ein. Es war fünf Uhr, um diese Zeit gab es immer Tee.

»Bestimmt nicht«, sagte Geraldine. »Nelson ist schließlich auch da, und die Pferde. Und außerdem habe ich mir Arbeit mitgebracht. Es sei denn …«, sie zögerte, »ich meine, es könnte ja sein, Sie haben genug von mir. Oder Sie wollen an jemand anders vermieten.«

»Das darf ich ja nicht«, das klang ein wenig missmutig. »Meine Tochter erlaubt es nicht. Früher habe ich öfter mal zwei Zimmer vermietet. Aber Jana ist der Meinung, das Haus sollte für sie und die Familie jederzeit zur Verfügung stehen. Also, ich bin ganz froh, dass Sie da sind, Frau Bansa, sonst wäre ich ziemlich einsam.«

Geraldine lachte. »Das wären Sie bestimmt nicht. Ich weiß doch, wie viele Freunde und Bekannte Sie hier haben. Und könnten Sie mir einen Gefallen tun? Sagen Sie nicht Frau Bansa zu mir. Ich heiße ja eigentlich Bantzer, und wenn Sie sich daran gewöhnen würden, mich Geraldine zu nennen, wäre ich Ihnen sehr dankbar.«

Sie lächelten sich an. Es war wirklich eine neue Situation, die junge Frau und die ältere Frau waren allein, und Geraldine empfand geradezu ein Gefühl der Befreiung.

»Vielleicht wird ja Ihre Tochter kommen«, fiel ihr noch ein.

»Kann sie im Moment nicht, sie hat zu viel zu tun.«

Geraldine seufzte erleichtert.

Sie hatte Jana gegenüber keineswegs ein schlechtes Gewissen, aber sie wollte sie jetzt nicht gern treffen.

»Übrigens habe ich gestern Abend wieder eine Folge mit Ihrem Vater gesehen, Geraldine. War sehr gut.«

»Wenn ich darf, möchte ich ihn gern heute Abend anrufen. Falls er zu Hause ist. Es ist nämlich so ...«, sie lachte, »er hat seit einiger Zeit eine Freundin. Es ist mir schwergefallen, mich daran zu gewöhnen, denn bisher hatte ich meinen Vater immer für mich allein. Sie spielt seine Ehefrau in dieser Serie.«

»Eine sympathische Frau.«

»Ja, schon. Aber mich hat es gestört. Ich bin eifersüchtig, ich gebe es zu. Ganz blöd von mir.«

»Und Ihre ... Ihre Mutter?«

Frau Holm füllte wieder die Tassen, und Geraldine nahm sich einen Keks aus der dänischen Dose.

Es gab immer Kekse aus Dänemark im Haus. Die brachte einer der Freunde von Frau Holm mit, der gelegentlich von Munkmarsch aus hinüber nach Dänemark segelte.

»Ach, meine Mutter! Das ist eine seltsame Geschichte. Es war keine gute Ehe, und mein Vater war froh, als sie uns verlassen hatte. Ich habe sie auch nicht vermisst. Komisch, nicht? Aber darum bin ich mit meinem Vater so eng verbunden.«

Sie erzählte, was sie über Tilla wusste, allzu viel war es genau genommen nicht. »Es ist eigenartig, aber ich war froh, als sie weg war. Es war immer so eine ungute Atmosphäre bei uns, und das lag an ihr. Das habe ich schon als Kind gespürt. Und dann lernte sie diese berühmte Fotografin kennen und verschwand mit ihr nach München.«

Weil sie keine Beziehung zu ihrer Mutter hatte, hatte sie auch nie von ihr gesprochen. Wie sollte man das einem Fremden auch begreiflich machen.

Doch an diesem Abend sprach sie plötzlich von Tilla. Sie fühlte sich wie erlöst.

»Jana versteht sich gut mit Ihnen, und Janas Kinder sind ein Teil Ihres Lebens. Aber ich habe nie eine Mutter gehabt, die zu mir gehörte. Und zu meiner Großmutter gab es auch keine enge Beziehung. Mein Vater war immer die wichtigste Person in meinem Leben. Meine Mutter ist eine sehr hübsche Frau, sie war früher Tänzerin …«

Geraldine redete sich alles von der Seele.

Frau Holm hörte ihr geduldig zu. Sie begriff, dass es für Geraldine ein Bedürfnis war, einmal ihr Herz auszuschütten, und am besten einer Frau, die Mutter war und sich mit Kindern und Enkeln gut verstand.

»Und sehen Sie Ihre Mutter manchmal?«

»Ja, sie hat uns in Berlin besucht. Es imponiert ihr, dass ich eine Karriere begonnen habe und dass mein Vater jetzt gut im Geschäft ist. Er hat ja schwere Jahre hinter sich.«

»Und darum ist es doch schön, dass er jetzt eine Frau hat, mit der er sich versteht, nicht wahr?«

»Ja, ich habe es eingesehen. Und ich werde nicht mehr so unfreundlich sein. Wenn Sie bedenken, dass ich meine ganze Kindheit und die späteren Jahre, abgesehen von den zwei

Jahren in Duisburg, immer nur mit meinem Vater zusammengelebt habe. Er war immer für mich da, und ich habe mich oft schlecht benommen. Aber alles, was ich kann, habe ich von ihm gelernt. Nein!« Sie stand plötzlich auf, schob den Stuhl zurück. »Ich werde mich in Zukunft anders benehmen. Entschuldigen Sie, dass ich Sie stundenlang mit meinem Privatleben belästigt habe.«

»Stunden waren es nicht, es war gerade eine Stunde. Und ich denke, dass es gut ist, wenn man mal über Dinge sprechen kann, die man sonst in sich vergräbt.«

»Ja, Sie haben recht. Und mit wem hätte ich darüber sprechen sollen?«

Sie trat ans Fenster.

»Es hat sich eingeregnet.«

»Es wird erst am späten Abend aufhören«, sagte Frau Holm mit Bestimmtheit. Sie kannte sich mit dem Wetter gut aus.

»Ich werde nachher versuchen, meinen Vater zu erreichen. In Berlin ist er, Herr Frobenius hat mit ihm gesprochen. Und wenn er nicht in unserer Wohnung ist, dann ist er eben bei Leonie. Aber die Telefonnummer von ihr habe ich nicht.«

»Sie wissen ja, wie sie heißt. Vermutlich können Sie die Nummer über die Auskunft erfahren. Oder wir rufen einfach Jana an, die möchte sowieso wissen, ob Sie gut angekommen sind und wie es uns geht. Die kann sicher über die Produktion die Telefonnummer von Leonie Winnberg erfahren.«

»Ja, prima. So machen wir es. Jetzt packe ich erst mal aus, und dann werde ich Nelson fragen, ob er einen kleinen Spaziergang mit mir unternehmen will.«

»Wenn es regnet, hält er nicht so viel von Spaziergängen. Und was haben Sie heute Abend noch vor, Geraldine?«

»Ich? Gar nichts. Ich bin froh, dass ich hier mit Ihnen allein bin.«

»Und die Freunde von Alexander?«

»Ich habe wirklich keine Lust, die jungen Leute zu treffen. Wenn Alexander dabei ist, ist das etwas anderes.«

Die jungen Leute, sagte sie. Die Distanz ergab sich ganz von selbst. Die Pferde, ja. Aber sie würde abends nicht mehr mit Alexanders Freunden in einer Kneipe sitzen.

»Herr Frobenius hat mir eine Menge Lektüre mitgegeben. Ob ein Stoff dabei ist, der mir gefällt.«

»Wie war es denn in Hamburg?«, fragte Frau Holm.

»Es hat mir gut gefallen«, antwortete Geraldine unbefangen. »Wir haben im Hotel Atlantic gewohnt, man kann dort auf die Alster blicken. Und gestern war Herr Frobenius mit mir an den Landungsbrücken. Ich wollte gern die Elbe sehen.«

»Alexander ist schon wieder in Berlin. Er hat vorgestern Abend noch angerufen und war ziemlich erbost, dass sein Vater ihn gleich weitergeschickt hat.«

Geraldine lachte. »Ja, das habe ich auch bemerkt.«

Eine Weile blieb es still, eine merkwürdige Vertrautheit lag im Raum.

»Ja. Dann gehe ich mal hinauf und packe aus. Und dann machen wir einen ganz kleinen Spaziergang, Nelson. Mit oder ohne Regen.«

»In der Garderobe hängt ein alter Regenmantel mit Kapuze von Jana. Sie lässt ihn immer hier, den können Sie anziehen. Und ich werde mir inzwischen überlegen, was ich Ihnen zum Abendessen serviere.«

»Bitte, machen Sie sich keine Arbeit.«

»Das ist für mich keine Arbeit. Haben Sie denn im Speisewagen gegessen?«

»Nein. Aber jetzt die ganzen Kekse …«

»Wenn ich richtig gezählt habe, waren es drei Stück. Und soviel ich weiß, sollen Sie ein wenig zunehmen.«

»Ja, das hat Herr Frobenius auch gesagt. Wir haben ja zwei Abende im Atlantic gegessen, und er hat mir immer

sehr genau auf den Teller geschaut, ob ich auch alles auf-
esse.«

»Ich habe vier ganz zarte Lammkoteletts im Haus. Und
grüne Bohnen, die sind schon fertig, die brauche ich nur auf-
zuwärmen. Und dazu für jeden zwei Kartoffeln. Oder auch
drei, je nachdem, wie groß sie sind. Ich habe nämlich auch
nicht zu Mittag gegessen.«

»Warum nicht?«

»Wenn ich allein bin, esse ich manchmal nur ein Ei mit
Butterbrot. Außerdem wusste ich ja, dass ich heute Abend
Gesellschaft haben würde. Dann gehen Sie jetzt mal mit
Nelson ein Stück. Wir können um halb acht Uhr essen,
und dann gibt es einen Krimi, den wir uns ansehen können. Und inzwischen werde ich Jana anrufen, erzählen, dass
Sie gut gelandet sind, was wir essen werden, und sie bitten, sich um die Telefonnummer von Frau Winnberg zu
bemühen.«

»Ob jetzt noch jemand im Büro ist?«

»Aber bestimmt. Wenn Herbert verreist ist, bleibt seine
Sekretärin immer bis zum Abend. Und Alexander müsste
heute auch dort sein.«

Während Geraldine die Treppe hinaufstieg, summte sie
vor sich hin. Sie fühlte sich frei und unbeschwert. Sie war
zwei Nächte geliebt worden.

Und dass der fremde Mann, der Harald hieß, aus der Bar
gekommen war und dass sie gedacht hatte, er wäre es, war
eben doch der Grund für ihr Verlangen nach einer Umar-
mung gewesen.

Seltsam war das. Möglicherweise sah sie ihn nie wieder.
Aber sie würde immer an ihn denken. Vielleicht war alles
nur Einbildung, die Begegnung im Grunewald, die Begegnung in der Wiener Oper.

Aber Paris? Das ließ sich nicht so leicht erklären. Genau
genommen ließ sich gar nichts erklären.

Sie stellte den Koffer auf den Boden, nahm das blaue Kleid heraus und warf es auf das Bett. Dann zog sie ein paar feste Schuhe an, ging wieder hinunter und streifte Janas Regenmantel über.

Der Nordwestwind trieb den Regen vor sich her, und Nelson begeisterte die Aussicht, noch vor die Tür zu müssen, keineswegs.

»Bleibt nicht zu lange«, sagte Frau Holm.

»Nein, wir gehen nur ein kleines Stück.«

Der Wind peitschte ihr den Regen ins Gesicht, aber sie war so fröhlich wie seit langem nicht mehr. Gut, dass sie noch ein wenig bleiben durfte. Und besonders gut, dass sie mit Frau Holm und Nelson allein war.

Als sie ins Haus zurückkam, war Frau Holm am Telefon. »Kommen Sie schnell, Geraldine. Ihr Vater ist am Apparat.«

Frau Holm zog ihr den nassen Mantel von der Schulter. Geraldine griff nach dem Hörer.

»Papilein«, rief sie liebevoll. »Ich wollte dich heute Abend noch anrufen.«

»Ich habe gerade mit Frau Frobenius gesprochen und gehört, dass du noch bleiben willst. Gefällt es dir auf Sylt so gut?«

»Es ist wunderbar. Und bei dir ist auch alles in Ordnung?« Eine Weile sprachen sie lebhaft miteinander, sie erzählte von Sylt, er von Mallorca.

Sie fragte nicht, wo er sich aufhielt, sie wollte es gar nicht wissen.

Frau Holm deckte inzwischen den Tisch, dann hob sie die Hand: »Das Essen ist fertig.«

»Prima. Gute Nacht, Papi. Lass es dir gut gehen. Mir geht es hier auch gut. Ich bekomme gleich Abendessen.«

Sie hatte wirklich Hunger. Sie aß alles auf, und es schmeckte ihr hervorragend.

Sie trank zwei Gläser von dem leichten Rotwein, und ein drittes Glas, während sie den Krimi ansahen, der ziemlich langweilig war.

Später am Abend ging sie noch einmal vor die Tür. Es hatte aufgehört zu regnen, ein einsamer Stern stand am Himmel.

Immer noch glücklich und zufrieden ging sie wieder hinauf in ihr Zimmer. Sie war sehr müde, sie freute sich auf die stille Nacht, auf ihr Bett, auf den Schlaf. Und auf die kommenden Tage, möglicherweise blieb sie auch noch eine ganze Woche. Oder zwei Wochen, wenn Frau Holm sie dazu aufforderte. Eine ruhige friedliche Zeit würde es sein. Gerade weil sie allein war. Sie vermisste weder Alexander noch Jörg.

Aber so ruhig und friedlich, wie sie hoffte, würde die kommende Zeit nicht sein.

Über den Wolken

So entspannt und glücklich fühlte sich Herbert Frobenius auf dem Flug nach London nicht. Ungeheuerliches war geschehen.

Wie konnte das passieren? Wie ein Sturm hatte sie ihn mitgerissen. Weder der Gedanke an Jana noch an Alexander bedrückte ihn. Dass zwischen Geraldine und Alexander keine enge Bindung bestand, war offensichtlich. Auch wenn es nicht zu verstehen war.

Aber was war an diesem Mädchen, dieser Frau, überhaupt zu verstehen?

Er hatte Jana einige Male betrogen, das war schon lange her und niemals wichtig gewesen.

Aber wie würde sich die Sache mit Geraldine weiterentwickeln?

Es ist erledigt, hatte sie gesagt. Er konnte nicht wissen, wie geläufig ihr diese Redensart war.

Für ihn war es nicht erledigt. Die beiden Tage in Hamburg, diese zwei Nächte, würden ihn noch lange beschäftigen, würden eine ungeahnte Unruhe in sein Leben bringen. Das fühlte er.

Und wie sollte er in Zukunft mit ihr zusammen arbeiten können? Erfüllt von dem Verlangen, sie wieder zu umarmen. Das durfte nicht sein, darüber war er sich im Klaren.

Er ertappte sich bei dem Wunsch, dass er sie am liebsten nie wieder sehen wollte.

Er stöhnte, als er diesen Wunsch in sich spürte.

Es war Feigheit, nichts als Feigheit.

Denn gleichzeitig wünschte er sich, sie wieder zu besitzen. Besitzen, das dachte er wirklich. Und dieses Wort war ihm noch nie im Zusammenhang mit einer Frau in den Sinn gekommen. Ihre restlose Hingabe war es wohl, die ihn so denken ließ.

Während des kurzen Fluges war es ihm unmöglich, sich zu konzentrieren. Er nahm zwar die Papiere zur Hand, die Vertragsentwürfe, die es zu besprechen galt, aber er konnte an nichts anderes denken.

Er spürte sie noch in seinen Armen, ihren leichten grazilen Körper, ihre Lippen, ihre Küsse, und dann, wie sie vertrauensvoll an seiner Seite schlief.

Musste er so alt werden, um endlich zu wissen, was Liebe war?

Er verbot sich den Gedanken sofort. Von Liebe durfte er nicht reden, an Liebe nicht denken.

Es war ein seltsames, ein unbegreifliches Erlebnis, ein irgendwie unbegreifliches Erlebnis, und damit war er wieder bei seinem Lieblingswort angelangt, das man nicht erklären konnte.

Erledigt, hatte sie gesagt.

Und damit hatte sie recht.

Aber für ihn war es nicht erledigt, er war nicht imstande, seine Gefühle zu bewältigen.

Er atmete schwer, als der Flieger zur Landung in Heathrow ansetzte, und die Stewardess warf ihm einen besorgten Blick zu. Aber ihm war ein Lächeln schon zu viel.

Nie mehr würde er unbefangen eine Frau ansehen können.

An Jana wollte er nicht denken. Es war sinnlos, an sie zu denken. Was geschehen war, würde er ihr nie erklären können.

Dann fiel ihm Will ein. Er war wohl der Einzige, mit dem er darüber sprechen konnte.

Nein. Nicht einmal mit ihm.

Er blieb allein mit seinen verwirrenden Gefühlen, seinen verstörenden Gedanken.

Es war nur gut, dass er anschließend nach Amerika fliegen würde. Dass er einige Zeit weit weg sein würde. Auch wenn er seine Gedanken mitnehmen musste, so weit konnte keine Reise sein, dass sie ihn nicht verfolgten. Genau genommen hatte er in Hollywood nichts verloren. Er würde keinen Film dort drehen, wieso auch, wer kannte ihn schon. Er entsprach dem Wunsch von Challier. Der fühlte sich in Hollywood nicht wohl und wollte gern wieder mit Frobenius einen Film machen. Ob man nicht darüber sprechen könne?

Es war nur ein Telegramm gewesen, seine Sekretärin hatte es übersetzt und dann hinzugefügt, sie nehme an, dass es Frau Bansa wäre, mit der Challier wieder filmen wolle.

Die beiden seien wirklich ein Traumpaar, hatte sie geschwärmt. Sie habe den Film schon dreimal gesehen. Aber wie sie singe und wie er dirigiere, und diese unerträgliche Spannung, bis sie sich endlich küssen, das sei ungeheuerlich.

Frobenius hatte zugestimmt. Aber das war für ihn kein Grund, nach Amerika zu fliegen. Challier konnte er auch in Paris oder in Berlin treffen.

Seine Sekretärin hatte ihm trotzdem zugeraten. Challier würde sich freuen, und die Amerikaner würde es ärgern.

Darauf hatte er gelacht.

Und die vorliegenden Stoffe überprüft, ob sie für Geraldine Bansa und Raymond Challier geeignet waren oder für sie umgearbeitet werden konnten. Diesen Gedanken schob er jetzt beiseite.

Er würde Geraldine nicht an Challier ausliefern, mochten sie auch noch so gut zusammen gespielt haben. Auch Burckhardt würde er nicht akzeptieren.

Wer sollte dann Geraldines Partner sein?

Einer, der ihr so gleichgültig war wie Alexander.

Das dachte er auf dem Flug über die Nordsee, und er schämte sich dieses Gedankens.

Er ließ sich einen Whisky kommen und kurz darauf einen zweiten. Er trank sonst nie Whisky.

Er wünschte, er bräuchte nie zurückzufliegen.

Und er konnte es kaum erwarten, sie wiederzusehen.

Sein Tag ließ sich nicht mit dem entspannten, friedlichen Tag vergleichen, den Geraldine bei Frau Holm verbrachte.

Mascha

Alexander hatte erwartet, mit Fragen und Vorwürfen empfangen zu werden.

Doch davon konnte keine Rede sein, zu sehr beschäftigte Jana die Veränderung im Hause Frobenius. Evi, die so fröhlich gewesen war, so ausgeglichen erschien und so gern ihre Arbeit tat, war krank.

»Es stimmt ja«, sagte Jana, als sie später am Abend mit Alexander ein Glas Wein trank. »Sie hat nie von früher erzählt. Von ihrem Leben in der DDR. Wenn ich mal eine Frage gestellt habe, ist sie ausgewichen. Sie wurde in der DDR geboren und ist dort aufgewachsen. Allerdings war sie erst zweiundzwanzig, als sie abgehauen ist. Haben wir uns jemals Gedanken darüber gemacht, wie sie das geschafft hat?«

»Nein, jedenfalls nicht ernsthaft.«

»Ein wenig weiß ich jetzt. Sie ist über Bulgarien hinausgekommen. Dort hat sie diese Abtreibung gehabt, an deren Folgen sie immer noch leidet. Anfangs hatte sie gedacht, sie müsse sterben, dann war es seltsamerweise ein russischer Arzt, der sie behandelt hat. Der sie auch seelisch wieder aufgebaut hat. Dann ging es ihr besser. Er hat ihr gesagt, sie müsse lachen, sie müsse über sich, ihr Leben und die übrige Welt zu lachen lernen. Nur so könne sie überleben. Wie findest du das?«

»Nicht schlecht. Man könnte eine allgemeine Regel für ein erfolgreiches Leben daraus machen. Falls es einem gelingt, nach diesem Spruch zu leben.«

»Sie hat gekündigt.«

»Nicht möglich.«

»›Sie wissen jetzt ein wenig über mich und mein Leben, ich bin es nicht wert, in Ihrem Haus zu leben.‹ So hat sie das formuliert.«

»Wann?«

»Gestern. Sie wusste, dass du kommst, und wäre dir wohl am liebsten aus dem Weg gegangen.«

»Warum gerade mir?«

Jana hob die Schultern. »Ich weiß es nicht. Es geht auch nicht nur um dich. Sie möchte auch nicht mehr hier sein, wenn Herbert aus Amerika zurückkommt.«

»Sie braucht vermutlich eine psychiatrische Behandlung. Was ja offenbar dieser Russe schon mit ihr versucht hat. Spricht sie denn Russisch?«

»Perfekt. Dafür hat ihr Vater gesorgt. Der war ein überzeugter Kommunist. Sie hasst ihn. ›Hoffentlich haben sie ihn nach der Wiedervereinigung eingesperrt oder noch besser aufgehängt‹, hat sie gesagt.«

»Na, ein bisschen spinnt sie schon. Wir haben ja nicht einmal Honecker eingesperrt, geschweige denn aufgehängt. Weiß sie, was aus ihrem Vater geworden ist?«

»Nein. Sie will es auch nicht wissen. Übrigens heißt sie nicht Evi, sondern Mascha. Den Namen Evi hat sie nur angenommen, weil sie ein neues Leben anfangen wollte.

»Aha. Evi im Paradies. Die erste Frau, von der geschrieben steht. Das ist doch ganz hübsch ausgedacht. Sie heißt Mascha?«

»Das hat sich wohl ihr Vater ausgedacht.«

»Und der Mann? Es muss doch einen Mann gegeben haben, wenn sie schwanger war.«

»Davon spricht sie nicht. Sie hat nach der Abtreibung eine schwere Unterleibsentzündung gehabt. Sie war vermutlich schlecht gemacht. Und dann hat dieser russische Arzt sie offenbar kuriert. Zurückgeblieben ist jedoch eine gewisse

Anfälligkeit. Sie hat öfter mal Probleme gehabt, aber diesmal war es eine schwere Entzündung, sie hat sich gekrümmt vor Schmerzen. Ich habe sie dann in die Klinik gefahren. Das, was ich hier so berichte, habe ich nur nach und nach aus ihr herausgebracht.«

»Wo ist sie denn jetzt?«

»In der Küche. Oder in ihrem Zimmer.«

»Soll ich sie nicht fragen, ob sie ein Glas Wein mit uns trinken will?«

»Nein, lass sie in Ruhe. Sonst läuft sie heute Abend noch davon.«

»Sie will wirklich gehen? Wohin denn?«

»Das habe ich sie auch gefragt. Sie wird schon eine Stellung finden, hat sie gesagt. Vielleicht könnte ich ihr ein gutes Zeugnis schreiben.«

»So gut wie bei uns wird sie es nie wieder haben. Überhaupt hatte ich immer den Eindruck, dass sie sich bei uns sehr wohl fühlt.«

»Das gibt sie ja zu. Aber weil ich jetzt Bescheid weiß, will sie gehen. Sie schämt sich.«

»Ja, was machen wir nun mit ihr?«

»Heute gar nichts mehr. Ich hoffe, sie wird morgen früh noch da sein. Du benimmst dich ganz normal.«

»Du hältst es wirklich für möglich, dass sie einfach über Nacht verschwindet?«

»Ja, ich halte es für möglich. Und ich kann sie nicht einsperren. Geld hat sie für die nächste Zeit, sie hat immer gespart. Du weißt ja, sie ist nicht ausgegangen, war nie an einem freien Tag interessiert, auch nicht an Urlaub. Wenn ich gesagt habe, Evi, es ist so schönes Wetter, mach mal einen Spaziergang in den Grunewald, dann hieß es immer: ›Schönes Wetter habe ich hier im Garten auch.‹«

»Und du meinst, sie hätte Geld genug, dass sie eine Weile davon leben könnte?«

»Ja, das denke ich. Sie hat ja fast nie etwas eingekauft.«

»Und was machen wir nun?«

»Abwarten. Du tust, als hättest du keine Ahnung.«

»So dumm ist sie nicht. Dass du mir heute Abend einiges erzählt hast, kann sie sich denken. Und ich bin nicht der Meinung, dass man so tun soll, als wäre die Welt in Ordnung. Du hast von diesem russischen Arzt gesprochen. Wir sind keine Ärzte, aber möglicherweise wäre es für sie ganz heilsam, wenn sie über das ganze Malheur einmal sprechen könnte.«

»Wenn sie nicht mit mir spricht, von Frau zu Frau, wie soll sie dann mit einem jungen Mann sprechen?«

»Achtzehn bin ich auch nicht mehr. Am besten geeignet wäre natürlich Will Loske. Vielleicht rufen wir den an und fragen, ob er nicht mal für ein paar Tage kommen könnte.«

Jana schüttelte den Kopf.

»Du hast Ideen!«

»Sage ich ja. Also zunächst mal stehe ich morgen zeitig auf, ich muss ja ins Geschäft. Wenn sie noch da ist, macht sie mir Frühstück, ja? Du bleibst noch ein bisschen im Bett, vielleicht hast du Kopfschmerzen oder so was. Und ich bestelle mir irgendwas Ausgefallenes zum Abendessen. Was zum Beispiel?«

»Weiß ich doch nicht.«

»Fisch habe ich reichlich gegessen, Spargelzeit ist vorbei, schönes Gemüse hatte Oma auch. Was könnte ich mir denn wünschen, was sie kann und du nicht.«

Jana stand auf. »Du machst mich wahnsinnig. Es ist viel zu heiß zum Essen.«

»Mir wird etwas einfallen. Und ich sage Evi zu ihr. Mal sehen, ob sie mich korrigiert. Und jetzt gehe ich schlafen. Ich war den ganzen Tag unterwegs, und ich hatte mich darauf gefreut, endlich mal im Atlantic zu übernachten. Aber es ist besser, dass ich jetzt hier bin. Ach, und die arme Geraldine! Wie wird sie bloß mit Vater klargekommen sein. Er kann ja ziemlich trocken sein, nicht wahr?«

»Sie wird's überleben. Morgen fährt sie ja zurück nach Sylt. Jörg ist in England, dafür habe ich gesorgt. Meinst du, sie wird mit Mutter gut auskommen?«

»Bestimmt. Oma macht das prima. Und wenn sie jetzt eine Weile allein sind, wird das ganz erholsam sein.«

»Von ihr hast du gar nichts erzählt.«

»Wir sind vor lauter Evi-Mascha nicht dazu gekommen. Es gibt auch nicht viel zu erzählen. Wir verstehen uns gut, mit Jörg war es ganz unterhaltsam, aber mehr ist es nicht. Sie liebt Nelson. Und sie hat sich in Silkes Vater verliebt. Der hat den Blick des Odysseus.«

»Was ist denn das wieder für ein Unsinn.«

»Erkläre ich dir gelegentlich mal. Heute bin ich zu müde.«

Wie er es sich vorgenommen hatte, stand Alexander früh auf.

Evi servierte ihm das Frühstück und benahm sich nicht anders als sonst.

»War richtig angenehm, mal wieder im eigenen Bett zu schlafen«, sagte er, als sie ihm die zweite Tasse Kaffee einschenkte.

Bisher hatte sie geschwiegen, jetzt lächelte sie und sagte: »Soviel ich weiß, ist das Bett bei deiner Großmama doch auch ein eigenes Bett.«

»Schon. Aber hier ist es anders.«

»In den letzten Jahren warst du doch kaum hier.«

»Stimmt. Das meine ich ja. Nichts gegen die Briten, aber ich bin froh, wieder hier zu sein. Und arbeiten muss ich jetzt auch. Ich habe keine Ahnung, was in der Produktion los ist. Mein Vater hat keine zehn Worte mit mir gewechselt, hat mich in den Flieger gesetzt, und weg war er. Evi, zum Trost musst du mir heute Abend etwas besonders Leckeres kochen. Ich erinnere mich da an eine wunderbare Gemüse-suppe, Evi. Alle möglichen Gemüse durcheinander. Kein Fleisch. Die war prima.«

»Wir hatten ja oft kein Fleisch. Und das Gemüse …«, sie schwieg.

»Davon hattet ihr genug?«

»Nein. Erst recht nicht. Aber ich hatte eine Freundin in der Schule, der Vater war ein Laubenpieper, wie man hier sagt. Er hatte einen Schrebergarten. Und da wuchs viel Gemüse. Meine Freundin brachte es mir mit, weil sie wusste, dass ich so gern Gemüse aß. Bis ihr Vater es merkte, sie bekam eine Ohrfeige, weil sie das Gemüse selbst brauchten, wie er sagte.«

»Wo war denn der Schrebergarten?«, fragte Alexander in nebensächlichem Ton.

»In der Nähe von Cottbus.«

»Du bist in Cottbus aufgewachsen?«

»Da wohnten wir nicht lange. Mein Vater war bei der Volkspolizei und war dorthin versetzt worden. Später zogen wir wieder nach Berlin.«

»Und die Freundin? Hast du sie später noch gesehen?«

Sie schüttelte den Kopf.

»Nein, nie wieder. Und es war auch das einzige Mal in meinem Leben, dass ich eine Freundin hatte.«

Alexander legte vorsichtig seine Hand auf ihre Schulter. »Wenn du mir heute Abend so eine Gemüsesuppe servieren könntest, das fände ich klasse.«

»Ich werd's versuchen. Heutzutage kann man ja eine Fleischbrühe dazugießen, da schmeckt es etwas kräftiger.«

Alexander war hochzufrieden. Das war doch schon mal ganz gut gegangen. Cottbus, der Vater bei der Volkspolizei, eine Freundin, die Gemüse in die Schule mitbrachte. Wie alt mochte sie da gewesen sein? Und wie gut, dass sich Jana nicht hatte blicken lassen.

Im Büro kam er sich ziemlich überflüssig vor. Sein Vater hatte ihn nicht instruiert, aber Tina, seine tüchtige Sekretärin, wusste genau Bescheid.

»Die Treatments, die auch Frau Bansa hat, liegen auf Ihrem Schreibtisch, Herr Frobenius. Wichtig finde ich, dass Monsieur Challier wieder mit ihr filmen will. Es war ja wirklich ein prima Film mit den beiden.«

»Burckhardt und Geraldine waren doch auch ein gutes Paar.«

»Ja, sicher. Aber Herr Burckhardt will in Zukunft nur noch Theater machen. Er ist wohl etwas verärgert.«

»Warum?«

»Na ja«, erwiderte Tina, was man nicht gerade als aufschlussreiche Antwort bezeichnen konnte.

»Sie meinen, es ärgert ihn, dass Geraldine nun ein Verhältnis mit Challier hat.«

Eine Weile blieb es still.

Dann sagte Tina: »Hat sie das? Oder besser gesagt, hatte sie das?«

»Ich glaube nicht. Das hätte ich bemerkt – also, ich denke, sie hat Challier abgewiesen. Und darum will er einen neuen Film mit ihr. Und darum ist mein Vater jetzt nach Hollywood geflogen. Glauben Sie, dass etwas daraus wird?«

Tina saß an ihrem Schreibtisch, Alexander stand daneben. Sie blickte zu ihm auf.

»Möchten Sie es denn gern?«, fragte sie zurück.

Er verstand genau, was sie meinte. Ob es zwischen ihm und Geraldine eine Bindung gab, nachdem sie zusammen einige Zeit auf Sylt verbracht hatten.

»Meine Gefühle spielen keine Rolle«, entgegnete er vorsichtig. »Falls es einen guten Stoff für die beiden gibt, dann bitte. Gibt es den?«

»Nach dem, was wir hier liegen haben, nein. Und es wird schwierig sein, etwas so Gutes noch einmal zu finden. Wir wollten ja gern einmal etwas aus unserer Zeit, von hier und heute.«

»Nein, es sollte von heute und gestern sein.«

»Ich weiß. Haben wir auch nichts gefunden.«

»Da werde ich mir mal ansehen, was auf meinem Schreibtisch liegt. Ich nehme an, dass mein Vater mal aus London anrufen wird.«

Dass sein Vater sich noch in Hamburg befand, konnte er nicht ahnen.

Überraschenderweise tauchte Jana gegen Mittag im Büro auf.

»Ist sie abgehauen?«, fragte Alexander.

»Nein. Sie ist sogar mit mir in die Stadt gefahren. Sie will einkaufen und dann für dich kochen. Du hättest dir etwas gewünscht. Was denn?«

Er lachte. »Eine simple Gemüsesuppe. Was anderes fiel mir nicht ein. Darum muss sie doch nicht in Stadt fahren.«

»Du hast belebend auf sie gewirkt. Sie machte nicht mehr so einen vermickerten Eindruck wie in letzter Zeit.«

»Na, dann gibt es ja noch Hoffnung.«

Die Gemüsesuppe war ein Traum. Sie hatte Tafelspitz dazu gekocht, den aber nicht im Ganzen gelassen, sondern so in Streifen in die Gemüsesuppe geschnitten, dass man sie wirklich mit dem Löffel essen konnte.

In der Suppe befanden sich wirklich alle Gemüse, die es zu kaufen gab.

»Aber kein Spinat«, erklärte Evi noch. »Das schmeckt nicht. Den essen wir lieber extra.«

Jana schlug die Augen auf und blickte zur Decke.

»Ich will's ja nicht beschreien, aber du hast Wunder gewirkt, Alexander. Außerdem schmeckt es wirklich hervorragend. Würdest du dir bitte morgen wieder etwas zu essen bestellen?«

»Was denn, um Gottes willen?«

»Na etwas, das du lange nicht bekommen hast.«

Nach dem Essen fragte Alexander: »Evi, möchtest du nicht noch ein Glas Wein mit uns trinken?«

Sie schüttelte den Kopf.

»Warum nicht?«

»Ich kann nicht.«

»Hör zu, Evi. Ich kann nicht jeden Tag Gemüsesuppe essen, damit du ein freundliches Gesicht machst. Was habe ich dir denn getan? Meine Mutter hat gesagt, du willst uns verlassen. Ich begreife das nicht. Kannst du es mir nicht erklären?«

Sie schüttelte wieder den Kopf.

Alexander stand bei ihr in der Küche.

»Gut, ich verschwinde und lasse dich in Ruhe. Und …«, das sagte er in einem harten Ton, »ich kann auch ohne dich leben. Die letzten fünf Jahre warst du hier in diesem Haus, und ich bilde mir ein, wir haben uns gut vertragen, und es ist dir einigermaßen gut gegangen. Wenn es dir nicht mehr gefällt, dann musst du eben gehen.«

»Es waren sechs Jahre«, sagte sie.

»Na gut, dann eben sechs. Ich bin auf jeden Fall froh, wieder hier zu sein. Auch wenn ich noch nicht weiß, was ich machen werde. Mein Leben ist momentan etwas verwirrend. Früher war es einfacher. Wenn du verstehst, was ich meine. Ich bin etwas durcheinander. Das kommt vor, nicht wahr? Du bist es auch. Und du bist krank.«

Sie schüttelte wieder heftig den Kopf. »Es geht mir viel besser.«

»Gut. Und warum willst du uns verlassen?«

Plötzlich liefen Tränen über ihr Gesicht.

Alexander nahm sie behutsam in die Arme.

»Sind wir schuld daran, dass du krank bist? Oder schuld daran, dass es dir besser geht?«

»Ihr seid so gut zu mir. Es ist mir in meinem ganzen Leben nie besser gegangen.«

»Das ist immerhin ein Wort. Und darum willst du uns verlassen.«

»Eigentlich will ich ja nicht. Und ich weiß auch nicht, was aus mir werden soll. Es wird wieder so sein, wie es früher war. Ich werde wieder allein sein.«

Nun schluchzte sie verzweifelt, ihr ganzer Körper bebte. Alexander nahm sie fester in die Arme, strich sanft über ihren Rücken.

Und er dachte: Das ist gut. Die Tränen werden ihren Eigensinn vertreiben.

Und so war es auch.

Nachdem es so lange still blieb, schaute Jana nach einer Weile in die Küche.

Als sie die weinende Mascha sah, sagte sie: »Um Gottes willen! Was hast du mit ihr gemacht?«

Alexander veränderte seine Haltung nicht, schüttelte nur leicht den Kopf.

Ratlos schwieg Jana, dann fragte sie: »Hast du ihr Vorwürfe gemacht? Hör doch auf zu weinen, Evi. Das ist ja nicht mit anzusehen. Du wirst wieder Schmerzen bekommen.«

Alexander ließ sie los, sie wandte sich ab und fischte ein Taschentuch aus ihrer Schürze, trocknete ihr Gesicht, schnäuzte sich die Nase.

Dann sagte sie: »Ich habe das letzte Mal geweint, als ich begriff, dass meine Mutter nicht wiederkommt.«

»Deine Mutter? Komm, das musst du mir erzählen.«

Jana ergriff Maschas Hand und zog sie mit sich, hinein ins Zimmer, wo die Suppenschüssel und die Teller noch auf dem Tisch standen.

»Ich muss abräumen«, sagte Mascha.

»Später. Jetzt möchte ich erst wissen, was mit deiner Mutter los war. Du hast neulich nur von deinem Vater gesprochen.«

Mascha erschien auf einmal ganz gefasst. Die Tränen hatten den Bann gebrochen.

»Ich habe meine Mutter über alles geliebt. Und meinen Vater konnte ich nie leiden. Er war hart und gefühllos, er hat meine Mutter und mich geschlagen. Sie wollte nicht bei ihm bleiben. Eines Tages …«

Mascha stockte. Blickte hinaus in die Bäume.

Jana und Alexander schwiegen. Keine Fragen, nicht jetzt. Wenn sie wollte, wenn sie konnte, würde sie reden.

»Eines Tages«, fuhr Mascha fort, »nahm mich meine Mutter in die Arme. Ich war fünf Jahre alt. ›Ich fahre heute mit der Bahn nach Hamburg. Eine Schulfreundin von mir lebt dort‹, hat sie gesagt.«

Wieder eine Pause.

Dann: »Ich dürfe niemandem davon erzählen. Sie wollte versuchen, in Hamburg zu bleiben und Arbeit zu finden, dann wollte sie mich nachholen.«

Wieder blieb es eine Weile still.

Alexander ging zurück ins Zimmer, holte die Weinflasche, ihre Gläser und ein Glas für Mascha.

Als er die Gläser gefüllt hatte, fragte er: »Sie hat dich nicht geholt?«

»Drei Tage später wurde die Mauer gebaut. Mein Vater war unbeschreiblich wütend, als er begriff, dass Lisa in den Westen gefahren war. Sie wurde Lisa genannt, eigentlich hieß sie Elisabeth. Er wollte von mir wissen, was sie zu mir gesagt hatte, aber ich schwieg eisern. Er schlug mich, sperrte mich ein, gab mir nichts zu essen. Doch ich wusste nun, dass meine Mutter nicht wiederkommen würde.«

»Und was ist aus Lisa geworden?«, fragte Alexander.

Mascha hatte plötzlich wieder Tränen in den Augen.

»Ich weiß es nicht. Vielleicht ist sie tot. Oder noch weiter weggegangen. Nach Amerika oder so. Das kann doch möglich sein, nicht?«

Nun nahm Jana sie in die Arme.

Mascha trank mit zwei Schlucken ihr Glas aus. Und sprach weiter, wie getrieben: »Ich hatte nur einen Wunsch. In den Westen zu kommen. Um jeden Preis. Diesen Preis habe ich bezahlt. Als ich dann hier war, habe ich sogar ein paar Mal eine Anzeige aufgegeben. In einer Hamburger Zeitung, in der *Bild* und in einer Berliner Zeitung. Es kam nie eine Antwort. Vielleicht ist sie wirklich tot.«

»Hm«, machte Alexander. Und füllte die Gläser wieder. Draußen dunkelte es, der Sommerabend verblasste.

»Was meinst du, wenn du sagst, diesen Preis habe ich bezahlt?«

»Nun lass sie doch in Ruhe«, sagte Jana.

Aber Mascha wollte jetzt reden.

»Als ich neunzehn war, verliebte ich mich. Wir waren längst wieder in Berlin, ich arbeitete als Verkäuferin. Meinem Vater ging ich aus dem Weg. Mein Freund Rudolf studierte, und er wollte auch nur eins: in den Westen. Er hatte Bücher, die er nicht haben durfte, auch betätigte er sich staatsfeindlich, wie das hieß. Er redete wohl manches, was er nicht reden durfte. Er wurde schließlich in Bautzen eingesperrt. Und so, wie ich mir vorher gewünscht hatte, meine Mutter wiederzuhaben, wünschte ich mir jetzt, ihn wiederzuhaben.«

»Und dann?«, fragte Jana.

»Dann habe ich den Preis bezahlt.«

Mascha leerte ihr Glas wieder, vielleicht war sie nun ein wenig betrunken.

»Es gab einen Freund meines Vaters, auch bei der Volkspolizei, der mochte mich sehr gern. Er versprach mir, er würde Rudolf freibekommen. Wir könnten zusammen über Bulgarien den Ostblock verlassen, er wüsste, wie man das macht. Er wollte nämlich auch nicht mehr in der DDR bleiben. Aber den Preis musste ich zahlen.«

»Du musstest mit ihm schlafen«, sagte Alexander.

»Richtig. Und ich wurde von ihm schwanger. Er bekam Rudolf wirklich frei.«

»Und dann?«, fragte Jana mitleidig.

»Rudolf war über meine Schwangerschaft entsetzt. Dass es der Preis war, den ich für seine Freilassung bezahlt hatte, interessierte ihn nicht. Er reiste in den Westen aus und ließ mich sitzen.«

»Und du hast wieder geweint?«, fragte Alexander.

»Nein. Ich empfand nur noch Hass. Ich habe dann abgetrieben, und den Rest der Geschichte kennt ihr ja.«

»Ob ich noch eine Flasche hole?«, fragte Alexander.

»Das tust du«, sagte Jana. »Aber nur wenn du mir sagst, Evi … oder soll ich jetzt Mascha sagen?«

Evi lachte. »Nein. Natürlich nicht.«

»Wenn du mir sagst, ob du mich immer noch verlassen willst.«

Mascha schwieg.

Alexander sagte: »Will sie nicht. Wir kennen jetzt ihre Vergangenheit. Wir leben ja auch nicht hinter dem Mond und wissen ziemlich gut, was in der DDR alles passiert ist.«

»Dein Nachname ist Lehmann. Mascha Lehmann also. Und deine Mutter heißt demnach Elisabeth Lehmann. Und eine geborene …«, überlegte Jana. »Wie hieß sie, ehe sie deinen Vater geheiratet hat?«

»Elisabeth Mohl.«

»Du hast Anzeigen aufgegeben, sagst du. Wie denn zum Beispiel?«

»Mascha sucht Elisabeth Mohl. Und einmal auch: Wo ist Elisabeth Lehmann? Anzeigen sind ja teuer, und anfangs, ich meine in den ersten Jahren im Westen, hatte ich kein Geld. Und es ging mir auch gesundheitlich noch sehr schlecht. Wegen der Abtreibung.«

»Ja, es ist wirklich schwierig, jetzt noch nach deiner Mutter zu fahnden.«

»Ich verstehe nicht, wieso deine Mutter nie nach dir gesucht hat.«

»Wo hätte sie mich denn suchen sollen? Ich denke mir, dass sie tot ist. Oder mit einem anderen Mann in Amerika.«

Jana schüttelte den Kopf. »Du hast verwegene Vorstellungen. Nie hast du mit einem Wort davon gesprochen, Evi. Das verstehe ich nicht.«

»Ich habe vieles in meinem Leben nicht verstanden«, sagte Mascha leise. »Und Boris sagte damals: Denke nicht mehr darüber nach, versuche ein neues Leben zu finden. Lächle! Sieh mich an und lächle.«

»Das war der russische Arzt in Bulgarien«, sagte Jana. »Von dem hast du ja erzählt. Ich mache dir einen Vorschlag, Evi. Bleib einfach bei uns. Alexander ist wieder da, wir müssen uns um ihn kümmern. Gesundheitlich geht es dir wieder besser. Und wenn du wieder lächeln willst, dann tue es für uns. Nicht bei fremden Leuten.«

»Hört sich gut an«, sagte Alexander. »Und jetzt lasst uns schlafen gehen.«

»Gute Nacht«, sagte Mascha leise. »Und wir werden nicht mehr davon reden.«

»Wovon?«, fragte Alexander dumm.

Jana schüttelte den Kopf.

»Von dem, was sie uns erzählt hat. Schlaf gut, Evi.«

Alexander ging hinaus in den Garten, blieb eine Weile nachdenklich unter dem Ahorn stehen. Es war immer noch warm, beinahe schwül. Doch er verbot es sich, an Sylt zu denken. Und möglichst auch nicht an Geraldine. Ob sie schon schlief? Dass sie die zweite Nacht im Atlantic verbrachte, konnte er nicht wissen. Und er würde es nie erfahren.

Nach einer Weile trat Jana zu ihm.

»Meinst du, sie wird bleiben?«

»Ich denke schon. Es hat ihr sicher gut getan, mal ein wenig von ihrem Ballast loszuwerden.«

Er küsste Jana auf die Wange.

»Das Schicksal kann verdammt ungerecht sein.«

»Ja, das ist wohl oft so, dass es ungerecht auf der Welt zugeht.«

»Nein, jetzt meinte ich mich. Ich habe eine charmante Mama und habe sie behalten.«

»Und wieso ist das ungerecht?«

»Womit habe ich das verdient?« Er küsste sie auf die andere Wange. »Und nun geh ich schlafen. Sonst fange ich heute Abend noch an zu philosophieren.«

Sebastian

Ein paar ruhige Tage auf Sylt. Geraldine ging mit Nelson spazieren und besuchte am Abend die Pferde auf der Koppel. In den Stall ging sie nicht mehr. Einmal traf sie Dirk, als sie für Frau Holm am Nachmittag noch mal zum Kaufmann ging, um Zwiebeln und Tomaten einzukaufen. Nelson war immer an ihrer Seite. Er setzte sich vor dem Laden artig hin und wartete auf sie. Daran hatte er sich gewöhnt und fand es unterhaltsam.

»Du bist wieder da«, sagte Dirk. »Ich dachte, du wärst mit Alexander abgereist.«

»Ich war einige Zeit weg«, erwiderte Geraldine.

»Und warum kommst du nicht zum Reiten?«

»Ich bleibe nicht mehr lange. Ich habe mir ein wenig Arbeit mitgebracht.«

Um was für eine Arbeit es sich handelte, fragte Dirk nicht. Es interessierte ihn wohl nicht.

»Lass dich wenigstens mal im Stall blicken, solange du noch da bist.«

»Wenn ich das nächste Mal komme, bleibe ich länger und werde ordentlich reiten lernen. Und bis dahin habe ich auch eine Reithose.«

Dirk lachte, sagte Tschüs und ging mit seinen Einkäufen seiner Wege.

Geraldine schloss daraus, dass man sie nicht sonderlich vermisste. Eine richtige Reithose und Stiefel wollte sie auf jeden Fall haben, ob sie nun hier oder in Berlin wieder reiten würde. Es hatte sie immer geärgert, in Jeans auf dem

Pferd zu sitzen. Alle anderen waren schließlich passend gekleidet, wie es sich für einen Reiter gehörte.

Es war sehr warm geworden, und Geraldine wäre gern am Meer gewesen, um zu schwimmen. Aber sie musste mit dem Bus nach Westerland fahren, und der Strand war zurzeit voll von Urlaubern, es war nicht mehr so friedlich, wie sie es anfangs erlebt hatte. Auch das Schwimmbad in Keitum, das sie zweimal aufsuchte, war voll, es gab viele Kinder, die entsprechend Lärm machten. Die Ferien hatten wohl im ganzen Land begonnen.

Die Treatments, die Frobenius ihr in Hamburg gegeben hatte, hatte sie brav gelesen, aber es war kein Stoff dabei, der ihr gefiel.

Warum kam *er* nicht und brachte ihr einen Stoff.

Aber er hatte sie wohl längst vergessen. Seit ihrer Ankunft in Paris hatte sie ihn nicht gesehen, und das war ewig her. Und sie war so dumm, dass sie einen jungen Schauspieler, der im Atlantic aus der Bar kam, für ihn gehalten hatte.

Sie würde ihn nie wieder sehen. Es war alles vorbei.

Sie war in einer niedergedrückten Stimmung, sprach wenig, blieb lange im Bett, lag manchmal nachmittags auf dem Liegestuhl im Garten, und wenn sie mit Nelson spazieren ging, dann am liebsten gegen Abend und am Watt entlang, wo sie nicht Gefahr lief, jemanden zu treffen.

Frau Holm betrachtete sie manchmal besorgt. Sie wollte wissen, warum Geraldine denn nicht mehr mit Alexanders Freunden ausging.

»Keine Lust«, sagte Geraldine.

Immerhin überlegte sie, dass ihre ständige Anwesenheit Frau Holm dazu verpflichtete, für sie zu kochen. Dabei hatte sie gar keinen Appetit.

Also begann sie wieder einmal zu schwindeln.

»Ich spaziere heute nach Wenningstedt«, flunkerte sie, »da kenne ich ein hübsches Lokal, da war ich mit Alexander und Jörg. Dort werde ich heute Mittag essen.«

Oder sie erklärte das Gleiche von Archsum und von Westerland, aber sie dachte nicht daran, sich allein in ein Restaurant zu setzen, zumal die meisten zurzeit gut besucht waren. Die Folge war, dass sie immer dünner wurde. Also kaufte sie sich in Westerland eine Fischsemmel, die sie stehend aß, hier und da holte sie sich ein Stück Kuchen.

Jana, die ihre Mutter anrief und sich erkundigte, wie es denn so ging im Hause Holm, bekam zur Antwort: »Schwer zu sagen. Ich glaube, sie langweilt sich hier mit mir allein. Aber sie geht nicht mehr zum Reiten, und im Schwimmbad ist es ihr auch zu voll. Am liebsten ist sie nach wie vor mit Nelson unterwegs. Heute ist sie mit ihm nach Wenningstedt gelaufen, um dort zu Mittag zu essen. Sagt sie.«

»Sagt sie«, wiederholte Jana. »Das hört sich an, als ob du ihr nicht glaubst.«

»Sie ist so furchtbar dünn. Es war ein wenig besser geworden, als Alexander hier war. Mit dem ist sie immer zum Essen gegangen.«

»Und warum isst sie nicht bei dir?«

»Lieber Himmel, das tut sie ja. Aber manchmal ist sie eben unterwegs. Sie kann ja nicht den ganzen Tag zu Hause sitzen.«

Jana spürte eine gewisse Ungeduld in der Stimme ihrer Mutter.

»Hast du eine Ahnung, wie lange sie noch bleiben will?«

»Manchmal sagt sie, sie wird jetzt bald abreisen. Aber da ist die Geschichte mit ihrem Vater. Das macht sie auch so … ja, wie soll ich das nennen? Es macht sie unsicher. Ab und zu telefoniert sie ja mit ihm, das klingt immer sehr lieb. Aber hinterher hat sie ein trostloses Gesicht.«

»Ja, ja, ich weiß. Thomas hat jetzt eine Frau, und mit der versteht er sich sehr gut. Und viele Jahre lang hat er nur für seine Tochter gelebt. Also pass auf, Mutti. Sobald Herbert aus Amerika zurück ist, komme ich für ein paar Tage. Und ich hoffe, dass es bald wieder Arbeit für Geraldine gibt. Da geht es ihr gleich besser. Gefällt ihr eines der Drehbücher?«

»Keine Ahnung. Sie spricht nicht davon.«

Jedoch genau an diesem Tag wurde Geraldine unerwartete Unterhaltung geboten.

Als sie am späten Nachmittag zurückkam, ziemlich müde, denn sie war weit gelaufen, auch Nelson setzte nur langsam eine Pfote vor die andere, saß bei Frau Holm ein Gast am Teetisch.

»Nanu«, staunte Geraldine. »Wo kommst du denn her?«

»Geradewegs aus Berlin. Dein Vater hat mir gesagt, dass du noch auf dieser berühmten Insel bist. Und da dachte ich, es wird Zeit, dass ich sie auch mal kennen lerne.«

»Die Insel!«

»Richtig. Die Insel der Reichen und Schönen, wie es immer heißt.«

Geraldine sank müde auf einen Stuhl.

»Kann ich auch einen Tee haben?« Und schon griff ihre Hand in die Keksdose, denn sie hatte seit dem Frühstück nichts gegessen.

Sebastian war aufgestanden, trat hinter ihren Stuhl und legte die Hände auf ihre Schultern.

»Ich hoffe, ich komme nicht ungelegen. Wie ich gehört habe, hat Alexander dich hier zurückgelassen. Und eine Menge andere Verehrer hast du auch. Du gehst reiten und schwimmen, und das ist wohl Nelson, den du ganz besonders liebst.« Er beugte sich herab, küsste sie auf die Schläfe.

Nelson war abwartend in der Tür stehen geblieben. Als er seinen Namen hörte, kam er zwei Schritte näher, machte sich aber nicht die Mühe, den Unbekannten zu beschnuppern, er legte sich einfach hin und seufzte. Müde war er auch.

»Frau Holm hat mich sehr freundlich empfangen, als ich hier so unangemeldet hereinplatzte«, sagte Sebastian und ging zurück zu seinem Stuhl. Einen Blick von Geraldine hatte er noch nicht bekommen.

»Von Hereinplatzen kann man eigentlich nicht sprechen«, widersprach Frau Holm. »Ich war gerade im Garten, als plötzlich ein Herr vor der Gartentür stand und fragte: ›Entschuldigen Sie bitte, wohnt hier Frau Holm?‹«

Sie lachte, Sebastian lachte auch, und Geraldine verzog den Mund zu einem Lächeln.

»Wenn ich nicht willkommen bin«, meinte Sebastian, »dann kannst du es ruhig sagen. Ich trinke nur meinen Tee aus und verschwinde.«

»Ach, red nicht so affig. Du hättest ja anrufen können.«

»Dein Vater hat mir zwar die Adresse gegeben, aber nach der Telefonnummer habe ich dussligerweise nicht gefragt. Und dann habe ich den Wagen irgendwo stehen gelassen und mich durchgefragt. Dieser Ort hat ja eine verwirrende Straßenführung.«

»Du bist mit dem Auto da?«

»Denkst du, ich bin von Berlin hergelaufen?«

»Man kann mit dem Zug fahren, man kann fliegen. Seit wann hast du denn ein Auto?«

»Seit einiger Zeit. Keinen Mercedes, aber man kann damit fahren.«

Oma Holm schien von dem Besuch jedoch sehr angetan. Endlich kam etwas Bewegung in dieses langweilige Leben.

»Wir haben uns über den Amphitryon-Film unterhalten. Mir hat er sehr gut gefallen, das habe ich Herrn Klose gesagt.«

Sebastian neigte den Kopf.

»Vielen Dank. Das haben Sie gesagt, gnädige Frau. Und jetzt bin ich hier und möchte mit Geri über unseren nächsten Film sprechen. Und ich habe auch eine gute Idee.«

Geraldine warf ihm einen kurzen Blick zu. »Soviel ich weiß, hast du ja lange nichts Vernünftiges mehr gemacht.«

»Stimmt. Und darum brauche ich dich. Denn wir beide zusammen haben es ja ganz gut gemacht, nicht?«

Er stand auf.

»Jetzt werde ich mich mal umschauen, ob ich irgendwo ein Hotel finde. Hier ist allerhand Betrieb. Der Zug war rappelvoll, und ziemlich lange warten musste ich auch.«

»Aber Sie können doch bei mir wohnen, Herr Klose. Außer Geraldine ist keiner mehr da, und ich habe drei sehr schöne Zimmer, die leer stehen.«

»Das wäre ja wunderbar. Vorausgesetzt, Geri hat nichts dagegen.«

»Ich habe nichts dagegen. Außerdem würdest du gar nichts finden, ist alles belegt. Und wenn du ein Auto hast, ist das sehr praktisch, dann kannst du mich mal ans Meer fahren. Irgendwo außerhalb, wo nicht so viele Menschen sind.«

»Danke, Geri«, sagte er, es klang liebevoll. »Und jetzt werde ich mal schauen, ob ich mein Auto wiederfinde. Und heute Abend gehen wir alle drei schick zum Essen.«

»Ich kann leider nicht«, sagte Frau Holm schnell, »ich bin mit meiner Freundin Traudl verabredet.« Was nun von ihr geschwindelt war. Aber Geraldine machte so ein merkwürdiges Gesicht. Es war wohl besser, die beiden allein zu lassen.

»Wenn du essen gehen willst, musst du einen Tisch bestellen. Ist vermutlich auch nicht mehr zu bekommen. Ist alles reserviert.«

»Lassen Sie mich das machen, Geraldine. Ich werde den Tisch für euch bestellen. Wo möchten Sie hingehen? Landschaftliches Haus? Oder lieber Karsten Wulff? Oder Fisch-Fiete?«

»Mir egal«, sagte Geraldine, »wo wir halt noch einen Tisch bekommen. Jetzt zeige ich Sebastian sein Zimmer. Und dann holst du dein Auto, und ich werde duschen.«

Sie stand auf, sie war nicht mehr müde und nun doch ein wenig aufgeregt. Und sie wusste genau, was geschehen würde, wenn Sebastian hier im Haus schlief. Und sie hatte nichts dagegen. Nicht mehr.

Sie war so einsam. Keinen Vater mehr. Auch Alexander fehlte ihr.

Die zwei Tage mit Frobenius, besser gesagt die zwei Nächte, da war sie glücklich gewesen. Aber das war vorbei.

Erledigt! Wie sie das nannte.

Es wurde neun Uhr, bis sie zum Essen gingen, zu Fisch-Fiete, vorher hatte es keinen Tisch gegeben. Dort kannte man sie aber, sie bekam einen guten Platz in der Ecke. Die Chefin begrüßte sie, auch der Kellner schien erfreut, sie zu sehen.

Geraldine sagte mit einer Handbewegung: »Herr Klose, mein Regisseur.«

Darauf kam keine Reaktion außer einem freundlichen Lächeln. Den Amphitryon-Film hatten sie offenbar nicht gesehen.

»Ein Glas Champagner?«, fragte Sebastian.

Geraldine nickte, der Kellner nickte auch und verschwand, nachdem er die Speisekarten auf den Tisch gelegt hatte.

»Ein Kino gibt es hier wohl nicht?«, fragte Sebastian.

»Doch, in Westerland gibt es eins. Aber die Leute hier gehen nicht ins Kino, einen Film haben sie jeden Tag mit ihren Gästen.«

Sebastian blickte sich um.

»Gutes Publikum«, sagte er. »Ein beliebtes Lokal?«

»Ein sehr berühmtes. Ich hoffe, du hast genug Geld dabei. Wenn du schon gleich Champagner bestellst.«

»Sehr viel Geld habe ich mal wieder nicht. Wie so oft in meinem Leben. Aber für heute Abend wird es reichen.«

»Ich habe noch genügend Geld bei mir«, sagte sie lässig. »Ich habe hier kaum etwas gebraucht.«

»Also hat Alexander dich immer eingeladen.«

»Klar. Oder einer seiner Freunde hat bezahlt. Und bei Oma Holm muss ich auch nichts bezahlen. Ich habe mal gefragt, ob ich denn für Zimmer und Frühstück keine Rechnung bekomme, da hat sie nur gelacht.«

»Und die Reitstunden? Waren die auch gratis?«

»Die Stute gehört Dirk, er hat mich reiten lassen und mir ein wenig Unterricht gegeben, und als ich von Geld sprach, hat er auch nur gelacht.«

»Sind großzügige Menschen hier.«

Geraldine legte den Kopf zurück.

»Für mich eben. Weil ich berühmt bin.«

Und dann lachte sie.

»Auch wenn sie deine Filme nicht gesehen haben.«

»Doch, im Fernsehen haben sie schon mal was gesehen. Und alles andere hat Alexander ihnen erklärt. Hast du Hunger?«

»Und ob. Ich habe den ganzen Tag nichts gegessen. In dem Kaff, wo ich warten musste, bis ich auf den Zug konnte, habe ich nur ein paar Würstchen gegessen.«

»Das ist kein Kaff. Es ist Niebüll. Ein sehr bekannter Ort.«

»Aha. Und, hast du Hunger?«

»Großen Hunger. Ich habe nicht mal Würstchen gegessen.«

»So siehst du aus. Man kann die Rippen durch dein Kleid sehen.«

Sie hatte sich wirklich das blaue Kleid angezogen, in Hosen war sie jetzt ständig herumgelaufen. Obwohl die meisten Damen hier auch in Hosen zum Essen gingen.

»Was isst man denn hier?«

»Ich esse am liebsten Steinbutt. Und vorher eine Tomatensuppe, die ist hier sehr gut. Aber du kannst auch Seezunge haben. Eine große oder drei kleine. Schmeckt auch.«

»Also dann bestell du mal, was du am liebsten magst.«

Sebastian war verunsichert. Sie behandelte ihn, als hätten sie sich vor drei Tagen das letzte Mal getroffen. Sie hatte sich nicht gefreut, ihn zu sehen. Und wenn er sagte, dass er morgen wieder abreiste, wäre es ihr auch egal.

»Wie lange willst du denn noch bleiben?«, fragte er dann auch logischerweise.

»Vielleicht ein paar Tage noch. Ich kann ja Frau Holm nicht pausenlos auf die Nerven gehen.«

»Sie ist doch sehr nett.«

»Sie ist mehr als das, sie ist eine tolle Frau. Eine Friesin, wenn du dir darunter etwas vorstellen kannst.«

Er schwieg, der Champagner kam, und Geraldine gab die Bestellung auf.

Sie brach sich ein Stück von dem Weißbrot ab, das der Kellner auf den Tisch gestellt hatte. Dann hob sie das Glas.

»Hallo, Sebastian. Und *welcome* auf der Insel.«

Er hob das Glas, trank schweigend.

Und da kam auch schon ihre Frage.

»Wie lange willst *du* denn bleiben?«

»Lieber Himmel, ich bin heute angekommen. Darüber habe ich noch nicht nachgedacht. Und selbstverständlich werde ich für das Zimmer bezahlen.«

»Fraglich. Das Haus gehört Frau Holm und der Familie Frobenius. Vermieten darf sie nicht, obwohl sie das gern täte. Aber das Haus ist nur für die Familie da. Jörg war übrigens auch da.«

»Wer ist Jörg?«

»Der kleine Bruder von Alexander. Ein angehender Schauspieler.«

»So.«

»War ganz lustig mit ihm.«

»Und wo ist der jetzt?«

»Weg.«

Sie blickte ins Restaurant. Irgendjemand kam vorbei und grüßte. Geraldine lächelte und neigte leicht den Kopf.

»Wer war das?«, fragte Sebastian leicht gereizt.

»Keine Ahnung. Manche Leute hier kennen mich. Und ich muss ja nicht immer wissen, wer das ist.«

»Du hast auf jeden Fall eine Menge Verehrer gehabt, wie mir scheint. Alexander, Jörg, von einem gewissen Dirk war auch die Rede.«

»Das ist noch lange nicht alles. Es gibt noch einen Andreas und sogar einen Thomas. Und vor allen Dingen gibt es Odysseus.«

»Odysseus?«

»Hm. Der ist mir der Liebste.«

»Sag mal, nimmst du mich auf die Schippe?«

»Ich nenne ihn Odysseus. Er ist Kapitän und ist die Route von Odysseus nachgefahren, nicht unter Segeln, sondern mit einem Motorboot. Er hat auch nicht so lange gebraucht wie Odysseus. Aber bei den Affen wäre er auch gern durchgefahren.«

Sebastian aß schweigend, er fühlte sich noch mehr verunsichert, gerade weil sie so souverän, so gelassen war.

»Schmeckt es?«, fragte sie freundlich.

»Hervorragend.«

»Du hast mit Papi telefoniert.«

»Habe ich. Und bei Frobenius im Büro war ich auch. Ich habe ihm gesagt, dass ich wieder einen Film mit dir machen will. Und zwar demnächst.«

»Aha.«

»Er sagte mir, dass er dir einige Treatments schicken will, die du dir anschauen sollst.«

»Er hat sie mir nicht geschickt, er hat sie mir persönlich überreicht. Ich war ja mit Alexander in Hamburg, dort haben wir uns getroffen. Ich habe im Atlantic gewohnt, das hat mir gut gefallen. Und ich war an der Elbe, an den Landungsbrücken, ich habe die Schiffe gesehen, und das hat mir noch mehr gefallen.«

»Und Herr Frobenius ist nach Kalifornien geflogen, wie ich gehört habe.«

»Zuerst nach London und dann nach Hollywood. Dort dreht Challier zurzeit, und der möchte unbedingt wieder einen Film mit mir machen.«

»Auch davon habe ich gehört. Aber ich bin der Meinung, ich bin wieder dran. Sollten wir nicht wieder zusammen arbeiten?«

»Warum?«

Sie trank einen Schluck von ihrem Wein, verspeiste dann das letzte Stück vom Steinbutt.

»Warum, warum. Weil ich der Meinung bin, wir haben es gut zusammen gemacht.«

»In Paris ist es auch gut gelaufen. Und der Film war sehr erfolgreich.«

Sebastian schwieg eine Weile, beendete sein Essen ebenfalls.

»Hast du denn gar nicht mehr das Gefühl, dass wir zusammengehören?«

»Das war einmal«, antwortete sie gleichmütig. »Das ist vorbei. Erledigt.«

»Herrgott, Geri, für mich nicht. Und du bist ungerecht. Wir waren noch so jung.«

»So jung nun auch wieder nicht.«

»Es ist doch nicht Bedingung, dass man sich so früh für immer bindet. Ich wollte noch etwas erleben. Und du ja vielleicht auch.«

Sie schwieg darauf, drehte langsam am Stiel ihres Glases, sah ihn an.

»Du bist dir verlassen vorgekommen. Du warst böse mit mir, du warst wütend auf mich …«

»Ich war unglücklich.«

»Ja, zugegeben. Ich will nicht behaupten, dass ich das nicht gewusst habe. Du hast bei deinem Vater gelebt, hast dich um nichts mehr gekümmert, weder um deinen Beruf noch um einen anderen Mann. Inzwischen hast du das ja reichlich nachgeholt. Und eins kannst du doch nicht abstreiten, ich habe dich doch nie richtig verlassen. Ich habe immer dafür gesorgt, dass du einen Job bekommen hast, zwar nur kleine Rollen, aber ich war doch für dich da. Und schließlich haben wir mit dem Amphitryon einen echten Hit gelandet. Wir beide zusammen.«

»Das war allerdings nicht geplant.«

»Stimmt. Das hat sich ergeben. Ich kann noch immer nicht begreifen, wie das gegangen ist. Die Zickigkeit von der Conradi, die schlechte Zusammenarbeit zwischen ihr und Burckhardt und das miese Drehbuch … Okay, okay, es stammte von mir, aber es war nicht gut. Ich hatte mich seit Jahren mit dem Amphitryon-Stoff beschäftigt, einfach zu lange, würde ich sagen, ich habe es platt gemacht. Du hast es dann besser gewusst. Du hattest großartige Ideen. Und das war meine Geri von früher. Damals, als wir zusammen am Theater waren, weißt du nicht mehr, da haben wir auch immer viele Ideen gewälzt, Stücke umgeschrieben, uns neue ausgedacht, du warst immer sehr begabt und … und wie soll ich das nennen, du hattest einfach ein echtes Talent, und wenn ich damals etwas reifer und klüger gewesen wäre, hätte ich mich bestimmt nicht von dir getrennt. Aber immerhin … Überlege doch mal, wenn ich dir nicht die kleine Rolle im Amphitryon beschafft hätte, wenn ich dich nicht mitgenommen hätte nach Griechenland, wenn du nur für Studioaufnahmen bei der Bavaria eingesetzt worden wärst, wenn ich nicht …«

»Tja, was wäre dann wohl aus deinem Amphitryon geworden. Ein echter Flop natürlich.«

Geraldine lächelte.

Die Chefin trat an den Tisch.

»Entschuldigen Sie, Frau Bansa. Da drüben an dem über-nächsten Tisch sitzt ein Herr, der möchte gern ein Auto-gramm von Ihnen. Er hat gesehen, dass Sie mit dem Essen fertig sind, und lässt fragen, ob er wohl für einen Moment zu Ihnen an den Tisch kommen darf.«

Geraldine blickte in die angegebene Richtung. Dort er-hob sich ein gut aussehender Mann mittleren Alters von sei-nem Stuhl und neigte den Kopf.

»O bitte«, sagte Geraldine.

Der Herr kam an den Tisch, neigte wieder den Kopf.

»Verzeihen Sie, dass ich störe, Frau Bansa. Ich habe Sie, als Sie ins Lokal kamen, gleich erkannt.« Ein flüchtiges Nicken zu Sebastian. »Und ich bin dann zu meinem Wagen hinaus, weil ich dort ein Bild von Ihnen hatte. Und nun möchte ich Sie bitten ...«

Er legte das Bild vor sie hin.

Eine wunderschöne Großaufnahme von der Chansonette Lorine. Keine Rede von Amphitryon.

»Ein wunderbarer Film«, sagte der Herr. »Und ich habe auch die CD mit Ihren Liedern. Gestatten Sie, Wegner.«

Wieder nur ein kurzer Blick zu Sebastian, der sich nicht rührte.

»Und wie heißen Sie mit Vornamen, Herr Wegner?«, fragte Geraldine.

»Rolf.«

»Das ist ja eine richtige Autogrammkarte«, sagte Geral-dine. »Haben Sie die immer dabei?«

»Ja.«

Für Rolf, herzlichst, schrieb Geraldine unten auf die Karte und dazu ihren Namen.

Dann reichte sie Rolf die Hand, er neigte sich darüber und küsste sie. Wieder ein flüchtiges Nicken zu Sebastian, dann ging er zurück an seinen Tisch.

»Ist ja allerhand«, sagte Sebastian. »So ist es also, wenn man mit einer berühmten Frau ausgeht.«

»Leider konnte ich dich nicht als meinen Regisseur vorstellen. Es war kein Bild von Amphitryon.«

»Das habe ich gesehen. Er wird mich wohl für einen Urlaubsflirt halten. Oder für Odysseus.«

»Eben. Er ist übrigens ein großartiger Tänzer.«

»Wer?«

»Na, Odysseus.«

»So, tanzen warst du mit dem auch.«

»Wir waren alle zusammen tanzen. Aber Odysseus tanzt am besten.«

Wieder eine Weile Schweigen, dann fragte Geraldine freundlich: »Willst du noch einen Nachtisch?«

»Na, ich weiß nicht …«

»Keine Bange, ich habe Geld. Die Rote Grütze schmeckt hier sehr gut. Aber ich esse noch ein Eis. Vielleicht sogar einen Eisbecher. Du hast ja gesagt, man kann die Rippen durch mein Kleid sehen. Das ist nicht gerade sehr vorteilhaft. Aber jetzt möchte ich eine Zigarette.«

Er legte die Schachtel auf den Tisch, hielt ihre Hand fest. »Geri, schau mich mal an. Alles, was ich gesagt habe, stimmt doch. Du musst zugeben, dass ich dich nie wirklich verlassen habe. Ich habe immer das Gefühl gehabt, du gehörst zu mir.«

»Ganz egal, welche Frau gerade dein Leben teilte.«

»Richtig. Und bei keiner der Frauen bin ich geblieben. Ich bin inzwischen neununddreißig. Also einigermaßen erwachsen, nicht? Nimm mal an, ich weiß nun ganz genau, welche Frau zu mir gehört. Und mit welcher Frau ich leben möchte.«

»Soll das vielleicht ein Heiratsantrag sein?«

Er schaute sie verblüfft an. Dann jedoch antwortete er rasch. »Warum nicht?«

327

Geraldine lachte, zog eine Zigarette aus der Schachtel, er gab ihr Feuer und sagte: »Du hast ja inzwischen auch ein paar Erfahrungen gesammelt. Burckhardt, Challier, Alexander, dieser Odysseus ...«

»Odysseus ist leider verheiratet, und seine Penelope wohnt nicht in Ithaka, sondern hier auf Sylt.«

Sebastian schüttelte den Kopf.

»Ich habe nie geahnt, dass du in griechischer Mythologie so gut Bescheid weißt. Wir haben ganz früher schon, in Duisburg, über den Amphitryon gesprochen. Als die die Inszenierung im Programm hatten, die uns nicht gefiel. Weißt du noch?«

»Natürlich weiß ich es.«

»Und als es bei den Dreharbeiten auf Delos so dramatisch wurde, der ganze Krach, diese Szenen mit der Conradi und dann dein ruhiges, überlegenes Eingreifen, da habe ich gewusst, dass ich mit dir arbeiten wollte.«

»Obwohl du dich manchmal über meine Ideen geärgert hast.«

»Stimmt. Ich wollte mir das nicht bieten lassen. Aber ich musste zugeben, damals schon und heute erst recht, du hattest eben gute Ideen. Und überhaupt sehr originelle Einfälle.«

»So.«

»Weißt du, was du einmal zu mir gesagt hast?«

»Was denn?«

»Mich hat Apollo geküsst. Weißt du das nicht mehr?«

»Nein, keine Ahnung.«

»Siehst du, ich habe das nicht vergessen. Eine herrliche Formulierung. So was wäre der Conradi nie eingefallen.«

»Jetzt hast du schon dreimal die Conradi erwähnt, von der möchte ich heute nichts mehr hören. Jetzt esse ich mein Eis, trinke noch einen Espresso, dann hole ich Nelson und mache mit ihm einen kleinen Spaziergang. Einen kleinen nur, ich bin sehr müde. Du doch sicher auch. Du bist weit gefah-

328

ren und hast jetzt gut gegessen, und du musst dein neues Zimmer heute ausprobieren.«

»Ich wollte gern noch über den Film, den ich mit dir machen möchte, sprechen.«

»Heute nicht mehr. Morgen.«

Sie schloss ihre Zimmertür nicht ab. Er kam nicht. Er traute sich wohl nicht wegen Frau Holm, die noch aufgewesen war, als sie heimkamen. Vielleicht auch nicht wegen Nelson, der lang ausgebreitet vor Geraldines Tür lag. Das hatte er sich angewöhnt, seit Alexander nachts in ihr Zimmer gekommen war.

Vielleicht weiß er auch nicht, was ich denke. Ob ich ihn will oder nicht.

Das überlegte sie noch, dann breitete sie die Arme weit aus und dachte an Frobenius. Der war noch weiter weg von ihr als Ithaka.

Am nächsten Tag war es sehr warm, ganz windstill, und Geraldine beschloss: »Wir gehen schwimmen.«

Sein Wagen stand nun neben dem Haus, kein Mercedes, ein kleiner Renault.

»Ich kann mich nicht erinnern, dass du je ein Auto besessen hast.«

»Das ist eine kühne Behauptung. Wenn du dich freundlicherweise an jenen Tag erinnern würdest, als wir bei Frobenius zum Essen eingeladen waren, da habe ich dich mit meinem Wagen abgeholt und auch wieder nach Hause gefahren.«

»Stimmt. War es dein Wagen? Oder gehörte er der Sängerin, mit der du damals verbandelt warst?«

Sebastian ersparte sich die Antwort.

Stattdessen berichtete er: »Ich habe mit achtzehn meinen Führerschein gemacht, in Lübeck. Und dann war ich eine Zeit lang der Chauffeur vom Chef meiner Mutter. Weil man dem wegen Promille für einige Zeit den Führerschein ent-

329

zogen hatte. Bis mir das zu dumm wurde und ich abgehauen bin. Als wir gemeinsam am Theater waren, hatte ich kein Auto.«

»Und in den Jahren dazwischen?«

»Hin und wieder.«

»Wenn du gerade mit einer Frau liiert warst, die ein Auto hatte.«

»Sei nicht so biestig, Geri. In Paris hatte ich mal einen Wagen, auch einen Renault. Darum bin ich der Marke treu geblieben. Hast du einen Führerschein?«

»Nein. Wann denn und wozu? Papi hat natürlich den Führerschein, aber ein Auto hatte er nie, eingekesselt in Berlin, brauchte man keins.«

»Na, jetzt kann er ja mit seiner Freundin ein paar schöne Reisen machen.«

»Die sind mit ihren Außenaufnahmen sowieso ständig unterwegs. Das nächste Mal drehen sie in Prag.«

»Wirklich? Was ist das für eine Geschichte?«

»Weiß ich nicht«, sagte Geraldine ablehnend.

Sebastian warf ihr einen Blick von der Seite zu. Er kannte ihre Gefühle sehr genau, er wusste, wie sehr sie an ihrem Vater hing.

»Auf jeden Fall finde ich es gut, dass dein Vater jetzt so beschäftigt ist. Und die Serie ist wirklich großartig.«

Geraldine schwieg, wies ihm nur den Weg. Sie fuhren über Munkmarsch und Braderup nach Wenningstedt.

»Hier lassen wir den Wagen stehen. Und laufen über die Düne runter zum Strand in Richtung Kampen.«

So leer, wie sie gehofft hatten, war es hier auch nicht. Als sie die Strandkörbe endlich hinter sich gelassen hatten, lagen immer noch eine Menge Leute am Strand oder liefen am Meer entlang.

»Alexander sagt, am schönsten ist es hier im April und Oktober.«

»Bisschen kalt zum Schwimmen vielleicht.«

Sie gingen bald ins Wasser, das Meer war glatt und klar, und man konnte herrlich schwimmen. Aber es war Ostwind, und darum gab es Quallen.

»Kenne ich von der Ostsee«, sagte Sebastian. »Ekelhaftes Zeug.«

»Wann warst du denn an der Ostsee?«

»Ich habe doch gerade erzählt, dass wir in Lübeck gewohnt haben.«

»Stimmt. Wo du der Chauffeur vom Chef deiner Mutter wurdest.«

»Ich vertrug mich mit meiner Mutter überhaupt nicht mehr. Eben wegen dieses Mannes. Sie war nach dem Tod meiner Großmutter nach Lübeck gezogen. Ich ging noch mal in die Schule, denn ich sollte das Abitur machen. Einmal war ich schon sitzen geblieben. Und dann dieser grässliche Kerl, mit dem sie sich eingelassen hatte. Dann bin ich einfach auf und davon.«

»Wohin?«

»Zurück nach Berlin. Ich wollte Schauspieler werden.«

»Ach nee! Hast du mir nie erzählt.«

»War auch nur eine kurze Phase. Ich wollte lieber Schriftsteller werden. Oder Regisseur.«

»Und in Berlin lebte dein Vater?«

»Ich habe keinen Vater. Ich bin ein uneheliches Kind. Habe ich dir mal erzählt.«

»Hast du nicht.«

»Du hast dich mit deinem Vater so gut verstanden. Hast so lieb von ihm geredet. Vielleicht habe ich deswegen nicht davon gesprochen. Mein Vater ist Ungar.«

»Das finde ich ja interessant. Erzähl mal.«

Geraldine legte sich zurück in den Sand und schloss die Augen. Die Sonne über dem Meer blendete.

»Meine Mutter und meine Großmutter waren Flüchtlinge aus Schlesien. Mein Großvater war im Krieg gefallen.
Meine Mutter war neunzehn, als sie fliehen mussten. Ein
schönes Haus in der Nähe von Breslau, ein großer Garten,
ich kenne es nur aus ihren Beschreibungen. Als die Russen
kamen, landeten sie zuerst in Dresden, und nur weil sie
in einem Lager außerhalb der Stadt untergebracht waren,
überlebten sie die furchtbaren Angriffe auf Dresden im
Februar 1945. Meine Mutter sagte einmal zu mir: Eigentlich müsste ich tot sein, und ich wünschte, ich wäre es.«

»Und wo ist deine Mutter heute?«

»Ihr Wunsch hat sich erfüllt, sie ist tot. Vor drei Jahren
ist sie gestorben. Sie hat nicht einmal mehr den Amphitryon gesehen. Ich habe mir immer gewünscht, ihr einen
Erfolg zu präsentieren. Sie hatte nie eine besonders gute
Meinung von meinem Talent. Sie wollte, dass ich studiere.
Germanistik und Geschichte, das war ihr Lebenstraum
gewesen. Ich habe nicht einmal das Abitur gemacht. Sie
hatte es. Doch ehe sie anfangen konnte zu studieren, kamen
die Russen. Ach, lassen wir das. Gehen wir noch mal ins
Wasser?«

»Nicht bei den Quallen. Wir laufen jetzt weiter bis Kampen, und dort essen wir im Dorfkrug.«

»Und wie kommen wir wieder zu meinem Wagen?«

»Wir fahren entweder von Kampen aus mit dem Bus oder
wir nehmen ein Taxi.«

Im Dorfkrug gefiel es ihm gut.

»Ich verstehe so langsam, warum die Leute so gern auf
diese Insel fahren. Das ist auch ein hübsches Lokal, man isst
gut, und voll ist es auch nicht.«

»Es ist fast drei Uhr. Die Mittagszeit ist vorbei. Und die
meisten Leute sind am Strand. Abends findest du hier keinen
Platz.«

»Und was machen wir heute Abend?«

»Wir essen bei Frau Holm. Habe ich schon mit ihr ausgemacht. Wenn wir zurück sind, kann ich noch einkaufen. Falls sie nicht schon eingekauft hat. Sie ist sehr angetan von dir. Und sie möchte gern noch über Amphitryon reden.«

»Habt ihr nicht davon gesprochen?«

»Nee, haben wir nicht.«

»Es gefällt mir gut bei ihr. Und ich hoffe, Nelson wird sich auch an mich gewöhnen. Meinst du, ich kann noch ein paar Tage bleiben?«

»Sicher. Mir gefällt es auch, dass du hier bist.«

»Sag das noch einmal.«

»Ich freue mich, dass du hier bist, dass wir hier sitzen und gut gegessen haben. Und von deinen Plänen musst du mir auch noch erzählen.«

»Und du denkst, Frau Holm weiß nichts … über unsere gemeinsame Vergangenheit.«

»Woher sollte sie das wissen? Es sei denn, Frau Frobenius ruft heute an, und Frau Holm erzählt von deiner Ankunft. Dann wird sie vielleicht etwas erfahren.«

»Hm. Wird Alexander nicht wiederkommen?«

»Nein, solange sein Vater in Amerika ist, muss er sich um die Produktion kümmern. Bisschen was arbeiten kann er schließlich auch mal.«

»Liebst du ihn?«

»Was für eine blöde Frage. Warum soll ich ihn lieben?«

»Hast du mit ihm …« Sebastian stockte.

»Ob ich mit ihm geschlafen habe? Geht dich das was an? Erst gestern hast du mir großartig erklärt, dass jeder Mensch ein paar Erfahrungen sammeln muss, ehe er alt und grau wird. Und jetzt erzähl mir von deinem Vater. Von dem hast du früher nie gesprochen.«

»Das konnte ich gar nicht, denn ich habe ihn ja nie kennen gelernt. Er war verschwunden, ehe ich geboren wurde.«

»Er war Ungar, hast du gesagt.«

»1956 war bekanntlich der Aufstand in Ungarn. Zu früh, wie man heute weiß. Zu früh wie 53 in Berlin. Und sogar 68 in der Tschechoslowakei war es auch noch zu früh. Erst hier in Deutschland haben wir es geschafft, zwanzig Jahre später. Ich wusste anfangs so gut wie nichts über meinen Vater. Nur die Großmama hat mir einiges gesagt. Meine Mutter schwieg. Ich war schon sechzehn, als sie sich dazu herabließ, mir von ihm zu erzählen.«

»Er hat sie verlassen.«

»Er hat Berlin verlassen, aber er wusste nicht, dass sie schwanger war. Er hat sich in Budapest an den Straßenkämpfen beteiligt, musste fliehen und kam über irgendwelche Umwege nach Berlin. Genau weiß ich das auch nicht. Er war allein, er hatte kein Geld, er besaß nur das, was er auf dem Leibe trug. Aber er soll ein sehr gut aussehender junger Mann gewesen sein. Sagte meine Großmama.«

»Das kann ich mir gut vorstellen.«

»Danke, Geri.«

»Wir werden zahlen, wir sitzen ganz allein hier. Und dann gehen wir noch um ein paar Ecken, die Gegend ist sehr hübsch. Und ich weiß, wo die Taxen stehen. Nein, lass mal, heute bezahle ich. Wir werden jetzt immer Essen gehen, ich kenne noch ein paar hübsche Lokale hier. Ich mag nur nicht allein hingehen.«

Sie gingen ein Stück in Richtung Watt, überquerten eine große Wiese und kamen in einen Park.

»Heute heißt es Dorfpark. Früher hieß es Kurpark, das hat Alexander mir erzählt.«

»Schön ist es hier. Still und friedlich.«

»Hier kommt kein Mensch her. Die meisten Sylturlauber kennen dieses Stück Einsamkeit gar nicht.«

»Und was ist das? Ein Ehrenmal.«

»Für die Gefallenen der beiden Kriege. Und nun zu deinem Vater.«

»Er landete in dem Hotel, in dem meine Mutter arbeitete. Es war nur ein kleines Hotel, in einer Seitenstraße vom Kurfürstendamm.«

»Sie arbeitete in einem Hotel? Als was denn?«

»An der Rezeption. Sie musste für ihre Mutter sorgen, die war herzkrank. Es ist ihnen in den ersten Jahren sehr schlecht gegangen. Dieses kleine Hotel war endlich eine Umgebung, in der meine Mutter sich wohl fühlte. Sie sprach Englisch, sie sprach Französisch, das Hotelmilieu war für sie geeignet.«

»Sie sprach Englisch und Französisch. Woher konnte sie das?«

»Sie sprach sogar Latein. Ihr Vater, also mein Großvater, war Direktor eines Gymnasiums in Breslau. 44 haben sie ihn dann noch eingezogen und den Russen zum Fraß vorgeworfen.«

»Was du da sagst, klingt schrecklich.«

»Es stammt nicht von mir. Meine Großmama formulierte es so. Und sie fügte hinzu: Er hätte sowieso nicht mit uns fliehen können. Breslau wurde bis zum letzten Stein verteidigt, das war Hitlers Krieg. Und es geschah allen recht, denn sie haben Hitler nicht umgebracht.«

Sie standen noch vor dem Ehrenmal.

Geraldine sagte: »Wir sind hier am richtigen Ort.«

»Lass uns trotzdem weitergehen. Da hinten ist ein kleiner See. Und da schwimmen Enten.«

»Schade, dass wir von dem Brot nichts mitgenommen haben. Und wie ging es weiter?«

»Ja, mein Vater. Seltsam für mich, das Wort Vater auszusprechen.

»Und dann?«

»Na ja, es war wohl eine richtige Liebesgeschichte. Aber er wollte fort, und sie sollte mit ihm gehen. Doch sie wollte ihre Mutter nicht im Stich lassen. Das zog sich eine Weile hin, dann musste er in ein Lager und wurde ausgeflogen. Sie hat nie wieder von ihm gehört. Und bekam ein Kind.«

»Einen Sohn. Sebastian.«

Geraldine legte sanft einen Arm um seine Schulter und küsste ihn auf die Wange.

»Warum hast du mir das nie erzählt?«

»Geri! So wie wir damals lebten, wollte ich nicht davon sprechen.«

»Und warum hast du dich mit deiner Mutter nicht vertragen?«

»Sie war sehr verschlossen, und von dem, was sie erlebt hatte, sprach sie nicht. Viel später gab es dann einen Mann, eben den aus Lübeck, aber davon reden wir jetzt nicht mehr. Schluss für heute!«

Er nahm sie vorsichtig in die Arme.

»Ich hatte keine glückliche Kindheit. Und eine schwierige Jugend. Und du warst der erste Mensch, den ich liebte. Der erste Mensch, der zu mir gehörte.«

»Und dann hast du mich verlassen.«

»Ich habe dich nie verlassen. Das musst du doch einsehen. Ich war immer um dich besorgt. Was konnte ich denn für dich tun, ich war ja lange Zeit erfolglos. Aber der klügste Gedanke meines Lebens war, dich mit nach Griechenland zu nehmen. Ohne dich wäre der Amphitryon ein Flop geworden. Das weiß ich.«

Geraldine bog den Kopf zurück. Sebastian küsste sie, lange und zärtlich, und diesmal erwiderte sie den Kuss.

Als die beiden nach Hause kamen, spürte Frau Holm sofort, dass Geraldines Stimmung gewechselt hatte. Sie war aufgeschlossen, geradezu heiter, sie lachte, erzählte ausführlich, was sie erlebt hatten, das Meer, die Quallen, der Dorfkrug und schließlich der Spaziergang in Kampen. Nur von dem ungarischen Vater sprach sie nicht, das beschäftigte sie noch zu sehr.

Und sie dachte: Ich war selbst noch zu jung und zu naiv, war nur mit ihm und meiner Liebe beschäftigt, habe von Papi erzählt, was ich alles bei ihm gelernt hatte, prahlte ständig mit den Rollen, die ich konnte, aber kam nie auf die Idee, ihn nach seiner Familie, nach seiner Ausbildung zu fragen. Und es ist wahr, er hat nie davon gesprochen. Da hätte ich mir doch etwas denken müssen.

»Zumindest hätte ich mal fragen müssen«, sagte sie laut, ganz überrascht von dieser Selbsterkenntnis, die an diesem Tag gewachsen war.

Frau Holm und Sebastian sahen sie fragend an.

Sie saßen noch am Tisch, sie hatten gut gegessen, Matjes mit grünen Bohnen, Speckstippe und Bratkartoffeln.

»Es hat wunderbar geschmeckt«, sagte Geraldine. »Heute habe ich mindestens zwei Pfund zugenommen. Und wir werden jetzt jeden Tag gut essen. Ich werde mir nicht mehr sagen lassen, dass man meine Rippen durch das Kleid zählen kann.«

»Wer sagt das?«, fragte Frau Holm.

»Er«, und sie wies mit dem kleinen Finger auf Sebastian. »Dabei habe ich doch in letzter Zeit immer reichlich gegessen.«

»Aber vorher nicht; du hast abgelehnt, als ich in Berlin mit dir essen gehen wollte. Du hast allein zu Hause rumgesessen und warst traurig wegen deines Vaters.«

»Dazu hatte ich allen Grund.«

»Und wonach hätten Sie fragen sollen, Geraldine?«

Sie sah Sebastian an.

»Nach seinem Leben. Nach seiner Jugend. Es kann vieles verwirrend sein, wenn man jung ist. Ich hatte wenigstens meinen Vater, der mich liebte. Keine Mutter, na schön. Ich habe Ihnen das neulich erzählt, Frau Holm.«

»Ja, als Sie aus Hamburg zurückkamen.«

»Ich spreche eigentlich nie von meiner Mutter. Sie verschwand aus meinem Leben, als ich noch ein Kind war. Und darum hänge ich so an meinem Vater. Aber er ...«, und wieder sah sie Sebastian an, der schweigend diesem Dialog lauschte, »hatte überhaupt keinen Vater. Und mit seiner Mutter hat er sich auch nicht besonders gut verstanden. Und danach hätte ich fragen müssen. Damals.« Sie schwieg eine kleine Weile, fuhr dann fort: »Damals, als wir noch zusammenlebten. Als wir uns liebten. Es ist nämlich so, Frau Holm, wir kennen uns nicht erst seit dem Amphitryon-Film. Er war meine große Liebe, als ich jung war. Und ein wenig geliebt hat er mich damals auch.«

Sebastian lächelte.

»Wir waren immerhin zwei Jahre zusammen. Und sie war auch meine erste wirkliche Liebe. Und daran hat sich nichts geändert.«

»Trotz der paar Erfahrungen, die man im Laufe der Zeit noch machen musste. Er bald, und ich dann später.«

Sie nahm einen Schluck von ihrem Bier, griff dann nach der Schnapsflasche.

»Darf ich euch noch einen Juvi einschenken? Du solltest auch noch einen trinken, Sebastian. Die Speckstippe bekommt dir dann besser. Ich räume jetzt ab und mache noch einen kleinen Spaziergang mit Nelson. Er ist heute zu kurz gekommen.« Frau Holm hatte sich gleich gedacht, dass es mit den beiden eine Geschichte geben musste. Und sie war hoch zufrieden, dass sie von dem überraschenden Besuch nichts erzählt hatte.

Jana hatte am Nachmittag angerufen, hatte nach Geraldine gefragt.

»Sie ist zum Schwimmen ans Meer gefahren. Wir haben sehr schönes Wetter.«

»Alles in Ordnung?«

»Bestens.«

Sie sollte nicht an Fremde vermieten, so lautete das Gebot. Aber der Regisseur von Amphitryon war schließlich kein Fremder, jedenfalls nicht für Geraldine. Und nun waren die beiden auch noch ein altes Liebespaar. Und so kühl Geraldine am Abend zuvor gewesen war, so gelöst war sie heute.

Aber nicht nur wegen des Zimmers hatte sie ihrer Tochter nichts von dem überraschenden Besuch erzählt, sondern weil sie das Gefühl hatte, zwischen diesen beiden, der Schauspielerin und dem Regisseur, gab es eine gewisse Spannung, sie hatte es an Geraldines abwehrender Miene gesehen und an seinem fragenden Blick, seinen vorsichtigen Versuchen, ihr näher zu kommen.

Wieder näher zu kommen, wie sie jetzt wusste. Geraldine hatte ja ziemlich offen gesprochen. Er war meine große Liebe, hatte sie gesagt.

Und er: Wir waren immerhin zwei Jahre zusammen. Sie war meine erste wirkliche Liebe, und daran hat sich nichts geändert.

Frau Holm lächelte.

Gut, dass sie Jana nichts von dem Besuch erzählt hatte. Die wusste sicher von der gemeinsamen Vergangenheit der beiden. Auch Alexander ging es nichts an. Erst mal sehen, wie es weiterging. Auf jeden Fall benahm sich Geraldine heute anders als am Abend zuvor. Geraldine trug die Teller und leeren Schüsseln hinaus, und als sie allein waren, sagte Sebastian: »Es heißt immer, man soll alte Liebesgeschichten nicht wieder aufwärmen. Aber was mich betrifft, so habe ich mich von Geri nie wirklich gelöst. Das wird sie Ihnen bestätigen. Wir sind immer in Verbindung geblieben, beruflich vor allem. Auch wenn sie böse mit mir war. Aber sie war ja nie allein. Nie verlassen. Sie hatten ihren Vater, der ihr alles bedeutete.«

»Von ihrem Vater hat sie mir erzählt«, sagte Frau Holm vorsichtig. »Nein, allein war sie wohl nicht.«

»Ich hatte ein paar Affären, zugegeben. Aber in gewisser Weise war ich doch allein und verlassen. Meinen Vater habe ich nie kennen gelernt. Mag sein, er lebt irgendwo auf dieser Erde, doch er weiß nichts von mir und ich nichts von ihm. Und meine Mutter ... na ja, sie ist tot. Aber sie ist nie auf mich eingegangen. Auf meine Pläne, meine Wünsche. Und Erfolg hatte ich leider nie. Damit hätte ich sie vielleicht überzeugen können.«

»Aber der Amphitryon war doch ein schöner Erfolg.«

»Ja, eben. Und ich möchte Geri davon überzeugen, dass wir beide zusammen unschlagbar sind. Sie hat tolle Einfälle. Und deswegen möchte ich wieder mit ihr einen Film machen. Ich habe das Frobenius schon gesagt. Und jetzt kommt es darauf an, sie für mich zu gewinnen.«

Geraldine kam wieder ins Zimmer und brachte noch zwei Flaschen Bier mit.

»Ich glaube, ich trinke noch ein Glas. Zum Matjes passt es am besten.«

»Und was für einen Stoff haben Sie diesmal?«, fragte Frau Holm, während Geraldine die Gläser füllte.

Sebastian blickte Frau Holm gerade in die Augen. Schluckte. Richtete sich gerade auf.

»*Pygmalion*«, sagte er.

Geraldine sah ihn überrascht an.

»*Pygmalion?*«

»Du kennst es?«

»Ein Stück von Shaw. Ein großartiges Stück. Papi hat ihn mal gespielt, in Coburg.«

»George Bernard Shaw«, bestätigte Sebastian. »Er hat viele großartige Stücke geschrieben. Nicht zu verstehen, warum man sie heute nicht mehr spielt. *Pygmalion* ist eins seiner besten.«

»*My Fair Lady*«, sagte Frau Holm.

Sebastian lachte glücklich.

»Prima, prima. Ihr wisst, wovon die Rede ist. *My Fair Lady* ist nach dem Stück von Shaw entstanden. Die Musik für dieses Musical hat Frederick Loewe geschrieben. Es wurde in Berlin das erste Mal Anfang der Sechzigerjahre aufgeführt. Im Theater des Westens. Wir haben es beide nicht gesehen. Ich war noch zu klein, und du warst noch gar nicht geboren, Geri. Aber ich habe mir von einigen Leuten, die es gesehen haben, erzählen lassen, was es für ein riesiger Erfolg war. Musicals kannte man in Deutschland damals noch nicht. Paul Hubschmid hat den Higgins gespielt. Und die Eliza war eine Dame namens Karin Hübner. Kennt man heute gar nicht mehr.«

»Der Film war wunderbar«, sagte Frau Holm. »Mit Audrey Hepburn und Rex Harrison.« Und plötzlich begann sie zu singen: *»I could have danced all night, I could have danced all night.«*

Sebastian lachte. »Stimmt genau. Ich bin also doch nicht auf der falschen Fährte, wie mir scheint.«

»Ich habe den Film auch gesehen, zusammen mit Papi. Und darum weiß ich, dass er den Higgins mal gespielt hat. Und warum willst du *Pygmalion* noch mal verfilmen, wenn er doch so erfolgreich war?«

»Ich will weder den Shaw noch den Film noch mal machen, ich will einen Pygmalion. Nicht den Higgins. Einen Pygmalion.«

»Du bist wieder bei den alten Griechen gelandet.«

»Weißt du denn, wer Pygmalion war?«

Geraldine blickte Frau Holm fragend an.

»Irgendwas mit den alten Griechen hat es schon zu tun«, sagte Frau Holm. »Es gab einen Pygmalion. Ich habe ein Lexikon, wir können gleich mal nachschlagen.«

»Nicht nötig, ich weiß es und kann es euch erzählen«, sagte Sebastian. »Er war kein Grieche, er lebte auf der Insel Zypern.«

»Na, das ist doch so gut wie griechisch«, sagte Geraldine.

»Er war ein König. Und er war auf der Suche nach einer Frau. Einer ganz bestimmten, sehr schönen Frau. Aber die Frauen in seinem Volk gefielen ihm nicht so richtig. Also formte er eine Figur, eine Statuette. Vielleicht ließ er sie auch von einem Bildhauer gestalten, so genau weiß man das nicht. Und dieses Kunstwerk liebte er. So sollte die Frau sein, die zu ihm gehörte. Aber die Figur war aus Stein. Darüber war er sehr unglücklich. Doch Aphrodite, die Göttin der Liebe, erbarmte sich seiner, legte die Hand auf die Statue, und es wurde eine lebendige Frau daraus. Die bekam er und die behielt er.«

»Eine schöne Geschichte«, sagte Frau Holm.

»Natürlich ist es griechisch, wenn doch Aphrodite daran beteiligt ist«, sagte Geraldine.

»Ich muss mal näher erklären, was ich will. Der Pygmalion von Shaw hat mit Griechenland überhaupt nichts zu tun. Die Story spielt in London, Higgins ist ein nörgeliger Professor, ein Sprachwissenschaftler, und es ärgert ihn, wenn die Leute schlechtes Englisch sprechen. Eliza ist ein Blumenmädchen, das auf der Straße sitzt und ihre Blumen verkauft und einen grässlichen Slang redet und sich außerdem sehr ordinär benimmt. Er schließt eine Wette mit seinem Freund Oberst Pickering ab, dass es ihm gelänge, dieses ordinäre Stück in sechs Wochen zu einer Lady zu erziehen, mit der man sich in bester Gesellschaft sehen lassen kann. Am Ende gelingt ihm das auch, und dann ist sein Interesse an dem Mädchen auch schon erloschen. Obwohl sie sich nun in ihn verliebt hat. Bernard Shaw, der ja ein sehr raffinierter Autor war, schenkt sich ein richtiges Happy End. Wir können nur hoffen. Möglicherweise, und das wäre typisch Shaw, ist dieser aufgeblasene Professor gar nicht zu wirklicher Liebe fähig.«

Einige Minuten blieb es still. Sie tranken von ihrem Bier, und jeder kippte den Juvi.

»Und was willst du daraus machen?«, fragte Geraldine.

»Das ist das Problem. Und jetzt kommst du ins Spiel, Geri.«

»Soso«, kam es von Geraldine.

»Shaw nannte sein Stück *Pygmalion,* obwohl der gar nicht darin vorkommt. Es basiert lediglich auf dem antiken Mythos von Pygmalion.«

»Ein Mann, der eine Frau nach seinem Willen formen will. Der ein neues Wesen aus ihr machen will, einen anderen Menschen. Soweit das möglich ist.«

»So sehe ich das auch, Geri. Die Geschichte spielt in der Gegenwart, und der Mann ist ein Psychiater. Davon gibt es ja heute viele. Die sind manchmal ziemlich arrogant, weil sie denken, einen Menschen so beeinflussen zu können, dass er ein anderer Mensch wird. Wir erleben das ja beinahe täglich. Jemand hat ein Verbrechen begangen, man attestiert mangelnde Zurechnungsfähigkeit, ein Psychiater behandelt ihn, eine Zeit lang später wird er freigelassen und begeht das gleiche Verbrechen wieder.«

»Vergewaltigung. Missbrauch von Kindern«, sagte Frau Holm.

»Das kann man öfter in der Zeitung lesen, dass es einer war, der besser im Gefängnis geblieben wäre.«

»Und was macht dein Psychiater?«, fragte Geraldine.

»Er ist der Meinung, dass man einen Menschen nicht ändern, nicht wirklich bessern kann, wenn er erst mal auf die schiefe Bahn geraten ist. Und meine Eliza ist kein armes Blumenmädchen, das nicht ordentlich sprechen kann, meine Eliza ist eine Hure, und er holt sie aus dem Bordell.«

»Donnerwetter!« Frau Holm war beeindruckt.

»Er kauft sie ihrem Zuhälter ab, er bezahlt für eine gewisse Zeit, ein halbes Jahr vielleicht ...«

»Ein ganzes Jahr«, warf Geraldine ein.

»Auch möglich. Sie glaubt natürlich, er will sie nur für den einen Zweck, den sie sich vorstellen kann, und sie hat nichts dagegen. Er ist ein recht gut aussehender Mann, und sie findet es ganz angenehm, eine Zeit lang nur mit einem Mann zu schlafen statt jeden Tag mit einem anderen.«

»Und das soll Geraldine spielen?«, fragte Frau Holm mit leichter Empörung in der Stimme.

»Das kann sie«, sagte Sebastian. »Denn nun geht die Geschichte ja erst los. Der Psychiater ist ein wohlhabender Mann, bewohnt eine große Villa.«

»In Harvestehude«, warf Geraldine ein.

»Wie?«

»Das ist ein vornehmer Stadtteil von Hamburg. Hat Alexander mir erzählt. An der Alster, an der so genannten Außenalster, wo ich ja in dem Hotel gewohnt habe.«

»Also gut, ein großes schönes Haus, er hat natürlich eine Haushälterin wie der Higgins.«

»Verheiratet ist er demnach nicht.«

»Ist er nicht. Da könnte er sich solche Eskapaden nicht leisten. Aber der Clou bei der Sache ist nun, dass er nicht im Entferntesten daran denkt, mit der Hure ins Bett zu gehen. Das ist für sie zunächst unbegreiflich. Sein totales Desinteresse irritiert sie.«

»Verständlich«, sagte Geraldine. »Und sie versucht ihn zu verführen. Ist er schwul?«

»Ist er nicht. Er hat sogar eine Freundin, mit der er seit mehreren Jahren zusammen ist, die erst mit Unverständnis und dann mit Ärger auf diese seltsame Person reagiert, die er sich da ins Haus geholt hat. Seine Erklärung, dass es sich um ein Experiment handelt, empfindet sie als unglaubwürdig. Und nun kommen wir zu dem zweiten Mann, der in diesem Film eine Rolle spielt. Einen Oberst Pickering brauchen wir natürlich auch. Das ist in diesem Fall ein Anwalt, ein Freund des Psychiaters. Und der findet die ganze Sache geradezu abstoßend. Es hat natürlich keine Wette stattgefunden, nur ein Gespräch darüber, dass man einen Menschen nicht ändern kann. Und in diesem Fall besteht das Absurde darin, dass der Psychiater nicht an die Änderung, die Besserung eines Menschen glaubt. Der Anwalt eben doch.«

Diesmal nahm Frau Holm die Flasche mit dem Juvi in die Hand, um nachzuschenken.

»Hört sich ziemlich kompliziert an«, sagte sie.

»Na ja, ich erzähle es halt so auf die Schnelle.«

»Und wie geht es weiter?«, fragte Geraldine.

»Als das Mädchen merkt, nennen wir sie der Einfachheit halber auch Eliza, im Film wird sie natürlich anders heißen, dass der Mann, der sie gewissermaßen eingekauft hat, keine Verwendung für sie hat, wird sie unsicher und unterlässt nach vergeblichen Versuchen alles, was sie gelernt hat.«

»Also mal langsam«, sagte Geraldine. »Du galoppierst ja geradezu durch die Geschichte.« Sie lächelte. »Was galoppieren ist, weiß ich inzwischen. Also, sie denkt, er hat sie dem Zuhälter abgekauft, um mit ihr ungestört zu schlafen, wenn ihm gerade danach ist. Und gerade das tut er nicht. Aber was hat er nun wirklich mit dieser Frau vor?«

»Er will beweisen, dass man eine Frau, die aus einem bestimmten Milieu kommt, nicht zu einer normal empfindenden Frau umerziehen kann. Es geht nicht darum, dass sie ordentlich hochdeutsch sprechen kann. Bei uns spielt das ohnehin keine so bedeutende Rolle wie in England. Bei uns kann eine Dame bayerisch oder schwäbisch sprechen und trotzdem eine Lady sein.«

»Er ist der Meinung, eine Nutte ist eine Nutte, und das bleibt sie auch«, sagte Geraldine.

»So kann man es ausdrücken, ja.«

»Und sie gewöhnt sich sehr bald an das Leben in einem gepflegten Haushalt, macht sich hier und da ein bisschen nützlich. Und sie hat nicht mehr das geringste Verlangen, mit einem Mann ins Bett zu gehen.«

»Ich sehe, du hast begriffen, Geri.«

»Könnte ja sein, sie würde gerade mit ihm gern ins Bett gehen. Kann ja sein, er gefällt ihr. Aber sie weiß, dass sie sich eben nicht so benehmen darf, wie sie es bisher gewohnt war. Sie ist brav, benimmt sich jeden Tag besser. Vielleicht könnte sie ein bisschen in der Praxis helfen, Patienten empfangen.«

Sebastian lachte. »Du bist wie immer dabei, am Drehbuch mitzuarbeiten, Geri.«

»Gibt es denn schon ein Drehbuch?«

»Nein. Nur die Story gibt es.«

»Und wie geht die weiter?«

»Tut mir Leid. Aber es gibt kein Happy End. Sie verliebt sich wirklich in ihn. Benimmt sich tadellos, trägt andere Kleidung, sehr ordentlich, sehr zugeknöpft.«

»Wo hat sie denn die Klamotten her?«

»Na ja, das muss man noch überlegen. Vielleicht geht sie mal einkaufen, er gibt ihr Geld ...«

»Oder diese Freundin von ihm, die ja eifersüchtig ist, geht mit ihr einkaufen und kauft möglichst doofe Sachen. Aber genau genommen brauchen wir diese Freundin gar nicht mehr, sie hat ihn verlassen, weil es ihr nicht passt, dass diese Person bei ihm im Haus lebt. Es kommt zu einem Krach, sehr viel macht er sich sowieso nicht mehr aus ihr, die Freundin haut ab. Das wäre eine Rolle für die Conradi.«

Sebastian lachte.

»Gut, wir werden sie fragen. Dann müsste die Rolle allerdings ausgebaut werden. Nehmen wir an, sie kennt einen Mann beziehungsweise trifft einen Mann wieder, und der weiß, um wen es sich bei Eliza handelt.«

»Ein verflossener Liebhaber von ihr. Sie ist empört, dass er in ein Bordell gegangen ist. Und nun ist ihr auch klar, was ihr jetziger Freund da treibt. Von wegen Experiment. Psychiater hin oder her, er ist genauso ein Schwein wie alle Männer.«

Sebastian schüttelte den Kopf.

»Du hast eine seltsame Art, dich auszudrücken. Übrigens, ich war noch nie in einem Bordell.«

»Das solltest du schleunigst nachholen, damit du weißt, wie es in deinem Film zugeht. Denn schließlich spielen ja die ersten Szenen in einem Bordell.«

»Ja, und die letzte auch.«

»Und wie geht die?«

»Als das Jahr vorüber ist, bringt er sie zurück. Sie ist außer sich, sie ist verzweifelt. Sie weiß genau, in welcher Schublade ihr Zuhälter seine Pistole liegen hat, sie holt sie heraus und erschießt sich.«

»Nein!«, rief Geraldine energisch. »Sie erschießt ihn.«

Tiefes Schweigen folgte.

»Sie erschießt ihn«, wiederholte Sebastian nachdenklich.

»Ja, er hat sie an ein neues Leben gewöhnt. Er hat ihr gezeigt, dass es eine andere Welt gibt als die, in der sie zuvor gelebt hat. Und sie will nicht zurück. Stell dir vor, sie hat gute Musik gehört, sie hat Bücher gelesen, die sie beeindruckt haben. Sie ist wirklich ein anderer Mensch geworden, was dieser blöde Psychiater bezweifelt hat. Und darum erschießt sie ihn.«

»Eine Tat in wirklich verständlichem Affekt«, sagte Sebastian beeindruckt.

»Und was wird aus ihr?«, fragte Frau Holm. »Sie muss ja ins Gefängnis.«

»Der Freund von ihm, der Anwalt, der kann sie ja verteidigen. Das wäre eine Rolle für Burckhardt. Und den liebt sie dann, und er sie auch.«

»Du machst es dir sehr leicht. Wie Frau Holm ganz richtig gesagt hat, muss sie ins Gefängnis. Und ihre Verteidigung wird eine sehr dubiose Angelegenheit. Denn schließlich weiß das Gericht, dass sie eine Hure ist. Und ob die Tatsache, dass sie eine andere geworden ist, ausreicht, um sie freizusprechen beziehungsweise eine kurze Strafe zu erwirken, das bezweifle ich.«

Eine Weile lang schwiegen sie alle drei.

»Wenn sie sich umbringt«, sagte Frau Holm dann, »wäre die Geschichte zu Ende. Kein Happy End.«

»Und auch kein offenes Ende wie bei Shaw. Dass es mit den beiden doch noch etwas wird. Oder ob sie selbst, verändert, wie sie ist, nun die Kraft hat, den Mut, ein neues, anderes Leben zu beginnen«, sagte Geraldine, legte den Kopf in den Nacken und dachte nach.

Sebastian machte ein zufriedenes Gesicht. Er wusste nicht, wie die Story weitergehen sollte. Wenn Geri jetzt anfing, darüber nachzudenken, war man schon einen großen Schritt weiter. Er schätzte ihre Einfälle.

Er zündete sich eine Zigarette an, sagte: »Entschuldigung«, und bot den Damen die Packung an.

Frau Holm nahm eine Zigarette, Geraldine auch.

Nelson, der an der Tür saß, machte ein unzufriedenes Gesicht. Es war die Rede davon gewesen, dass man noch spazieren ging. Offenbar dachte keiner mehr daran.

Er seufzte, legte sich lang ausgestreckt vor die Tür.

Geraldine hatte verstanden.

»Wir gehen dann gleich, Nelson. Wir müssen nur noch ein bisschen nachdenken.«

Das taten sie alle drei, diesmal füllte Sebastian die Gläser. Für jeden noch ein Bier, für jeden einen Juvi.

»Die Pygmalion-Sage hat ja ein richtiges Happy End«, sagte Frau Holm.

»Das nützt uns gar nichts. Erstens haben wir keine Aphrodite und zweitens keine Gipsfigur. Eliza hat ja aus eigenem Antrieb ihr Leben schon verändert. Die Einstellung zu ihrem bisherigen Leben.« Geraldine überlegte nun laut.

»Bloß ist das alles ein wenig schwierig für sie. Wie lange war sie in dem Bordell? Hat sie jemals einen Beruf erlernt? Ist sie dort aus Leichtsinn, aus Dummheit gelandet oder, was am wahrscheinlichsten ist, durch einen Mann?«

»Wir können nicht noch ihre ganze Vergangenheit aufrollen, das wird viel zu lang für einen Film.«

»Warum nicht? Das könnte doch der Anwalt tun. Das müsste er tun, wenn er sie vor Gericht verteidigen soll. Nehmen wir an, sie ist von einem miesen Kerl verführt worden, und der hat sie dann in dem Bordell abgeliefert. Oder sie an den Zuhälter verkauft. Sie kann eine unglückliche Kindheit gehabt haben. Ihr Vater hat sie missbraucht. Ihr Stiefvater zum Beispiel. Ihrer Mutter war es egal, sie ging sowieso eines Tages auf und davon.«

Sebastian hob beide Hände.

»Geri, hör auf. Du schreibst einen Roman und kein Drehbuch.«

»Der Anwalt muss aber eine wichtige Rolle spielen. Angenommen, es gelingt ihm, dass sie nach zehn Jahren wieder freikommt. Sie geht durch die Straßen, sie kommt vorbei an dem Haus in Harvestehude, wo einst das neue Leben für sie begann. Der Psychiater ist ja tot, jetzt steht das Haus leer. Und sie geht durch das Haus, sie erinnert sich, sitzt in dem Zimmer, in dem sie damals gewohnt hat, sie weint.«

»Und dann?«

»Dann kommt der Anwalt, der ja weiß, dass sie heute entlassen worden ist.«

»Und dann? Er nimmt sie in die Arme, küsst sie, und da hast du ein Happy End. Eine richtige Schnulze.«

Geraldine stand auf.

»Na gut, denken wir morgen weiter darüber nach. Jetzt gehen wir an die frische Luft. Gegessen haben wir genug und getrunken auch. Und Nelson wartet schon.«

Sie gingen am Watt entlang, es war noch hell, das Meer schimmerte in sämtlichen Farben, der Himmel auch. »Ein seltsames Land ist das«, sagte Sebastian. »Wird es hier überhaupt dunkel?«

»Noch lange nicht. Und dies ist kein Land, sondern eine Insel.«

»Ich kenne eine Menge Inseln. Ich war auf Mallorca und Ibiza und auf Capri. Und auf den griechischen Inseln waren wir auch. Was ist so anders an dieser Insel?«

»Ich weiß es nicht. Es ist eine besondere Insel. Und deswegen wird sie von manchen Menschen so geliebt.«

»Du sagst von manchen Menschen, aber nicht von allen Menschen.«

»Gewiss nicht. Das wäre ja schrecklich. Es sind sowieso schon zu viele da. Irgendwie muss man hierher passen. Die Harmonie muss stimmen. Und darum kommen so viele Menschen, eben doch viele, immer wieder. Und jetzt gehen wir hier hinauf«, sie wies mit der Hand auf einen schmalen Pfad. »Da kommen wir zu St. Severin, das ist die Kirche von Keitum. Und oben kannst du dann auch den Mond sehen, wir haben zunehmenden Mond, den siehst du hier unten nicht.«

»Und dann?«

»Nichts weiter. Dann gehen wir oben zurück in den Ort, auf dem Radfahrweg, da ist jetzt kein Verkehr mehr.«

»Und dann?«

»Wir denken noch ein bisschen nach und gehen bald schlafen.«

»Darf ich heute bei dir schlafen?«

»Das wird Nelson nicht erlauben.«

»Wie hat Alexander das gemacht?«

»Hör auf mit diesen dämlichen Fragen. Da ist der Mond, siehst du. Und schau dir die Kirche an. Sie ist weltberühmt.«

»Aha. Ungefähr so wie Notre Dame?«

»Ja. Ungefähr so.«

»Du hast meine Frage nicht beantwortet.«

»Welche? Was dich angeht oder Alexander?«

»Beide.«

»Nelson mochte es auch nicht, dass Alexander zu mir ins Zimmer kommt.«

»Aber Alexander gehört doch ins Haus.«

»Na ja, trotzdem. Nelson passt eben auf mich auf. Siehst du hier, das ist ein Riesenfeld mit Kartoffeln. Als ich herkam, haben sie noch geblüht.« Sie wies mit der Hand auf das Feld auf der rechten Seite. »Nächsten Monat kann man die ersten ernten. Die Kartoffeln sind hier besonders gut, das liegt am Boden.«

Sebastian ergriff ihren Arm und zog sie heftig an sich.

»Hör auf, dich über mich lustig zu machen. Wenn du nichts mehr von mir wissen willst, dann reise ich morgen wieder ab.«

»Erstens nennt man so was Erpressung, und zweitens wollen wir über den Film reden. Und drittens ist es mir schnuppe, ob du abreist oder nicht.«

Er fasste sie jetzt mit beiden Händen, legte die Arme fest um sie, doch Nelson schien das auch nicht zu gefallen. Er stieß einen kurzen Beller aus.

»Ich werde hier gut bewacht, wie du siehst. Komm, lass uns weitergehen. Nun wird es langsam doch ein wenig dunkler. Und der Mond versinkt auch. Und wenn Nelson nicht erlaubt, dass du in mein Zimmer kommst, könnte ich ja in dein Zimmer kommen. Vielleicht stört ihn das nicht.«

»Geri!« Er zog sie fest an sich, küsste sie.

Sie erwiderte den Kuss, dann wandte sie den Kopf und blickte über das weite grüne Kartoffelfeld.

»Weißt du«, sagte sie dann langsam, »mir ist eben noch etwas eingefallen. Angenommen, sie nimmt den Revolver, sie schießt auf den Psychiater, aber sie tötet ihn nicht, sie verletzt ihn nur.«

Er ließ sie abrupt los.

»Ist dir das eingefallen, während wir uns küssten?«

»Nein, vorher schon. Untergründig arbeitet es in mir weiter, verstehst du. Man muss die Aphrodite vergessen und auch den Shaw. Man muss was Neues machen.«

»Komm jetzt! Lass uns schlafen. Heute denken wir nicht mehr darüber nach. Das heißt, du denkst nicht mehr darüber nach.«

Sie dachte ganz etwas anderes.

Sie dachte: Wenn ich wieder mit Sebastian schlafe, dann wird er nie wieder kommen. Das weiß ich. Ich werde nicht mehr schön sein, ich werde nicht mehr jung sein und auch nicht mehr begabt. Ich werde die dumme Geri sein, die ich früher war. Also darf ich nicht mit Sebastian schlafen. Also muss ich weglaufen.

Sie starrte über das Kartoffelfeld.

Angenommen, er käme jetzt über das Feld. Zu ihr. Aber niemand kam.

Nur ein später Radfahrer klingelte hinter ihnen.

Frau Holm hatte sich schon zurückgezogen, aus ihrem Schlafzimmer erklang leise Musik, Mozart. Geraldine wusste, dass sie gern noch das Radio spielen ließ, wenn sie im Bett lag. Und heute sollte es wohl ein deutliches Zeichen sein, dass sie nicht gestört werden wollte und auch nicht mehr stören würde.

Geraldine lächelte.

Es gibt auch für mich keinen Ausweg mehr, dachte sie.

Und ein wenig neugierig war sie nun auch, was sie heute, so viele Jahre später, in Sebastians Armen empfinden würde.

»Viel abzuschminken gibt es glücklicherweise hier nicht«, sagte sie leichthin, als sie in der Diele standen. »Ich komme in einer Viertelstunde und gebe dir einen Gutenachtkuss. Falls du dann schon eingeschlafen bist, macht es auch nichts.«

»Du nimmst mich nicht ernst«, sagte er vorwurfsvoll. »Du hast dich sehr verändert.«

»Das ist der Lauf der Zeit. Und einschlafen kann man hier sehr schnell, das wirst du merken. Die gute Seeluft macht müde.«

Sie holte in der Küche die Knabberchen, wie sie es nannte, die Nelson vor dem Einschlafen bekam. Dann ging sie in ihr Zimmer, zog sich aus, kämmte ihr Haar und summte leise vor sich hin.

Erregt war sie in keiner Weise. Genau genommen war ihr Sebastian gleichgültig.

Sie sah sich nachdenklich in die Augen, betrachtete lange ihr Spiegelbild.

So ging es nicht. Wenn sie mit ihm einen neuen Film machen wollte, musste eine neue Spannung entstehen. Wenn sie nach ihrem Gefühl handelte, würde eine gemeinsame Arbeit nicht gelingen.

Dann dachte sie an Frobenius. Was würde er empfinden, wenn er erfuhr, dass sie wieder mit Sebastian schlief?

Er darf es nie erfahren, dachte sie.

Was Unsinn war, denn er würde schließlich die Produktion des Films übernehmen, und Sebastian würde auf jeden Fall dafür sorgen, dass jeder begriff, wie es zwischen ihm und Geri wieder stand.

Es geht nicht. Ich darf es nicht tun. Oder wir suchen uns eine andere Produktionsfirma. Das ist erst recht eine Gemeinheit. Und Alexander? Was mache ich mit Alexander? Und Burckhardt. Wenn er wirklich den Anwalt spielen würde? Wenn der Psychiater nur leicht verletzt war, dann konnte sie mit einer kurzen Strafe davonkommen, und einem Happy End mit Burckhardt stand nichts im Weg. Aber wenn nicht?

Die Gedanken rasten in ihrem Kopf. Das Summen war ihr vergangen, das Lächeln auch, das Gesicht im Spiegel war voller Entsetzen. Sie strich sich mit beiden Händen das Haar zurück, starrte in das Gesicht im Spiegel.

Die Haare sind viel zu lang geworden. Ich müsste mal zum Friseur gehen.

Dann wandte sie sich entschlossen um, ging hinaus auf die Diele, strich Nelson leicht über den Kopf, bemühte sich nicht einmal, leise zu sein, Frau Holm wusste sowieso Bescheid und ging in Sebastians Zimmer.

Er lag nicht im Bett, er stand am Fenster und blickte hinaus in den dunklen Garten. Denn dunkel war es inzwischen doch geworden.

»Entschuldige«, sagte sie, »es hat etwas länger gedauert. Ein wunderbarer Sternenhimmel, hast du gesehen?«

Er riss sie in die Arme, schüttelte sie wütend.

»Du benimmst dich unmöglich.«

»Wieso? Ich bin doch da.«

»Liebst du mich denn gar nicht mehr?«

»Sprich nicht von Liebe. Wir drehen hier keine Filmszene.«

»Dass du gekommen bist, hat also nichts mit Liebe zu tun?«

»Ich kann das Wort Liebe nicht mehr hören. Hat vielleicht mit deinem neuen Film zu tun. Da ist von Liebe auch nicht die Rede. Es gibt eine Prostituierte, eine unerwiderte Zuneigung und schließlich einen Mord. Möglicherweise hat mich das abgelenkt.«

Er hielt sie jetzt mit ausgestreckten Armen, sah sie aufmerksam an. Er konnte ihr Gesicht nicht genau sehen, es brannte nur die kleine Nachttischlampe, und sie stand mit dem Rücken in diese Richtung.

»Soll ich wieder gehen?«, fragte sie sanft.

»Nein, zum Teufel. Wenn du schon mal da bist.«

Sie lachte leise.

»Zum Teufel ist nicht gerade eine hinreißende Liebeser-
klärung. Und wenn du schon mal da bist, klingt auch nicht
sehr beglückt. Gut, gut, ich bin schon still. Ich sage kein Wort
mehr. Mit der kleinen Geri hattest du es leichter, denn sie hat
immerhin ...«

Weiter kam sie nicht, er verschloss ihr den Mund mit
einem Kuss und drängte sie auf das Bett.

Nachtgedanken II

Es ist seltsam, vielleicht kann ich gar keine Liebe mehr empfinden. Als er mich verließ, habe ich viele Jahre gelitten.
Habe mich geradezu in meinen Kummer verbissen. Und
ich hatte nicht die geringste Lust auf einen Mann, Liebe hin
oder her. Wie war das heute? Er hat mich umarmt, hat ein
bisschen mit mir gespielt, dann kam er gleich zur Sache. Ich
bilde mir ein, früher war er ein besserer Liebhaber. Aber
mir fehlte ja die Vergleichsmöglichkeit. Die paar Erfahrungen, die man noch sammeln muss, wie er das nannte. Ich
kam überhaupt nicht auf die Idee, dass es noch andere Männer auf der Welt geben könnte. Ich war unbeschreiblich
dumm. Viele Erfahrungen habe ich nicht gemacht. Burckhardt, ja, das war etwas Neues, etwas Besonderes. Nein, das
wirklich Besondere war es mit Frobenius. Und das ist vorbei.

Sebastian gelingt es nicht, dass ich diese beiden Nächte
vergesse. Ich bin eingeschlafen in seinem Arm. Heute schlafe
ich nicht. Er schläft, tief und fest. Die gute Luft, das gute
Essen und als Nachtisch ich. Am liebsten würde ich jetzt
lachen. Und noch lieber hätte ich jetzt einen Whisky. Aber
es ist keiner im Haus. Und ausgehen kann ich auch nicht
mehr, alle Kneipen sind zu. Das ist eine solide Gegend hier.

Ich habe ein schlechtes Gewissen, wenn ich an Alexander
denke. Ihn habe ich abgewiesen. So richtig eigentlich auch
nicht. Aber die Art, wie ich ihn behandelt habe, das hat
ihn erschreckt. Sobald ich in Berlin bin, werde ich mit ihm
schlafen.

Aber wenn er hier anruft! Vielleicht hat er schon angerufen. Er müsste sich ja mal erkundigen, wie es mir geht.

Morgen muss ich Frau Holm sagen ... was denn? Ich kann ihr doch nicht vorschreiben, was sie sagen darf und was nicht. Ich weiß genau, was sie denkt. Erst Alexander, dann mein Regisseur. Sie kann ja nicht wissen, dass wir früher ein Liebespaar waren. Natürlich weiß sie es, wir haben ja davon gesprochen.

Ich will jetzt gehen. Raus aus seinem Bett. Aus seinem Zimmer. Morgen reisen wir ab. Reise ich ab.

Aus dem Kühlschrank hole ich mir noch einen Juvi, damit ich schlafen kann.

Du kannst zum Teufel gehen, Sebastian. Ich liebe dich nicht mehr. Vermutlich habe ich dich nie geliebt, ich habe mir das nur eingebildet, naiv, wie ich war.

Aber der Film!

Pygmalion. Das ist endlich wieder eine Rolle für mich. Ich erschieße diesen Higgins doch. Und der Zuhälter, der nicht will, dass die Polizei in sein Bordell kommt, schafft mich heimlich hinaus. Draußen wartet Burckhardt im Wagen, es war ihm nicht geheuer, was da mit mir passiert. Er bringt mich weg. Setzt mich in ein Flugzeug. Oder versteckt mich irgendwo. Sorgt für mich. Und Higgins ist nicht tot, nur verwundet. Oder ...

Schluss jetzt! Ich rutsche ganz sacht aus dem Bett.

Hol mir den Schnaps. Ein paar Stunden möchte ich schlafen.

Familienleben

Am nächsten Morgen frühstückten sie alle drei zusammen. Frau Holm hatte Brötchen geholt, Geraldine war heiter und unbeschwert, und auf den mahnenden Blick von Frau Holm nahm sie sich ein zweites Brötchen.

»Wenn das so weitergeht, werde ich in keine Hose mehr passen«, sagte sie. Immerhin war Nelson bereit, immer wieder einen Bissen aus ihrer Hand zu nehmen.

»Das ist wie richtiges Familienleben«, sagte Sebastian.

»Geri und ich am Frühstückstisch, und eine Mutter, die sich um alles kümmert. So etwas habe ich nie erlebt.«

»Das haben wir genauso gemacht, als Alexander hier war. Und Jörg war auch noch dabei. Reichlich Familienleben.«

»Vielleicht könntest du dich doch entschließen, mich zu heiraten«, sagte Sebastian mit ruhigem Ton.

»Das ist eine schwere Entscheidung. Außerdem müsstest du dann die Brötchen holen, das macht Papi immer. Es sei denn, du willst ein Dauergast im Hause Holm werden. Fragt sich nur, wie Frau Holm das gefällt. Geschweige denn, was Jana dazu sagt.« Sie blickte Frau Holm fragend an. »Oder weiß sie es schon?«

»Sie hat gestern angerufen, aber ich habe ihr erst mal verschwiegen, dass Besuch im Haus ist. Aber wenn ihr vorhabt zu heiraten, werde ich ihr das berichten.«

»Eilt ja nicht«, sagte Geraldine. Sie hatte jetzt die *Sylter Rundschau* auf den Tisch gelegt und studierte wie immer die vielen Familienanzeigen. Wer sich verlobt hatte, wer geheiratet hatte, wer ein Kind bekommen hatte, wie es heißen würde, und falls schon ein Brüderchen oder Schwesterchen da war, stand noch dabei, wie dieses erste Kind hieß.

Sie las auch heute verschiedene Anzeigen vor. Sie sagte: »Wenn ich jemals heirate, dann auf Sylt. Aber es würde hier keinen Menschen interessieren, weil man mich ja nicht kennt. Wenn Silke eines Tages heiratet, steht es bestimmt groß auf dieser Seite hier.«

Sie klopfte mit dem Finger auf das Blatt. »Und wenn Odysseus Großvater wird, dann steht es auch auf dieser Seite. Ich kenne ja den Mann, den Silke heiraten will. Sehr netter Junge.« Sie lächelte Sebastian zu und erklärte: »Silke ist eine alte Liebe von Alexander. Warum hat er sie nicht geheiratet, Frau Holm?«

»Das müssen Sie ihn fragen. Oder noch besser Silke. Alexander war ja immer nur für einige Wochen hier, dann reiste er wieder ab oder verschwand nach England.«

»Also verliebte sich Silke in einen anderen, ganz klar. Was macht der eigentlich?«

»Soviel ich weiß, arbeitet er in der Kurverwaltung in Westerland«, sagte Frau Holm.

»Na, das ist doch ein guter Job, da kann sie beruhigt ein paar Kinder kriegen. Armer Odysseus!«

Sebastian war verunsichert über die Art, wie sie die Nacht, die sie bei ihm gewesen war, einfach weggesteckt hatte. Er hatte wirklich nichts gemerkt, als sie sein Bett verließ. Er hätte gern gefragt, wann sie gegangen war. Doch das konnte er nur tun, wenn er mit ihr allein sein würde.

»Odysseus ist demnach der Vater von Silke«, sagte er, nur um überhaupt etwas zu sagen.

»Richtig.« Sie lachte. »Angenommen, Alexander käme jetzt und würde Silke wieder erobern, dann wäre Odysseus sein Schwiegervater. Das wäre ja fürchterlich.«

»Warum?«, fragte Sebastian verwirrt.

»Halt so. Warum kann ich nicht sagen.«

»Gehen wir wieder schwimmen?«, fragte Sebastian, um sie von diesem albernen Thema abzubringen.

»Nee, gehen wir nicht. Ist immer noch Ostwind, da gibt es immer noch Quallen. Wir spazieren heute mal nach Morsum. Oder, da du ja ein Auto hast, fahren wir und gehen dann auf dem Kliff spazieren. Und ein sehr gutes Restaurant gibt es da auch. Und heute Abend essen wir Aal mit Rührei. Ja, Frau Holm? Wäre Ihnen das recht? Ich bringe den Aal oder auch zwei von Uwe mit.«

»Sollten wir Frau Holm nicht mal zum Essen einladen?«, fragte Sebastian. »Du kannst doch nicht immerzu bestimmen, was geschieht.«

»Hast du auch wieder recht. Also der Aal ist ja fertig, die Rühreier mache ich, das kann ich einigermaßen. Und morgen gehen wir fein essen. Ja, Frau Holm? Sie müssen bloß sagen, wo sie am liebsten hingehen wollen, da bestelle ich heute schon den Tisch.«

An der Schranke zwischen Archsum und Keitum mussten sie halten, es dauerte eine Weile, und dann kam ein langer Autozug vorbeigeschaukelt.

»Schau dir das an«, sagte Geraldine. »Es kommen immer mehr Leute. Offenbar hat die halbe Welt jetzt Urlaub.«

»Möchtest du mir nicht einen Kuss geben?«, fragte Sebastian.

»Ja, gern«, sagte sie freundlich. »Wenn du gern möchtest. Aber du musst aufpassen, weil wir ja weiterfahren.«

»Nicht, so lange die Schranke unten ist.«

Er griff mit beiden Händen nach ihrem Gesicht, wandte es vor sein Gesicht, küsste sie.

»Liebst du mich eigentlich gar nicht mehr, Geri?«

»Jetzt fängst du schon wieder mit der Liebe an. Pass auf, der Zug rollt an. Wenn er durch ist, geht die Schranke hoch. Drüben stehen eine Menge Autos, und«, sie wandte sich um, »hinter uns natürlich auch.«

»Geri!«

»Ja, ich liebe dich. Soviel ich weiß, habe ich letzte Nacht bei dir geschlafen.«

»Es hat dir nichts bedeutet«, sagte er traurig.

»Wie kommst du darauf? Es war immerhin seit … na, da muss ich erst rechnen, seit ungefähr zehn Jahren das erste Mal.«

»Es ist genau neun Jahre her.«

»Seit du mich verlassen hast.«

»Ja. Wir verloren beide den Job am Theater, du gingst nach Berlin zu deinem Vater, und ich trödelte eine Weile in der Welt herum, viele Ideen im Kopf, aber ohne Aussicht, ohne Erfolg. Es waren keine schönen Jahre für mich, Geri.«

»Soviel ich weiß, gab es doch immer eine hübsche Frau, die sich um dich kümmerte und dir sicher auch mal zu essen gab.«

»Ich war sogar eine Zeit lang wieder in Lübeck bei meiner Mutter. Weil ich nicht wusste, wo ich bleiben sollte. Das habe ich dir natürlich nicht erzählt.«

»Nein, hast du nicht. So jetzt geht's los. Jetzt können wir weiterfahren.«

Die Autoschlange war nicht so lang, wie es ihr vorgekommen war, sie fuhren langsam durch Archsum.

»In Paris warst du doch auch.«

»Ja, war ich immer mal wieder.«

»Und dann hast du den Film in Avignon gemacht. Der hat mir gut gefallen.«

»Da bist du die Einzige. Es war ein Flop. Ich hätte dich in die Provence mitnehmen sollen, dann wäre der Film besser geworden.«

»Kann sein«, sagte sie selbstsicher.

Später standen sie hoch auf dem Kliff in Morsum. Unten sah man die Schienen, die durch das Wattenmeer führten, gerade fuhr wieder ein Zug darüber.

»Wo soll Pygmalion denn spielen?«, fragte Geraldine.

»Darüber habe ich schon nachgedacht. Paris hattest du, London passt nicht wegen Shaw. Am besten in Berlin.«

»Ich habe gestern Harvestehude vorgeschlagen, erinnerst du dich nicht? Wir drehen in Hamburg. Auf der Reeperbahn gibt es zweifellos jede Menge Bordelle.«

Er schob seine Hand unter ihren Arm.

»Ich liebe dich, ob du es nun hören willst oder nicht«, sagte er.

Der Wind blies heftig von Osten, ließ ihre Haare wirbeln. Im Watt war Wasser, das mit hastigen Wellen gegen die Ostküste von Sylt stürmte.

»Was hast du gesagt? Ich habe dich nicht verstanden.«

Er drehte sie um, neigte den Kopf an ihr Ohr.

»Ich liebe dich. Und ich will diesen Film nur mit dir machen. Denn nur mit dir werde ich erfolgreich sein.«

Sie nickte zustimmend und sagte: »Du solltest das Wort Erfolg nicht vorher aussprechen. Das darf man erst sagen, wenn die Arbeit getan ist. Und jetzt gehen wir da runter, siehst du das große Haus? Das ist das Landhaus Nösse, dort isst man sehr gut.«

»Und da warst du mit Alexander.«

»Mit Alexander und Jörg.«

»Alexander kenne ich ja. Wie ist denn Jörg?«

»Sehr unterhaltsam. Gott, der arme Junge, jetzt muss er wieder in England essen.«

An diesem Abend lehnte Geraldine es ab, in Sebastians Zimmer zu kommen. Sie müsse ausgiebig schlafen, erklärte sie kurz und bündig.

Am Tag darauf hatte der Ostwind die Wattwiesen überspült, so heftig hatte er sich in der Nacht entwickelt. Sie spazierten binnenwärts nach Wenningstedt, und abends gingen sie mit Frau Holm zum Essen ins Landschaftliche Haus.

Geraldine kam wieder in Sebastians Zimmer, sie war zärtlich und liebevoll, doch manchmal ein wenig abwesend.

»Woran denkst du eigentlich?«, fragte er, als sie still, mit offenen Augen in seinem Arm lag.

»An dies und das.«

»Mir ist, als ob ich mich nie von dir getrennt hätte.«

»Hast du ja nicht, wie du großartig behauptet hast.«

»Ich meine in dieser Beziehung. Ich habe alle Frauen, die ich in den letzten Jahren gekannt habe, vergessen.«

»Du meinst alle Frauen, mit denen du ein Verhältnis hattest.«

»Ja.«

»Das ist sehr unfein. Man sollte eine Frau, die man geliebt hat, nicht vergessen.«

»Ich spreche nicht von Liebe.«

»Aber ich. So was Ähnliches musst du doch empfunden haben, sonst hättest du gleich in ein Bordell gehen können.«

Er richtete sich auf, beugte sich über ihr Gesicht.

»Du bist doch eine andere geworden. Nicht mehr meine Geri von damals.«

»Ich war sehr lange deine Geri von damals«, sie hob die Hand und strich leicht über seine Schläfe. »Aber dann hat sich doch etwas verändert.«

»Als du mit Burckhardt zusammen warst?«

»Nein. Vorher schon. Und dann wieder, als mein Vater mich verließ.«

»Er hat dich doch nicht verlassen.«

»Nein. Aber es gibt jetzt eine Frau in seinem Leben, die er …«, nun zögerte sie doch bei dem Wort Liebe. Sie sagte: »… die zu ihm gehört. Und das ist gut für ihn, und das gönne ich ihm, er soll glücklich mit ihr sein. Ich kam mir nur so verlassen vor.«

»Trotz all der Männer, die hinter dir her waren.«

»Das ist auch kein passender Ausdruck.« Sie legte den Kopf zurück und schloss die Augen. »Am schönsten war es mit Challier. Die Franzosen sind wirklich gute Liebhaber.«

363

Er ließ sie abrupt los.

»Das sagst du mir? Jetzt und hier? Nachdem wir uns geliebt haben.«

»Wenn du dich an die Frauen nicht erinnern kannst, dann wahrscheinlich, weil es zu viele waren. Bei mir waren es nicht so viele Männer, also kann ich mich noch ganz gut erinnern. Mach nicht so ein finsteres Gesicht. Wir sprechen nicht mehr von deinen Frauen und nicht mehr von meinen Liebhabern, du hast Burckhardt genannt, ich Challier, von Alexander haben wir schon öfter gesprochen, und Odysseus kann ich leider nicht bekommen. Ich könnte zwar …« Sie legte wieder den Kopf zurück. »Ich könnte mit ihm mal nach Dänemark fahren. Es muss ja nicht Griechenland sein.«

»Was soll denn das nun wieder heißen? Du willst mit ihm nach Dänemark fahren?«

»Er hat ein schönes Motorboot, das liegt in Munkmarsch vor Anker, und mit dem fährt er manchmal nach Dänemark. Er kennt da ein hübsches Hotel, und gut zu essen bekommt man auch, und Penelope fährt nicht gern mit, sie bleibt lieber hier und – au! Du tust mir weh.«

»Hast du keine Angst, dass ich dich verprügle?«

»Das hast du früher nicht getan. Es wäre immerhin eine neue Variante.«

Sie schwang sich mit einem Sprung aus dem Bett und lachte. »Ist ja gut, er hat mir mal davon erzählt. Silke fährt öfter mit hinüber. Also ist das schon etwas schwierig. Wenn Silke geheiratet hat und auf Hochzeitsreise ist, dann könnte man mal darüber reden. Schon gut. Ehe du mich verhaust, gehe ich lieber schlafen. Es ist schon zwei Uhr. Schlaf schön!«

Und damit verließ sie das Zimmer.

Er konnte lange nicht einschlafen. Denn eins war ihm klar geworden: Diese Geri war nicht mehr die Geri von früher.

Am nächsten Morgen, es war Freitag, saßen sie wieder bei ihrem Familienfrühstück, und die Damen besprachen den Einkaufszettel fürs Wochenende.

»Ich fürchte, es wird am Wochenende sehr voll werden«, sagte Frau Holm. »Es ist besser, wir essen zu Hause.«

»Ja, finde ich auch«, sagte Geraldine.

Und Sebastian, nur um etwas zu sagen, denn nach seiner Meinung war nicht gefragt worden: »Aber da haben Sie so viel Arbeit, Frau Holm.«

»Erstens ist es nicht viel Arbeit, für drei Leute zu kochen, und zweitens koche ich gern.«

»Wir fahren nach Westerland, und ich kaufe bei Blum Heringssalat für heute Abend. Und wir bringen ein paar Flaschen Wein mit. Und mittags essen wir bei Wallner, da gibt es österreichische Küche, die esse ich gern, und dann …« Sie löffelte ihr Ei aus, das tägliche Ei, an das sie sich nun langsam gewöhnt hatte, da klingelte das Telefon.

Geraldine sprang auf und lief hinaus in die Diele, um das Telefon zu holen, denn dank Alexander gab es nun ein tragbares Gerät im Haus.

Sie reichte Frau Holm den Hörer, und die sagte: »Hallo, Alexander.«

Geraldine teilte wie immer ihr zweites Brötchen mit Nelson. »Aber warum denn?«, sprach Frau Holm in das Telefon. »Ihr fehlt es hier doch an nichts. Und warum soll sie sich langweilen. Du bist sehr unhöflich, mein Lieber. Wir unterhalten uns gerade darüber, was wir am Sonntag machen. Das ist doch Blödsinn, wenn du wegen eines Tages herfliegen willst. Wie?«

Was Alexander sagte, konnten sie nicht hören. Aber Frau Holm schüttelte energisch den Kopf.

»Ich denke, ihr habt Schwierigkeiten mit eurer Evi. Da kannst du Jana nicht allein lassen. Und dein Vater ist auch noch nicht wieder da.«

»Aha, aha«, sagte sie dann. »Das ist doch dieser Franzose, mit dem Geraldine die *Zehnte Symphonie* gedreht hat. So, der will wieder mit ihr spielen. In Frankreich gibt es ja sicher auch ein paar begabte Stars. Aha, aha.«

Geraldine lachte, legte den Kopf in den Nacken und streckte die Hand nach dem Telefon aus.

»Ich geb sie dir mal«, sagte Frau Holm.

»Alexander? Wir frühstücken gerade. Was habe ich da mitbekommen? Du willst herkommen?«

Sie lauschte eine Weile, dann sah sie erst Frau Holm, dann Sebastian an. Sie lächelte.

»Es ist wirklich Blödsinn, für einen Tag nach Westerland zu fliegen. Uns geht es prima hier. Und außerdem will ich morgen mit Odysseus nach Dänemark fahren. Wie?«

Sie schwieg für einen Moment.

»Aber ja, warum denn nicht? Silke und ihr Freund kommen auch mit. Vielleicht bleiben wir sogar über Nacht. Sie kennen ein schönes Hotel in … in …«

Frau Holm machte stumme Lippenbewegungen, und Geraldine fuhr fort: »In Ribe. Kennst du doch sicher auch.«

Wieder schwieg sie für einen Moment.

»Ach so, du warst dort mit Silke. Da weißt du ja Bescheid. So, du glaubst mir nicht. Kann ich auch nichts daran ändern. Willst du Frau Holm noch mal sprechen? Nein. Auch gut. Bleib, wo du bist, und kümmere dich um deine Mutter. Tschüs.«

Sie lachte, als sie den Hörer ausgeschaltet hatte.

»Er traut mir allerhand zu. Ich würde mit Odysseus allein fahren, ohne Silke. Ich hätte ihm ja auch erzählen können, dass Sebastian hier ist, da wäre er glatt vom Stuhl gefallen.«

»Du kannst ganz schön schwindeln«, sagte Sebastian.

»Na, ich bin Schauspielerin, da ist das kein Kunststück. Ich hätte auch dich ganz gut in diesem Gespräch untergebracht.

Aber ich muss Alexander nicht ärgern, ich hab ihn ja sehr gern. Außerdem hat Odysseus schon von dieser Fahrt nach Dänemark gesprochen.«

Alexander kam nicht, aber Jana rief noch einmal an.

Sie erfuhren, dass Frobenius bald aus Amerika zurück sein würde und dass er einiges mit Geraldine zu besprechen hätte.

»Mich hat er ausgebootet«, sagte Sebastian. »Dabei habe ich ihm von Pygmalion erzählt.«

»Ich nehme an, es geht in diesem Fall um Napoleon. Das ist eine fixe Idee von Challier. Ich weiß auch nicht, was für eine Rolle ich da spielen soll. Für die Desirée bin ich zu alt. Für die Joséphine zu jung. Die war zwar älter als Napoleon, aber so jung ist Challier ja auch nicht mehr. Marie-Louise gefällt mir auch nicht. Na, und die Walewska hat die Garbo gespielt. Doch das wäre die einzige Rolle, die mich interessieren würde.«

»Ich sehe, du hast dich schon ausführlich damit beschäftigt.«

»Natürlich. Napoleon, also das wäre schon toll.«

»Dann kann ich also den Pygmalion vergessen.«

»Den machen wir als Nächstes. Und jetzt möchte ich erst mal für zwei Tage verreisen.«

»Was möchtest du?«

»Ich habe was vor«, sagte sie kühl und bestimmt.

Sie waren am Strand von Kampen, kein Ostwind mehr, keine Quallen, dafür ein heftiger Westwind und hohe Brandung. Wieder kein Badewetter.

»Was soll das heißen, du hast was vor.«

»Ich muss nachdenken. Und ich muss eine Entscheidung treffen.«

»Und hier kannst du das nicht?«

»Nein.«

»Also dann erkläre mir bitte mal …«

»Ich habe dir gar nichts zu erklären, Sebastian. Ich bin ein erwachsener Mensch; ich weiß, was ich will. Und ich kann tun, was ich will.«

»Du willst also doch mit Odysseus nach Dänemark fahren.«

»Ach, hör auf, das war doch nur albernes Gerede von mir. Ich will ein paar Tage allein sein.«

Er blieb eine Weile still.

Dann sagte er in bestimmtem Ton: »Du willst wegfahren, weil ich hier bin. Und wohin, wenn ich mir die Frage erlauben darf?«

»Das weiß ich noch nicht. Vielleicht zu Theodor Storm.«

»Du willst nach Husum?«

»Ja. Da wollte ich sowieso mal hin.«

»Das ist doch nicht weit von hier entfernt.«

»Eben.«

»Dann lass uns doch zusammen hinfahren.«

Sie gingen nebeneinander am Strand entlang, nun blieb Geraldine stehen und rief: »Verdammt noch mal! Mach mir doch das Leben nicht so schwer. Ich kann dir das jetzt nicht erklären, ich muss eben mal ein paar Tage allein sein.«

»Dann kann ich ja nach Hause fahren.«

»Wenn du meinst. Du kannst machen, was du willst. Demnächst ist hier sowieso Schluss. Ich will wieder nach Berlin, ich möchte da sein, wenn Frobenius zurückkommt, und ich möchte mit ihm und mit dir über Pygmalion sprechen.«

»Ich habe schon mit ihm darüber geredet.«

»Das weiß ich. Und nun möchte ich meinen Senf dazugeben. Wir fahren zusammen nach Berlin. Ich bin jetzt lange genug hier. Und am Ende kommt Alexander wirklich noch her, wenn Frobenius zurück ist.«

»Und dann müsste ich verschwunden sein. Zwei Liebhaber auf einmal ist vermutlich stressig.«

»Ach, hör auf, mich anzuöden. Außerdem möchte ich auch gern meinen Vater wiedersehen. Seit er diese Leonie hat, braucht er mich überhaupt nicht mehr. Los, komm! Der Wind ist so kalt heute, der geht mir durch und durch.«

Er legte den Arm um sie.

»Du hast ja auch bloß ein dünnes T-Shirt an.«

»Richtig blöd. Langsam kenne ich mich ja mit dem Wetter hier aus. Es ist täglich anders. Wir laufen jetzt ganz schnell. Wir gehen wieder in den Dorfkrug essen. Oder heute mal zu Manne Pahl, da gefällt es mir auch.«

»Und was ist jetzt mit deiner Reise?«

»Das wirst du dann schon sehen. Du wirst Frau Holm gut unterhalten und ab und zu mit Nelson spazieren gehen. Der kennt dich ja nun. Ach, das ist zu traurig, dass ich mich von Nelson trennen muss. Nie darf ich einen Hund behalten. Oskar nicht und Nelson nicht.«

Sebastian griff nach ihrer Hand und hielt sie fest, während sie in schnellem Tempo weiterliefen.

»Vielleicht solltest du mich doch heiraten. Dann mieten wir ein hübsches Haus mit Garten, und dann bekommst du deinen Hund.«

»Deswegen muss ich nicht heiraten.«

»Aber was machst du allein im Haus, wenn dein Vater nur noch bei Leonie ist?«

»Ich sehe schon, es gibt viel nachzudenken. Und vor allem muss der Pygmalion ein großer Erfolg werden, dann kaufen wir ein Haus. Mit großem Garten.«

»Wo?«

»Das weiß ich noch nicht.«

Prinz Hamlet

Das Wochenende verbrachten sie friedlich. Geraldine sprach nicht mehr von ihren Reiseplänen. Am Sonnabend fuhren sie zum Mittagessen nach Braderup, und im Hotel Weißes Kliff bekam Sebastian die berühmte Sylter Meeräsche serviert.

»Diesen Fisch gibt es nur auf Sylt, und auch nur manchmal. Er lebt nicht im Meer, sondern im Watt. Obwohl manche Leute das gar nicht wissen. Oder? Was meinen Sie, Anne Katrin?«

Geraldine lächelte die Chefin des Hauses an, und sie sagte: »Kann sein. Aber die Leute, die zu uns essen kommen, wissen meist Bescheid.«

»Das weiß ich alles von Alexander«, sagte Geraldine, während sie speisten. »Wenn man bloß als Urlauber herkommt, erfährt man vieles nicht.«

»Du hast viel gelernt, seit du hier bist, das merke ich jeden Tag. Du bist ja auch schon eine ganze Weile da.«

»Fast vier Wochen. Gehe ich Ihnen eigentlich sehr auf die Nerven, Frau Holm?«

»Es lässt sich ertragen. Und erst recht, wenn die Jungs nicht da sind.«

»Mit Alexander und vor allem mit Jörg war immer viel los. Aber Sebastian benimmt sich so weit ganz gut, nicht, Frau Holm?«

»Ich kann mich nicht beklagen.«

Vor dem Essen waren sie einmal um Braderup herumgelaufen, auch Nelson zuliebe, den sie mitgenommen hatten.

»Dieser Ort wirkt wie eine vorgeschobene Halbinsel. Und hier ist nie so viel Betrieb. Wenn ich mir ein Haus auf Sylt kaufen würde, müsste es hier sein.«

»Möchtest du denn ein Haus auf Sylt?«, fragte Sebastian.

»Ist mir viel zu teuer. Für das gleiche Geld kannst du auf Mallorca fünf Häuser kaufen.«

»Aber da willst du nicht hin?«

»Nein. Ich weiß noch gar nicht, wo ich mir ein Haus kaufen werde. In Berlin bestimmt nicht.«

»Draußen in Dahlem, wo Frobenius wohnt, ist es doch sehr hübsch. Da stört die Stadt nicht weiter.«

Nelson zuliebe beschloss Geraldine, nach Keitum zu laufen.

»Du fährst Frau Holm nach Hause, und dann kommst du mir entgegen. Immer am Watt entlang.«

Sebastian seufzte.

»Ein Mittagsschlaf wäre mir lieber.«

»Na gut, dann schläfst du eben. Dafür gehe ich heute Abend um neun ins Bett.«

Frau Holm lachte. »Heute Abend läuft wieder eine Folge mit Ihrem Vater. Die dürfen wir nicht verpassen.«

»Dann fahre ich mit, aber nur bis zur Kirche. Von dort laufen wir, Nelson und ich. Dann reicht es uns auch noch für einen Mittagsschlaf.«

Sebastian kam ihr dann doch entgegen, und als sie heimkamen, war an einen Mittagsschlaf nicht mehr zu denken.

Frau Holm sagte: »Ihr Vater hat angerufen, Geraldine. Er möcht Sie gern sprechen.«

»Wo ist er denn? Bei Leonie?«

»Nein, in Ihrer Wohnung.«

Geraldine blieb mit dem Telefon in der Diele, und das war auch gut so, denn Thomas hatte eine große Neuigkeit zu berichten.

Ohne Umschweife kam Thomas zum Thema. »Du hast ja sicher gelesen, dass Tanja Ewers gestorben ist.«

»Nein, hab ich nicht.«

»Es stand aber in allen Zeitungen.«

»Na ja, so viele Zeitungen lese ich hier nicht. Meistens die *Sylter Rundschau.*« Und am liebsten die Familienanzeigen hätte sie noch hinzufügen können.

»Sie ist vor drei Wochen gestorben, sie war seit längerer Zeit krank und lag in einer Klinik.«

»Das tut mir Leid«, sagte Geraldine. Viel mehr fiel ihr dazu nicht ein, denn sie hatte Tanja Ewers nur einmal im Leben gesehen, da war sie neun Jahre alt.

»Um gleich zur Sache zu kommen«, sagte Thomas. »Tilla ist hier.«

Geraldine schwieg überrascht. Und Thomas fuhr leicht gereizt fort: »Ich rede von deiner Mutter.«

»Ja, ist gut, Papi. Ich weiß noch ungefähr, wer sie ist. Und was heißt, sie ist hier?«

»Sie ist in Berlin. Der Sohn von Frau Ewers, der verheiratet ist und Kinder hat, wollte sie nicht im Haus behalten. Er hat sie mehr oder weniger vor die Tür gesetzt.«

»Und was ist nun los?«

»Sie will hier einziehen und mit uns leben.«

»Das kann doch nicht wahr sein.«

»Ich habe sie in einem Hotel untergebracht, worüber sie sehr erbost ist. Sie weiß von meiner Freundschaft mit Leonie, Klatsch lässt sich ja heutzutage nicht vermeiden, und sie denkt, dass ich sowieso nicht mehr in der Schumannstraße wohne. Und mit dir wird sie sich schon vertragen.«

Geraldine musste laut lachen.

»Was findest du daran so komisch?«

»Wir werden zurzeit beide von unserer Vergangenheit eingeholt. Rate mal, wer hier bei mir ist. Sebastian. Er liebt mich und will mich heiraten.«

»Sebastian Klose? Er ist bei dir? Auf Sylt?«

372

»Ja, seit fast einer Woche. Und du bist schuld, du hast ihm die Adresse gegeben.«

»Und was machen wir nun?« Thomas klang verzweifelt.

»Im Moment gar nichts. Tilla bleibt im Hotel. Wir werden das besprechen. Nächste Woche komme ich nach Hause.«

»Mit Sebastian?«

»Der hat inzwischen zum Glück eine eigene Wohnung in Berlin. Da siehst du, Papi, wie gut es ist, dass wir noch keine größere Wohnung geschweige denn ein Haus haben. Sonst würden wir Tilla nicht los.«

»Und wie ist das mit dir und Sebastian?«

»So lala. Er will seinen nächsten Film mit mir machen, das hat er mit Frobenius schon besprochen. Und das werde ich auch tun, sobald er aus Amerika zurück ist.«

»Wir haben mit der neuen Folge angefangen. Und Ende Juli fahren wir zu den Außenaufnahmen nach Prag.«

»Bis dahin wird uns etwa eingefallen sein. Schlüssel zur Wohnung hat sie nicht?«

»Nein. Sie hat ja nie mit uns hier gewohnt.«

»Wenigstens ein Trost. Geerbt hat sie nichts?«

Thomas lachte. »Nicht, dass ich wüsste.«

»Also müssen wir für sie sorgen. Na ja, erfolgreich, wie wir beide sind, werden wir das schon schaffen. Mach dich nicht verrückt, Papi. Grüß Leonie von mir.« Und nach einer kleinen Pause: »Ich bin froh, dass du sie hast. Tschüs, Papi.«

Geraldine blieb noch einen Augenblick in der Diele stehen. Was sollte sie berichten?

Wenn Frau Holm allein gewesen wäre, hätte sie ihr alles erzählen können. Aber was ging es Sebastian an?

Sie schaute ins Zimmer hinein, sie saßen beim Tee, wie jeden Nachmittag.

»Ich komme gleich. Ich geh mir bloß die Hände waschen.«

Bis sie vor ihrer Teetasse saß, hatte sie einen Plan gefasst.

»Ich muss morgen nach Hamburg fahren«, sagte sie. »Ich muss meinen Vater treffen. Er ist ziemlich in der Bredouille.«

»Nach Hamburg?«, fragte Sebastian.

»Warum nach Hamburg?«, fragte Frau Holm.

»Er trifft dort einen Kollegen. Harald, heißt er, der probt zurzeit am Thalia Theater. Er soll in einer der nächsten Folgen mitspielen.«

Sie nahm sich einen Keks aus der Dose.

»Und was für eine Bredouille ist das?«, fragte Frau Holm.

»Tilla ist wieder da. Seine Frau. Also meine Mutter.«

»Und was heißt das, sie ist wieder da?«

»So ganz kapiert hab ich das auch noch nicht. Darum muss ich mit ihm reden. Bringt eigentlich Odysseus diese Kekse aus Dänemark mit?«

Frau Holm zog die Brauen hoch.

»Nein, die bringt Traudls Sohn mit. Das habe ich Ihnen schon erzählt, Geraldine.«

»Stimmt. Von Traudl die Eier und die Kekse.«

»Du willst nach Hamburg fahren?«, fragte Sebastian.

»Ich will nicht, ich muss. Ist doch logisch, dass ich mit meinem Vater über diese neue Situation sprechen muss.«

»Ich verstehe das nicht.«

»Na gut, dann verstehst du es eben nicht. Meine Mutter hat jedenfalls seit vielen Jahren ihr eigenes Leben gelebt, und wir hatten nichts dagegen, ganz im Gegenteil.«

»Ich erinnere mich, dass du mir früher mal erzählt hast, dass sie für diese berühmte Fotografin, Tanja Ewers, arbeitet.«

»Ach, das weißt du noch. Prima. Die Ewers ist mit ihren Frauenporträts berühmt geworden. Und zwei sehr erfolgreiche Bücher hat sie auch geschrieben. Nun ist sie gestorben.

Sie ist vor vielen Jahren nach München gezogen. Und Tilla, meine Mutter, hat sie damals mitgenommen.« Geraldine nahm sich noch einen Keks.

»Und wieso ist Ihre Mutter wieder in Berlin?«, fragte Frau Holm.

»Ich weiß es auch nicht genau. In dem Haus von Frau Ewers wohnt jetzt der Sohn mit Frau und Kindern, und die wollen Tilla offenbar nicht mehr haben. Warum sollten sie auch, nicht? Frau Ewers hat noch einen zweiten Sohn, aber wo der ist, also, davon war nicht die Rede. Auf jeden Fall ist Tilla wieder in Berlin gelandet, will bei uns wohnen und von uns versorgt werden. *Voilà, c'est tout.* Kann ich noch eine Tasse Tee haben, bitte?«

Eine Weile blieb es still.

Geraldine zündete sich eine Zigarette an, lehnte sich zurück und wartete ab.

»Ich habe immer noch nicht begriffen, warum du nach Hamburg fahren willst«, sagte Sebastian.

»Ich sage ja immer, dass du bekloppt bist. Ich muss mit Papi über das alles sprechen. Zunächst hat er Tilla in einem Hotel untergebracht.«

»In einem Hotel?«, fragte Frau Holm erstaunt.

»Es wird nicht gerade das Adlon sein. Aber wenn sie sich erst bei uns eingenistet hat, werden wir sie nicht mehr los. Wir wollen morgen besprechen, wie es weitergehen soll. Wir können schließlich nicht stundenlang telefonieren.«

»Morgen?«, fragte Sebastian.

»Wir treffen uns morgen in Hamburg. Viel Zeit hat er nicht, weil bald Dreharbeiten beginnen. Ich werde gleich mit dem Atlantic telefonieren und mir ein Zimmer bestellen. Und morgen Vormittag fahre ich nach Hamburg.«

»Ich kann dich ja fahren.«

»Wozu denn? Du musst mit dem Auto über den Damm. Mit dem Zug geht es viel schneller.«

»Aber ich könnte doch in Hamburg bei dir sein.«

»Verdammt noch mal, Sebastian, nein. Ich will allein mit meinem Vater sprechen. Das musst du doch kapieren. Du bleibst bei Frau Holm, ihr geht morgen Abend schick essen, und übermorgen bin ich wieder da. Und keine Bange, Frau Holm, nächste Woche sind sie uns los.«

Frau Holm nickte.

»Ich denke, das ist klug. Sobald sein Vater aus Amerika zurück ist, wird Alexander hier aufkreuzen. Länger kann ich ihm das nicht ausreden.«

Plötzlich lachte Sebastian.

»Ich weiß gar nicht, warum wir einen Film drehen wollen. Wir machen hier doch gerade einen. Geraldine, Alexander und ich. Papi und Mami wieder vereint, aber lieber doch nicht. Wir haben doch Stoff genug. Odysseus nicht zu vergessen.«

Geraldine lächelte.

Er kannte diesen Film überhaupt nicht.

Sie würde Thomas in Hamburg nicht treffen, das war wieder einmal geschwindelt. Sie wollte nur im Atlantic wohnen und an Frobenius denken. An diesen glücklichen Tag, an diese glücklichen Nächte. Sie wollte Abschied von ihm nehmen. Dazu brauchte sie weder Thomas noch Sebastian.

Als sie am nächsten Abend am Fenster des Restaurants saß und auf die Alster hinausblickte, war sie erfüllt von einer Mischung aus Sehnsucht und Melancholie. Die Alster schimmerte heute nicht in leuchtenden Farben, sie lag grau und still, der Himmel war bedeckt.

Das passt auch besser zu meiner Stimmung, dachte sie. Ich bin einfach sentimental. Aber warum kann ich nie einen Mann bekommen, den ich liebe?

Sie dachte an Burckhardt, an Frobenius und ein wenig auch an Odysseus.

Und es war eigentlich nicht zu verstehen, warum sie so viele Jahre wegen Sebastian gelitten hatte.

Es ist nicht zu begreifen, dachte sie und blickte hinaus auf die Alster, auf der heute keine Segelboote kreuzten. Gerade fing es an zu regnen.

Jetzt hatte sie ihn wieder. Nun sprach er ganz ernsthaft von Liebe, sogar von Heirat. Und nun war es ihr total gleichgültig.

Später saß sie in der Halle, trank Whisky und blickte immer wieder hinüber zur Bar, ob nicht jemand herauskäme wie unlängst dieser Harald.

Ab und zu kamen Leute, eine Dame, ein Herr. Geschäftsleute. Dann zwei Japaner.

Es war ja nicht gesagt, dass Harald doch nicht er war. Er konnte in jeder beliebigen Figur auftreten. Als Journalist, als Schauspieler, als Spaziergänger im Grunewald, als Fußgänger, der über die Straße ging.

Sie konnte ihn in jedem Mann sehen.

Ich bin verrückt, dachte sie.

Sie nickte ein wenig, der Kellner kam an ihren Tisch, und sie bestellte noch einen Whisky, es war der dritte.

Man hatte ihr das gleiche Appartement gegeben, in dem sie das letzte Mal gewohnt hatte.

Also würde sie jetzt ins Bett gehen und noch eine Weile an Frobenius denken.

Morgen würde sie Sebastian anrufen und ihm erklären, wann sie zurückkommen würde und dass er sie in Westerland abholen solle. Und sie würde nicht länger schwindeln. Sie würde sagen, ihr Vater sei nicht gekommen, es habe sich an seinen Terminen etwas geändert. Auf jeden Fall aber würde sie morgen Vormittag noch einmal zu den Landungsbrücken fahren, den gleichen Weg gehen, den sie mit Frobenius gegangen war, bis hinaus zu dem Schiff. Bis zu der Fähre *Prinz Hamlet*, die nach England fuhr. Dann zurück nach Sylt, alles einpacken, was sie dort noch hatte, Abschied nehmen von Frau Holm. Und von Nelson, das würde ihr besonders schwer fallen.

Sie musste die Sache mit Tilla und ihrem Vater klären. Thomas bei Leonie, Tilla in der Schumannstraße? Nein, entschied sie. Die Wohnung blieb ihre Wohnung, wo sie später wohnen würde und mit wem, das war noch ungeklärt. Die Schumannstraße blieb für Papi und für sie. Er hatte zwar Leonie, aber eine eigene Wohnung musste er auf jeden Fall haben.

Man würde für Tilla eine kleine Wohnung mieten, ihr monatlich eine gewisse Summe überweisen und erst einmal abwarten, wie alles weiterging. Wie alt war Tilla eigentlich? Komisch, plötzlich hatte sie eine Mutter.

Sie lag in dem breiten Bett, beide Arme weit geöffnet, und dachte an Frobenius.

Sie wusste jetzt, was Liebe war. Burkhardt, Frobenius, nur Raymond Challier fehlte noch.

Er hatte sie geküsst. Und während sie sich daran erinnerte, lief ihr ein Schauer über den Rücken.

Sie dachte nicht mehr an Frobenius, sie dachte an den Franzosen. Bevor sie einschlief, war sie mit ihren Gedanken bei *ihm*.

»Mich hat Apollo geküsst«, sagte sie laut.

Sie lächelte in die Dunkelheit.

Ich werde es nie wieder sagen.

Und dann schlief sie ein.

Am nächsten Vormittag spazierte sie an der Elbe entlang, betrachtete noch einmal alles genau. Sie würde hier draußen irgendwo ein Taxi nehmen, im Hotel vorbeifahren und ihren Koffer holen, um dann zum Bahnhof zu fahren.

Sie kehrte nicht um, bevor sie bei der *Prinz Hamlet* war. Das letzte Mal war ein Matrose die Gangway heruntergekommen, hatte ihr zugelächelt. Heute kam niemand.

Einen Augenblick lang zögerte sie noch, dann ging sie langsam auf dem roten Teppich die Gangway hinauf.

Am Abend wartete Sebastian auf dem Bahnhof in Westerland vergebens auf Geraldine.

»Ob sie den Zug verpasst hat?«, sagte er, als er wieder bei Frau Holm war.

»Da hätte sie wohl angerufen.«

»Und wenn sie noch länger mit ihrem Vater zu sprechen hat, könnte sie ja auch anrufen«, meinte Sebastian.

Frau Holm blickte eine Weile an Sebastian vorbei an die Wand. Sie überlegte, ob sie ihm sagen sollte, was sie heute erfahren hatte.

Sie entschied, dass es unsinnig war, die Wahrheit zu verschweigen. Sie wusste ja, dass Geraldine ihren Vater nicht in Hamburg getroffen hatte.

»Ich mache uns jetzt was zu essen«, sagte sie. »Und ihr Vater ist nicht in Hamburg. Er hat heute aus Prag angerufen und wollte Geraldine sprechen.«

»Ist er denn schon in Prag? Die Aufnahmen beginnen doch erst Ende Juli, soviel ich weiß.«

»Er ist dort mit Leonie, weil sie sich in Ruhe ein wenig in Prag umsehen wollen. Wenn die Aufnahmen angefangen haben, bleibt ihnen nicht viel Zeit. Und Prag ist ja eine wunderbare Stadt. Sagt er.«

»Dann hat sie also geschwindelt. Das macht sie ja öfter, nicht?«

»Kann sein.«

»Und was macht sie dann in Hamburg?«

»Das weiß ich nicht. Aber Sie erinnern sich vielleicht daran, dass sie am Tag vor ihrer Abreise gesagt hat, sie möchte eine Zeit lang allein sein. Um nachzudenken.«

»Sehr schön«, sagte Sebastian, und jetzt klang es wütend. »Dann möchte ich bloß wissen, warum sie gestern angerufen und mich für heute Abend an den Bahnhof bestellt hat.«

»Vielleicht ruft sie heute Abend noch mal an und wird es uns erklären. Jetzt essen wir einen Bissen und trinken zur Beruhigung ein Glas Wein.«

»Zuerst gehe ich mit Nelson ein Stück spazieren. Er lässt uns nicht aus den Augen. Und er ist mindestens so enttäuscht wie ich.«

Sie rief an diesem Abend nicht an, auch nicht am nächsten Tag. Dann entschloss sich Frau Holm, ihre Tochter anzurufen, um sie von der Situation zu unterrichten.

»Ist doch klar«, sagte Jana. »Dieser unmögliche Kerl hat sie vertrieben. Du hättest ihn gar nicht erst aufnehmen dürfen, Mutter. Warum erfahre ich erst jetzt davon?«

»Er ist erst seit ein paar Tagen da. Und es schien, als ob sich die beiden gut vertragen.«

Daraufhin lachte Jana nur.

»Ich komme mit dem nächsten Flieger. Ich hoffe, sie ist bis dahin aufgetaucht.«

War sie nicht. Aber Jana hatte in Hamburg im Atlantic nach Frau Bansa gefragt und erfahren, dass diese bereits zwei Tage zuvor abgereist sei. Allerdings – etwas merkwürdig war es schon, das fanden sie im Hotel auch, die Rechnung hatte sie bezahlt, nur ihr Koffer war noch da.

»Sie wollte so gern an die Elbe und den Hafen, hat Alexander mir erzählt«, sagte Jana am Abend, als sie bei ihrer Mutter angekommen war. Und Sebastian Klose noch vorgefunden hatte. Er machte sich nun auch große Sorgen.

»Wir sollten die Polizei verständigen«, sagte er.

»Wir warten noch einen Tag. Wir müssen uns ja nicht unbedingt lächerlich machen. Kaum anzunehmen, dass sie in die Elbe gefallen ist.«

»Aber vielleicht ist sie nach Husum gefahren, zu Theodor Storm«, fiel Frau Holm ein. »Davon hat sie mal gesprochen, dass sie da gern hinfahren würde.«

»Auch in Husum wird das Telefon schon erfunden sein, nehme ich an«, sagte Jana. »Jetzt rufen wir mal Alexander an, vielleicht fällt dem was ein. Bis Herbert aus Amerika zurückkommt, müssen wir den Fall geklärt haben.«

Der Fall klärte sich bereits am nächsten Tag. Es kam ein Brief für Inga Holm, ein Brief aus London.

In dem entschuldigte sich Geraldine für ihr unfreundliches Verschwinden. Schuld daran sei ein Schiff mit Namen *Prinz Hamlet,* sie hätte es vor einiger Zeit schon gesehen, als sie in Hamburg war, und diesmal habe sie nicht widerstehen können, und jetzt sei sie in London.

Auch diesmal hat ein guter Geist mich beschützt, ich habe Herrn Bronski getroffen, Karel Bronski, mit dem ich ja schon gefilmt habe, mit ihm fliege ich jetzt nach Paris, dort treffen wir Challier, der ja wieder mit mir arbeiten möchte und einen guten Stoff für uns beide hat. Und mit Challier möchte ich gern wieder arbeiten. Ich gebe gleich Bescheid, wenn ich Näheres weiß. Viele, viele Grüße an Nelson.

Und schließlich gab es noch ein PS:

Sebastian Klose soll am besten bei Ihnen bleiben, so wird er wenigstens gut versorgt. Und Pygmalion machen wir später, da kann er ganz beruhigt sein. Er soll sich inzwischen mit dem Drehbuch beschäftigen, wir haben ja schon alle drei daran gearbeitet. Vielen Dank, Frau Holm, für alles, was Sie für mich getan haben.

»Ist ja heiter«, sagte Jana. »Wir zerbrechen uns hier den Kopf und sind schon beinahe bei der Polizei gelandet. Und sie reist mit einem guten Geist erst per Schiff nach London und fliegt dann weiter nach Paris. Und Bronski läuft ihr auch über den Weg. Was soll ich eigentlich Herbert erzählen? Er kommt in den nächsten Tagen aus Amerika zurück.«

Inga Holm lachte. »Am besten das mit Challier, der Film war ja wirklich klasse, und mit dem würde er sicher auch gern wieder arbeiten.«

»Hm«, machte Jana. Und dann sah sie Sebastian Klose an, der schweigend bei ihnen saß und den Inhalt des Briefes, den Frau Holm vorgelesen hatte, noch verdauen musste. »Soll er wirklich bei dir bleiben, Mutter?«

Inga Holm lächelte. »Er stört mich nicht. Er soll ja arbeiten. Und ab und zu mit Nelson spazieren gehen. Nicht, Herr Klose?«

Sebastian versuchte es auch mit einem Lächeln. »Wenn ich noch eine Weile hier bleiben darf, das wäre schön. Ich könnte wirklich mit dem Drehbuch beginnen. Aber wenn Sie mich loswerden wollen, sagen Sie es bitte gerade heraus.«

»Abgemacht. Das werde ich tun.« Sie wandte sich an Jana. »Und dir würde ich vorschlagen, du rufst deinen Mann in Amerika an. Er ist schließlich auf Challiers Wunsch hin nach Hollywood geflogen. Vielleicht weiß er ja von dem neuen Stoff und sitzt sogar längst mit im Boot. Möglicherweise ist es auch sinnvoll, dass er eine Zwischenlandung in Paris einlegt. Das könnte für alle gut sein.«

Jana nickte. Dann seufzte sie.

»Ich hoffe es. Und ich schlage vor, nachdem wir jetzt Bescheid wissen, dass wir heute Abend ganz vornehm essen gehen. Am besten wieder mal ins Landschaftliche Haus.«

»Gute Idee«, sagte Inga Holm. »Nelson geht dort auch gern hin. Und ein bisschen müssen wir ihn ja trösten, weil Geraldine nicht mehr hier ist.«

»Sie wird schon wiederkommen«, sagte Sebastian. »Wenn sie mit Challier fertig ist. Erst mal kommt jetzt der dran. Und ich glaube, ich weiß auch, welchen Stoff er im Sinn hat.«

Die Bahn `DB`

Entdecken Sie die Schweiz – schnell, bequem und günstig mit dem ICE!

Täglich 30 Direktverbindungen zwischen Deutschland und der Schweiz.

Unsere komfortablen und topmodernen ICE-Züge verbinden täglich die deutschen Metropolen mit Basel, Bern, Interlaken und Zürich. Von dort haben Sie Anschluss zu den schönsten Urlaubszielen der Schweiz. Steigen Sie ein und geniessen Sie Ihre Ferien von Anfang an. **Die Bahn macht mobil.**

 **SBB CFF FFS**